LIEBESAKTE

Er nannte sich Adam, und alles, was er wollte, war Liebe.

Der Mann, der nicht ganz Mann war, ging durch sein Laboratorium. Dabei zog er unbeholfen das Bein nach, das seit seinem Unfall in der Arktis vor vielen Jahren steif war. Sein Arbeitsraum im Keller war niedrig, beengt und vollgestopft mit Regalen, Tischen und den unzähligen Werkzeugen seiner unzähligen Tätigkeiten. Die unschöne Umgebung verstärkte nur die strahlende Schönheit der Frau, die auf seinem Untersuchungstisch lag. Ihr Haar hatte die Farbe von Rabenfedern, ihre Haut war blass wie schneebedeckte Alpengipfel, und ihr Fleisch noch immer kalt von den Eisstücken, in denen sie bei ihrer Ankunft eingepackt gewesen war. Ihre Kehle war unverletzt, was bedeutete, dass sie wahrscheinlich erstickt oder möglicherweise an Gift gestorben war. Egal. Das chemische Präparat, das er verwendet hatte, um ihr Blut zu ersetzen, hatte alle Giftstoffe oder Krankheiten, an denen sie zu Lebzeiten gelitten hatte, fortgespült.

Adam befestigte die handgesponnenen Drähte an ihrer Stirn und steckte eine Metallsonde in einen winzigen, unblutigen Einschnitt über ihrem Herzen. Die Drähte liefen zu einem hohen Holzregal zurück, auf dem reihenweise tönerne Gefäße standen. Darin blubberten ätzende Chemikalien, die im Zusammenspiel das moderne Wunderwerk der gefangenen Elektrizität produzierten. Andere, die versucht hatten, eine ähnliche Richtung wissenschaftlicher Forschung einzuschlagen, waren gezwungen gewesen, auf Blitzschläge oder Wasserbecken voll Zitteraale und anderer elektrischer Fische zu vertrauen, um die nötige Energie zu erhalten. Aber die Naturwissenschaft – diese kalte Jungfrau, diese hochmütige Herrin, diese fruchtbare Mutter – war seit jenen dunklen Tagen vorangeschritten. Adam hatte diese Batterien perfektioniert. Sie speicherten Elektrizität in größerer Menge und gaben sie in kontrollierterer Spannung ab als andere, allgemein erhältliche Entwürfe. Er hätte mühelos reich werden können, wenn er die Innovation verkauft hätte, denn die öffentliche Begeisterung für Elektrizität fand noch immer kein Ende. Doch seine Forschungen wurden von seinem Gönner ausreichend finanziert, und über diese Bedürfnisse hinaus interessierte ihn Geld nicht. Wahrheit hingegen schon. Leben. Liebe.

Nachdem er noch einmal die dicken Lederriemen überprüft hatte, die die schlanke Frau auf dem Operationstisch hielten, hinkte er zu einem schartigen Holzhebel an der Wand hinüber, wo ein Dutzend Drähte aufeinandertrafen. Er legte den Hebel um, und der Raum war erfüllt von einem Brummen, das nach Zitronen schmeckte, und einem Duft, der wie Glockenläuten klang. Seit seinem Unfall und seinem Beinahe-Tod in der Arktis vor fünfundsechzig Jahren hatte sich etwas in ihm verändert, und Adams Sinne waren nicht mehr wie die anderer Menschen. Klang wurde zu Geschmack und Duft zu Klang, das Ergebnis seltsamer Querverbindungen tief in seiner Gehirnstruktur. Vielleicht zeigten diese Veränderungen eine Beschädigung an, doch er hatte seitdem eine normale menschliche Zeitspanne durchlebt, ohne eine weitere Verschlechterung zu erleiden. Alles in allem hielt er seine neu strukturierte Wahrnehmung für einen Segen. Ihm tat die Masse der Menschen leid, die mit ihren isolierten, abgeschnittenen Sinnen nur die Reflektionen des Lichts sahen und nur die Vibrationen der Luft hörten. Ihre Erfahrung der Welt musste einer einzelnen einsamen Flöte gleichen, während die Welt für Adam eine Symphonie war.

Die Frau auf dem Tisch bewegte sich, ihre Glieder zuckten, ihr Rücken bog sich, so gut er es gegen die Riemen vermochte. Doch diese Bewegung allein bedeutete nichts. Strom, der durch einen toten Frosch lief, brachte das Tier zum Zucken, die Muskeln würden sich anspannen und zusammenziehen. Solche Bewegungen hatten nichts mit Leben zu tun, nicht mehr als ein toter Zweig, der sich im Wind bewegte.

Nach einer angemessenen Pause, in der Adam die Sekunden in seinem metronomisch genauen Geist abgezählt hatte, schaltete er den Strom aus. Die Frau erschlaffte auf dem Tisch. Adam entfernte vorsichtig die Drähte von ihrem Körper, legte sein Ohr zwischen ihre Brüste auf ihren Oberkörper und lauschte.

Ihr Herz schlug wieder, das Geräusch schmeckte wie salziges Meerwasser. Das bedeutete wenigstens, dass er nicht komplett gescheitert war. Ungefähr die Hälfte seiner Experimente kam nicht einmal so weit, weil die Körper seiner Versuchspersonen zu starke unauffällige innere Schäden davongetragen hatten, als dass sie hätten wiederbelebt werden können. Sie blieben einfach tot auf dem Tisch liegen, um später als Futter für die anderen Misserfolge zerhackt zu werden. Zumindest für die, die er behielt.

Er beugte sich vor und sah in das Gesicht der Frau, so friedlich und ruhig. „Erhebe dich", flüsterte er, ein Ritual ohne wissenschaftliche Rechtfertigung, das er sich dennoch erlaubte.

Die Frau öffnete die Augen. Ihre Pupillen waren riesengroß, schwarze Abgründe, die Iris nur ein dünner farbiger Streifen. Aber das bedeutete nicht zwingend, dass sie …

„Unggaahhh!", sagte sie, und obwohl ihre Stimme eine individuelle Tonlage und Klangfarbe hatte, war die Art des

Stöhnens vertraut. Sie schmeckte nach Asche und Galle in seinem Mund. Das Stöhnen war ein Laut des Hungers und der verzweifelten, sinnlosen Gier. Sie zuckte mit dem Kopf zu ihm herum und schnappte so fest zu, dass einer ihrer eigenen Schneidezähne abbrach. Doch Adam war noch immer viel schneller als normale Menschen, und ihr Biss verfehlte das Fleisch seiner Wange. Sie warf ihren Kopf hin und her und zerrte an den Riemen. Die Fesseln knarzten, doch sie hielten. Die Frau war jetzt wesentlich stärker als vor ihrem Tod und ihrer Wiedererweckung. Sie konnte nun das volle Potential ihrer Muskeln nutzen, ohne von Schmerzen, Zerrungen oder Wundheit geplagt zu werden. Doch sie war nicht Adams erstes Versuchsobjekt, noch nicht einmal sein zwanzigstes, und die Riemen waren stark genug und hielten.

Ein weiterer Fehlschlag. Bis jetzt waren sie alle Fehlschläge gewesen, doch die Liebe zog ihre Kraft aus dem Kampf, oder etwa nicht? Eine Liebe, die leichtfiel, konnte man auch leicht wieder verlieren. Adam notierte die Ergebnisse des Experiments in seinem Tagebuch und nutzte dabei eine Geheimschrift, die er selbst erfunden hatte. Dann überlegte er. Sie war reizend, und es wäre großartig gewesen, sie für seine Ehrengarde zu behalten. Seine Forschung ging ständig weiter, und wenn er sie behielte, würde er ihr vielleicht eines Tages eine wahre Auferstehung geben können. Aber nein. Sie war zu reizend, und es war schon eine Weile her, dass Adam seinem Gönner eine arbeitsfähige Frau geschickt hatte. Dessen Kollegen würden aufhören, ihm weiterhin diese armen toten Mädchen zu bringen, wenn er ihnen nicht hin und wieder etwas von dem Gewinn zurückzahlte.

Adam riss ein halbes Blatt Papier aus dem Tagebuch und kritzelte darauf eine Notiz in einem einfacheren Code, die jedem Leser außer dem beabsichtigten Empfänger wie eine bedeutungslose und langweilige persönliche Nachricht erschienen wäre. Er begab sich nach oben ins Erdgeschoss seines schmalen Hauses, das zwischen Lagerhäusern eingequetscht war. Es stand nicht weit von jenem Gebiet innerhalb der Mauern, das die meisten weitläufig umgingen. Die Mauern schlossen fast das gesamte ehemalige Whitechapel ein. Er legte seinen Kapuzenumhang um, setzte die einfache weiße Maske auf, die seine Züge verbarg, und stieß die Tür auf.

Draußen war es früher Abend in einer verwahrlosten Londoner Straße. Der Himmel wurde bereits von den seltsamen Lichtern erhellt, die die Zeitungen „Aurora Britannica" nannten. Sie waren einen Monat zuvor erschienen, und einige schrieben sie dem neuen Liebhaber der Königin und seinen angeblichen Experimenten mit der Atmosphäre zu. Adam interessierten die Lichter oder ihre Ursache höchstens auf eine abstrakte Weise. Seine Belange waren weit bodenständiger.

Er rief: „Du da, Junge", ohne jemand besonderen zu meinen, und ein Straßenjunge mit schmutzigem Gesicht kam aus dem Schatten hervor. „Sir?", sagte er, ohne so nahe heranzukommen, dass Adam ihn hätte berühren können. Adam achtete darauf, seine Sonderlieferungen nur spät nachts und durch die Tunnel unter seinem Haus vorzunehmen, aber dennoch war er Gegenstand wilder Gerüchte. Die Leute vermuteten, dass er lebende Menschen aufschnitt, dass er in einem Experiment entsetzliche Narben davongetragen hätte (daher die Maske), dass er ein Hochadliger war, der an Morbus Konstantin litt (auch daher die Maske), und noch viel absurdere Einfälle. Doch trotz ihrer Befürchtungen hatten einige Straßenkinder, die in der Nähe hausten, gemerkt, dass man von ihm gelegentlich ein paar Münzen bekommen konnte. Normalerweise fand er immer eines, das tapfer genug war, sich ihm zu nähern.

„Kennst du den Süßigkeitenladen in der Hay Street?"

Der Junge nickte.

„Bring dem Ladenbesitzer diesen Brief." Er hielt dem Jungen das Blatt Papier hin, und dieser schnappte es sich und flitzte dann aus Adams Reichweite, so schnell er nur konnte.

Dummer Junge. Adam hätte ihn mühelos fangen können, wenn er gewollt hätte. Bevor er sich das Bein verletzt hatte, war er schnell genug gewesen, Hirsche und Wildschweine einzufangen, ohne außer Atem zu geraten. Wenn die Situation es erforderte, konnte er den Schmerz alter Wunden ignorieren und diese Geschwindigkeit beinahe wieder erreichen.

Adam warf dem Jungen eine Münze hin. Für seine Verhältnisse war es ein Hungerlohn, doch den Jungen konnte es einen Tag lang zu einem kleinen König machen. Leider auch zu einem Ziel für jene, die lieber stahlen, als Botengänge zu erledigen. „Jetzt mach schnell."

„Soll ich eine Antwort bringen?" Dieser Junge war wagemutiger oder brauchte vielleicht dringender Geld als die meisten seiner Kameraden.

„Nein. Es wird keine Antwort kommen." Es war keine erforderlich. Die Vorgehensweise war inzwischen Routine. Der Mann im Süßwarenladen würde seinem Auftraggeber Bescheid geben, der wiederum spät nachts Männer schicken würde, um das neueste misslungene Experiment abzuholen. Adam hoffte, sie würden auch ein neues Versuchsobjekt vorbeibringen. In London fanden sich immer tote junge Frauen, vor allem in den Kneipen und Spielhöllen Southwarks, den engen kleinen Straßen Alsatias, in den von Lampen beleuchteten Gassen Limehouses, in den unzähligen Bordellen des East End. Zumindest in jenen Bereichen, die nicht zugemauert worden waren, um die Stadt vor den siedenden chemischen Reaktionen und immer brennenden Feuern im Innern zu retten.

Adam kehrte in seine Eingangshalle zurück und war bereits müde beim Gedanken an die Arbeit, die vor ihm lag. Er würde der Frau etwas Fleisch zu fressen geben. Menschenfleisch hatte er im Moment keines da. In Ermangelung übriggebliebener Leichen gab er den geistlosen Wiederbelebten Fleischabfälle, weil sie billig waren: Nieren, Lungen, Gehirne. Nachdem er sie gefüttert hatte, würde er sie mit Äther betäuben. Zum Glück atmeten die von ihrer Art noch, sodass Äther bei ihnen wirkte. Einem lebenden Menschen Essen zu geben und ihn dann in Narkose zu versetzen, war gefährlich, sozusagen eine Aufforderung zum Übergeben und zum anschließenden Ersticken. Aber die Toten vertrugen fast alles.

Wenn sie bewusstlos war, würde er ihr Haar abschneiden und es an die Perückenmacher geben. Seine Partner hatten so viele Möglichkeiten, sich zu bereichern. Dann würde er ihre Schädeldecke öffnen und die notwendigen Veränderungen in ihrem Gehirn vornehmen. Das Gerät, das er dort implantieren würde, machte sich die jüngsten Fortschritte in magnetischer Technologie zunutze und hatte eine höchst bemerkenswerte Wirkung auf das Verhalten. Das heißhungrige, unmenschlich starke Geschöpf, das er geschaffen hatte, würde fügsam und sanftmütig erwachen und in der Lage sein, einfachen Anweisungen zu folgen. Obwohl sie den Anschein gehorsamer Lebendigkeit erwecken würde, würde sie keinerlei Selbst besitzen. Sie würde unfähig sein, zu denken oder wahre Gefühle zu empfinden. Trotzdem dachte Adam nicht gern lange darüber nach, zu welchen Zwecken seine Partner sie gebrauchen würden. Vielleicht würden sie sie in einem der niedrigsten der nun illegalen Bordelle unterbringen und als lebendes Mädchen ausgeben, das angeblich stark unter Drogen gesetzt worden war. Er schauderte.

Adam zog den Vorhang vor seiner Tür beiseite und sah auf die leere Straße. Er grübelte über die Stadt da draußen nach, und seine Gedanken wanderten von der Liebe, die sein Leben beherrschte, zum Dreck der Menschheit. London, Opfer dreier Großbrände und unzähliger kleinerer, der ewige Phönix. Jedes Mal neu aufgebaut, selbst nach dem alchemistischen Brand von 1829. Teile dieses Feuers flackerten noch immer in grünlichen Flammen. Soweit man wusste, könnten sie für immer in dem Teil der Stadt brennen, der hinter Mauern verborgen lag. Die Menschen, die zu nah an dem abgeriegelten Gebiet schliefen, litten angeblich unter entsetzlichen Träumen und erfuhren manchmal wundersame Heilung. Adam schenkte solchen Anekdoten jedoch wenig Vertrauen.

Die Einwohner von London trotzten diesen immer wieder auftretenden Opferfeuern in ihrer Stadt. Sie atmeten weiter, paarten sich, spielten um Geld, schrieben, komponierten Musik, tranken Laudanum, rauchten Opium, erstachen sich gegenseitig, studierten die großen Dichter, bauten Häuser, tanzten auf Festen, belieferten ihn mit ihren schönen Toten und enttäuschten ihn ewig. Es gab Zeiten, in denen er die langen Jahre vermisste, die er in einer Art Winterschlaf in der Arktis verbracht hatte, grübelnd und in Erwartung des Todes, der niemals kam.

Die Stadt, sinnierte er, glich fast einer riesigen Versuchsanordnung mit Adam als Versuchsperson. Ihr Ziel war es, herauszufinden, wie lange es dauern würde, bis sein Verlangen nach Liebe sich zu etwas sehr viel Dunklerem wandelte.

Die Ehe zweier Herren

Pembroke „Pimm“ Halliday erwachte mit schrecklichen Kopfschmerzen. Seine Kehle war so trocken wie mehrere Wochen altes Brot, und sein Atem duftete nach dem Erbrochenen von letzter Nacht. Er klingelte nach seinem Diener und vom Läuten der Glocke schien ihm schier der Schädel zu zerspringen. Doch der verfluchte Mensch erschien nicht mit der üblichen Tasse Tee und einem dienstbeflissenen Lächeln in der Tür. Er erschien überhaupt nicht.

Pimm quälte sich in seinen orientalischen Morgenmantel aus Seide. Es war ein bisschen wie ein Ringkampf mit einem Affen, was Pimm tatsächlich schon einmal erlebt hatte, allerdings nicht in nüchternem Zustand. Dann ging er sehr vorsichtig ins Empfangszimmer seines Apartments. Mit leiser Stimme fragte er: „Ransome, sind Sie da?“. Ein lauteres Rufen hätte nur einen weiteren Aufruhr in seinem Schädel verursacht.

„Ransome hat gekündigt“, sagte Freddy. Pimms ältester Freund und liebster Vertrauter saß in einer hellen Ecke des Zimmers und las Zeitung. Er hatte es sich in einem Sessel bequem gemacht, der leider an einem nicht verhangenen Fenster auf der Ostseite stand. „Hast du die neueste Ausgabe des ‚Argus‘ gesehen? Ach, natürlich nicht, du lagst ja noch im Bett. Dieser Artikel von Mr. E. Skye über die sogenannten Flussmonster, die angeblich in der Themse gesehen worden sind, und ein Zeuge betrunkener als der andere? Er ist entzückend. Obwohl ich wette, dass keiner der Zeugen betrunkener war als du letzte Nacht, mein Lieber. Du hättest ein Flussmonster nicht einmal bemerkt, wenn es durch deine Badewanne geschwommen wäre. Mr. Skyes Geschichte trifft genau den richtigen Ton, bissig und lustig zugleich, ohne in Respektlosigkeit abzugleiten. Er zitiert ausführlich die Flussarbeiter und lässt ihre eigenen Worte wirken. Im Journalismus ist sein Talent wirklich vergeudet, er sollte lieber …"

Pimms Verstand näherte sich langsam wieder seinem üblichen Effizienzgrad. „Ransome ist fort? Er hat gekündigt? Warum zum Teufel sollte er das tun?" Pimm ließ sich in einem anderen Sessel nieder, so weit weg vom Licht wie nur möglich. Er blinzelte. Freddy schien nicht viel anzuhaben, und wenn das Gegenlicht nicht gewesen wäre, hätte er wohl schockierend viel Haut gezeigt. „Herrgott, Mann, bedecke dich! Wie oft muss ich dir noch sagen, dass ich kein Bedürfnis habe, deine nackte Haut zu sehen?"

„Dann schau nicht hin." Freddy schlürfte unbeeindruckt seinen Tee und war dabei geschickt genug, Tasse, Zeitung und Zigarette gleichzeitig zu halten. „Wenn du ein Korsett anziehen müsstest, wann immer du das Haus verlässt, würdest du diese befreiten Augenblicke ebenso sehr genießen wie ich. Was Ransome angeht: Er sagte, er könne es einfach nicht mehr ertragen, ständig die Waschschüsseln von deinem Erbrochenen zu reinigen. Deshalb sprach er uns sein Bedauern aus. Ich sagte ihm, ich könne das recht gut verstehen und zahlte ihm seinen restlichen Monatslohn. Ich habe ihm versprochen, dass sein Zeugnis voll des Lobes sein würde, obwohl mir scheint, man hat ihm bereits eine neue Stellung angeboten."

„Ich hoffe, du warst während des Gesprächs nicht so angezogen wie jetzt." Pimm wand sich in seinem Sessel und zog sich die Vorderseite seines Morgenmantels über den Kopf, um seine

Augen zu bedecken. Oh, seliges Halbdunkel. „Oder sollte ich sagen, ausgezogen."

„Wenn ich so angezogen gewesen wäre wie jetzt, wäre er bestimmt geblieben, meinst du nicht? Er hätte mir vermutlich seine Dienste angetragen. Er war doch immer so schockiert, dass ich keine Kammerzofe habe."

„Nicht so schockiert wie die Kammerzofe, die käme, um dich zu bedienen", sagte Pimm. „Hättest du nicht versuchen können, ihn umzustimmen? Ransome macht guten Tee und noch besseren Brandy mit Soda. So einen könnte ich jetzt gebrauchen. Welches von beiden ist mir gleich. Am liebsten beide." Er lugte kurz unter seinem Morgenmantel hervor. „Das war ein dezenter Wink."

„In der Küche steht ein Wasserkessel. Bedien dich."

„Du weißt, ich habe Angst vor diesem Herd. Zu meiner Zeit haben wir noch überm Feuer gekocht, nicht über eingefangenen Blitzen. Nun ja, man hat gekocht. Ich nicht."

„Du bist ein Kind, Pimm. Wir leben in einem Zeitalter der Wunder. Elektrizität, Magnetismus und alchemistische Innovationen verwandeln die Welt."

„Ja, und wofür verwendet man sie, hmm?" Pimm nahm seine improvisierte Kopfbedeckung ab und warf Freddy seinen bösesten Blick zu. „Neue Methoden, Menschen umzubringen, und die Produktion von mechanischen Prostituierten."

„Für meinen Geschmack hätte es die mechanischen Prostituierten ruhig schon ein bisschen früher geben können", sagte Freddy eisig.

Pimm zuckte zusammen. „Sicher, natürlich, ich wollte nicht … Verzeihung." Zu Beginn ihrer gegenwärtigen Übereinkunft war Freddy recht oft in düsteren Stimmungen versunken. Manchmal hatten sie tagelang angedauert, mürrische Stürme, ab und zu erhellt vom heftigen Aufblitzen seines ungestümen Zorns. Doch im letzten Jahr hatte sich die Lage beruhigt, Freddy hatte sich an den neuen Status quo gewöhnt und war im Großen und Ganzen eindeutig zufrieden gewesen. Es war beeindruckend. Freddy hatte ein paar harte Jahre durchgemacht und war Opfer einer Krankheit, der Gesellschaft und seiner Familie geworden, alles auf einmal. Pimm war sich nicht sicher, ob er das auch nur halb so gut verkraftet hätte.

Als Freddy sich erhob und durchs Zimmer ging, konnte Pimm sich nicht zurückhalten. Er spähte unter dem Stoff hervor. Einen Augenblick später wandte er den Blick ab von den sahnig aufblitzenden Brüsten, den wohlgeformten Beinen, den geschmeidigen Muskeln der Schenkel. „Bitte zieh dir etwas an, ich ertrag es nicht!"

„Du bist ein Tier", sagte Freddy amüsiert, während er einen Papierstapel sortierte, der auf dem Tisch neben der Tür lag. „Gut, dass ich nicht wirklich deine Frau bin, sonst könnte so eine Äußerung meine Gefühle verletzen."

„Erzähl das mal der Kirche", sagte Pimm. „In deren Augen sind wir jedenfalls verheiratet."

„Abgesehen davon, dass ich vor dem Gesetz immer noch ein Mann bin, was dein Argument entkräftet."

„Was die Kirche nicht weiß …", brummte Pimm. Die Opfer des Morbus Konstantin hatten rein rechtlich gesehen das gleiche Geschlecht, das sie auch bei ihrer Geburt gehabt hatten. Sonst hätte es passieren können, dass eine Tochter sich in einen erstgeborenen Sohn verwandelte und statt ihrer jüngeren Brüder das väterliche Vermögen erbte. In der Praxis tauchten die meisten Opfer des Morbus Konstantin allerdings unter oder versuchten, sich als ihr ursprüngliches Geschlecht auszugeben. Manche wechselten wie Freddy einfach ihre Identität und fingen ein neues Leben an. Vor allem die Frauen, die in Männer verwandelt worden waren, bevorzugten diese Lösung, da sie ihnen allerhand neue Möglichkeiten eröffnete.

„Wir führen eine ziemlich unvernünftige Vernunftehe, was?", sagte die Dame des Hauses. „Also gut, ich werde mir etwas anziehen." Freddy ging ins Schlafzimmer, ohne die Tür zu schließen, und rief heraus: „Ich gehe später zu einem Salon. Es kann sein, dass Christina Rossetti kommt. Ihre letzten Gedichte sind nicht ganz so gut wie ihr ‚Markt der Kobolde', aber trotzdem ist sie sehr unterhaltsam." Freddy kam zurück und sah im Gehen in einen Handspiegel.

„Ihr fortschrittlichen Frauen mit euren intellektuellen Betätigungen. So wie du im Keller an deinen Erfindungen herumwerkelst und hier oben deine Gedichte schreibst, bist du dein eigener Kunst- und Wissenschaftsverein." Pimm riskierte einen Blick auf seinen Freund, zuckte dann zurück und sah weg. „Du warst potthässlich, als du noch ein Mann warst, Freddy, mit einem Froschgesicht und Storchenbeinen. Wie kann es sein, dass du nach dem Fieber so, so …"

Freddy legte den Spiegel auf einem Beistelltisch ab und stellte sich vor Pimms Sessel, die Hände in den Hüften gestemmt. Er … sie … verflucht. Pimm versuchte, die Verwendung von Pronomen in Bezug auf diese Person, die genau genommen sein Ehepartner war, zu vermeiden. Die meisten Menschen sahen Freddy in der Tat als Frau. Allgemeiner war er unter dem Namen „Winifred Halliday, geborene Sandoval" oder streng genommen als „Lady Pembroke" bekannt. Freddy eine Sie zu nennen, erschien ihm immer natürlicher. Das machte ihre öffentlichen Auftritte weniger verwirrend, erschien jedoch in gewisser Weise auch wie ein Verrat an dem Mann, der schon so lange Pimms Freund war.

Freddy trug nun ein halb aufgeknöpftes und glücklicherweise zu großes Männerhemd und, wie es schien, nichts darunter. Ihr Haar war eine goldene Wolke, ihre Stupsnase hinreißend. Ihre vollen Lippen hatte sie gerade zu einem Schmollmund verzogen. „Wenn ich hässlicher wäre, würde ich einen falschen Schnurrbart tragen, meine Brüste mit Stoffstreifen abbinden und so als Mann durchgehen. Manche von diesen Mistkerlen hatten mit ihrer Umwandlung sehr viel mehr Glück." Freddy seufzte. „Obwohl ich vermutlich auch Glück hatte. Immerhin bin ich nicht gestorben oder mitten in der Veränderung steckengeblieben, wie es anderen passiert ist.“ Morbus Konstantin war unvorhersehbar und sein Verlauf konnte schrecklich sein, wenn auch manche der Ansicht waren, die Verwandlung in eine Frau sei mit Sicherheit schlimmer als der Tod. Da spricht jemand, der noch nie gestorben ist, dachte Pimm sich dabei immer.

„Du hast mir das Grauen erspart, jemand anderen heiraten zu müssen“, sagte Pimm. „Jemanden, der meiner Familie gepasst hätte.“ Pimms Heirat mit der mysteriösen Winifred Sandoval, einer Person ohne besonders namhafte Familie, hatte weder seine Tanten und Onkel noch seinen älteren Bruder, den Marquis, begeistert. Er hatte einen leidenschaftlichen Vortrag über wahre Liebe halten müssen, und sie hatten der Sache schließlich zugestimmt. Hauptsächlich, damit er endlich aufhörte, Liebesgedichte zu rezitieren. Die weisen Oberhäupter der Familie waren froh, dass er überhaupt irgendjemanden geheiratet hatte. Sie hofften wohl, dass er aufhören würde, seinen berühmten älteren Bruder öffentlich zu blamieren, nun, da er bei einer guten Frau zur Ruhe gekommen war.

Er hatte sie leider enttäuscht. Dass er trank, spielte und das Leben eines Bonvivants führte, störte sie nicht wirklich. Zu jeder guten Familie gehörten auch ein paar verlotterte Verschwender. Nein, was sie störte, war diese andere Sache. Sein Steckenpferd. Das Einzige, das er außer trinken und Whist spielen noch gut konnte. Die Sache, die seinen Namen in die Zeitungen brachte.

„Hmm“, machte Freddy. „Es ist gut zu wissen, dass ich irgendeiner armen Frau ein elendes Leben an deiner Seite erspart habe. Oh, es ist übrigens ein Brief für dich gekommen. Er liegt an der Tür. Ich hatte eigentlich vor, ihn dir zu bringen, aus Rücksicht auf deine offenkundigen Kopfschmerzen. Aber dann hast du meine Figur beleidigt und verlangt, dass ich mich bedecke.“

„Du hast eine gute Figur. Das ist ja das Problem." Pimm stand ächzend auf und ging zum Tisch neben der Tür, während Freddy wieder zurück in ihr Schlafzimmer tänzelte. Sein Ehepartner versuchte seit längerem, sich eine feminine Körperhaltung anzugewöhnen, doch sie ließ sich zu oft von Frauen aus der falschen Schicht unterrichten. Pimm sah die Post durch, bis er den Brief fand, den Freddy gemeint hatte. Er riss ihn auf und las die wenigen Zeilen, während er noch an der Tür stand. Dann zerknüllte er das Papier in seiner Faust. „Verdammt. Freddy!", schrie er. „Wann ist dein Salon?"

„Ich habe noch ein paar Stunden Zeit, obwohl ich davor eigentlich einkaufen gehen wollte."

Freddy erschien, noch immer nur halbbekleidet. „Warum?"

„Abel Value will sich mit mir treffen."

„Ach, du meine Güte." Freddy sah einen Augenblick an die Decke und summte ein bisschen. „Wann?"

„Er schlägt vor, dass wir uns zum Mittagessen treffen."

„Verflixt. Dabei sollte doch heute ein Wissenschaftler zum Salon kommen, ein Experte für eine bestimmte Fischart, die manchmal das Geschlecht wechselt. Er hat einige interessante Ideen bezüglich der Ursache des Morbus Konstantin. Verseuchte Wasservorräte oder so etwas, glaube ich."

„Besser als die Geistlichen, die behaupten, die Verwandlungen seien Gottesurteile, weil die Männer zu verweiblicht geworden seien und die Frau zu sehr wie Männer. Ehrlich gesagt bin ich nicht geeignet, irgendeine der beiden Theorien auf ihre Vorzüge hin zu beurteilen. Ich bin weder in der Biologie noch in der Theologie besonders bewandert. Ich denke, ich kann die Sache mit Value selbst regeln."

„Papperlapapp", sagte Freddy. „Wo triffst du ihn? Im Luna Club?"

„Ich will in meinem Club nicht mit ihm gesehen werden, und das weiß er. Er schlägt vor, dass wir uns hier treffen."

Freddy nickte nachdenklich. „Hmm. Dein begehbarer Kleiderschrank und dieses Zimmer hier haben eine gemeinsame Wand, und mittags liegt diese Seite recht gut im Schatten. Ich kann zwei kleine Löcher bohren, eines zum Durchgucken und eines für den Lauf der Luftpistole. Sorg nur dafür, dass Mr. Value in diesem Stuhl sitzt, gegenüber vom Fenster. So scheint ihm die Sonne in den Augen, und ich kann ihn gut treffen, falls das erforderlich sein sollte."

„Er wird vermutlich einen seiner Männer mitbringen", sagte Pimm. „Der zweifellos auf Abruf vor der Tür herumlungern wird."

„Dann also drei Löcher, und ich werde beide Pistolen vorbereiten."

„Du bist die beste Ehefrau, die ein Mann sich wünschen kann", sagte Pimm.

Sein Freund zeigte sein wölfisches Grinsen, zumindest das hatte sich durch seine Verwandlung vom Mann zur Frau nicht verändert. „In gewisser Hinsicht durchaus", stimmte Freddy zu.

Hirngespinste und Skandale

Eleanor Irene Skyler wurde von ihren Freunden „Ellie" genannt, obwohl ihr Verfasserkürzel in der Zeitung „E. Skye" lautete, mit zusätzlichem „e" am Ende, weil ihr Chefredakteur diese Form kultivierter fand. Sie stieg aus der elektrischen Tram und trat direkt in einen sehr unkultivierten Haufen Pferdemist. Sie fluchte nicht laut, denn obwohl sie zwangsläufig mehr Eigenständigkeit besaß als die meisten Frauen in der Stadt, konnte sie ihre gute Erziehung doch nicht ganz vergessen. Nachdem sie ihren Schuh, so gut es ging, an einem Pflasterstein abgeschabt hatte, wich sie einem weiteren Haufen Pferdeäpfel aus und begab sich zum Büro des ‚London Argus', nicht weit vom Printing House Square entfernt.

Die Straßen Londons waren noch immer ein stark umkämpftes Terrain. Die neuen elektrischen Trams polterten ihre vorherbestimmten Routen entlang, während traditionellere Verkehrsteilnehmer zu verhindern versuchten, dass man ihre Pferde überfuhr. Natürlich hatten die meisten Menschen weder Geld für ein Pferd noch für die Tram und gingen zu Fuß. Mit den elektrischen Omnibussen hatte es bereits einige größere Unfälle gegeben, und über manche davon hatte sie in der Zeitung berichtet. Deshalb fuhr sie mit der leuchtend roten

„Teufelstram", so oft sie konnte, in der Hoffnung, Augenzeugin einer weiteren derartigen Katastrophe zu werden. Selbst die Londoner, die sich die Fahrt leisten könnten, nahmen meistens lieber nicht die Tram. Zum einen aus Angst vor einem Zusammenstoß und zum anderen, weil die Dinger sowieso nicht viel schneller waren als ein strammer Fußmarsch. Auch wenn das die Schwere der Unfälle schon wieder abmilderte. Die Omnibusse gehörten jedoch zu Sir Bertrams Zukunftsvision für ein schönes neues London, und deshalb bestand die Königin darauf, dass sie in Betrieb blieben. Wahrscheinlich würden sie mit der Zeit in den Hintergrund des Stadtbildes rücken und nicht länger als Neuheit gelten. Schließlich waren selbst die Eisenbahnen den Menschen einmal gefährlich und schockierend erschienen.

Die Stadt London und die ganze Welt hatten sich seit Ellies Kindheit enorm verändert. Es war kaum mehr als ein Dutzend Jahre her, dass die Weltausstellung im Kristallpalast den Anbruch eines neuen Zeitalters des wissenschaftlichen Fortschritts und der Industrie angekündigt hatte. Dieses hypothetische Zeitalter war viel schneller Wirklichkeit geworden, als sie es sich je hätte vorstellen können. Teile der Londoner Innenstadt waren jetzt an das Stromnetz angeschlossen, sodass es nie wirklich Nacht zu werden schien. Emsig surrende Rechenmaschinen ermöglichten immer größere technische Meisterleistungen. Dazu gehörte auch der Tunnel unter dem Ärmelkanal, der zum ersten Mal von George Ward Hunt vorgeschlagen worden war und für den kürzlich die Grabungen begonnen hatten. Medizinische Fortschritte wie Magnetfeldmanipulatoren und Pasteurs kontroverse Keimtheorie hatten die Lebensbedingungen aller Menschen verbessert – ja, ohne Pasteurs Neuerungen wäre der Prinzgemahl zweifellos an Typhus gestorben. (Dass er am Leben geblieben war, hatte ihm allerdings auch nicht viel gebracht. Wahrscheinlich wünschte er sich inzwischen, er wäre tot.)

Jeden Tag war von weiteren Fortschritten die Rede, von Flugmaschinen, die schneller vorankamen als die schnellsten Luftschiffe, bis hin zu Expeditionen hinab in die Tiefen der Erde. Es gab hohe Bergteleskope, die so stark waren, dass man mit ihnen angeblich die Umrisse riesiger außerirdischer Städte auf den Jupitermonden erkennen konnte. Nun war Bertram Oswald sogar dabei, seine eigene „Weltausstellung" vorzubereiten, die im Hyde Park stattfinden sollte. Es war ein großes Ereignis, bei dem alle neuesten technischen Wunderwerke gezeigt werden sollten, die in England entstanden waren. Die meisten davon stammten bemerkenswerterweise von Oswald selbst, dem größten Geist ihrer Zeit, wie er selbst nie müde wurde zu betonen. Das Schlimmste war, dass er damit höchstwahrscheinlich Recht hatte.

Natürlich hatte der Fortschritt auch seine dunklen Seiten: hochentwickelte Automaten, die für unsittliche Zwecke missbraucht wurden, die schrecklichen neuen Kriegsmaschinen, Morbus Konstantin und seine prominenten Opfer. Der eigentlich bedeutungslose Begriff „Morbus Konstantin" ging auf einen Druckfehler in einer rivalisierenden Zeitung zurück. „Morbus Konstantinopolis" war für den Schriftsetzer wohl zu schwierig gewesen, und zum Entsetzen von Grammatikern und Historikern war die vereinfachte Variante der Öffentlichkeit im Gedächtnis geblieben.

Jedenfalls war es eine großartige Zeit für Journalisten. Zwar gaben Katastrophen bessere Geschichten her als glorreiche Erfolge, aber auch die hellen Seiten des Fortschritts füllten die Zeitungsspalten und zogen die Blicke der Leser an. Obwohl das Essen bei diesen Veranstaltungen immer köstlich war, wollte Ellie nicht länger über noble Galas und die Hochzeiten der Reichen schreiben. Ihr Chefredakteur Cooper hatte sich schließlich ihren Beschwerden gebeugt und ihr einen neuen Auftrag gegeben. Sie sollte die Flussschiffer, die Themseweiber und die Schlammwühler über die Monster befragen, die in den Fluten gesehen worden waren. Er hatte geglaubt, so derbe Gesellschaft würde sie davon abbringen, um interessantere Aufgaben zu bitten, doch da hatte sie ihn enttäuschen müssen. Er hatte die Passagen ihres Artikels, in denen vernünftigere und glaubwürdigere Stimmen zugaben, seltsame Dinge im Fluss gesehen zu haben, gestrichen, doch sie warf es ihm nicht vor. Sie hatten nur noch wenig Platz übrig gehabt, und die verrückteren Sprüche lasen sich einfach besser. Ellie selbst hatte keine Monster im Fluss gesehen, doch sie hatte mit Menschen gesprochen, die fest daran glaubten.

In der Redaktion herrschte wie üblich geschäftiges Treiben. Man redete wild durcheinander, und über allem hing der Geruch nach Tinte. Sie schlängelte sich mit der Anmut einer Tänzerin an den Schreibtischen und Kollegengrüppchen vorbei, ehe sie ohne anzuklopfen im Büro des Chefredakteurs verschwand.

„Oh, gut, Sie haben meine Nachricht erhalten." Cooper sah von seinem Schreibtisch auf, der mit Papieren übersät war wie Whitechapel mit Trümmerhaufen. „Dann werden Sie sich also Ende der Woche einschiffen?"

„Nein." Cooper hielt nichts davon, seine Reporter zum Trödeln und Schwatzen zu ermuntern, weswegen auf dieser Seite des Schreibtischs kein Stuhl stand. Deshalb beugte sie sich über den Schreibtisch und stützte sich dabei auf zwei festen Stapeln Zeitungspapier ab. „Ich habe kein Interesse daran, über die neueste französische Mode zu berichten."

„Widerspenstiges Weib." Cooper blies in seine Pfeife und erzeugte eine Rauchwolke, die nach seinem widerlichen Gewürztabak stank. „Sie wollten, dass ich Sie ins Ausland schicke, und nun weigern Sie sich, nach Paris zu reisen."

„Schicken Sie mich nach Mexiko, um über den Krieg zu berichten. So eine Reise meinte ich."

„Mexiko? Wohl kaum. Sprechen Sie überhaupt Spanisch?"

Sie hatte mit Einwänden bezüglich ihrer Sicherheit oder mit Hinweisen auf die Schwäche ihres Geschlechts gerechnet. Manchmal hatte sie das Gefühl, fast fünfundzwanzig Jahre lang nur gegen diese Argumente angekämpft zu haben. Doch diese neue Taktik gab ihr zu denken. „Nein, also, ich …"

„Aber Sie sprechen fließend Französisch?"

„Ja, natürlich, aber – nein! Ich habe kein Interesse an Mode, Cooper."

„Das ist offensichtlich", sagte Cooper noch immer so ruhig, dass sie wütend wurde. Sie hatte den Drang, ihm mitzuteilen, dass sein Bart absolut lächerlich aussah, doch sie hielt sich zurück. Oberlippenbärte und kunstvolle Backenbärte im Dundreary-Stil waren bei Männern gerade groß in Mode. Sie dienten wohl als Beweis, dass die Männer nicht an Morbus Konstantin erkrankt waren und dies zu verschleiern versuchten. Falsche Schnurrbärte waren allerdings zweifellos überall erhältlich, für die, die sich tatsächlich verwandelt hatten und einen männlichen Schein wahren wollten. Sie befand, dass Coopers Nasengewächs nicht alberner war als die meisten anderen, auch wenn das nicht viel hieß.

„Bitte", sagte sie und versuchte es mit Entgegenkommen. „Vielleicht könnte ich etwas in der Nähe tun und Ihnen die Ausgaben einer Atlantiküberquerung ersparen. Schicken Sie mich nach Paris, wenn der Tunnel fertig ist, und dann werde ich über den neuartigen Reiseweg berichten und über die Kleider, die ich auf der anderen Seite zu sehen bekomme. Bis dahin habe ich etwas anderes im Sinn. Die ersten Zeilen habe ich schon geschrieben." Sie öffnete ihr Notizbuch und ärgerte sich wieder einmal über den anmutigen Schwung ihrer Handschrift, der nicht zum Ernst und der Schärfe passte, die sie zu vermitteln versuchte. Ihre Texte gefielen ihr weit besser, wenn ein Schriftsetzer sie in akkurate Zeilen gesetzt hatte. Sie legte das Notizbuch vor Cooper auf den Tisch, und er seufzte und begann zu lesen. Sie hatte die Zeilen noch im Kopf und konnte fast verfolgen, wie seine Augen über die Zeilen huschten.

‚Es ist äußerst ironisch, dass kein wohlhabender oder einflussreicher Mann jemals zugeben wird, ein mechanisches Freudenhaus betreten zu haben – da man doch nur wohlhabende und einflussreiche Männer überhaupt durch diese eleganten und wohlbewachten Türen lässt. Wir vom Argus freuen uns, Ihnen nun stellvertretend Zutritt zu gewähren, und bieten Ihnen die seltene Gelegenheit, die samtausgeschlagenen Zimmer in diesen Häusern der...‘

„Gütiger Himmel." Cooper schlug das Notizbuch zu. „Sie können doch nicht ernsthaft eine solche Recherche vorschlagen! Sie wissen, dass ich Ihre Artikel genauso hoch schätze wie die der meisten Männer. Aber Sie sind kein Mann, und man würde keiner Frau jemals Einlass gewähren in einem von diesen, diesen ..."

„Mechanischen Bordellen? Zahnradbetriebenen Hurenhäusern? Tempeln der technischen Unvergänglichkeit?"

„Ja. Diese Dinger. Wie wollen Sie da hineinkommen?"

„Durch Täuschung natürlich. Ich kann mit tiefer Stimme sprechen", sie machte es ihm vor, „und mich als Mann verkleiden. Solche Verkleidungen sind nicht schwer zu bekommen. Ohne vulgär klingen zu wollen, ich bin mir durchaus bewusst, dass meine Figur sich für einen solchen Trick besser eignet als manch andere. Es ist ja nicht so, dass ich eine Liaison mit einer mechanischen Kurtisane vollziehen müsste, um über sie zu schreiben."

„Solche Einzelheiten würden wir auch nicht drucken. Wir sind schließlich nicht der Lantern, es gibt Abgründe, in die wir nicht sinken werden." Er schüttelte den Kopf. „Nein. Ich kann das nicht gestatten."

„Oh, aber wenn ich allein gehen würde, ohne Erlaubnis – würde die Geschichte, die daraus entsteht, Sie interessieren? Oder soll ich sie stattdessen dem Lantern verkaufen?"

Er seufzte. „Ellie, wenn ich Ihr Vater wäre oder Ihr Bruder ..."

„Das sind Sie aber nicht." Es gab auch niemand anderen. Sie hatte keine lebenden Verwandten mehr und war deshalb gezwungen, vom Schreiben zu leben, was sie allerdings gern tat. Cooper war ein Freund ihrer Familie gewesen, und Ellie fragte sich manchmal, ob er einst ihrer Mutter den Hof gemacht hatte. Zunächst hatte er ihr Arbeit gegeben, weil er Mitleid mit ihr gehabt hatte. Doch dann hatte er angefangen, auf ihre zuverlässigen und fristgerecht verfügbaren Texte zu vertrauen. Manchmal behandelte er sie trotzdem noch wie seine jüngere Schwester, aber das geschah nicht mehr so oft wie früher.

„Es würde anonym erscheinen müssen", sagte Cooper, nachdem er einen langen Augenblick nachgedacht hatte.

„E. Skye ist schon ein Pseudonym, und abgesehen davon glaubt jeder, es sei ein Männername. Halten Sie etwa größere Vorsicht für angebracht?"

„Die Männer, die diese Etablissements führen, sind unangenehme Zeitgenossen. Es ist sicherlich besser, wenn sie den Urheber eines solchen Artikels nicht so leicht identifizieren können. Die Wahrheit hinter einem Pseudonym kann man aufdecken. Es ist besser, überhaupt keinen Namen anzugeben. Wenn Sie den Artikel schreiben – und ich hoffe immer noch, dass Sie es nicht tun –, wird ganz einfach ‚ein Herr' als sein Verfasser genannt werden. Ich muss noch einmal wiederholen, dass ich starke Einwände gegen ..."

„Zur Kenntnis genommen", sagte Ellie.

„Aber natürlich werden Sie meinem Rat nicht folgen. Warum sollten Sie diesmal anders handeln als sonst?" Er seufzte. „Wann wollen Sie sich dort einschleichen?"

„Oh, erst später heute Abend. Ich bezweifle, dass ein solches Etablissement vor Einbruch der Dunkelheit überhaupt geöffnet hat."

Cooper klopfte mit der Spitze seines Füllfederhalters auf den Schreibtisch. „Zuerst berichten Sie über die Monster im Fluss, und nun wollen Sie die Wollust der städtischen Elite enthüllen. Von Hirngespinsten gehen Sie direkt zu Skandalen über, Ellie."

„Wenn es Ihnen nicht gefällt, dann lassen Sie mich doch Kriegsberichterstatterin werden." Sie machte einen ironischen Knicks und spazierte aus dem Büro, während vor ihrem inneren Auge bereits Bilder von Schnurrbärten und Hosen tanzten.

TREFFEN MIT VALUE

Letztlich beschlossen sie, doch etwas umsichtiger zu sein, und hängten einen nicht allzu teuren chinesischen Wandteppich vor die beiden Löcher, die sie für die Pistolenläufe gebohrt hatten. Nur ein Loch ließen sie unverdeckt, sodass Freddy hindurchsehen konnte. Der Teppichstoff würde die Pistolenkugeln nicht abfangen. Pimm hoffte von Herzen, dass sich diese Vorbereitungen als unnötig oder sogar paranoid erweisen würden, aber nach allem, was er über Abel Value wusste, waren die Vorkehrungen kluge Maßnahmen. Der Mann war in einer Branche tätig, in der man gelegentlich jemanden töten musste, um die Geschäfte am Laufen zu halten. Zwar rechnete Pimm nicht damit, in seiner eigenen Wohnung ermordet zu werden, doch etwas Vorsicht konnte nie schaden.

Als es schließlich an der Tür klopfte, waren seine Kopfschmerzen fast abgeklungen, und er hatte es sich in dem Sessel bequem gemacht, in dem Freddy am Morgen gefaulenzt hatte. Er wartete einen Augenblick, dann fiel ihm ein, dass ihr Diener diesen Morgen gekündigt hatte, und er blickte verärgert drein. Ein weiteres Klopfen ertönte, diesmal lauter, und er rief: „Kommen Sie rein!"

Die Tür ging auf, doch Value trat nicht als Erster ein. Ein Mann kam herein, der etwa so groß wie ein Raddampfer war.

Er musste den Kopf einziehen, damit er nicht gegen den Türrahmen stieß, und sah sich prüfend im Zimmer um. Dann stellte er sich an die Wand neben der Tür, legte die behandschuhten Hände übereinander und blickte Pimm teilnahmslos an.

„Big Ben, nicht wahr?", fragte Pimm.

Der Mann machte ein finsteres Gesicht. Es gefiel ihm offenbar nicht, dass jemand wie Pimm seinen Namen kannte. „Ja, Sir."

Abel Value betrat das Zimmer, doch Pimm beachtete ihn nicht, weil er noch mit dem Leibwächter sprach. „Hat man dich nach Benjamin Caunt, dem Preisboxer, benannt? Du bist mindestens so groß wie er. Oder, ha! Nach der Glocke im Uhrenturm?"

„Man nennt mich so, Sir, weil ich sehr groß bin, Sir, und weil mein Name Benjamin ist." Er sprach ruhig und deutlich, sein Ton war knochentrocken. Pimm dachte bei sich, wie dumm es war, anzunehmen, dass ein Mann nicht klüger sei als ein Ackergaul, nur weil er ähnlich groß war.

„Das finde ich überaus logisch."

„Man nennt Sie ‚Pimm', nicht wahr, Sir?", fragte Big Ben. Sein Ton war respektvoll, sein Gesichtsausdruck war es jedoch ganz und gar nicht.

„Manche tun das", bestätigte er.

„Warum, wenn ich fragen darf, Sir?"

„Ich nehme an, weil mein Vorname Pembroke ist, und weil ich ein berüchtigter Trinker bin, Benjamin. Pimm's Cup ist nicht mein Lieblingsgetränk, trotzdem ist es ein recht gelungener Scherz, jedenfalls für meine Zechkumpan."

Pimm wandte seine Aufmerksamkeit Abel Value zu, der entweder der berüchtigtste Verbrecher oder der erfolgreichste Geschäftsmann Londons war – je nachdem, wen man fragte und welche Leute mithörten, wenn man die Frage stellte. Value trug einen Anzug, der mit Sicherheit mehr gekostet hatte als

Pimms eigener. Er hatte eisengraues Haar, sein Gesicht war entgegen der aktuellen Mode glattrasiert, und er hatte sich schon mindestens einmal die Nase gebrochen. Er versuchte gar nicht erst, sein Grinsen zu verbergen, und tätschelte seinem Leibwächter den Arm, als er an ihm vorbeiging.

„Guten Tag, Sir", sagte Pimm. „Was verschafft mir die Ehre?" Er wies auf den einzigen freien Sessel. Die anderen Sitzgelegenheiten hatte Freddy fortgeschafft, um sicherzustellen, dass Value sich an die richtige Stelle setzte.

„Die Not", meinte Value, und Ben schloss hinter ihm die Tür. Value betrachtete einen Moment lang den leeren Sessel und schien zu überlegen, ob es sich dabei wohl um eine Falle handelte. Dann setzte er sich hin, schlug die Beine übereinander und faltete die Hände über dem Knie. „Ich muss Sie um Hilfe bitten, Halliday, und Sie müssen mir helfen."

„Oh", machte Pimm. „Ich gestehe, dass ich etwas überrascht bin. Ich hatte gedacht, dass Sie mit mir über Mr. Martinson sprechen wollten."

Abel runzelte die Stirn. „Ich habe keine Ahnung, was Sie meinen. Es ist natürlich eine schreckliche Tragödie, dass der Schuft nicht zur Rechenschaft gezogen werden konnte, doch ich habe mit seinem bedauerlichen Ableben nichts zu tun."

„Ach, wirklich. Ich hatte den Eindruck, dass meine Nachforschungen über seine Geschäfte Ihnen nicht gefallen haben."

Abel zuckte die Schultern. „Martinson war ein alter Freund von mir. Selbstverständlich wollte ich nicht recht glauben, dass er in ein Verbrechen verwickelt gewesen sein soll. Ich nahm an, dass Sie falsch informiert seien, oder eben in böser Absicht handelten, als Sie ihn bei der Polizei anzeigten. Aber da Martinson sich nun das Leben genommen hat, kann ich nur schlussfolgern, dass er Schuldgefühle hatte. Eine Schande, das Ganze. Er war ein guter Mensch, aber zu schwach."

Pimm nickte bloß. Martinson war der Direktor einer angesehenen Privatschule gewesen, jedoch hatte er seinen Schülern illegale alchemistische Stimulanzien verkauft, und einige der Kinder waren an einer Überdosis gestorben. Eines von ihnen war der Neffe von Pimms altem Schuldfreund gewesen, sodass dieser ihn gebeten hatte, der Sache auf den Grund zu gehen. Martinsons Schuld hatte sich leicht beweisen lassen. Doch Pimm hatte gehofft, er könne dadurch auch Value belasten, der mit Sicherheit die Drogen geliefert hatte, aber stets unerreichbar schien. Stattdessen – nun ja. Das Gericht hatte entschieden, dass Martinsons Tod Selbstmord gewesen war, lieber tot als ehrlos und so fort. Pimm hatte da so seine Zweifel.

„Ich bin heute hier“, sagte Value, „um Ihre Dienste als Privatdetektiv in Anspruch zu nehmen.“

Pimm war so überrascht, als hätte Value um seine Hand angehalten. „Ich glaube, Sie missverstehen meine, ähm, Situation. Ich habe mich zwar gelegentlich für einige Freunde eingesetzt oder die Polizei unterstützt und kleine Versuche unternommen, ihr bei ihren Ermittlungen behilflich zu sein. Aber ich habe immer vollkommen inoffiziell agiert. Obwohl ich ein gewisses dilettantisches Interesse an Kriminologie habe, kann ich mich kaum einen Detektiv nennen, und ich stelle meine bescheidenen Dienste leider nicht gegen Geld zur Verfügung.“ Er schmunzelte selbstironisch. „Ich fürchte, meine Familie würde es nicht ertragen, wenn ich diesen Beruf ergriffe. Sie würden es wohl kaum als eine vornehme Tätigkeit betrachten.“

„Er braucht verdammt viele Wörter, um nein zu sagen, nicht wahr, Ben?“

„Manche würden sagen, dass man daran den gebildeten Menschen erkennt“, meinte Ben.

„Hören Sie mir zu, Lord Pembroke“, sagte Value und beugte sich vor. „Jemand bringt meine Huren um, und ich muss herausfinden, wer es ist.“

Weibliche Künste

Zu Ellies Bekanntenkreis gehörte ein gewisser Schneider in der Savile Row, der neben seinen übrigen Geschäften auch die Männer versorgte, die sich durch Morbus Konstantin verwandelt hatten und diese Tatsache geheim halten wollten. Obwohl Mr. James wie die meisten Leute ein starkes Misstrauen gegenüber der Presse hegte (diese Einstellung wurde durch die Geschäfte in seinem Hinterzimmer, die geheim bleiben mussten, womöglich noch verstärkt), mochte er Ellie. Immerhin war sie einst mit seinem Neffen David verlobt gewesen, und deshalb duldete er ihre Neugierde. David hatte bei der britischen East India Company gearbeitet und war traurigerweise 1858 beim Indischen Aufstand umgekommen, als einer der schrecklichen Dampfelefanten des Stahlradschas ihn zerquetscht hatte. Sein Tod hatte Ellies Hoffnungen auf ein traditionelles Leben als Ehefrau und Mutter ein Ende gesetzt, und seitdem schrieb sie nicht mehr bloß nebenbei für Frauenzeitschriften, sondern war – sowohl aus finanzieller Not wie auch aus Leidenschaft – hauptberufliche Journalistin geworden.

Mr. James begrüßte sie freundlich, nahm sie bei der Hand und wies seinen Gesellen an, den Laden im Auge zu behalten. Er führte sie derweil durch die Werkstatt hinter dem Laden in ein kleines Büro, wo es einen Gaskocher und einen Wasserkessel gab, und machte sich daran, den Tee vorzubereiten. „Wie schön, Sie zu sehen, Eleanor“, sagte er und ordnete Tassen, Löffel und Zucker mit derselben Genauigkeit an, mit der er sonst die Maße für einen neuen Anzug nahm. „Wie geht es Ihnen?“

„Sehr gut, danke.“

„Führen Sie noch immer Ihre spitze Feder?“

„Das tue ich in der Tat, Onkel“, sagte sie und gebrauchte die vertrauliche Anrede, die er ihr vor langer Zeit angeboten hatte. „Ihre Hilfe bei dem Artikel, den ich letztes Jahr geschrieben habe, war ein großer Segen für meine Karriere.“ Mr. James hatte sie mit einigen seiner Kunden bekannt gemacht, die bereit gewesen waren, von ihren Erfahrungen mit Morbus Konstantin zu erzählen. Natürlich nur unter der Voraussetzung, dass Anonymität gewahrt wurde. Ellie hatte auch mit den Angehörigen der Betroffenen gesprochen, mit Müttern, Vätern, Kindern, Ehemännern und Ehefrauen. Der daraus entstandene Artikel war eine große Sensation geworden, und aus den Recherchen hatte Ellie viel Überraschendes erfahren. Zwar hatte sie gewusst, dass einige illustre Persönlichkeiten der Krankheit erlegen waren – jeder wusste über Prinz Albert Bescheid, der nun als Strafe für seine Untreue im Tower saß, und nur wenige hatte Mitleid mit ihm. Aber sie hatte auch zwei Parlamentsabgeordnete, einen Professor aus Oxford und einen Richter interviewt, die alle erfolgreich ihre Verwandlung verborgen hatten. Sie war weniger verwundert gewesen, dass ihnen diese Täuschung gelungen war. Ihre Körper hatten nicht so offensichtlich weibliche Formen angenommen wie die manch anderer, und Mr. James’ Können tat sein Übriges. Stattdessen hatte es sie vielmehr überrascht, zu erfahren, dass jeder dieser hochangesehenen Männer irgendwann einmal die Dienste einer Prostituierten in Anspruch genommen hatte, die ihn mit der Krankheit angesteckt hatte. Seitdem hatte sie sich einen gewissen Zynismus angewöhnt, der ihr in ihrer journalistischen Laufbahn gute Dienste geleistet hatte, obwohl er sie manchmal traurig stimmte.

Wie man herausgefunden hatte, war die Krankheit von einem gebürtigen Engländer namens Orlando ausgegangen, der zeitweise in Konstantinopel gelebt hatte. Es wurde vielfach angenommen, dass die Krankheit dort ihren Ursprung hatte und sich möglichweise unter den Eunuchen entwickelt hatte, daher „Morbus Konstantinopolis". Orlando selbst war ein häufiger Gast in den gehobenen Bordellen Londons gewesen, wo er mehrere Prostituierte angesteckt hatte. Von dort hatte die Krankheit sich bis in überraschend hohe Gesellschaftsschichten verbreitet. Orlando hatte das Land schon vor langer Zeit verlassen, was zu schade war. Das wäre ein Interview geworden!

„Könnten Sie Ihre Wunder an mir wirken, Onkel?", fragte Ellie und schob ihre Teetasse beiseite. „Könnten Sie mich in einen Mann verwandeln?"

Er runzelte die Stirn. „Eleanor, ich helfe bereitwillig, die Verkehrung der Natur zu verbergen, doch Sie bitten mich, bei einem Betrug behilflich zu sein – warum möchten Sie, dass ich so etwas tue?"

„Es ist für eine Geschichte", sagte sie und wog ihre Worte sorgsam ab. Ihrem Onkel würde es nicht gefallen, dass sie eine verdeckte Exkursion in ein mechanisches Bordell plante. „Ich muss einen bestimmten Herrenclub betreten, ohne aufzufallen."

„Sie haben nicht vor, irgendeinen Ruf zu ruinieren, oder?"

„Nein, Onkel, und keiner Ihrer … besonderen Kunden … hat damit zu tun." Zumindest das entsprach wohl der Wahrheit. Sie stand auf und drehte sich. „Was meinen Sie? Können Sie einen Mann aus mir machen?"

Er grunzte. „Ich glaube schon. Es gibt, ähm, gewisse Stoffwickel, die wir für Ihre …", er zeigte vage auf seinen eigenen Oberkörper. „Ihre Hüften sind recht schmal. Ich habe einige Hosen, die Ihnen passen könnten, und Hemd und Weste.

Glücklicherweise ist weite Kleidung derzeit in Mode. Ein falscher Schnurrbart noch … aber das Haar, Eleanor." Er schüttelte den Kopf. „Meine besonderen Kunden tragen natürlich Männerhaarschnitte, doch Sie …"

Eleanor berührte ihr Haar, das sie im Moment nach hinten gekämmt und in einem festen Knoten hochgesteckt trug. Wenn es nicht zusammengebunden war, fiel es ihr bis über die Schultern. „Dann schneide ich es eben ab", meinte sie nach kurzem Nachdenken. „Bis es wieder nachgewachsen ist, trage ich eine Perücke, und ich habe eine Fanchon-Haube, die meinen Hinterkopf ohnehin fast vollständig bedeckt."

„Ist Ihnen die Geschichte so wichtig, meine Liebe?"

„Das ist sie in der Tat, Onkel, und ich würde auf ewig in Ihrer Schuld stehen."

„Das haben Sie schon das letzte Mal gesagt, als ich Ihnen bei einem Artikel geholfen habe."

„Dann sind es zwei Ewigkeiten", meinte Ellie, und er lachte.

✠ ✠ ✠

Als Ellie sich im Spiegel betrachtete, sah sie so anders aus, dass sie es kaum glauben konnte. „Sie haben aus mir wirklich den Prototyp eines ehrbaren Geschäftsmannes gemacht, Onkel." Sie trug einen schwarzen Gehrock und darunter eine passende Weste, ein weißes Hemd und eine kunstvolle Krawatte. Ihre Hosen waren frisch gebügelt und hochtailliert, und die polierten Schuhe passten recht gut, nachdem Mr. James vorn etwas Papier hineingeschoben hatte. Er hatte ihr das Haar abgeschnitten und gestutzt, allerdings nicht ohne Seufzer und Klagen. Das übrige Haar hatte er nach hinten gekämmt und mit Pomade geglättet. Ellies Kopf fühlte sich mehrere Pfund leichter an, eine merkwürdige, aber nicht unangenehme Empfindung.

„Nun brauchen Sie noch einen Schnurrbart. Wenn ich genügend Zeit hätte, würde ich für Sie einen aus Ihrem eigenen Haar machen, aber das dauert mehrere Stunden, und Sie scheinen in Eile zu sein. Wir müssen also mit einem fertigen auskommen, auch wenn es mich schmerzt." Mr. James holte ein Tablett hervor, das mit schwarzem Samt ausgeschlagen war und auf dem gut zwanzig Schnurrbärte in verschiedenen Farben und Formen saßen. Sie waren mit Nadeln festgesteckt wie die Sammlerstücke eines Schmetterlingsforschers, und der Anblick hatte für Ellie etwas Surreales. Mr. James hielt ihr einige Schnurrbärte unter die Nase und schüttelte jedes Mal den Kopf, bis er schließlich meinte: „Ah. Dieser hier passt."

Ellie beäugte den Schnurrbart misstrauisch. „Er ist … ein wenig groß, Onkel." Kunstvoll frisierte Bärte waren in Mode, seit sich die Krankheit verbreitet hatte. Doch Ellie befürchtete, dass eine dermaßen beeindruckende Zurschaustellung von Gesichtsbehaarung an ihr lächerlich aussehen könnte.

Er knurrte. „Ungarischer Stil, ja. Er hat gewisse Vorteile, da er einen größeren Teil Ihres Gesichts bedecken wird – Ihres schönen Gesichts", fügte er schnell hinzu, „wenn Schönheit auch unter diesen Umständen nicht von Nutzen ist. Was noch wichtiger ist, er passt besser zu Ihrer Naturhaarfarbe als jeder andere." Mr. James erlaubte sich ein kleines Lächeln. „Es ist ein recht … mächtiger Schnurrbart, der die Aufmerksamkeit von Ihren anderen Eigenschaften ablenken wird."

„Dann werde ich also als Mann durchgehen?"

„Sie werden zumindest als ein Opfer von Morbus Konstantin durchgehen, das als Mann durchzugehen versucht. In der gehobenen Gesellschaft reicht das in der Regel aus."

Hmm. Für ihre Zwecke war das etwas zu wenig. Männer, die sich in Frauen verwandelt hatten, weil sie mit Prostituierten geschlafen hatten, gehörten wahrscheinlich nicht zur Hauptkundschaft eines Bordells, selbst wenn es mechanische Prostituierte anbot. Aber wenn sie den richtigen Hut und genügend Selbstvertrauen hatte … „Ich danke Ihnen, Onkel. Wie bringt man ihn an?"

Mr. James trug eine klebrige, süßlich riechende Paste auf ihre Oberlippe auf und drückte vorsichtig den Schnurrbart dagegen. Er hielt ihn einige Augenblicke fest. Ellie fühlte sich, als ob ein Nagetier in ihrem Gesicht nisten wollte, doch sie konnte nicht ohne ihn gehen. „Ich danke Ihnen, Onkel."

„Sie können mir am besten danken, indem Sie diese Gegenstände sobald wie möglich sauber und unbeschädigt wiederbringen. Gehen Sie gleich zu Ihrem mysteriösen Treffen?"

„Erst in ein oder zwei Stunden." Sie war sich nicht sicher, was das Protokoll vorschrieb, doch es war wohl sinnvoller, ein Bordell erst nach dem Abendessen aufzusuchen.

„Was werden Sie solange tun?", fragte er.

Ellie schenkte ihm ein Lächeln und fragte sich, wie viel davon der schreckliche Schnurrbart verdeckte. „Ich denke, ich werde ein wenig spazieren gehen und herausfinden, wie es sich als Mann so lebt. Das könnte auch einen Artikel hergeben."

„Ebenso gut könnte es einen Skandal auslösen."

„Es gibt nichts Besseres, um Zeitungen zu verkaufen, Onkel."

Ein Angebot, das man nicht ablehnen kann

Er versucht, mich zu schockieren, dachte Pimm und zeigte nicht, dass er tatsächlich schockiert war. „Ihre Huren, Mr. Value?“ Man hatte Prostitution lange als notwendiges Übel geduldet. Mittlerweile war sie durch einen Sonderentscheid des Parlaments für illegal erklärt worden, als man die vollen Auswirkungen von Morbus Konstantin und dessen häufigsten Übertragungsweg erkannt hatte. Die mechanischen Bordelle, die entstanden waren, um die Nachfrage nach menschlichen Prostituierten zumindest teilweise zu decken, bewegten sich im Moment noch in einer rechtlichen Grauzone. Offiziell wurden sie als „Vergnügungsarkaden“ eingestuft, die sich nicht von Spielhallen oder von den Schauräumen, in denen man für einen Penny die Automaten besichtigen konnte, unterschieden. Allerdings waren sie wesentlich teurer und hatten einen exklusiveren Kundenkreis. Doch indem er zugab, menschliche Prostituierte zu beschäftigen, gestand Value ein schwerwiegendes Verbrechen.

„Ich denke, wir können die Diskretion langsam hinter uns lassen, oder, Halliday? Sie sind kein Polizeiinspektor, auch wenn ich mir habe sagen lassen, dass Sie ebenso viel trinken wie die meisten Polizisten. Ich könnte Ihnen den Mord an einem Erzbischof gestehen, und es würde keine Rolle spielen.

Es würde lediglich mein Wort gegen Ihres stehen, und mich haben schon bessere Männern weitaus schlimmerer Verbrechen bezichtigt. Deshalb: ja, meine Huren. Natürlich arbeiten sie weiterhin unabhängig. Frauen, die keine Wahl haben, treffen persönliche Vereinbarungen mit Männern, die keinen Verstand haben, aber ich verwalte das Ganze. Deshalb zahlen mir sehr viele Huren in London einen gewissen Anteil. Als Gegenleistung für ihre Abgaben biete ich ihnen sichere Orte, wo sie ihr Gewerbe ausüben können, sowie Schutz vor der Polizei und vor noch fragwürdigeren Gestalten." Er beugte sich vor und umfasste dabei den silbernen Knauf eines Gehstocks, den er mit Sicherheit nicht zum Gehen brauchte. „Doch jetzt ist das alles aus dem Gleichgewicht geraten. Für die Damen ist es ihr Geld nicht mehr wert. Jemand bringt sie um."

„Mord ist Sache von Scotland Yard."

„Die Bullen kann ich nicht gebrauchen. Die wissen nicht einmal, dass diese Verbrechen überhaupt passiert sind."

Pimm runzelte die Stirn, ungewollt interessiert. „Wie das?"

„Die Leichen landen vor meiner Tür. Jedenfalls im übertragenen Sinne. Sie werden vor meinen exklusiveren Etablissements abgelegt. Den legalen Häusern. Ich ziehe es vor, nicht die Polizei zu verständigen. Diese Art von Aufmerksamkeit ist in vielerlei Hinsicht schlecht fürs Geschäft."

„Exklusive Etablissements? Die Häuser mit den mechanischen Kurtisanen?" Beim Gedanken an solche Geschöpfe musste Pimm ein Schaudern unterdrücken. Er liebte Frauen oder hatte zumindest manche Frauen geliebt, obwohl diejenige, die er am meisten geliebt hatte, schon fast ein dutzend Jahre tot war. Die Vorstellung eines intimen Verhältnisses mit etwas, das im Grunde nur eine riesengroße Puppe war, war bestenfalls komisch und schlimmstenfalls grauenerregend.

„Ja." Value seufzte. „Ich vermisse wirklich die alten Zeiten, als echte Mädchen noch von ihren Körpern leben konnten, ohne sich Sorgen machen zu müssen, dass die Polizei sie verfolgt. Oder dass sie krank werden und sich in Männer verwandeln. Die mechanischen Huren sind auch teuer herzustellen. Sie kommen nicht wie normale Mädchen einfach in die Stadt, um ihr Glück zu suchen. Zugegeben, wenn sie fertiggestellt sind, fallen nur noch Reinigungs- und Wartungskosten an, und die mechanischen Mädchen beklagen sich nie. Sie werden niemals schwanger und bekommen nie die Pocken. Ich will nicht behaupten, dass sie nicht profitabel seien, das sind sie durchaus. Aber obwohl meine mechanischen Mädchen garantiert frei von Krankheiten sind, weigern sich sehr viele Männer, sich mit einem Automaten Erleichterung zu verschaffen. Da spielt es keine Rolle, wie klug er konstruiert ist. Meist kommen die Männer nur einmal, um den Reiz des Neuen zu erleben, und danach kommen sie nie wieder." Er pochte mit seinem Stock auf den polierten Fußboden. „Trotz all der Veränderungen, die wir in den letzten Jahren erlebt haben, sind die meisten Männer noch sehr konservativ. Wir sind noch nicht so weit, dass wir menschliche Huren vollständig ersetzen könnten. Noch nicht."

„Aus diesem Grund lassen Sie noch immer echte Frauen für sich arbeiten, draußen auf der Straße", meinte Pimm.

„Natürlich. Männer bleiben Männer, Lord Pembroke, und sie tun, was Männer eben tun, selbst wenn es dem Parlament missfällt und sie Gefahr laufen, krank zu werden. Aber auch das Straßengeschäft ist in letzter Zeit sehr zurückgegangen. Es geht ein Gerücht um, dass einige Männer, die in Frauen verwandelt wurden, nun selbst als Huren arbeiten und aus reiner Bosheit versuchen, die Krankheit zu verbreiten. Jeder halbwegs besonnene Mann ist außergewöhnlich vorsichtig. Natürlich waren auch früher viele Huren krank. Aber für die meisten Männer ist es anscheinend weniger schlimm, eine nässende Wunde auf ihrem Schwanz zu haben als überhaupt keinen Schwanz mehr." Value lachte, das Geräusch klang wie ein Rasiermesser, das über Bartstoppeln kratzte. „Früher hat man seinen Penny gezahlt und sein Glück versucht, aber die Pennys werden weniger. Das Letzte, was ich gebrauchen kann, ist jemand, der die wenigen Frauen umbringt, die noch Geld für mich verdienen."

„Hmm", machte Pimm und beschloss, vorerst zu ignorieren, dass Value einen durch und durch widerwärtigen Charakter besaß. Stattdessen konzentrierte er sich auf die aktuellen Verbrechen. „Jemand bringt menschliche Prostituierte um und hinterlässt sie vor einem Haus voll künstlicher Frauen? Das scheint eine Art Botschaft zu sein, meinen Sie nicht? Auch wenn ich gestehen muss, dass mir die genaue Bedeutung des Kommentars verborgen bleibt."

„Die Motive des Mörders interessieren mich nicht. Nur seine Taten. Finden Sie heraus, wer er ist, und teilen Sie mir seinen Namen mit, dann werden meine Männer ihn unschädlich machen."

Pimm schüttelte den Kopf. „Ich will nicht leugnen, dass es ein interessantes Problem ist. Vielleicht besitzt es sogar einige unterhaltsame psychologische Elemente, aber ich kann einfach nicht für Sie arbeiten, Sir. Ich ‚arbeite' überhaupt nicht. Meine Familie missbilligt mein Hobby ohnehin schon, und wenn sie den Eindruck gewännen, dass ich den Beruf des Detektivs ergreife …" Er breitete die Hände aus.

„Das ist kein Problem, Halliday. Unsere Abmachung wird ein Geheimnis bleiben. Ihre ehrwürdige Familie wird nicht angekratzt werden."

„Sie haben mich vorhin verspottet, Sir, weil ich so viele Worte gebrauchte, um ‚nein' zu sagen. Ich gestehe, dass ich eine Neigung zu exzessiver sprachlicher Umsicht habe, und bin bemüht, diese zu überwinden, daher: nein."

Value seufzte. „Nun ja. Das ist schade, Lord Pembroke, aber ich werde nicht versuchen, Sie umzustimmen. Dennoch: Des einen Leid ist des anderen Freud. Ihre Entscheidung wird zumindest meine Freunde vom Lantern erfreuen. Sie haben in letzter Zeit einige Auflagen an den Argus verloren, aber solch ein exklusiver Skandal wird gewiss ein paar Zeitungen mehr verkaufen, möchte ich wetten."

„Ich kann Ihnen leider nicht ganz folgen, Mr. Value."

„Hmm? Oh, ich glaube lediglich, dass der Herausgeber sehr gern Näheres über ihre Heirat mit Lady Pembroke erfahren würde, die einst Miss Sandoval hieß. Davor hatte sie allerdings einen anderen Namen, nicht wahr? Frederick … Frederick Soundso, oder?"

Pimm erhob sich, so war er gut zehn Zentimeter größer als Value. Er wirkte sogar noch beeindruckender, da der Verbrecher sitzen blieb. „Sie wagen es, meine geliebte Winifred zu beleidigen? Ich weiß nicht, wie Sie auf die Idee kommen, dass ein derartiges Vorgehen Ihrer Sache dienen könnte."

„Nutzen Sie doch einmal Ihre vielgepriesenen geistigen Fähigkeiten, Halliday", sagte Value. „Mir gehören die Huren. Ich weiß, welche meiner Frauen die Krankheit übertrugen, ohne selbst zu erkranken. Ich weiß, welche Männer mit ihnen geschlafen haben. Manche dieser Männer sind gestorben, manche sind in Schande verfallen, und manche von ihnen geben sich selbst jetzt noch als die Männer aus, die sie einst waren. Aber nur wenige dieser Männer sind einfach verschwunden – meist waren es die Frauen, die diesen Weg wählten. Ein Mann, der spurlos verschwand, war Ihr alter Kamerad Freddy Banks. Kurz darauf begannen Sie, mit einer Frau namens Winifred zu verkehren. Sie hätten ihr einen anderen Namen geben sollen, Halliday. Rebecca. Caroline. Jeder Name wäre besser gewesen."

„Freddy hat eine Reise nach Amerika unternommen", meinte Pimm steif. Er war angespannt und wartete nur auf den abrupten Knall der Luftpistole. Auch wenn Freddy angeblich nur bewaffnet war, um im Notfall Pimms Leben zu retten: Value würde mit Sicherheit sterben, wenn Freddy sich bedroht fühlte. Pimm verfügte über gewisse Mittel und hatte gute Beziehungen, und die Polizei würde wenig Mühe darauf verwenden,

den Mord an einem solchen Mistkerl wie Value aufzuklären. Trotzdem war es eine verdammt hässliche Angelegenheit, außerdem war Pimm noch nie zuvor an einem Mord beteiligt gewesen. Er wollte ungern damit anfangen, vor allem, da Freddy auch Big Ben töten müsste. Der Mann war kein Heiliger, aber er hatte es gewiss nicht verdient zu sterben. „Freddy ist in New York, das ist das Letzte, was ich gehört habe. Ich habe sogar ein paar Briefe von ihm erhalten, wenn Sie wollen, können Sie die Handschriften vergleichen …"

„Ich würde lieber die Handschrift Ihrer Frau mit der von Freddy vergleichen", sagte Value. „Ich denke, das wäre weitaus erhellender. Setzen Sie sich, Mann. Ich habe nicht den Wunsch, Sie bloßzustellen."

Pimm setzte sich tatsächlich hin, weil er sich im Stehen wie ein ziemlicher Esel vorkam, aber er hielt sich weiterhin steif aufgerichtet. „Diese Behauptungen würde ohnehin niemand glauben."

„Sie kennen die aktuellen forensischen Entwicklungen, Halliday. Die neue Anwendung der alchemistischen Ähnlichkeitsregel bringt bemerkenswerte Ergebnisse."

Pimms Miene verdüsterte sich. Die Alchemisten der Polizei hatten tatsächlich große Fortschritte gemacht. Sie legten ein Stückchen Haut oder etwas Blut oder Haar, das man am Tatort gefunden hatte, in ein alchemistisches Bad und fügten ähnliche Proben von verdächtigen Personen hinzu. Wenn die Proben von derselben Person stammten, hatten sie aufeinander die gleiche Wirkung wie ein Magnet auf Eisenspäne. Sie zogen sich an, wurden durch die Ähnlichkeitsregel, die Gleiches mit Gleichem verband, unaufhaltsam zueinander getrieben. Diese Technik eignete sich hervorragend, wenn man beweisen wollte, dass sich bestimmte Verbrecher an bestimmten Tatorten aufgehalten hatten, oder um die Hautfetzen unter den Fingernägeln eines Opfers mit dem Mörder in Verbindung zu bringen, aber …

„Unsinn", sagte Pimm. „Wir wissen noch nicht einmal, ob der Test bei den Opfern von Morbus Konstantin überhaupt funktioniert. Ihre Körper sind stark verändert. Selbst wenn Sie Gewebeproben von Freddy ..."

„Die haben wir in der Tat", murmelte Value.

„... und eine Gewebeprobe von meiner Frau hätten, wie können Sie annehmen, dass sie sich gegenseitig anziehen? Vorausgesetzt, Ihre ungeheuerlichen Behauptungen wären wahr."

„Es ist bereits getestet worden, Pimm."

Pimm fiel auf, dass Value seinen Spitznamen benutzte anstatt wie zuvor seinen Nachnamen oder seinen Titel. Das bestürzte ihn, denn es zeigte, dass Value sich seiner Sache sehr sicher war.

„Nicht die Polizei hat den Test durchgeführt", fuhr Value fort, „sondern meine eigenen Spezialisten. Sie sind wesentlich fortgeschrittener. In meiner Branche ist es wichtig, die Fähigkeiten der staatlichen Obrigkeit zu übertreffen, wo man nur kann. Es stimmt, dass die Gewebeproben, die aus der Zeit vor der Verwandlung stammen, und die Proben, die man danach entnimmt, einander nicht allzu stark anziehen. Doch eine Anziehung ist da. Sie wissen, was das bedeutet, hmm?"

Pimm wusste es. Proben von Geschwistern, Vätern und Söhnen oder anderen engen Verwandten zeigten dieselbe Reaktion. Durch die Art und Weise, wie sich Haut und Haare in einer Schale bewegten, wurde die Verwandtschaft enthüllt.

„Wenn ich nun ein wenig Haar von Winifred und etwas von Freddys Haar in eine Schale legte, würde sich wohl zeigen, dass sie Geschwister sind? Natürlich hat Freddy keine Schwester. Zumindest würde man Fragen stellen. Sie wissen so gut wie ich, dass man keine Beweise braucht, um einen Skandal auszulösen. Es gab schließlich auch noch nie Beweise, dass ich mich in irgendeiner Weise illegal betätigt hätte, und trotzdem weiß jeder, dass ich ein Zuhälter und ein Dieb bin. Ich habe allerdings keinen Ruf zu verlieren, Sie hingegen schon. Wenn ich einen eifrigen jungen Journalisten auf sie ansetze, vor allem von einem Schmierblatt wie dem Lantern … Nun ja. Was, wenn man herausfindet, dass die Vorgeschichte von Mrs. Halliday – Verzeihung, Lady Pembroke – gerade einmal zwei Jahre zurückgeht? Das würde eine ganz schönen Artikel abgeben. Man würde sie zumindest wegen Betrugs anklagen, und es würde zwangsläufig Getuschel über Perversion geben."

„Meine guter Ruf ist mir nicht so wichtig, wie Sie vielleicht glauben", sagte Pimm kalt. „Auch wenn ich meine Familie nicht gern enttäusche, wage ich zu behaupten, dass sie Enttäuschungen inzwischen gewöhnt ist. Sie sind ein Narr, wenn Sie denken, dass Sie mit Drohungen …"

„Denken Sie an Freddy", sagte Value sanft. „Stellen Sie sich vor, wie man sie verfolgen, verspotten und in der Zeitung lächerlich machen wird. Vielleicht wird man sie sogar unter Anklage stellen. Ich bin mir sicher, dass sie gegen irgendein Gesetz verstößt, vielleicht auch gegen mehrere. Abgesehen davon, was wird die Kirche sagen, wenn sie herausfindet, dass Ihre Ehe nur vorgetäuscht ist? Das friedliche Leben, das Sie ihr aufgebaut haben, wird vorbei sein."

Erschieß ihn, dachte Pimm ungewöhnlich blutrünstig, doch Freddy drückte nicht ab.

Das bedeutete wohl, dass er das Problem auf andere Weise lösen musste. Er holte tief Luft. „Es gibt keinen Grund für Unannehmlichkeiten zwischen uns, Mr. Value. Als Mann mit Gewissen will ich natürlich, dass der Mörder seine gerechte Strafe erhält."

„Gut", sagte Value grinsend.

„Aber um Nachforschungen anzustellen, brauche ich Zutritt."

„Zutritt wozu?"

„Zu allen Orten, an die mich meine Nachforschungen führen."

„Man wird Ihnen entgegenkommen. Bilden Sie sich aber nicht ein, dass Sie eine Anklage gegen mich fabrizieren könnten, während Sie vorgeben, mir einen Dienst zu erweisen, Pimm. Ich schwebe über diesen schmutzigen Geschäften wie die Wolke über dem Misthaufen. Man kann mich niemals direkt mit irgendwelchen Widerwärtigkeiten in Verbindung bringen. Natürlich könnten Sie meine Geschäfte stören, doch ich wäre trotzdem in Sicherheit und würde mein Leben weiterleben wie bisher, außer dass ich Ihnen gegenüber zunehmend erzürnt wäre."

„Ich muss die Leichen sehen", sagte Pimm.

„Ja, natürlich", meinte Value und erhob sich. „Wir haben nicht alle, aber sie sind alle untersucht worden, und mein Berater müsste die neuesten Opfer noch da haben. Ben, schreib ihm auf, wo er unseren Mann finden kann, ja? Wann kann er mit Ihnen rechnen?"

Pimm überlegte. „Ich werde versuchen, ihm heute Abend einen Besuch abzustatten oder, falls ich das nicht mehr schaffen sollte, morgen Vormittag."

Value nickte zustimmend. „Ich freue mich auf Ihren Bericht."

Ben reichte ihm einen Zettel, den Pimm sich nicht näher ansah und gleich in seine Jackentasche schob. Value schlenderte hinaus, Ben folgte ihm, und Pimm schloss hinter ihnen die Tür ab. Er legte die Stirn ans Holz.

„Scheiße", sagte er schließlich.

Freddy erschien. Sie trug ein vollkommen anständiges Kleid und zog gerade einen Hut auf, der der allerneuesten Mode entsprach – das vermutete Pimm jedenfalls. Freddy achtete stärker auf diese Dinge als Pimm, das war schon immer so gewesen. „Das lief ja gut", meinte Freddy.

„Ich dachte, du würdest ihn erschießen."

Freddy zuckte die Achseln. „Ein toter Verbrecherkönig in unserem Wohnzimmer würde uns mehr Probleme als Lösungen bescheren. So kannst du den Mörder für ihn finden, und dann wird er uns in Ruhe lassen."

„Was, wenn er uns weiter unter Druck setzt? Wenn er droht, uns bloßzustellen?“

„Wenn du Angst hast, dass er mein kleines Geheimnis publik machen könnte, dann fang an, Geld beiseite zu legen. Genug, damit wir ein angenehmes Leben führen können, wenn deine Familie dich enterbt. Aber mach dir jetzt noch keine Sorgen. Wenn Value zu weit geht, können wir uns immer noch mit ihm befassen.“

„Er ist schon längst zu weit gegangen!“

„Also bitte. Ich kenne dich, Pimm. ‚Zweifellos mit unterhaltsamen psychologischen Elementen.‘ Du willst diesem Mörder nachspüren. Wenn Inspektor Whistler von Scotland Yard und nicht Abel Value dich um Hilfe bei der Aufklärung dieser Morde gebeten hätte, würdest du schon längst am Tatort stehen.“

„Nur weil ich an einen interessanten Ort geführt werde, heißt das noch lange nicht, dass ich die Leine mag, Freddy.“

Freddy tätschelte ihm die Wange. „Du darfst bald Leichen sehen. Fass dir ein Herz.“ Freddy stockte. „Das meine ich nicht wörtlich. Lass die Herzen, wo sie sind. Ich gehe jetzt zu meinem Salon. Das kleine Tête-à-tête hat weniger lange gedauert als befürchtet.“ Freddy winkte kurz und machte sich dann auf den Weg.

Pimm schenkte sich einen Drink ein und leerte dabei gleich die ganze Flasche. Er musste Ransome losschicken, um neuen Brandy zu kaufen – verdammt. Er musste einen neuen Diener suchen. Ihn überkam ein leichtes Schuldgefühl. Seine kleinen Probleme schienen kaum der Rede wert, wenn gleichzeitig verzweifelte Frauen ermordet wurden.

Pimm sah sich die Adresse an, die auf dem Zettel stand, den er von Ben bekommen hatte.

Dieser Teil der Stadt also.

Er machte sich auf die Suche nach einer weiteren Flasche.

Fortschrittliche Freuden und wissenschaftliche Vergnügungen

Ich bin ein Freund von Mr. Addison." Ellie sprach mit tieferer Stimme als sonst, jedoch nicht so tief, dass es lächerlich klang. Sie wusste, dass sie einen recht zierlichen Mann abgab, und eine Bassstimme hätte nicht zu ihrer Statur gepasst.

Als sie Mr. Addisons Namen nannte, verwandelte sich der Butler, der die Tür des vornehmen Stadthauses geöffnet hatte, vom mürrischen Wächter in einen freundlichen Portier. Ellie wusste, dass es keinen Mr. Addison gab, doch einer ihrer Informanten hatte ihr gesagt, dass der Name das Losungswort der Woche sei. „Nur herein", sagte der Türhüter. Ellie ging hinein, und er schloss hinter ihr die Tür. „Ich werde der Herrin des Hauses sagen, dass Sie hier sind. Sind Sie bereits bei uns Kunde?"

„Ähm, nein, ich … Das ist mein erster Besuch."

„Natürlich, Sir. Einen Augenblick bitte." Er verschwand, und Ellie gestattete sich ein Aufatmen. Wenigstens die erste Hürde war geschafft. Sie hatte den ganzen Nachmittag damit verbracht, sich als Mann auszugeben. Sie hatte sich einen Drink im Pub bestellt, war beim Tabakhändler vorbeigegangen und im Park spazieren gewesen. All das, ohne dass jemand mit dem Finger auf sie gezeigt und „Betrügerin!" gerufen hatte. Sie sah sich in der Eingangshalle um und probierte im Geiste einige Adjektive aus: elegant, zurückhaltend, spärlich möbliert. Aber es war wirklich eine recht langweilige Eingangshalle, mit etwas zu viel Chintz für ihren Geschmack.

Der Butler kam zurück und führte sie einen Flur entlang. Sie blickte im Vorbeigehen in eines der Zimmer und sah drei Männer, die an einem kleinen Tisch Karten spielten. Obwohl sie nicht wagte, stehenzubleiben und die Männer genauer zu betrachten, glaubte Ellie in einem von ihnen einen ehemaligen Preisboxer zu erkennen. Er hieß Crippen oder „Crippler" und war in einen Skandal verwickelt gewesen, weil er absichtlich Wettkämpfe verloren hatte, um korrupte Wettteilnehmer zu bereichern. Der Mann hatte sich aus dem Sport zurückgezogen. Doch man munkelte, dass er noch immer für jemanden arbeitete, der im Verdacht stand, die illegalen Wetten zu organisieren – der Gentleman-Verbrecher Abel Value. Dies musste dann wohl eines von Abel Values Häusern sein. Crippen bemerkte ihren Blick, schenkte ihr ein zahnlückiges Grinsen und zwinkerte ihr zu. Ellie wusste nicht, wie sie auf eine solche Geste angemessen reagieren sollte, und ging deshalb einfach weiter.

Der Butler führte sie in ein anderes Empfangszimmer, das tatsächlich elegant eingerichtet war. Sie nahm in einem mit Samt bezogenen Sessel Platz, bemüht, wie ein Mann zu sitzen. Gerader Rücken, den Hut auf den Knien. Einen Augenblick später erschien eine Frau in der Tür, und Ellie war erneut angespannt. Die Männer konnte sie täuschen, das wusste sie, doch würde eine andere Frau nicht spüren, dass sie weiblich war?

Nicht dass diese Frau besonders weiblich gewesen wäre. Ellie hatte eher erwartet, dass die Bordellherrin aufgeputzt wie ein Pfau sein würde, voller Federn und Seidenrüschen. Doch diese Frau hatte ein strenges Abstinenzlergesicht, und ihr schwarzes, konservativ geschnittenes Kleid verriet den Modesinn einer Gouvernante. Sie war vielleicht fünfzehn oder zwanzig Jahre älter als Ellie, und ihre akkuraten Bewegungen und ihr routiniertes Lächeln ließen erahnen, dass sie den Haushalt und die

Bücher glänzend zu führen verstand. „Ich bin Mrs. Hadley“, sagte sie stirnrunzelnd, und Ellie stand abrupt auf. Großer Gott, sie war ein Mann und hatte sich zu erheben, wenn eine Frau den Raum betrat!

„Ich bin, ähm, also …“

„Wir werden Sie Mr. Smythe nennen, hmm?“, sagte sie. „Der Bequemlichkeit halber.“ Sie ließ sich in einem Sessel nieder und setzte sich dabei recht weit vor, aufmerksam wie ein Jäger, der dem Fuchs auf der Spur ist. Ellie setzte sich ebenfalls hin.

„Natürlich, ja, Mr. Smythe. Ich bin heute wohl etwas nervös.“ Red nicht so viel, dachte Ellie für sich. Mit jeder Silbe kannst du dich verraten.

„Ist dies Ihr erster Besuch? Nun, dann müssen wir leider auch die Bezahlung ansprechen. Sind Sie mit unserer Gebührentabelle vertraut?“

„Nicht im Detail.“

Sie nannte eine Summe. Ellie hatte gerade genügend Geld dabei, um sie zu zahlen. Cooper würde es ihr irgendwann erstatten, doch bis er dazu kam, würde sie sparen müssen.

„Im Voraus zu zahlen“, sagte Mrs. Hadley.

Interessant. „Was, falls ich nicht, ähm, zufrieden bin?“

„Sie bezahlen für die Zeit, das Zimmer und die Gelegenheit, einen unserer faszinierenden wissenschaftlichen Apparate allein zu untersuchen, Mr. Smythe. Wie Sie diese Zeit nutzen, bleibt ganz allein Ihnen überlassen. Der Preis gilt, unabhängig davon, ob Sie zufrieden sind oder nicht. Der übliche Verschleiß ist einberechnet, obwohl eine Zusatzgebühr für außergewöhnliche Schäden erhoben werden kann.“

Ellie blinzelte. „Ich kann mir nicht vorstellen, das Gerät überhaupt zu beschädigen!“

„Das ist beruhigend“, sagte Mrs. Hadley. „Wir bieten denjenigen, die damit rechnen, Schäden zu verursachen, Spezialgeräte zu einem höheren Preis an. Nun, ich habe hier einige

Bilder und andere Einzelheiten. Bitte sehen Sie sich diese Dokumente in Ruhe an und lassen Sie mich wissen, welches Modell Sie interessiert. Ich werde Sie dann zu dem entsprechenden Zimmer führen. Einverstanden?" Mrs. Hadley reichte ihr eine dünne Papierrolle, die mit einem roten Band zusammengebunden war.

Ellie öffnete die Rolle. Das erste Blatt zeigte eine recht gute Zeichnung einer vollbusigen Frau mit nacktem Oberkörper, die voluminöse Locken und große Rehaugen hatte. Darunter stand in sorgfältiger Handschrift die Beschreibung: „Matildas Haut ist weiß wie Milch, ihr Haar gelb wie Sonnenschein und ihre Lippen sind weich wie reife Beeren …" Von dort an beschrieb der Text Matildas andere Qualitäten in einer Mischung aus Poesie und Slang, die Ellie zutiefst peinlich und überaus unprofessionell fand. Warum hatten diese Leute neben einem guten Zeichner nicht auch einen begabten Texter beauftragen können? Sie nahm an, dass die Bilder die Männer mehr interessierten. „Sie sind also alle mechanisch?"

„Selbstverständlich", sagte Mrs. Hadley. „Es wäre unschicklich, wenn ein Herr wie Sie ohne Aufsicht mit einer jungen Dame allein wäre, nicht wahr? Jegliche Zärtlichkeitsbekundung gegenüber solch einer jungen Dame gäbe schließlich Anlass zur Sorge angesichts der Häufigkeit gewisser Krankheiten." Sie rutschte in ihrem Sessel herum, sodass ihre Krinoline raschelte. „Aber seien Sie unbesorgt, Mr. Smythe. Unsere Geräte sind so realistisch wie lebendige Frauen. Sie atmen, sie haben einen Herzschlag, sie sind warm, und sie empfangen gern die Berührung eines Mannes. Jedes einzelne wird aus den besten Materialien hergestellt, die der Wissenschaft bekannt sind, eine perfekte Imitation des Lebens. Jedes wird sorgfältig gereinigt und vorbereitet, bevor es neuen Herrenbesuch unterhält. Zugegeben, die Geräte können keine kultivierte Konversation betreiben, doch sie haben gewisse stimmliche Fähigkeiten, die manche Männer angenehm finden." Sie dämpfte die Stimme und sprach in beruhigendem Ton. „Männer haben Bedürfnisse. Wir verstehen das. Wir helfen, diese Bedürfnisse zu erfüllen, ohne dass irgendeiner der Beteiligten in Gefahr gerät. Weder Männer noch Frauen."

„Wie wundervoll", meinte Ellie und sah sich wieder die Papierbögen an. Noch mehr Frauenzeichnungen. Manche schlank, manche üppig, manche mit glattem Haar, manche mit Locken, einige in „exotischen" Stilen, nubisch, orientalisch oder odalisk.

Für Ellies Zwecke war jedes Modell dienlich, deshalb wählte sie aufs Geratewohl. „Hier. Diese finde ich besonders reizend."

„Delilah. Sehr gut." Mrs. Hadley erhob sich, und Ellie folgte ihr in ein Treppenhaus und hinauf in den ersten Stock. Sie betraten einen Flur, der von Türen mit Messingschildern daran gesäumt war. Mrs. Hadley führte sie zu Zimmer Nummer vier, öffnete die Tür und sagte: „Unsere übliche Zeit ist eine Stunde. Da dies Ihr erstes Mal ist, bekommen Sie kostenlos noch eine halbe Stunde dazu, um sich mit dem Gerät vertraut zu machen. Wenn Sie fertig und schicklich bekleidet sind, ziehen Sie an der Glockenschnur im Zimmer. Dann wird jemand kommen, um Sie hinauszubegleiten."

„Muss man sie aufziehen oder Ähnliches?"

„Sie ist ganz und gar bereit für Ihre Gesellschaft, Sir", sagte Mrs. Hadley.

„Dann gehe ich mal hinein", sagte Ellie und trat durch die Tür.

✢ ✢ ✢

Ganz wie Ellie erwartet hatte, war das Schlafzimmer eine verschwenderische Samtlandschaft, in deren Mitte ein breites Himmelbett stand. An den Wänden hingen Spiegel, die das Zimmer in ein kleines Versailles verwandelten, und am Fußende des Bettes stand eine große Seemannskiste, deren Deckel nur einen Spalt offen stand. Die Fenster wurden von schweren

Vorhängen verdeckt. Auf einer Kommode stand eine der neuen alchemistischen Lampen und sorgte für Licht. Die Glühbirne aus geblasenem Glas war mit einem hell leuchtenden Gas gefüllt. Diese alchemistischen Geräte waren angeblich sicherer als Gasbrenner und fingen weniger leicht Feuer, doch Ellie war davon nicht überzeugt. Sicher war das Licht beständiger als Gaslicht, auch wärmer und wesentlich billiger als die neuen elektrischen Lampen, die vor kurzem vorgestellt worden waren. Doch das alchemistische Glühen hatte etwas Gespenstisches, das sie an Geschichten von Irrlichtern und Elmsfeuern erinnerte, die sie einst gelesen hatte. Ellie warf einen Blick auf die Gestalt, die auf der Bettdecke lag. Sie – oder besser gesagt, es – schien nicht mehr und nicht weniger als eine schlafende Frau zu sein, deren Brust sich langsam hob und senkte. Ellie war noch nicht ganz bereit, sie zu untersuchen, deshalb ging sie zu der Truhe am Fuß des Bettes. Sie fragte sich, was sie wohl darin finden würde.

In der Truhe waren Rüschenunterwäsche, unter anderem einige schockierende Kleidungsstücke in leuchtendem Scharlachrot, eine kleine Peitsche, eine Reitgerte, verschiedene Leder- und Metallstücke, deren Verwendung ihr nicht ganz klar war, und tiefere Schichten aus zusammengelegtem Stoff, die sie nicht allzu eingehend betrachtete. Ellie schnalzte mit der Zunge. Zu schade, dass Cooper ihr verbieten würde, die meisten dieser Dinge zu beschreiben. Wenn sie es täte, würde die halbe Leserschaft in Ohnmacht fallen. Obwohl die andere Hälfte insgeheim Erregung verspüren würde, würde Cooper auf der sicheren Seite bleiben wollen. Vielleicht konnte sie noch einen unzensierten Artikel für den Lantern schreiben, die druckten schließlich alles.

Sie hatte nicht gewagt, Stift und Notizbuch mitzubringen, aus Angst, dass man sie durchsuchen und als Journalistin enttarnen würde. Deshalb konnte sie sich keinerlei Notizen machen. Sie glaubte aber nicht, dass sie etwas Wichtiges vergessen würde. Es war an der Zeit, das Ding selbst zu untersuchen. Die Liebespuppe, die mechanische Kurtisane, die automatische Dirne.

Ellie umkreiste das Bett und besah sich die Frau – nun, das frauenartige Ding – von allen Seiten, bevor sie schließlich das Unvermeidliche tat und zwischen die Kissen kletterte. Dieses Modell, Delilah, hatte gewelltes, kastanienbraunes Haar, blaue Augen und sehr hübsche, cremefarbene Haut. Ihr – sein – Körper war mit einem schwarzen Morgenmantel aus Seide bekleidet, der kurze Ärmel und einen noch kürzeren Saum hatte. Für eine Puppe war das Ding zu lebensecht, doch obwohl die Brust sich in künstlichen Atemzügen bewegte, schien es nicht lebendig. Es fehlten die kleinen Veränderungen und Bewegungen, die die Lebenden kennzeichnen. Nein, dieses Ding ähnelte eher einer Leiche, trotz der vollkommen gleichmäßigen Atemzüge. Ellie konnte sich nicht vorstellen, wie irgendein Mann sich damit hinlegen und vorgeben konnte, es sei eine echte Frau. Die meisten Männer mussten weitaus mehr Fantasie besitzen, als sie gedacht hatte. Ellie streckte die Hand aus, um den Arms des Dings zu berühren …

Die mechanische Kurtisane geriet in Betrieb und wandte ihr halb den Kopf zu. Ihre Lider flatterten, ihre Lippen öffneten sich, und ein warmes, sinnliches „Mmm“ entstieg ihrer Kehle. Ellie fuhr zurück, überrascht von der Wärme der Haut und der plötzlichen Bewegung. Die Haut war nicht ganz wie die einer echten Frau, doch sie war weich, nachgiebig und geschmeidig. Sie hatte so etwas wie Guttapercha-Gummi erwartet, aus dem man die Puppen machte, mit denen sie als Kind gespielt hatte. Doch dieses Fleisch erinnerte sie eher an … Fleisch. Es schien beinahe echt zu sein, obwohl der Geruch nicht stimmte. Er war zu neutral, nicht menschlich genug, und die Bewegungen waren auf undefinierbare Weise künstlich.

Ellie streckte die Hand aus und legte die Handfläche zwischen die kleinen Brüste des Automaten. Ja, es gab einen Herzschlag, und kleine, bereitwillig klingende Seufzer stiegen mit jedem Atemzug aus der Kehle der Kurtisane.

Du bist Journalistin, sagte Ellie sich, und öffnete dem Ding den Morgenmantel.

Die Haut der mechanischen Kurtisane war nicht völlig makellos, wie Ellie erwartet hatte. Unter der einen Brust war ein Leberfleck aufgemalt, und ein paar dunkle Haare führten von ihrem Bauchnabel hinab zu dem noch volleren Schopf ihres Schritts. Als sie sich näher heran beugte, konnte Ellie erkennen, wo die Haare aus der Haut kamen, und dass jedes einzelne mit großer Sorgfalt von Hand aufgenäht worden war. Als sie mit den Fingerspitzen durch das Haar zwischen den Beinen der Kurtisane fuhr, neugierig, ob es von einem Menschen oder von einem Tier stammte – es schien menschliches Haar zu sein – stieß sie auf warme Nässe. Ihre Finger waren feucht, als sie sie schockiert zurückzog. Sie roch an ihren Fingerspitzen und nahm ganz schwach den Geruch eines reinen, neutralen Öls wahr. War der Butler oder irgendein anderer Diener etwa hinaufgeeilt und hatte das Ding … gleitfähig gemacht, nachdem Ellie dieses Modell ausgewählt hatte? Natürlich, das war nötig, oder? In der Tat, diese Dinger „empfingen gern die Berührung eines Mannes."

Ellie schauderte und wischte sich die Hand an der Steppdecke ab. Sie und ihr Verlobter hatten Küsse ausgetauscht und einige intime Momente geteilt, bevor er nach Indien geschickt worden war. Doch weil sie nie geheiratet hatten, hatten sie nicht die Chance gehabt, einander weiter zu erforschen. Sie verstand natürlich, wie diese Dinge funktionierten, doch es war ein wenig beunruhigend, mit dieser Puppe zusammen zu sein. Sie war so offensichtlich nur für diesen einen Zweck gebaut worden. War das wirklich, was Männer wollten? Ein Ding mit der Form einer Frau, aber ohne Verstand, ohne Willen, ohne Persönlichkeit? Sie würden doch gewiss die Gesellschaft einer echten Frau vorziehen, wenn nicht die Gefahr bestanden hätte, sich die Krankheit zuzuziehen und selbst zur Frau zu werden.

Sie drehte die Kurtisane auf den Bauch und war überrascht, dass sie sich von selbst bewegte. Zunächst stützte sie sich auf alle Viere, dann senkte sie die Arme und den Kopf zur Matratze hinab und streckte den Hintern aufreizend in die Luft. Dies war in der Tat eine hochentwickelte Maschine. Ellie hatte vor Jahren einmal eine Ausstellung berühmter Automaten gesehen. Dort hatte es Gänse gegeben, die Eier legen konnten, Jungen, die Angeln auswarfen, und Frauen, die die Laute spielten, aber diese Geräte waren kleiner und offensichtlich unrealistisch gewesen. Diese Maschine war etwas ganz anderes. Aus der Ferne und selbst noch aus einer recht geringen Entfernung würde man so ein Ding nicht von einem Menschen unterscheiden können. Ellie lächelte. Das Oberhaus hatte einige schläfrige Mitglieder, die vielleicht mechanische Nachbildungen ihrer selbst in Auftrag geben sollten, damit diese während der Parlamentssitzungen ihre Plätze einnahmen. So könnten sie in der Zwischenzeit Karten spielen oder auf die Jagd gehen. Wenn die Ingenieure in der Lage waren, eine mechanische Frau so zu konstruieren, dass sie ihren Hintern in die Luft streckte, konnten sie bestimmt auch ein paar mechanische alte Männer bauen, die „Hört, hört!“ riefen.

Ellie legte das Ohr an den Rücken des Automaten und hörte ganz leise einen Motor surren. Die Dinger waren offensichtlich nicht dampfbetrieben. Vielleicht liefen sie mit einer elektrischen oder alchemistischen Batterie? Wenn sie nur Werkzeug dabei hätte! Obwohl sie nicht erkennen konnte, wo sich das Ding öffnen ließ. Sie würde es trotzdem untersuchen, so gut sie konnte.

Ellie erprobte vorsichtig die Bewegung der Gelenke und berührte die Hand des Dings. Seine Finger umschlossen die ihren und fingen an, auf verstörend rhythmische Weise sanft daran zu ziehen, bis Ellie sie wegzog. Sie strich mit der

Hand über die Wange des Automaten und staunte über die Weichheit der Haut, da wandte er den Kopf und öffnete die feuchten, wohlgeformten Lippen. Er saugte an ihren Fingern wie ein Ferkel an der Zitze, während seine feuchte Zunge sie umkreiste. Ellie zog angeekelt die Finger heraus und musste sich erneut das Öl an der Tagesdecke abwischen. Sie überlegte, ob sie die Fähigkeiten der Kurtisane noch eingehender untersuchen sollte, doch die Vorstellung war abstoßend. Wie würde das Ding wohl reagieren, wenn sie einen Finger da hinein ... oder sogar dort hinein ... Egal. Cooper würde solche Einzelheiten sowieso nicht drucken lassen, selbst wenn sie sie herausfände.

Sie hatte so viel entdeckt, wie sie konnte, und auf jeden Fall genug für einen einprägsamen Artikel. Ein Blick auf die Uhr auf der Kommode verriet ihr, dass sie noch fünfundvierzig Minuten Zeit mit diesem Geschöpf hatte. Sollte sie läuten und behaupten, früher fertig geworden zu sein? Wäre ein solches Verhalten verdächtig?

Ellie öffnete die Tür und warf einen Blick hinaus auf den Flur. Es war niemand zu sehen, weder mechanische Menschen noch echte. Wenn sie nur an die Zeichnungen der Modelle herankommen könnte! Es wäre ein großer Coup und ein Segen für die Auflage, wenn sie in der Zeitung abgebildet würden. Vielleicht lag irgendwo unbeachtet einer der Kataloge herum, den sie einstecken konnte.

Zumindest konnte sie durch den Flur schleichen und sich noch ein weiteres Modell ansehen. Auf Zehenspitzen ging sie zu der Tür schräg gegenüber, Nummer fünf, und lauschte am Schlüsselloch. Sie hörte ein schwaches Keuchen und quietschende Sprungfedern. Eilig ging sie weiter. Tür Nummer sieben war recht still, und als sie versuchte, den Türknauf zu drehen, ging sie auf. Traute sie sich? Wenn man sie erwischte, konnte sie einfach behaupten, dass sie kurz hinausgegangen war und sich dann in der Zimmertür geirrt hatte. Für ihren

Artikel würde es von Nutzen sein, wenn sie mehr als nur eine der Liebesmaschinen beschreiben konnte.

Sie warf einen letzten Blick in den Flur, stieß die Tür auf und trat ein. Im Zimmer sah sie einen Mann, der eine Schutzbrille mit mehreren Linsen übereinander trug. Mit einem langen Schraubenzieher stocherte er dem nackten Geschöpf, das auf dem Bett lag, in den ungeschützten mechanischen Eingeweiden herum.

„Oh, das tut mir schrecklich leid!", sagte Ellie. Tatsächlich quietschte sie eher. Sie räusperte sich und sagte mit tieferer Stimme: „Falsche Tür, mein Fehler, ich ..."

Sie starrte den Mann an. Sie kannte ihn. Nicht persönlich, doch er hatte ein sehr einprägsames Gesicht.

Er schob seine Schutzbrille zurück. Er betrachtete sie mit hellen, wissbegierigen Augen, aber nicht besonders freundlich. „Die Tür sollte eigentlich abgeschlossen sein, die Hausherrin hat wahrscheinlich ..." Er brach ab und legte den Kopf schief. „Oh nein", meinte er. „Sie haben mich erkannt."

„Ich – ich weiß nicht, was Sie meinen, Sir ..."

Es war Sir Bertram Oswald, der bekannte Wissenschaftler, führender Experte für pneumatische Alchemie, Vorsitzender der Königlichen Alchemistischen Gesellschaft und enger Vertrauter (und angeblicher Liebhaber) von Königin Victoria. Er seufzte und streckte den Arm nach der Glockenschnur aus, die neben dem Bett hing. „Ich hoffe wirklich, Sie sind niemand Wichtiges", sagte er fast bedauernd.

Interview mit einem schrecklichen Mann

Pimm nahm eine Droschke, die ihn so nah wie möglich an die Adresse heranbrachte, die man ihm gegeben hatte. Keiner der elektrischen Omnibusse befuhr diese Route. Auch die Pferde weigerten sich für gewöhnlich, der Mauer, die die Überreste von Whitechapel sowie einen kleinen Teil von Mile End einschlossen, näher als einen halben Kilometer zu kommen. Die letzten Kilometer musste er daher laufen. Er schlenderte die fast völlig verlassene Straße entlang, an verrammelten Geschäften und einsturzgefährdeten Lagerhäusern vorbei. Dabei war sich stets bewusst, dass man ihn beobachtete und aus Gassen und leeren Fenstern und hinter Müllhaufen versteckt nach ihm spähte. Er blieb in der Mitte der Straße. Mehrmals hielt er inne, um einen Blick über die Schulter zu werfen und sich zu vergewissern, dass niemand versuchte, ihn von hinten zu überraschen. Er war für diese Gegend viel zu gut angezogen. Obwohl Raubüberfälle bei Tageslicht selbst in diesem elenden Teil von London selten waren, blieb er lieber wachsam, denn es dämmerte schon fast. Noch mehr Sorgen machte er sich allerdings über den Rückweg, wenn es mit Sicherheit völlig dunkel sein würde. Im West End und in einigen Teilen der Londoner Innenstadt gab es inzwischen elektrisches

Licht, doch im East End leuchteten noch immer nur Gaslaternen, und auch die gab es nicht überall.

Pimm packte seinen Gehstock fester. Er war schwarz, solide, etwas mehr als einen Meter lang, von einer Silberkugel gekrönt und eigens von Freddy modifiziert worden, sodass er nicht nur als Knüppel dienen konnte. Während er, so gut es ging, versuchte, selbstsicher und unangreifbar auszusehen, schritt er voran. Die Pose wäre ihm leichter gefallen, wenn er nicht schon so viele Drinks gehabt hätte, bevor er hierhergekommen war. Er hatte sich eigentlich nur einen einzigen Drink zur Teestunde genehmigen wollen, um sich zu stärken. Doch aus einem Drink waren erst zwei und dann vier geworden, wie das eben manchmal so war. Er war nicht betrunken. Um das zu erreichen, musste er sich inzwischen fast einen ganzen Abend lang sehr anstrengen. Doch seine Reflexe ließen bereits zu wünschen übrig.

Nur ein paar Straßen nördlich von hier stieg abscheulicher gelber Nebel aus den Luftlöchern der Kuppel, die das verwüstete Gebiet in Whitechapel abdeckte. Es hatte Pläne gegeben, die Kuppel fester zu versiegeln, um die giftigen Schwaden drinnen zu halten. Jedoch befürchteten einige Wissenschaftler, dass die Gase der alchemistischen Feuer im Innern so viel Druck aufbauen würden, dass sie eine luftdichte Konstruktion sprengen könnten. Gelber Rauch war den Menschen lieber als ein Regen vergifteter Kuppelsplitter.

Es war schwierig, die Adresse zu finden, weil die meisten Häuser in dieser Gegend keine Hausnummern besaßen, doch er hatte Glück. Ein einziges Haus hatte eine Nummer, und es war genau das Haus, das er suchte. Die Adresse stand in Messingbuchstaben an der Eingangstür. Pimm blieb vor dem hohen, schmalen Gebäude aus Holz und alten Steinen stehen. Es hatte ein steiles, spitzes Dach und zwängte sich zwischen zwei längliche, niedrige Lagerhäuser. Irgendwie hatte das Haus etwas Germanisches an sich. Vielleicht wirkte es auch bloß wie aus einem Märchen. Es hätte ein Hexenhaus sein können oder

der Wohnsitz eines ungewöhnlich vornehmen Menschenfressers.

Pimm pochte mit dem Griff seines Gehstocks an die Tür. Einige Augenblicke später hörte er von innen eine traurige Stimme: „Ja?"

„Sind Sie Mr. Adams? Mein Name ist Pembroke Halliday. Ein gemeinsamer Bekannter empfahl mir, mit Ihnen zu sprechen."

„Oh, ja. Bitte treten Sie ein." Lautlos ging die Tür auf, und Pimm nahm den Hut ab, ehe er den düsteren Eingangsflur betrat. Er blinzelte, während seine Augen sich an das Halbdunkel gewöhnten. Der Raum erschien riesig, aber wie konnte das Haus innen größer sein als außen?

Einen Augenblick später verstand er. Man hatte die Innenwände niedergerissen und lediglich die Stützpfeiler stehenlassen, sodass das Haus auf beiden Seiten nahtlos in die angrenzenden Lagerhäuser überging. Was von außen wie drei Häuser aussah, war in Wirklichkeit ein einziger gewaltiger Raum. Schemenhafte, massige Formen – wissenschaftliche Geräte, alte Möbel? – standen herum, und durch die verdreckten Dachfenster sickerte schwaches Licht. Der Boden war aus rohen Steinplatten, und an manchen Stellen lagen Teppiche. Sie erschienen in diesem großen Raum allerdings jämmerlich klein und verbreiteten kaum Wärme.

Mr. Adams war sogar noch seltsamer als sein Haus. Obwohl der Mann sich vorgebeugt hatte, war er trotzdem fast so groß wie ein Riese auf der Kirmes und überragte Pimm um einen guten halben Meter. Er trug eine dunkle Robe wie ein Gelehrter zu einem feierlichen Anlass, doch sie war fleckig und abgetragen. An den Händen hatte er dunkle Lederhandschuhe. Das Seltsamste von allem war die glatte weiße Maske, die sein Gesicht bedeckte und ihm eine furchteinflößende Leere verlieh. Doch seine Augen waren lebendig und wachsam. „Sie sind der Detektiv?" Seine Stimme klang rau, als hätte er sich die Kehle verletzt. Vielleicht hatte er einen Brand überlebt. Verbrannte

Haut könnte die Maske erklären, und die Kratzstimme mochte daher rühren, dass er zu viel Rauch eingeatmet hatte.

Pimm versuchte aus Prinzip, zu allen Menschen gleich freundlich zu sein, ob sie nun Geschäftsleute, Verbrecher oder Bettler waren, daher schmunzelte er nur. „Großer Gott, nein. Ich habe lediglich ein gewisses Interesse an Kriminologie, und deshalb bot ich unserem gemeinsamen Freund meine Hilfe an."

Mr. Adams zeigte keine Regung. „Ich habe von Ihnen gehört. Sie haben gemeinsam mit Scotland Yard am Fall Constance Trent gearbeitet, nicht wahr?"

Pimm nickte. „Eine ganz hässliche Geschichte. Der Tod eines Kindes." Er schüttelte den Kopf. „Natürlich konnten wir nichts beweisen, was die Sache noch schlimmer macht. Der Mörder ist noch immer auf freiem Fuß."

„Wir müssen alle für unsere Sünden büßen", sagte Mr. Adams. „Wenn nicht sofort, dann im Laufe der Zeit."

„Ja, in der Tat." Pimm räusperte sich. „Unser gemeinsamer Freund ..."

„Sie können ihn gern beim Namen nennen." War Adams belustigt? Bei seiner Kratzstimme konnte man das schwer sagen. „Da ich mir sicher bin, dass wir beide zur Diskretion neigen, braucht es zwischen uns keine Geheimnisse zu geben."

„Gut, dann Mr. Value. Er sagte, Sie könnten mir die Leichen dieser unglückseligen Frauen zeigen?"

„Zumindest eine davon. Folgen Sie mir." Er führte Pimm tiefer ins Haus hinein, durch Korridore aus Kistenstapeln, von denen manche uralt aussahen und mit einer dicken Staubschicht bedeckt waren. Dieses zusammengeschlossene Haus war zwar ein großer, offener Raum, nur von Säulen gestützt, mit Hilfe von kunstvoll gestapelten Kisten, aufgehängten Wandteppiche und aufgespannten Zelten unter der hohen, dunklen Decke hatte man aber die Illusion von Zimmern und Korridoren geschaffen. Bald hielt Adams in einer engen Sackgasse aus Kistenstapeln an einer scheinbar beliebigen Stelle an. Die Kisten auf der einen

Seite trugen Markierungen, die ägyptischen Hieroglyphen ähnelten, und auf der anderen Seite trug jede Kiste das schwer zu deutende Wort „Material". Pimm sah sich in dem engen Raum um und erkannte, wohin sie als Nächstes gehen würden.

Die große Gestalt duckte sich, bückte sich sogar, sodass ihr Kopf auf einer Höhe mit Pimms Oberkörper war. Dann zog sie einen verblichenen orientalischen Läufer zur Seite, unter dem eine Falltür zum Vorschein kam, in die unten ein Eisenring eingelassen war.

„Ihre Falltür ist leider nicht allzu gut versteckt", meinte Pimm zögerlich. „Der Teppichzipfel, den Sie hochgezogen haben, ist abgenutzter als der Rest, und der Umriss der Tür ist sichtbar, wenn man genau hinsieht. Wenn die Polizei jemals in dieses Haus eindringen sollte, fürchte ich, dass sie diese Tür entdecken könnte."

Adams nickte. „Das mag sein. Aber die Polizei wird uns hier niemals belästigen. Mr. Value zahlt gutes Geld, um sicherzustellen, dass ich ungestört bleibe. Zwar gibt es einige zwielichtige Gestalten, die einbrechen und versuchen könnten, meine Geheimnisse zu aufzudecken, aber ..." Er wies auf den Ring. „Versuchen Sie sie hochzuziehen, Lord Pembroke."

Pimm ging in die Hocke, packte mit beiden Händen den Eisenring und zog. Er hätte ebenso gut versuchen können, den Tower von London hochzuheben. Tatsächlich kam ihm der Verdacht, dass Adams sich einen Scherz mit ihm erlaubte. „Ist dieser Ring etwa in einen Steinbrocken eingelassen?"

„Ganz und gar nicht." Adams griff hinunter. Mit einer Hand und offensichtlicher Leichtigkeit hob er die Falltür an. Als sie halb offen war, schaltete sich irgendein Mechanismus ein, der dafür sorgte, dass sie von allein offen blieb und eine Holztreppe freigab, die nach unten führte.

„Gibt es da einen Trick?", fragte Pimm, während er hinunterspähte. „Irgendeinen verborgenen Schalter, mit dem man ein Schloss öffnen kann?"

„Vielleicht bin ich einfach nur sehr stark." Adams begann die Stufen hinunterzugehen, und nach kurzem Zögern folgte Pimm ihm. Mitgegangen, mitgefangen.

Am Fuß der kurzen Treppe legte Adams einen Schalter um. Der lange, niedrige Raum unter der Erde wurde hell, erleuchtet von einer Reihe elektrischer Laternen, deren Glühbirnen wie seltsame Früchte an Drähten über ihren Köpfen hingen und alle Dunkelheit vertrieben. Der seltsame Riese wies auf die Glühbirnen. „Das sind weißglühende Lampen, die auf einem Entwurf von Jean Eugène Robert-Houdin basieren, der ein großer Zauberer und passabler Erfinder war. Allerdings habe ich sie noch ein wenig verbessert, um die Lebensdauer dieser nützlichen Geräte zu verlängern."

„Ihr Licht ist erstaunlich beständig", sagte Pimm. „Die meisten elektrischen Lampen, die ich gesehen habe, flackern ein wenig, aber diese hier sind ja wie Miniatursonnen."

„Das Licht kommt meiner Forschung zugute."

Pimm sah sich im Laboratorium um. Es gab Regale voller rundlicher Tongefäße, einen langen Tisch, der mit Glaswaren bedeckt war, und einen riesigen Apothekerschrank, der die ganze Wand einnahm. Auf anderen Regalen standen unzählige Bücher und dazwischen Probengläser. Sie enthielten trübe Flüssigkeiten und biologische Kuriositäten, die er nur halb erkennen konnte. „Sie sind also Naturphilosoph, Sir?"

„Ich bin in erster Linie Anatom. Der menschliche Körper und seine Funktionsweise faszinieren mich schon lange. Mr. Value ist so freundlich, mir alle Leichen zu schicken, die er findet, damit ihr Unglück zumindest das Wissen der Menschheit erweitern kann." Adams ging zu einem Tisch, der mit einem Laken bedeckt war, und Pimm wappnete sich, als der Riese die Abdeckung beiseite zog.

Seit er mit seinem kriminologischen Hobby begonnen hatte, hatte er viele Leichen gesehen, von denen einige die Verletzungen schrecklicher Gewaltakte getragen hatten. Die arme

Constance Trent war wohl die entsetzlichste gewesen. Allerdings hatte er auch schon Männer gesehen, denen man den Kopf mit einem Kaminbock eingeschlagen hatte, sowie einige durchgeschnittene Kehlen und Menschen, deren Gesichter in den letzten Grimassen eines Vergiftungstodes erstarrt waren.

Im Vergleich dazu erschütterte der Anblick der toten Frau auf dem Tisch ihn nur wenig. Sie war jung, hatte rotes Haar und Haut weiß wie Milch, und sie war nackt. Der letzte Punkt hätte ihm peinlich sein können, doch Pimm hatte schon vor lange Zeit gelernt, die Toten klinisch zu betrachten. Ihre Seelen waren fort und ihre Körper nur noch leere Hüllen. Sie verdienten zwar Respekt, bedurften aber nicht länger der Höflichkeiten, die er ihnen zu Lebzeiten hätte angedeihen lassen. Er zog instinktiv sein Taschentuch heraus, um es sich vor die Nase zu halten, doch die Leiche roch fast gar nicht. „Wie lange ist sie schon tot, Mr. Adams?"

„Sie wurde heute Morgen gefunden, auf einer Haustreppe in der St. James's Street."

Pimm knurrte. „Mein Club ist in dieser Straße. Ich hatte keine Ahnung, dass Value dort ein Etablissement unterhält."

„Die Leitung soll absolut diskret sein."

„Es ist ein recht weiter Weg, den man das tote Mädchen transportiert hat, da sie ja wahrscheinlich nicht in der Gegend gearbeitet hat. Da hat sich jemand wirklich angestrengt. ich bin mir sicher, dass der Mörder uns etwas sagen will." Pimm sah das Opfer prüfend an. „Das Mädchen ist schon fast einen ganzen Tag lang tot, und doch ist keinerlei Verwesung erkennbar. Kommt Ihnen das nicht merkwürdig vor?"

„Mr. Values Männer brachten sie in einer Kiste voll Eis. Zusätzlich verwende ich meinerseits gewisse konservierende Stoffe", gab Adams zu. „Sie verlangsamen den Verfall, was mir die Arbeit angenehmer macht. Mein Beruf scheint Sie nicht zu beunruhigen, wenn ich mir die Bemerkung erlauben darf. Die meisten Menschen finden ihn abstoßend."

„Ich habe einen entfernten Verwandten, der Mediziner wurde. Er war das schwarze Schaf der Familie, zumindest bis ich kam. Er erzählte mir von seinen Forschungen, dass er Körper abkochte, um die Skelette freizulegen, und Kadaver sezierte. Er erklärte mir, die Forschung an Toten könne den Lebenden helfen und Leid mildern. Das scheint mir ein recht nobles Ziel zu sein, solange die armen Seelen, die untersucht werden, keine Familie haben, die ihre irdischen Überreste beansprucht. Auch wenn ich nicht glaube, dass Mr. Value sich um solche Feinheiten kümmert." Er warf einen Blick auf die leere weiße Maske des Riesen. „Was ist mit Ihnen? Ich möchte wetten, dass Sie nicht zum Lehrpersonal im St. Bartholomew's gehören."

„Ich habe meinen Beruf auf die alte Art erlernt, als Assistent eines Meisterchirurgen, als ich jünger war. Weder habe ich einen formalen Abschluss noch brauche ich einen. Ich bin damit zufrieden, meine eigenen Forschungen zu betreiben, und mein Gönner findet meine Arbeit nützlich genug, um sie mit Geldern zu unterstützen."

„Sind Sie es gewesen, der die Wirkungskraft der Gewebeanziehung bei Opfern von Morbus Konstantin untersucht hat?"

Der Riese neigte lediglich den Kopf.

„Äußerst gescheit", sagte Pimm. „Ich bewundere solche geistigen Leistungen. Wissen Sie, wofür Ihr Gönner Mr. Value Ihre Entdeckung verwendet hat?" Er konnte den Anflug von Bitterkeit in seiner Stimme nicht unterdrücken.

„Die Wissenschaft ist ein Werkzeug, Lord Pembroke. Ich weiß, sie wird manchmal als Waffe verwendet. Aber ihre wahre moralische Orientierung ist vollkommen neutral. Der Stahlradscha zerquetscht seine Feinde mit dampfbetriebenen Automaten in Form von Kriegselefanten. Doch dieselben wissenschaftlichen Grundlagen treiben die Schiffe an, die die See befahren und den Handel an ferne Ufer tragen. Sie liefern die Energie für die Grabungsmaschinen, die sich in diesem Moment in die Erde unter dem Ärmelkanal fressen, um die Insel mit dem Kontinent zu verbinden. Dampfkraft ist nicht böse. Maschinen sind nicht böse. Nur ihr Verwendungszweck ist es manchmal."

„Das ist eine interessante Sichtweise, Mr. Adams. Da wir uns schon mit dem Bösen beschäftigen, lassen Sie uns doch zu dem Mord zurückkehren. Was war nach Ihrer ärztlichen Ansicht die Todesursache? Das arme Mädchen hat keine sichtbaren Verletzungen."

„Dieses Mal, denke ich, war es Gift. Vielleicht hat sie auch Äther oder andere Chemikalien eingeatmet. Manchmal erstickt der Mörder – vorausgesetzt, es ist derselbe Mörder – seine Opfer. Aber bei dieser hier sind keine Blutgefäße in den Augen geplatzt, wie es bei Erstickungstoden üblich ist, und sie hat keine Würgemale am Hals, wie man sie bei Erdrosselten findet." Er hielt inne. „Die Opfer, es sind derzeit fünf, weisen alle nur sehr leichte Verletzungen auf, und jedes ist makelloser als das vorige. Als Mr. Values Männer das erste Mädchen fanden, dachten sie, sie hätte bloß einen Herzstillstand gehabt. Obgleich niemand verstand, warum sie sich so weit von ihrem üblichen Viertel entfernt hatte, nur um auf den Stufen eines mechanischen Bordells tot umzufallen. Als dann eine Woche später ein weiteres Mädchen vor einem anderen Etablissement tot aufgefunden wurde, das ebenfalls Mr. Value gehört, nun ja. Das konnte kaum mehr ein Zufall sein."

„Hmm." Pimm starrte in die leeren blauen Augen des unglücklichen Mädchens. „Wenn sie uns nur verraten könnte, was sie gesehen hat. Dem besten Zeugen eines Mordes kann man leider keine Fragen mehr stellen."

„Das ist nicht zwangsläufig so", sagte Mr. Adams. „Wenn ich ein Mordopfer gebracht bekäme, das, sagen wir, noch keine Stunde tot ist, könnte ich sie vielleicht dazu bringen, uns ein paar Fragen zu beantworten. Zu einem späteren Zeitpunkt wäre das Gehirn wahrscheinlich zu stark beschädigt, als dass man es wiederbeleben könnte." Er zuckte die Achseln.

Pimm starrte ihn an. Das also war der Grund, weshalb Adams für jemanden wie Mr. Value arbeiten musste. Er war wahnsinnig. „Was Sie da beschreiben, ist unmöglich. Es ist Nekromantie."

„Der Körper ist nur eine Maschine, Lord Pembroke. Ich werde mich nicht mit der Frage beschäftigen, ob der Mensch eine Seele hat. Aber er hat ein Gehirn, und dieses Gehirn kann uns die bevorzugten Wege und Bahnen zeigen, denen die Gedanken dieser Seelen gefolgt sind. Wenn nicht sogar noch mehr. Kurz nach dem Tod beginnen die Zellen zusammenzubrechen und zu verfallen, das stimmt. Doch wenn ich Zugriff auf das Gehirn hätte, wenn der Verfall noch nicht so weit fortgeschritten ist, wer weiß, welche Geheimnisse ich bergen könnte?" Er zuckte mit den Schultern. „Die Grenze zwischen Leben und Tod ist weniger deutlich, als man annehmen würde. Bringen Sie mir ein frisch verstorbenes Mädchen, und es könnte sein, dass sie Ihnen ihre Geheimnisse erzählt."

Pimm schauderte. „Körper auseinander schneiden, um die Geheimnisse des Lebens zu erfahren. Das ist geschmacklos, Mr. Adams. Ich sehe, dass es einem höheren Ziel dient. Aber was Sie mir gerade beschrieben haben, das ist – ich möchte nichts dramatisieren, aber ich würde es als Blasphemie bezeichnen. Mit den Toten zu sprechen, ist sicherlich eine Beleidigung Gottes."

Mr. Adams gluckste hinter seiner gleichgültigen Maske. „Haben Sie es noch nicht gehört, Sir? Der Mensch hat schon längst die Macht Gottes an sich gerissen. Wir haben das Feuer gestohlen, und wir schüren es immer höher. Wir haben vom Apfel der Erkenntnis gegessen und sind aus dem Garten Eden verbannt worden. Trotzdem kämpfen wir jeden Tag mit Zähnen und Klauen darum, ins verlorene Paradies zurückzukehren." Er nahm ein blankes Skalpell von seinem Werkzeugtablett. „Bringen Sie mir ein frisches Opfer, dann werden Sie sie vielleicht persönlich fragen können, wie das Paradies aussieht. Auch wenn die Antwort Ihnen vermutlich nicht gefallen wird."

Pimm wandte sich ab, bevor Adams den ersten Schnitt machte.

Flucht aus dem mechanischen Bordell!

Natürlich rannte Ellie, denn sie wusste, wie eine Drohung klang, mochte sie auch noch so freundlich formuliert sein. Sie schlug die Tür hinter sich zu und hetzte den Flur entlang zur Treppe. Während sie lief, gingen im Flur mehrere Türen auf, und es erschienen mechanische Kurtisanen.

Sie hatte nicht gewusst, dass sie gehen konnten. Wahrscheinlich mussten sie es auch nicht oft, doch jetzt taten sie es. Nackt oder halb in Unterwäsche traten sie heraus und bewegten sich in Zweierreihen, um ihr den Weg zur Treppe zu versperren. Männer riefen wütend aus einigen Zimmern, weil ihre mechanischen Geliebten sie inmitten ihrer Fleischeslust verlassen hatten. Obwohl für „Fleischeslust“ eigentlich beide Beteiligten aus Fleisch und Blut sein mussten, dachte Ellie.

Sie erwog, die Kurtisanen einfach beiseite zu stoßen, aber es waren etwa ein halbes Dutzend. Noch standen sie geduldig und mit ausdruckslosen Gesichtern vor ihr. Was, wenn sie Ellie festhielten? Die Vorstellung, von solchen Geschöpfen angefasst zu werden, vor allem von denen, die gerade erst von Männern angefasst worden waren, ekelte sie. Sie wandte sich in die andere Richtung, obwohl am Ende des Korridors nur ein Samtvorhang war. Auch wenn sie keine Ahnung hatte, was dahinter wartete, glaubte sie nicht, dass es schlimmer sein konnte als eine kleine

Armee von mechanischen Frauen. Merkwürdigerweise kam Sir Bertram nicht aus seinem Zimmer, um sie zu verfolgen. Vielleicht fürchtete er, dass noch jemand seine Anwesenheit hier bemerken könnte? Viele hielten den Mann für den inoffiziellen Gemahl von Königin Victoria, manch ein Witzbold nannte die Königin sogar „Mrs. Oswald". Wenn er nun in einem äußerst verrufenen Etablissement in flagranti dabei ertappt wurde, wie er die Innereien einer mechanischen Kurtisane bearbeitete – das würde einen gewaltigen Skandal geben!

Aber jetzt war keine Zeit, über ihre Reportage nachzudenken. Ellie rannte auf den Vorhang zu, riss ihn zur Seite und fand eine Treppe. Während sie hinaufeilte, hörte sie unten im Flur menschliche Stimmen rufen. Waren es nur empörte Kunden oder die unvermeidlichen Schlägertypen, die solche Häuser überwachten? Männer wie Crippen? Die Treppe führte um die Ecke hinauf in den zweiten Stock, wo ein weiterer Samtvorhang hing. Ellie spähte an der fadenscheinigen Barriere vorbei und sah nur einen weiteren Korridor, ähnlich dem, aus dem sie gekommen war. Alle Türen außer einer auf der linken Seite am Ende des Korridors waren geschlossen. Sie rannte den Flur hinunter und schaute in das Zimmer. Es war ähnlich eingerichtet wie die anderen Boudoirs, doch zurzeit hielten sich weder Mensch noch Maschine hier auf. Ellie zog die Tür hinter sich zu und lauschte konzentriert.

Schritte polterten die Treppe hoch, und eine Männerstimme sagte: „Er muss sich hier irgendwo versteckt haben. Durchsucht die Zimmer!"

Sie stürzte ans Fenster in der Hoffnung, ein Sims zu finden, auf dem sie stehen konnte. Doch als sie die Gardinen beiseite zog, sah sie, dass es kein Fenster gab. Man hatte es zugenagelt, und die Nägel waren so tief hineingeschlagen worden, dass sie sich nicht herausziehen ließen. Sie hörte, wie weiter vorn im Flur die Türen geöffnet wurden. Bald würden sie bei ihr ankommen, und dann ...

Ellie schloss einen Moment die Augen. Sie suchten einen Mann. Nun gut. Sie musste lediglich dafür sorgen, dass sie keinen Mann fanden.

Sie riss ihren falschen Schnurbart ab und stopfte ihn in ihre Manteltasche. Dann zog sie Mantel, Weste, Hemd, Schuhe und Strümpfe aus, öffnete ihre Hosen und stieg aus ihrer Unterwäsche. Sie wickelte sich aus den Bandagen, die ihre Brüste eingeschnürt hatten. Sie waren tatsächlich schlimmer als ein Korsett, und sie war zumindest froh, sie los zu sein. Dann schob sie schnell den Kleiderhaufen tief unters Bett. Jetzt konnte sie sich einfach ins Bett legen und so tun, als sei sie eine ausgeschaltete Maschine, die Decken so drapiert, dass sie anständig bedeckt war.

Ihr Haar. Natürlich hatten alle Modelle langes Haar. Sie ging zur Seemannskiste am Fußende des Bettes, obwohl sie fürchtete, dass ihre Hoffnung vergebens sein würde. Schließlich hatte die Kurtisane, die sie untersucht hatte, keine Perücke getragen, man hatte die Haare an die Kopfhaut genäht.

Trotzdem fand sie tief unten in der Kiste, unter den Rüschen und Lederstücken, eine blonde Perücke, ein Paar viel zu großer Pumps und ein Korsett, das groß genug für einen Gorilla gewesen wäre. Wie merkwürdig. Diese Kleidungsstücke passten offensichtlich keiner der mechanischen Frauen, aber wem dann?

In der Nähe ging krachend eine Tür auf. Ellie zog sich hastig die Perücke auf und versuchte, nicht darüber nachzudenken, wer sie wohl vor ihr getragen hatte. Prüfend sah sie sich in einem der Spiegel an und rückte die Perücke zurecht. Sie versuchte, ihren nackten Körper zu ignorieren, den sie ganz gewiss noch nie so eingehend im Spiegel betrachtet hatte. Ellie hatte keine so üppige Figur wie das Modell Delilah. Aber auf einigen der Zeichnungen waren auch dünnere Modelle abgebildet gewesen, deshalb durfte sie hoffen, als mechanische Frau durchzugehen.

Nachdem sie sich noch einen wallenden Seidenschal geschnappt und ihn um den Hals und über ihre Brüste gelegt hatte, stieg sie eilig ins Bett. Sie versuchte sich zu erinnern, wie die Kurtisane in ihrem Zimmer dagelegen hatte. Zum Glück war ihre Pose nicht allzu anzüglich gewesen, sondern fast sittsam, wie eine schlafende Frau, und sie musste sich ebenso schlafend stellen. Sie streckte sich auf der Tagesdecke aus, in der Hoffnung, dass die Bettwäsche zwischen den Besuchen gewaschen wurde, obwohl sie ahnte, dass dem nicht so war. Dann legte sie den Kopf aufs Kissen. Offene oder geschlossene Augen? Sie entschied sich für einen schläfrigen Blick und halbgeschlossene Augen, sodass sie weiterhin die Tür beobachten konnte. Die mechanischen Frauen schienen zu atmen und sich sogar zu bewegen, Imitation der Lebenden – jetzt musste sie deren Imitation imitieren. Zum Glück war die alchemistische Lampe auf der Kommode relativ schwach.

Während sie darauf wartete, dass man sie fand, dachte sie darüber nach, wie viel von dem Erlebten sie in ihrem Artikel verarbeiten konnte. Herzlich wenig, wenn Cooper weiterhin darauf bestand, einen „Gentleman" als Verfasser anzugeben. Er würde mehr Zeitungen verkaufen, wenn er zugab, dass eine Frau die Reportage gemacht hatte, aber er würde damit auch riskieren, dass man ihn im Parlament anschwärzte. Die Geschichte stieß ohnehin an die Grenzen des Schicklichen. Vielleicht sollte sie einen Roman daraus machen.

Nimm dich zusammen, Eleanor, schalt sie sich. In Zeiten großer Anspannung neigte sie dazu, gedanklich in alle Richtungen abzudriften. Sie dachte dann über allerlei Dinge nach, nur nicht über das konkrete Problem. Als sie damals erfahren hatte, dass David in Indien umgekommen war, hatten ihre Gedanken sich von allein praktischen Angelegenheiten zugewandt: Wie sie seiner Familie bei den Beerdigungsvorbereitungen helfen konnte, die Schwierigkeit, ihm eine angemessene Beerdigung zu bereiten, obwohl sie seine sterblichen Überreste nicht wiederbekommen konnten, wie sie seine Mutter und seine Schwestern am besten unterstützen konnte, und so fort. Erst Wochen nach dem Trauergottesdienst hatte der Schmerz sie schließlich eingeholt. Der plötzliche Verlust war über sie hereingebrochen, und mitten im Laden der Hutmacherin hatten ihr die Knie versagt. Die Verkäuferin hatte gedacht, Ellie sei in Ohnmacht gefallen. Leider nein, sie war die ganze Zeit bei vollem Bewusstsein gewesen. Das war genau das Problem. Wer von starken Gefühlen überwältigt in Ohnmacht fiel, hatte Glück. Ellie war wach und erlebte alles mit.

Die Tür ging auf, und sie zwang sich, still zu liegen. Ihre Konkubine hatte nicht reagiert, bis sie sie angefasst hatte. Sie wusste also, dass auch sie nicht reagieren brauchte, als ein hohlwangiger Mann in einem schlecht sitzenden Anzug eintrat – „Crippler“ Crippen.

Crippen sah hinter die Gardinen, schenkte Ellie aber nicht mehr Beachtung als einer Ziervase oder einer Ottomane. Er ging in die Hocke und sah unters Bett. Ellie verkrampfte sich, weil sie fürchtete, er werde die Männerkleider und den falschen Schnurbart entdecken und seine Schlüsse ziehen. Doch anscheinend war ein Haufen weggeworfener Kleider in diesem Haus kein Grund zur Aufregung, denn er stand wieder auf und wandte sich zur Tür.

Dann hielt er inne, sah auf Ellie herab und grunzte.

Sie gab sich alle Mühe, ruhig liegen zu bleiben und nicht zu blinzeln. Crippen beugte sich über sie und begaffte sie ungeniert. Warum auch nicht? Sie war eine Maschine, sie hatte weder Würde noch Anstand, die man schützen musste. Das war ja gerade der Sinn des Ganzen. Trotzdem bekam sie unter seinem Blick eine Gänsehaut, und noch viel schlimmer wurde es, als er eine Hand nach ihrer Brust ausstreckte.

„Aber, aber, jetzt ist doch keine Zeit, um mit den Puppen zu spielen“, sagte eine barsche Stimme aus dem Flur. „Ich habe alle Zimmer auf der anderen Seite durchsucht, aber der Kerl ist nirgends zu finden. Er muss an den mechanischen Flittchen vorbeigehuscht sein, ehe wir oben waren. Der Alte wird stinkwütend sein, so viel ist sicher."

„Wen kümmert's überhaupt, ob irgendein feiner Pinkel in 'ner Gummipuppe rumstochert?" Crippen stieß Ellie seinen Zeigefinger in die Rippen, um das Gesagte zu veranschaulichen, und sie biss sich in die Backe, um ja nicht aufzuschreien.

„Wie, das weißt du nicht? Der Mann mit den komischen Schutzbrillen ist nicht irgendein Ritter der Königin, Crippler. Sie leiht ihm ihr Ohr."

„Ha. Leiht sie ihm sonst noch was?", sagte Crippen. „Irgendwelche Körperteile? Vielleicht kommt er hierher, weil Vicky es nicht schafft, ihn …"

Zu Ellies Überraschung kam der Mann zu Crippen herüber und zischte lauernd: „Sachte, Kumpel. Zieh nicht unsere Herrscherin in den Schmutz. Sie ist unsre Mutter, oder etwa nicht?"

„Sie hat neun Kinder, aber ich gehör' nicht dazu", meinte Crippen. „Ich wusste nicht, dass du sie so lieb hast."

„Hüte deine Zunge", sagte der Mann finster und stürmte aus dem Zimmer. Crippen lachte in sich hinein und zog hinter ihnen die Tür zu, sodass Ellie allein zurückblieb.

Das zumindest war überstanden.

Was jetzt?

✢ ✢ ✢

„Charles!" brüllte Ellie, schlug eine Tür auf erschreckte den Mann im Zimmer. Er war mindestens Mitte fünfzig und blass wie eine Schäfchenwolke, mit einem ähnlich formlosen Körper. Er fiel von der mechanischen Frau herunter, die er geritten hatte, und landete auf der anderen Seite neben dem Bett, wo er sich duckte. Ellie stampfte weiter ins nächste Zimmer, während sie sich ihr langes blondes Haar aus dem Gesicht schob. Sie hatte sich ausstaffiert, so gut sie konnte. Das Züchtigste, das sie im Zimmer der Kurtisane hatte finden können, war ein Abendkleid aus Satin gewesen, das eher in einen Ballsaal gepasst hätte als in ein Boudoir. Auf dem Kleid waren ein paar kleine Flecken, über deren Herkunft sie nicht allzu genau nachdenken wollte. Wer hätte gedacht, dass Männer so aufwendige Fantasien hatten? Das Kleid passte ihr nicht besonders gut, und sie hatte die falsche Unterwäsche an, aber sie konnte es tragen. Bei ihrer offensichtlichen Erregung würde es gewiss nicht auffallen, wenn ihre Kleidung etwas derangiert war.

Sie stieß die nächste Tür auf. „Charles, ich weiß dass du hier bist, du unwürdiges Tier, du elender Schürzenjäger!"

„Madam!" Der Mann, der sie ins Haus gelassen hatte, kam durch den Flur auf sie zugeeilt, und Ellie verspürte einen Anflug von Furcht, dass er sie erkennen könnte. Aber er sah, was er sehen sollte: Eine wutentbrannte Frau, die ihren Mann suchte.

„Ich möchte sofort meinen Mann sehen", sagte sie eisig.

„Madam, es tut mir außerordentlich leid, aber ich versichere Ihnen, dass kein Mann mit Namen Charles heute Abend hier ist. Wenn Sie möchten, kann ich eine Nachricht an ihn weitergeben, falls er …"

„Als ob ich jemandem eine Nachricht anvertrauen würde, der hier arbeitet, in dieser – dieser Lasterhöhle!"

Er zuckte zusammen. „Madam, bitte, ich kann Ihren Kummer verstehen, doch Sie haben ganz recht – dies ist kein geeigneter Ort für eine Dame."

Ellie machte eine große Schau daraus darzustellen, wie sie sich mühsam beruhigte und ihre Emotionen bezwang. „Ja. Gut. Sie haben sicherlich recht. Ich sollte … Vielleicht sollte ich lieber gehen."

„Bitte, erlauben Sie mir, Sie hinauszugeleiten." Er nahm sie behutsam beim Arm und führte sie die Treppe zum Erdgeschoss hinunter, Gott sei Dank in Richtung Eingangstür. „Wenn ich fragen darf, Madam, wie sind Sie in das Gebäude gelangt?"

„Ich habe an die Tür geklopft, doch niemand öffnete. Ich habe es mit dem Türknauf probiert, und sie ging einfach auf. Ich hörte Geschrei von oben, es gab wohl einen Tumult?“

Er errötete. „Ja, Madam. Einer unserer Gäste hatte einen Unfall. Ich kann Ihnen jedoch versichern, dass es nichts Ernstes war.“

Ellie schwieg, während sie zur Haustür gingen. Der Mann legte die Hand an den Türknauf, dann zögerte er. Sie fürchtete, dass er sie doch noch erkannt hatte. Doch er sah lediglich zur Decke hinauf und sagte mit leiser, besorgter Stimme: „Ich hoffe, Madam werden mir verzeihen, dass ich das sage, da es mir wohl kaum zusteht, doch Männer haben gewisse Bedürfnisse. Ist es nicht besser, wenn Ihr Mann diese Bedürfnisse hier befriedigt, in einer sicheren, sauberen Einrichtung, wo er keinerlei schlimme Folgen erleidet, als wenn er unter weniger zuträglichen Umständen seine Befriedigung sucht?“

„Ich wäre Ihnen dankbar, wenn Sie Ihre Ansichten über meinen Mann für sich behielten, Sir“, antwortete Ellie frostig und mit ihrer besten Matronenstimme. Der Mann seufzte, nickte und öffnete die Tür.

Ellie trat hinaus und ging vornehm und würdevoll bis zur nächsten Gasse. Nachdem sie sich vergewissert hatte, dass niemand zusah, huschte sie in eine dunkle Ecke und schälte sich aus dem Kleid. Darunter trug sie den Anzug, den Mr. James ihr zur Verfügung gestellt hatte. Das Sakko hatte sie sich an den Ärmeln um die Hüfte gebunden. Sie schob das Kleid in einen großen Müllhaufen. Die Perücke auch, obwohl sie hier zögerte. Sie war von guter Qualität, und ihr eigenes Haar war wirklich sehr kurz. Doch es war besser, wenn zwischen ihr und dem Bordell keinerlei Verbindung mehr bestand. Sie hatte ihre Brüste nicht wieder umwickelt. Obwohl ihr Sakko so weit geschnitten war, dass sie nicht allzu offensichtlich weiblich aussah, war sie dennoch besorgt, dass ihre Verkleidung nicht überzeugen könnte. Ihr Schnurrbart ließ sich nicht mehr ankleben, da der Klebstoff aus Kieferntееr und Alkohol seine Wirkungskraft verloren hatte. Sie sich zog den Hut tief ins Gesicht, schaute zu Boden und ging so zügig wie möglich zu Mr. James' Laden, um ihre eigenen Kleider wiederzubekommen. Sie würde ihrem lieben Onkel nichts von ihrem gefährlichen Erlebnis erzählen und auch nicht ihrem Chefredakteur. Jedenfalls jetzt noch nicht.

Ellie war losgezogen, um ein paar schlüpfrige Anekdoten für die Zeitung zu suchen. Dabei war sie über eine mysteriöse Verbindung zwischen dem augenscheinlichen Besitzer des Bordells, dem berüchtigten Verbrecher Abel Value, und Bertram Oswald, dem engsten Vertrauten der Königin gestolpert. Ein unpassenderes Paar konnte sie sich kaum vorstellen.

Jetzt musste sie nur noch herausfinden, welcher Art diese Verbindung war. Obwohl sie versuchte, große Schritte zu machen und einen männlichen Gang zu imitieren, merkte sie, wie sie beinahe vor sich hin hüpfte. Sie hätte sich eigentlich fürchten sollen, aber da wartete eine Geschichte auf sie. Die alte Jungfer Eleanor Skyler hätte sich vielleicht gefürchtet, aber die Journalistin E. Skye mochte nichts lieber als eine gute Geschichte.

DEDUKTION

Eine Karte“, meinte Abel Value und rauchte mit nachdenklicher Miene seine Zigarette. Pimm war nicht begeistert davon, den Morgen im Büro dieses Mannes verbringen zu müssen, vor allem in Anbetracht der abscheulichen Kopfschmerzen, die er in der Nacht zuvor entwickelt hatte. Es wäre allerdings schlimmer gewesen, den Verbrecher wieder bei sich zu Hause zu haben. Abels momentaner Schlupfwinkel war ein kleiner Raum über einer Schusterwerkstatt, vollgestopft mit schwankenden Papierstapeln. Nur die Oberfläche seines Schreibtischs war merkwürdig sauber. Pimm fragte sich, welche Papiere wohl eilig beiseite gefegt und versteckt worden waren, ehe er gekommen war. In einer Ecke ragte Big Ben in die Höhe und schien gut ein Drittel des Raumes einzunehmen.

„Ich weiß nicht“, sagte Value. „Mit dieser Information könnte man mir schaden. In meiner Branche tut man so etwas nicht – jemandem, der Verbindungen zur Polizei hat, eine Karte zeichnen.“

„Sie wollten meine Hilfe“, sagte Pimm. „Ich kann Ihnen nicht helfen, wenn ich nicht angemessen informiert werde. Wenn ich nicht weiß, wo Ihre weiblichen Angestellten ihr Gewerbe ausüben, wie soll ich dann verhindern, dass noch mehr von ihnen ein Leid geschieht?“

Value knurrte, griff hinter sich und fand einen zusammengerollten Stadtplan von London. „Das hier ist Stanfords Plan", sagte er. „Kennen Sie ihn? Für Männer aus der Branche ist er unentbehrlich. Zeigt jede Bahnlinie und jede Straße." Er rollte die Karte aus, die fast den ganzen Tisch bedeckte. Pimms Interesse war geweckt, und er beugte sich widerwillig vor. Auf den ersten Blick schien die Karte nur ein Chaos aus Linien und Buchstaben darzustellen, doch das gekrümmte Band der Themse half ihm, sich zu orientieren. „Auf dem Papier sieht die Stadt so viel ordentlicher aus, als wenn man auf ihren Straßen unterwegs ist, nicht wahr? Aber sie ist immer noch ein Durcheinander von Straßen, die kreuz und quer in alle Richtungen führen. Die Gegenwart ist auf die Vergangenheit gebaut, während die Zukunft auf der Lauer liegt und darauf wartet, dass sie an die Reihe kommt. Ich liebe diese Stadt. Südlich des Flusses, in Southwark, habe ich natürlich geschäftliche Interessen. Ich habe auch ein paar Mädchen, die spät nachts im West End arbeiten. Am Leicester Square geht es manchmal hoch her, wissen Sie." Pimm, der dort auch schon mehr als einmal aus dem Varieté gestolpert war und sich mit viel Gin im Magen der lärmenden Menge angeschlossen hatte, nickte bloß. „Keine der Frauen ist jedoch in diesen Gebieten ermordet worden. Die, die gestorben sind, haben alle nördlich des Flusses gearbeitet." Er tippte die Karte an und zeigte auf eine alles andere als respektable Gegend, die Alsatia genannt wurde. Pimm war überrascht. Er hatte gehört, die Gegend sei sehr viel sicherer geworden, seit man vor einigen Jahren in der Nähe eine Polizeiwache aufgemacht hatte. Doch solche Verbesserungen waren vermutlich relativ.

Value fischte einen Shilling, einen Penny und ein paar Florine aus seiner Hosentasche und verstreute sie auf der Karte. Dann begann er sie mit wohlüberlegter Sorgfalt zu verteilen, wobei er sich tief über die komplizierte und detaillierte Karte beugte, um die Straßennamen lesen zu können. „Molly." Er legte einen Shilling hin. „Letitia." Einen Florin, vielleicht einen Zoll entfernt. „Juliet." Ein weiterer Florin. „Abigail, wir nannten sie ‚süße Abi'. Man hätte sie für ein Chormädchen halten können, bis sie einem die Hand in die Hose steckte." Der Penny war für sie. „Schließlich die letzte, Theodosia, deren Leiche Sie heute gesehen haben." Der letzte Florin.

„Wann starb die Erste?", fragte Pimm.

Value sah Ben an. Dieser sagte: „Vor siebenundzwanzig Tagen, M'lord."

„Mr. Value. Fünf Morde in einem Monat? Jemand versucht, uns etwas mitzuteilen, und zwar äußerst vehement."

„Ich kann nicht behaupten, dass mich die Botschaft interessiert. Ich will nur, dass die Morde aufhören. Können Sie dafür sorgen?"

„Haben Sie Männer abgestellt, um die Gegend zu überwachen?"

„Selbstverständlich. Aber die Mädchen ziehen mit ihren Männern los und suchen sich eine nette kleine Gasse. Wir können sie nicht immer alle im Auge behalten."

„Wo haben Sie Ihre Wachleute platziert?"

„Natürlich in der Nähe der Tatorte."

„In der Nähe des letzten Tatorts?", sagte Pimm. „Durchaus verständlich, aber trotzdem erscheint es mir besser, ein zukünftiges Verbrechen verhindern zu wollen, als eines, das schon längst geschehen ist. Wir sollten die Wachen dort aufstellen, wo der Mörder als Nächstes zuschlägt."

Value schnaubte. „Wie finden wir das bitte heraus? Sind Sie etwa auch noch ein Okkultist, Sir? Ein Wahrsager?"

„Wohl kaum. Aber der Mörder hat sich die ganze Zeit durch Alsatia am Fluss entlang nach Osten bewegt und ist mit jedem Mord ungefähr eine halbe Meile weitergerückt. Ich vermute, dass er sich immer gerade so weit bewegt, dass er außerhalb des überwachten Bereiches bleibt."

Value beugte sich vor und runzelte die Stirn. „Aber woher weiß er, wo wir Wache halten?"

„Offenbar ist er mit Ihren Geschäften vertraut", meinte Pimm. „Wie sonst erklären Sie sich, dass er fünf Morde begeht und jedes Mal eine von Ihren Huren tötet? Nicht alle Mädchen und Zuhälter in dieser Gegend arbeiten für Sie, doch nur Ihre Interessen wurden verletzt. Er wusste auch, wo er Ihre mechanischen Freudenhäuser finden konnte, obwohl deren Adressen nicht gerade hinausposaunt werden. Die meisten Männer, die solche Etablissements kennen, wissen vielleicht von einem oder zwei. Dieser Bursche kennt fünf, und ich bin ehrlich gesagt erstaunt, dass es so viele gibt. Es lässt doch darauf schließen, dass er gewisse vertrauliche Informationen besitzt."

„Verrat", murmelte Value.

„Gibt es in Ihrer Organisation irgendjemanden, gegen den Sie begründetes Misstrauen hegen?"

„Die, die mir Gründe für Misstrauen geben, bleiben nicht lange in meinen Diensten."

Value zog an seiner Zigarre, kniff die Augen zusammen und blickte finster drein. „Meine Leute stehen Ihnen zur Verfügung, Halliday. Sagen Sie Ben, wo Sie Wachen haben wollen, und er wird dafür sorgen, dass sie aufgestellt werden."

„Vielleicht sollten Sie Ihre Mädchen anweisen, heute Abend nicht zu arbeiten", sagte Pimm. „Zu ihrer eigenen Sicherheit."

Value schüttelte den Kopf. „Wenn sie kein Geld für mich verdienen, Halliday, interessiert mich ihre Sicherheit nicht."

„Sie stellen Ihren eigenen Wohlstand über das Leben dieser Frauen?"

„Jeder stellt seinen persönlichen Vorteil über die Interessen dieses Abschaums, Halliday." Eine weitere Rauchwolke. „Ich mache mir nur nicht die Mühe, es zu leugnen."

Pimm versuchte, seine Wut zu unterdrücken. Wenn er nur mit diesem Mann sprach, fühlte er sich schon schmutzig. „Ich habe Grund zu hoffen, dass solch eine herzlose Sichtweise bald nicht mehr die Regel, sondern die Ausnahme sein wird. Wir leben in einer neuen Welt, Value, einer Welt des Fortschritts und der wissenschaftlichen Entwicklung, die allen Menschen ein besseres Leben verspricht."

Value brach in Gelächter aus. „Ben", sagte er, „Erzähl dem Lord von deinem Cousin, der in einer von Sir Bertram Oswalds Fabriken gearbeitet hat."

„Timothy, Sir", sagte Ben mit unbeteiligter Stimme. „Zehn Jahre alt war er. Hat an den alchemistischen Lampen gearbeitet. Sie wissen schon, die mit den Glaskugeln und dem hübschen gelben Licht. Timothy hat eigentlich nur ausgeholfen, Glasscherben aufgefegt, Werkzeuge geholt und so. Vielleicht wissen Sie's nicht, Sir, aber der Stoff, der diese Lampen erhellt, wird aus ganz verschiedenen Chemikalien hergestellt, die auf besondere Weise zusammengemischt werden. Die Chemikalie, die am Ende rauskommt, ist nicht so gefährlich. Man sollte sie nicht trinken, und sie stinkt ein wenig, aber man kann sie mit einem Lappen aufwischen und auf den Müll werfen, wenn einem mal eine Lampe zerbricht. Aber eine von den Chemikalien, die sie bei der Herstellung verwenden, ist 'ne entsetzlich starke Säure. So geschah es eines Tages, dass Timothy mit einem Auftrag durch die Fabrik rannte. Es ist furchtbar laut dort, und obwohl der Mann ‚Pass auf' gerufen hat, hat Timothy ihn nicht gehört. Ist einem Mann gegen die Beine geprallt, der gerade ein Glas von dieser Säure in ein Fass gießen wollte, und stattdessen hat Timothy die Säure abbekommen. Hat ihm ein Loch in den Schädel geätzt. Ich will gar nicht mehr drüber nachdenken. Er war ein guter Junge." Ben verstummte.

„Der Fortschritt ist schön für die, die seine Früchte genießen dürfen, Halliday", sagte Value. „Weniger schön für die, die seine Wurzeln gießen. Die Maschinen verstümmeln ihnen öfter einmal die Hände, und der Dampf verbrennt ihnen das Gesicht, und am Ende haben sie mehr Löcher im Kopf als bei ihrer Geburt. Aber Sie und ich, wir sind von Gott gesegnet, nicht wahr? Ach, wie schön es ist, reich zu sein."

Pimm erhob sich steif. „Ich werde versuchen, diesen Mörder zu fassen", sagte er. „Danach möchte ich nichts weiter mit Ihnen zu tun haben."

„Dann sollten Sie hoffen, dass ich Ihre Dienste nie wieder benötige", entgegnete Value.

„Kommen Sie heute Nachmittag bei mir vorbei, Benjamin", sagte Pimm. „Dann können wir uns besprechen."

„Werd ich tun, Sir", sagte Big Ben.

Pimm ging die enge Treppe hinunter, nickte dem Schuhmacher zu, der auf seiner Bank arbeitete, und trat hinaus auf die Straße. Es war ein warmer Frühlingsnachmittag, und er lief in flottem Tempo vor sich hin, als eine junge Frau über die Straße geeilt kam, um ihn abzufangen. Sie trug ein strenges graues Kleid, das nicht sonderlich modisch geschnitten war. Ihr Gesicht sah jedoch jünger aus, als ihre Matronenkleidung vermuten ließ, und auf dem Hinterkopf trug sie eine schicke kleine Haube über einer Lockenpracht. „Entschuldigung", sagte sie, und Pimm sah sich nach ihrer Begleitung um. Sie schien allein unterwegs zu sein, was es noch seltsamer machte, dass sie ihn auf der Straße ansprach.

„Miss? Kann ich Ihnen helfen?"

„Ich hoffe doch, Lord Pembroke. Verzeihen Sie mir, aber ich kenne Sie vom Argus, aus der Berichterstattung über den Fall Trent."

Pimm nickte und zwang sich, zu lächeln. Sein Schädel dröhnte noch immer, und das Treffen mit Value hatte seine Laune auch nicht gebessert. „Oh, natürlich, mein Gesicht war in der Zeitung. Eigentlich recht dumm, schließlich habe ich nur Detective Whistler geholfen."

Die Frau schlug die Hand vor den Mund. „Ach, du liebe Güte", sagte sie. „Ich habe mich nicht klar ausgedrückt. Ich kenne ihr Gesicht nicht aus der Zeitung, sondern von ihren

Besuchen im Büro des Argus. Mein Name ist Eleanor Skyler. Damals habe wir uns nicht getroffen, doch ich war gerade im Büro meines Chefredakteurs, und er hat Sie mir gezeigt."

Pimms, musste seine Gedanken vollkommen neu ordnen. „Sie sind Journalistin, Miss?" Sie konnte nicht älter als fünfundzwanzig sein, ein paar Jahre jünger als er. Natürlich gab es Frauen, die schrieben. Freddy hatte ein Abonnement für das „English Women's Journal" gehabt, ehe es Anfang des Jahres eingestellt worden war, und hatte nun Gefallen am „Alexandra Magazine" und am „Englishwoman's Journal" gefunden. (Freddy, dessen Interesse an Frauen sich einst darauf beschränkt hatte, ob sie seine schlechten Manieren zugunsten seines Vermögens ignorieren würden, war in letzter Zeit eine heftige Verfechterin der Frauenrechte geworden.) Doch Pimm hatte nicht gewusst, dass auch der relativ biedere Argus eine Reporterin beschäftigte. Moment mal, Eleanor Skyler – ach ja, Mr. E. Skye. Mysteriöser Skye? Wie drollig.

„Ich bin tatsächlich Journalistin", sagte sie. „Im Moment recherchiere ich für eine Geschichte, die auch sie betrifft, was mich sehr überrascht."

Pimm schmunzelte so selbstironisch wie nur möglich. „Miss Skyler, natürlich helfe ich mit Freuden, wo ich kann. Doch leider war der Fall Trent mein letzter Vorstoß in die Verbrechensaufklärung."

„Wirklich, Sir?" Sie blinzelte, und er kam nicht umhin, ihre langen Wimpern zu bemerken. Ihre Augen waren so dunkelblau wie ein schottischer See an einem Sommertag, und was machte es schon, dass sie eine recht lange Nase hatte? Sie passte zu ihrem Gesicht. Sie neigte den Kopf in unschuldiger Neugier und meinte: „Darf ich fragen, warum Sie sich dann gerade mit dem berüchtigten Verbrecher Abel Value getroffen haben?"

Das Lächeln gefror auf Pimms Gesicht. „Ich weiß leider nicht, was Sie meinen."

„Also bitte, Lord Pembroke. Ich habe nicht vor, Ihnen zu schaden. Wenn ich Sie in Verlegenheit bringen wollte, wäre ich Ihnen heimlich gefolgt."

„Genau das haben Sie ja anscheinend getan."

Sie schüttelte den Kopf. „Ganz und gar nicht. Ich habe Mr. Value beobachtet. Stellen Sie sich vor, wie überrascht ich war, jemanden wie Sie zu sehen, der als Freund der Polizei bekannt ist. Jemanden, der die gestohlenen schwarzen Perlen der Baronin zurückgebracht hat. Jemanden, der bewiesen hat, dass das Gespenst von Hodgson Manor kein Geist, sondern ein Verrückter war, der jahrelang dort im Gemäuer versteckt lebte. Was hat ein Mann wie Sie mit Abel Value zu schaffen?"

Pimm war froh, dass er sich an diesem Morgen keinen Drink genehmigt hatte. Nun, einen hatte er gehabt, aber einer zählte kaum. Das war praktisch Medizin. Er brauchte jetzt seinen Verstand. „Miss, ich werde so tun als, ob ich Ihnen den Weg erkläre, einverstanden? Sie müssen nicken, sich bedanken und dann gehen."

„Value lässt Sie also beobachten?"

Pimm war beeindruckt. Er zeigt die Straße hinunter und gestikulierte mit der anderen Hand. „Ich bin mir fast sicher. Ich nehme nicht an, dass Sie mich wirklich in Ruhe lassen werden?"

Ihr Gesicht nahm einen verwirrten Ausdruck an, und es dauerte einen Moment bis Pimm begriff, dass sie das mit Absicht tat, um zu täuschen. Sie zeigte in die entgegengesetzte Richtung, neigte fragend den Kopf und sagte: „Nun, da ich weiß, dass es hier eine Geschichte gibt? Mit Sicherheit nicht. Wo und wann wollen wir uns treffen, um Ihre Situation zu besprechen?"

Es war wirklich äußerst elegant von ihr, die Drohung implizit zu machen, anstatt sie unverblümt auszusprechen. Wie unfein es gewesen wäre, wenn sie verlangt hätte, dass er sich mit ihr träfe, damit nicht am nächsten Tag ein Artikel im Argus erschiene, in dem Pimms Name mit bekannten Verbrechern in Verbindung gebracht würde.

„Treffen Sie mich in einer halben Stunde im St. James' Park, in der Nähe der Ornithologischen Gesellschaft. Dort können wir uns hinsetzen und reden."

„Dann werden Sie mir alles erzählen?" Ihre Augen funkelten. Sie hatte offensichtlich großen Spaß an dieser Sache. Pimm konnte das nachempfinden, auch er fühlte sich am lebendigsten, wenn er jemandem auf der Spur war. Aber er war nicht allzu erfreut darüber, nun selbst der Gejagte zu sein.

„Ich werde Ihnen alles erzählen, was ich kann."

„Oh, ich muss also in diese Richtung", sagte Miss Skyler laut. „Meine Güte, jedes Mal wenn ich meine Küche verlasse, bin ich so schrecklich orientierungslos." Sie machte einen Knicks, zwinkerte ihm zu – schockierend! – und ging ihrer Wege.

Pimm sah ihr nach. Oje, oje. Er hatte schon genug Sorgen. Er hatte einfach nicht die Zeit dafür, eine Frau so interessant zu finden.

Ermittlungen

Lord Pembroke saß auf einer Bank und sah den Enten zu, die auf der Wasseroberfläche trieben. Ellie hatte auf der Bank hinter ihm Platz genommen, so dass sie Rücken an Rücken saßen. Sie hatte eine gute Sicht auf die Bäume und auf die Statue eines Mannes in Militärkleidung, dessen Gesicht ein wenig an einen Frosch erinnerte. „Mein Herr, ich bin froh, dass Sie unsere Verabredung eingehalten haben", murmelte sie.

Er bewegte sich hinter ihr. Sie konnte ihn im Augenblick nicht sehen, doch als sie sein Gesicht auf der Straße gesehen hatte, waren ihr sein scharfsinniger Blick und seine dunklen Augen aufgefallen sowie das leichte Lächeln, das seine Mundwinkel umspielte. Er hatte den Ruf, ein kluger Mann zu sein, aber es fiel ihr schwer, den echten Menschen hinter den Geschichten zu erkennen. Den adligen Detektiv, den zweiten Sohn eines Marquis. Manchen Gerüchten zufolge war er ein unverbesserlicher Trinker, der aus unbekannten Gründen eine Frau ohne Rang und Namen geheiratet hatte, was zu allerlei Vermutungen Anlass gab.

„Ich nehme an, ein Journalist arbeitet so ähnlich wie ein Detektiv", meinte Lord Pembroke. „Wenn auch mit weniger Regeln."

„Außerdem mit wesentlich geringerem Risiko. Wenn ich versage, wird irgendeine andere Zeitung die Geschichte drucken. Wenn ein Detektiv versagt, entkommt der Übeltäter seiner Strafe, und die Opfer werden um ihr Recht gebracht."

„Miss Skyler – oder soll ich Miss Skye sagen, da Sie beruflich hier sind?" Ellie antwortete nicht. Sie war freudig überrascht, dass er ihr Autorenkürzel kannte. „Ich habe für Journalisten nur Respekt übrig. Als Ausdruck dieses Respekts würde ich mich freuen, Ihnen ein exklusives Interview über meinen aktuellen Fall zu geben, sobald er abgeschlossen ist."

„Was für ein Fall ist das, Sir?"

Lord Pembroke seufzte. „Im Austausch für dieses Interview bitte ich Sie lediglich, in Ihrem Artikel Mr. Values Namen nicht zu erwähnen."

„Warum wollen Sie ihn schützen?"

„Ha. Oh nein, Miss Skye. Sie verstehen mich falsch. Ich möchte mich selbst schützen, oder besser gesagt, meine Familie. Meinen lieben Bruder würde der Schlag treffen, wenn der Name unserer Familie mit Mr. Values Namen in Verbindung gebracht würde."

„Warum stehen Sie dann mit Value in Verbindung? Ich möchte meine Frage wiederholen: Worum geht es bei Ihrem aktuellen Fall?"

„So viele Fragen. Mir war nie klar, wie unangenehm es ist, mit Fragen bombardiert zu werden. Jetzt tun mir all die Menschen leid, die ich im Laufe der Jahre ausgefragt habe. Sagen wir es so: Mr. Values und meine Interessen stimmen im Moment, für eine kurze Zeit, überein. Es ist eine äußerst seltene Übereinstimmung, wie eine seltene Konstellation von Sternen und Planeten, die sich nur einmal in einer Epoche ereignet. Aber ich merke, dass Sie sich nicht zufrieden geben, wenn ich Ihnen nicht auch einige Details verrate. Also: Ein Unbekannter bringt Frauen um, Miss Skye. Fünf wurden bis jetzt gefunden, alle sind innerhalb des letzten Monats ermordet worden. Ich will den Mörder aufhalten, und Mr. Value ist im Besitz einiger Informationen, die mir dies ermöglichen. Das allein ist der Grund für unsere aktuelle Verbindung."

„Ich habe von keiner Mordserie gehört", sagte sie. „Der eine oder andere Unfall eines Betrunkenen, ja, aber fünf getötete Frauen? Das würde sicherlich nicht unbemerkt bleiben."

„Gewisse Mächte sorgen dafür, dass es unbemerkt bleibt. Mehr kann ich nicht sagen. Ich muss doch noch etwas für das exklusive Interview aufheben, das nach Abschluss meiner Ermittlungen stattfinden soll."

„Sie haben mein Interesse geweckt", räumte Ellie ein. „Sie werden mich also kontaktieren?"

„Das werde ich. Wenn der Mörder gefasst ist, sind Sie nach der Polizei die Erste, die meine Geschichte zu hören bekommt."

„Wann, glauben Sie, wird diese Angelegenheit abgeschlossen sein?"

„Ich hoffe, in wenigen Tagen. Vorausgesetzt, er versucht noch einmal zuzuschlagen. Es ist unschön, darauf zu hoffen, dass ein Mörder noch einmal zu morden versucht, aber es ist meine beste Chance, ihn zu finden."

„Vergessen Sie mich nur nicht", sagte Ellie.

„Ich glaube nicht, dass man Sie vergessen könnte, Miss Skye."

Ellie zögerte. „Lord Pembroke, gibt es irgendetwas, das ich tun kann, um zu helfen? Ich habe Verbindungen und Kontakte, die ich bei meiner Arbeit gesammelt habe. Falls ich Sie unterstützen kann …"

„Ich weiß das Angebot zu schätzen." Hörte sie da eine Spur von Überraschung in seiner Stimme? Freude? Warum sollte es Ellie überhaupt kümmern, ob er erfreut war? Er war recht ansehnlich und einer der interessantesten Männer, die sie je getroffen hatte, aber was spielte das schon für eine Rolle? Auch der Mond war schön, aber sie würde ihn niemals in ihrem

Zimmer stehen haben, warum also sollte sie ihn sich wünschen? „Aber ich glaube, ich habe die Angelegenheit gut im Griff. Wenn sich das ändert, werde ich es Sie jedoch wissen lassen. Ich vermute, ich kann Sie über den Argus erreichen?"

„Das geht in Ordnung."

„Dann darf ich mich jetzt entschuldigen? Ich habe noch einen Mörder zu fassen."

„Natürlich."

Er erhob sich und ging um den Teich davon. Ellie wandte sich auf der Bank um und sah ihm nach. Wenn man bedachte, dass sie ihm im Grunde ein Interview abgepresst hatte, war er bemerkenswert höflich gewesen. Wie sehr ihre Einmischung ihn auch verärgert haben mochte, er hatte sie nicht einmal „Mädchen" genannt oder ihr gesagt, dass Journalismus nichts für Frauen sei. Die ganze Zeit über hatte er sie als ebenbürtige Gegnerin behandelt. Dieser Respekt war so erfrischend, dass er sie fast berauschte.

Ellie stand auf und rückte ihren Hut zurecht. Die falschen Locken, die sie darunter festgesteckt hatte, sahen fast aus wie ihr echtes Haar, doch sie juckten. Es würde noch Monate dauern, bis ihr Haar wieder nachgewachsen war. Wie auch immer. Sie würde daraus zumindest einen anständigen Artikel machen können, obwohl sie die Notizen, die sie in der Nacht zuvor eilig hingekritzelt hatte, noch ins Reine schreiben musste. Aber es war ihr auch nicht mehr so wichtig, ein paar Anekdoten über das geheime Innenleben der mechanischen Bordelle zu schreiben. Denn jetzt war sie einer richtigen Geschichte auf der Spur.

Sie dachte einen Moment lang nach und sah dabei den Enten zu. Lord Pembroke untersuchte die Morde am Fluss, und Value half ihm, was vermuten ließ, dass die Morde in irgendeiner Weise Values Interessen oder sein Territorium betrafen. Sie beschloss, im Büro vorbeizuschauen und mit einem bestimmten Reporter zu sprechen, der enge Verbindungen zur

Polizei hatte. Vielleicht würde er ihr die richtige Richtung für weitere Nachrforschungen weisen können. Nicht dass Ellie Lord Pembrokes Versprechen, ihr ein Interview zu geben, in Frage stellte, aber auf sein Wort allein konnte sie sich natürlich nicht verlassen.

✠ ✠ ✠

Pimm stand fröstelnd im Schatten eines schmutzigen Backsteingebäudes, nicht weit entfernt vom stinkenden Bett der Themse. Der Fluss war die Mutter Londons, doch der Fortschritt hatte ihr nicht gut getan. Der gute alte Flussgestank, den Pimm aus seiner Jugend kannte, war scharf und ätzend geworden. Nachts leuchtete das Wasser sogar an manchen Stellen, weil dort sonderbare phosphoreszierende Algen trieben. Unter den Schlammwühlern, die das Strandgut durchstöberten, ging das Gerücht um, dass in der Tiefe seltsame Geschöpfe lebten, die hin und wieder den Bootsleuten die Ruder entrissen oder ein unachtsames Themseweib vom schlammigen Ufer ins Wasser zogen. Miss Skyler hatte doch neulich eine Reportage darüber geschrieben, oder? Pimm nahm sich vor, sie zu lesen, falls Freddy die Zeitung noch nicht weggeworfen hatte. Flussmonster, soso. Doch in dieser Nacht hielt Pimm nach alltäglicheren Gefahren Ausschau.

Leider konnte er sich nur schwer darauf konzentrieren, die Augen offen zu halten und auf den Mörder zu warten. Stattdessen dachte er an Ellie Skyler. Üblicherweise hasste die Polizei Journalisten, weil sie ständig ihre Nasen in Dinge steckten, die sie nichts angingen. Weil sie außerdem laufende Ermittlungen behinderten, indem sie die öffentliche Aufmerksamkeit darauf lenkten und im Allgemeinen niemals mit den Antworten zufrieden waren, die man ihnen gab. Auch Pimm konnte Journalisten an sich nicht besonders gut leiden, weil seine Familie fast alles zu dulden bereit war, solange es unauffällig geschah. Sie akzeptierten sein exzentrisches Verhalten nur, wenn es mit Diskretion einherging. Doch der zweite Sohn eines Marquis, der sich als Detektiv versuchte, gab genau die Art von Geschichte her, die Reporter liebten. Pimm hatte sich resigniert angewöhnt, nur noch freundlich zu lächeln und die Leistung der Polizei zuzuschreiben, wann immer ihn ein Reporter ansprach. Er war unsicher, ob Miss E. Skye seine Ausweichmanöver hinnehmen würde. Es könnte sein, dass sie sich mit Plattitüden nicht zufrieden gab. Was noch schlimmer war: Er wollte womöglich gar nicht, dass sie das tat. Skyler hatte eindeutig einen lebhaften Geist hinter ihrem lieblichen Gesicht, und selbst wenn sie übermäßig neugierig war, nun, er war es auch. Das konnte er ihr kaum ...

„Da", murmelte Big Ben. „Der Bursche sieht verdächtig aus, oder?"

Pimm sah hinüber. Ein Mann in einem langen Überzieher huschte die Straße entlang und hielt sich dabei im Schatten. Er sah sich nervös um, näherte sich einigen Frauen, die in den Hauseingängen lungerten und lockend aus den Gassen riefen, dann zog er sich wieder zurück und eilte weiter. Pimm schüttelte den Kopf. „Nein, er verhält sich zu verdächtig, das würde die Mädchen nervös und wachsam machen. Ihr Kollege Mr. Adams sagte, dass keine der Leichen irgendwelche Kampfesspuren aufwies, abgesehen von Würgemalen am Hals bei denen, die erdrosselt wurden. Unser Mann ist selbstsicher und wird mit Sicherheit entspannt und erfahren wirken. Er nähert sich und übernimmt sogleich die Kontrolle, mit einem äthergetränkten Lappen oder indem er sie niederschlägt, bevor sie schreien können. Dann erstickt er sie."

„Hört sich nach einem richtig kalten Mistkerl an", meinte Ben.

„Kälte ist bei Mördern manchmal schlimmer als Hitze. Heißblütige Mörder töten meist nur einmal, in einem schrecklichen Wutanfall. Nach der Tat verlässt sie die Gewalt, sie ebbt einfach ab. Oft kann die Polizei solche Männer mühelos festnehmen, und manchmal weinen die Mörder sogar bereits über den Schaden, den sie angerichtet haben. Aber die kalten Mörder …" Pimm schüttelte den Kopf. „Sie könnten jede Gräueltat begehen, die man sich vorstellen kann, ohne später auch nur darüber nachzudenken."

„Dann haben Sie vielleicht Recht mit Ihrer Vermutung, dass es jemand aus der Organisation ist. Mr. Value hat ein paar richtig kalte Mistkerle in seinen Diensten."

„Zählen Sie sich auch dazu, Ben?"

„Ich?" Der große Mann hörte sich überrascht an. „Nein, Sir. Ich bin Opfer der Umstände geworden, und die Verbrechen, die ich begangen habe, geschahen immer aus Wut. Ich war mal ein recht respektabler Bursche, der in einem Herrenhaus diente. Meine Schwester war Hausmädchen. Hübsch war sie, bis der junge Herr sich Freiheiten bei ihr herausnehmen wollte und sie sich wehrte. Er hat ihr mit dem Messer das Gesicht aufgeschlitzt. Danach hatte sie eine schreckliche Narbe und war auf einem Auge blind. Ich war damals gerade fünfzehn, aber schon ziemlich stark, und ich war vernarrt in meine Schwester, das war ich. Als ich sah, was der Sohn des Herrn getan hatte …" Er zuckte die Achseln. „Ich hab ihn nicht umgebracht. Aber er wird nie wieder richtig laufen können. Keiner konnte beweisen, dass ich es war, dafür hatte ich gesorgt, aber trotzdem wusste es jeder, deshalb musste ich fliehen. Ich kam hierher und seitdem hab ich für ziemlich viele miese Burschen gearbeitet. Mr. Value ist auch nicht schlimmer als die meisten anderen, glaube ich."

„Ben, das ist furchtbar, ich …"

„Ich hätt's nicht erwähnen sollen", sagte Ben. „Wir haben noch was zu erledigen, nicht wahr?"

Also warteten sie. Pimm tat sein Bestes, die Straße im Auge zu behalten, ohne dabei die Frauen zu beachten, die mit Männern in den Gassen verschwanden. Wie jeder andere mochte auch er Frauen gern und hatte schon ein paar Nobelbordelle besucht, obwohl das letzte Mal während seiner Studentenzeit in Oxford gewesen war. Doch er verstand nicht, wie man Vergnügen daran finden konnte, in einer dunklen Gasse zu vögeln. Andererseits schleppte er auch nicht den ganzen Tag lang Kisten oder arbeitete in einer Fabrik. Außerdem hatte er daheim mehr zu erwarten als ein paar stinkende Zimmer voller Kinder, die er kaum kannte, und eine Frau, die sich wahrscheinlich nicht besonders freute, dass er heimkam. Vielleicht war ein Augenblick der reinen, blinden, zuckenden Lust das Beste, was sich solche Männer erhoffen konnten, und anziehend genug, dass sie ihre Angst vor der Krankheit überwanden. Es hatte in den letzten Jahren nur ein paar Hundert bestätigter Fälle gegeben, obwohl es sicherlich noch viele mehr gab, die den Ärzten nie gemeldet worden waren.

Die Frauen hatten bestimmt nicht viel Freude an dieser Arbeit in dunklen Gassen. Er hatte gehört, dass einige Mädchen in diesem Geschäft die Arbeit wirklich gern ausübten oder sie zumindest weniger unangenehm fanden als andere Berufe. Aber er konnte sich nicht vorstellen, dass irgendetwas anderes als die pure Verzweiflung eine Frau dazu bewegen konnte, in dieser scheußlichen Gegend für Abel Value zu arbeiten.

Ein schriller Pfiff ertönte dreimal, und Ben und Pimm rannten gemeinsam in die Richtung, aus der das Geräusch gekommen war. Zweimal kurz und einmal lang, das war das vereinbarte Signal, wenn der Mörder auf frischer Tat ertappt worden war. Die zusammengedrängten Kneipen und Lagerhäuser warfen die Töne zurück, sodass es verflucht schwierig war, ihre Herkunft zu bestimmen. Doch Ben schien genau zu wissen, wohin sie sich wenden mussten, deshalb folgte Pimm ihm auf den Fersen. Vielleicht war es auch ein falscher Alarm, Values Männer waren zur Zeit sehr angespannt. Aber falls nicht, hoffte Pimm von Herzen, dass er Value davon abhalten können würde, den Mörder zu töten. Der Täter musste zur Polizei gebracht werden, und sei es nur, weil die Familien der

Opfer ein Recht hatten zu erfahren, dass er gefasst worden war. Wenn der Mann kein Geständnis ablegte, würde man annehmen, dass die Mädchen ganz einfach verschwunden waren, verschlungen von den Straßen der Stadt. War Ungewissheit nicht noch schlimmer als das Wissen, eine Tochter oder Schwester verloren zu haben?

Der Mann, der gepfiffen hatte, keuchte und hielt sich den Oberarm, als sie ihn fanden. Er lehnte an einer Wand neben dem reglosen Körper eines rothaarigen Mädchens, das mit dem Gesicht nach unten in der Gasse lag. „Der Mistkerl hatte ein Messer, hat mich geritzt", meinte Values Mann und nahm seine Hand weg, unter der eine klaffende Wunde in seinem Bizeps zum Vorschein kam.

„Wo ist er hingelaufen?", fragte Pimm.

Der Mann wies in eine Richtung, und Ben schüttelte den Kopf. „Den kriegen wir nie, Sir. Fünf Schritte nach der Straßenmündung gibt's zehn Richtungen, in die er laufen könnte."

Pimm betrachtete nachdenklich den Mann, der gepfiffen hatte. „Ben, würdest du vielleicht unseren Freund hier untersuchen, um sicherzugehen, dass es ihm gut geht?"

„Ich versteh schon", sagte Ben. „In Ordnung, Solly, zeig uns deine Taschen, sei ein guter Junge." Der große Mann sprach in vollkommen freundlichem Ton. Solly runzelte die Stirn, doch er tat wie ihm geheißen. Er trug nichts bei sich als ein paar Münzen, ein Stückchen Schnur und ein kleines Taschenmesser, das Ben an Pimm weiterreichte. Der Detektiv entnahm seiner Manteltasche ein kleines alchemistisches Gerät, das die Form einer Taschenuhr hatte, und öffnete den Metalldeckel. Ein helles, starkes Licht schien aus dem Gerät und wurde durch eine klare Glaslinse gebündelt. Es war ihm unmöglich, dieses Gerät anzufassen, ohne an Bens angeblichen Cousin zu denken, der bei der Schöpfung eines dieser kleinen Wunderwerke durch ätzende Säure ums Leben gekommen war. Pimm richtete den Lichtstrahl auf das Messer und untersuchte sorgfältig Klinge und Griff. Es war kein Tropfen Blut auf dem Metall oder in den Spalten, und als Pimm die Schneide mit seinem Daumenballen berührte, war sie fast so stumpf wie ein Löffel. Solly trug das Messer wohl eher aus Gewohnheit mit sich herum und nicht, weil er es gebraucht hätte.

„Andere Waffen hat er nicht?"

Ben schüttelte den Kopf. „Ich würde das hier nicht mal als Waffe bezeichnen, M'lord, aber nein."

„Dann ist es unwahrscheinlich, dass er sich selbst den Schnitt zugefügt hat, um uns in die Irre zu führen." Pimm klappte das Messer wieder zusammen und reichte es Ben.

Der andere Mann öffnete empört den Mund, um zu protestieren, doch Ben klopfte ihm auf die Schulter. „Nimm's ihm nicht übel, Solly. Er tut nur, was Mr. Value von ihm verlangt, und muss alles und jeden verdächtigen." Ben begann, dem Mann Fragen zum Aussehen des Mörders zu stellen, während Pimm sich hinkniete, um die Leiche zu untersuchen. Er drehte sie auf den Rücken. Ein hübsches Mädchen, sicher nicht älter als siebzehn, sie sah irisch aus. Ihre weitgeöffneten Augen starrten ins Leere. Pimm beugte sich so dicht über sie, dass er sie hätte küssen können, dann wandte er sich ab. Der Geruch von Äther umwehte noch immer ihr Gesicht. Er legte den Kopf auf ihre Brust und fühlte am Handgelenk nach ihrem Puls, doch sie hatte keinen Herzschlag mehr.

„Ich hab mir nichts dabei gedacht", meinte der Mann. „Er ging zu ihr wie jeder andere auch, und sie plauderten recht nett miteinander, fast wie alte Freunde. Aber Margaret hier war auch 'ne freundliche Seele. Ich nehme an, sie einigten sich, und dann gingen sie in die Gasse. Ich hätte mir gar nichts dabei gedacht, aber …" Seine Stimme verlor sich.

„Du bist zur Gasse geschlichen, um zuzugucken", sagte Ben. Er wandte sich an Pimm. „Solly ist ein Spanner, Sir, jeder weiß das."

„Ich tu nur meine Pflicht." Solly sah zu Boden. „Wache halten. Ich sah, wie er sie gegen die Wand drückte, schien alles in Ordnung zu sein. Aber dann hat er ihr was ins Gesicht gehalten, und sie wurde ganz schlaff, also hab ich gerufen und bin reingerannt. Er kam mir gerade entgegen, holte mit seinem großen Messer nach mir aus, und ich bekam 'nen Schnitt ab. Ich dachte, er würd' mir den Kopf abschneiden, aber er schien irgendwie zu zögern, und dann hat er sich umgedreht und ist weggerannt. Ich hab so laut gepfiffen, wie ich konnte."

„Ich denke, der Äther hat sie getötet", sagte Pimm und legte die Hand an die Wange des Mädchens. Sie war noch warm. „Wahrscheinlich sind einige der anderen Frauen auf dieselbe Weise umgekommen."

„Glauben Sie, er wird es heut' Nacht noch mal versuchen?", sagte Ben.

„Das ist möglich, aber ich glaube, dass er dafür zu vorsichtig ist."

„Was machen wir jetzt?", fragte Ben.

Pimm seufzte. „Wir sollten ihre Leiche zu Mr. Adams bringen, und zwar schnell. Am besten noch in dieser Stunde."

Ben und Solly wechselten einen Blick. Ben zuckte die Schultern. „Wie Sie meinen. Das könnten wir schaffen, wenn wir uns beeilen."

„Manchmal glaube ich, die Wissenschaft hat der Nekromantie den Rang als dunkelste Kunst abgelaufen", meinte Pimm und blickte auf die tote Frau herunter. Er fragte sich, ob Adams tatsächlich vollbringen konnte, was er versprochen hatte, und ob er es ihn überhaupt versuchen lassen sollte.

„Ich bin anderer Meinung, Sir", sagte Ben. „Nein, die Stadt ist so hell wie nie zuvor. Man kann jetzt alles viel deutlicher sehen, und das haben wir nur der Wissenschaft zu verdanken."

„Ich hab' die alchemistische Lampe, die meine Alte mitgebracht hat, weggeworfen", sagte Solly. „Ich hatte vorher nie 'ne Ahnung, wie verdreckt mein Haus war, bis sie dann die Lampe reingestellt hat. Ich konnt' mich kaum überwinden, mich in meinen eigenen Sessel zu setzen, weil es so ekelhaft war." Das sagte ein Mann, der so schmutzig war, dass man in seinen Nasenfalten Korn hätte säen können.

„Keiner hat je behauptet, dass der Fortschritt hübsch wäre", sagte Pimm und half ihnen, die arme Frau fortzutragen.

Ein Augenzeuge ohne Augen

Adam sah auf, als jemand an die Tür zu einem der Tunnel zu pochen begann. Der Bereich unter den Lagerhäusern, wo er lebte und arbeitete, war von Gängen durchlöchert. Einige davon waren auf natürliche Art entstanden, doch die meisten waren vor langer Zeit gegraben worden, und ihr Zweck war in Vergessenheit geraten. Einige von ihnen gingen in noch ältere Grabkammern über, wo es Artefakte gab, die nicht von Menschenhand geschaffen schienen. In den vielen Jahren, die er nun schon hier lebte, hatte Adam einige dieser Tunnel erweitert oder erweitern lassen. Die meisten Gänge waren nur ihm selbst bekannt, aber die Stahltür, an die gerade laut geklopft wurde, befand sich am Ende des Tunnels, durch den Abel Values Männer ihm die toten Frauen lieferten.

Nachdem er seine weiße Maske aufgesetzt hatte, zog Adam an einem Seil und glich damit die Gegengewichte aus, die schwingend die Tür aufzogen. In dem dunklen Raum vor der Tür, der einst der Kohlenkeller eines Nachbarhauses gewesen war, standen zwei Männer: Der, der Big Ben genannt wurde, und der Detektiv, der ihn am Tag zuvor besucht hatte. Zwischen sich trugen sie eine tote Frau. Sie hatten sich ihre Arme um die Schultern gehängt, während die kleinen Füße der Toten über den Boden schleiften.

„Aber Lord Pembroke“, sagte Adam, „was bringen Sie doch für interessante Geschenke.“

„Sie ist seit vierzig Minuten tot, vielleicht auch kürzer.“ Halliday war außer Atem und rot im Gesicht, aber er hatte einen entschlossenen Gesichtsausdruck. Adam hatte diesen Ausdruck einige Male im Spiegel gesehen, ehe er so klug gewesen war, alle Spiegel aus seinem Wohnbereich zu entfernen. „Ist an zu viel Äther gestorben. Können Sie tun, was Sie versprochen haben?“

„Theoretisch ja.“ Er zögerte. „Ich habe es allerdings bisher nur bei Hunden geschafft, und es ist schwer zu sagen, wie viel Verstand ein Hund nach seinem Tod behält. Er hat ja vorher schon herzlich wenig. Aber ich brenne darauf, es mit einem menschlichen Objekt zu versuchen. Selbst ein Misserfolg könnte aufschlussreich sein. Bringen Sie sie her und legen Sie sie auf den Tisch.“ Er führte die Männer den Ziegelkorridor entlang in sein Laboratorium. Dort zogen sie den leblosen Körper der Frau auf denselben Tisch, auf dem auch ihre Schwester von der Straße kurz zuvor gelegen hatte. Adam überlegte, welche Werkzeuge er brauchte. Die Knochensäge, natürlich, aber vielleicht sollte er erst das Nährstoffbad vorbereiten?

„Wenn das alles war, meine Herren, gehe ich jetzt am besten und erstatte Mr. Value Bericht“, sagte Big Ben. „Auch wenn ich nicht ganz sicher bin, was ich zu berichten habe.“

„Sag ihm, dass der Mörder entkommen ist, und dass Mr. Adams die Leiche untersucht, um Hinweise auf die Identität des Übeltäters zu finden.“

„Diese Geschichte hat den Vorteil, dass sie wahr ist.“ Adam zog sich eine Lederschürze über den Kopf. „Sie sollten zurücktreten, meine Herren. Die Zeit ist kostbar, deshalb muss Eile vor Sorgfalt gelten.“

„Ich mache mich dann auf den Weg.“ Big Ben nickte Halliday zu, warf einen besorgten Blick auf Adam und eilte wieder den Tunnel hinunter. Adam machte sich nicht die Mühe, ihm hinterher zu sehen. Ben war vernünftig genug, die Tür, die auf der anderen Seite als Teil der schmutzigen Wand getarnt war, fest zu schließen. Er war schon mehrmals hier gewesen, um Leichen zu bringen, und nicht nur die, die diesem neuen Mörder zum Opfer gefallen waren. Adam war schon sehr lange mit seinen Forschungen beschäftigt, und tote junge Mädchen fanden sich in London immer.

Halliday trat einen Schritt zurück, doch er wandte sich nicht ab. Stattdessen sah er mit einem Interesse zu, das in Adams Augen nicht nur morbider Neugier entsprang. Halliday war ein Mensch, der die Welt zu verstehen versuchte. Natürlich war er verglichen mit Adam oder seinem Gönner ein unwissender Narr, so wie alle normalen Menschen mit ihren jämmerlich kurzen Leben. Wie amüsant, dass Halliday Value für Adams Gönner hielt, wenn doch in Wahrheit sowohl Adam als auch Value beide demselben, weitaus höheren Herrn dienten. Wenigstens besaß der Mann Scharfsinn genug, sich diesen Eingriff ansehen zu wollen, was Adams reflexartige Verachtung ihm gegenüber ein wenig milderte.

„Sie scheinen heute wesentlich nüchterner zu sein als gestern, Lord Pembroke."

Adam war damit beschäftigt, das Nährstoffbad herzurichten, und füllte sein größtes Glasgefäß mit den benötigten Flüssigkeiten.

„Ich trinke gerne ab und zu ein Schlückchen, Mr. Adams, aber wenn man einen Mörder verfolgt, ist es besser, einen klaren Kopf zu behalten."

„Ich sagte nicht, dass Sie mir vollkommen nüchtern vorkämen, Sir. Ihr Atem riecht heute nur nicht ganz so stark nach Alkohol." Der Brandygeruch hatte für Adam die Farbe von hellgrünem Gras.

„Ein Drink kann einem auch den Mut verleihen, einen Mörder zu verfolgen." Halliday sprach, ohne beschämt zu wirken. „Sie haben eine gute Nase."

„All meine Sinne sind hochentwickelt. Mein Schöpfer hat mich mit wundervollen Gaben bedacht."

„Wie bescheiden Sie sind."

„Ich bin tatsächlich bescheiden. Ich habe diese Gaben geschenkt bekommen, sie sind nicht mein Verdienst."

„Ich verstehe. Alle Ehre gebührt Gott, in der Tat. Aber sicherlich waren Sie derjenige, der diese Gaben mit Fleiß und harter Arbeit entfaltet hat? All dies erlangt man nicht ohne kontinuierliche, ernsthafte Anstrengung." Man musste Halliday zugute halten, dass seine Stimme keinerlei Sarkasmus verriet, als er auf das nasskalte unterirdische Labor wies.

„Wir sind alle nur Maschinen, Lord Pembroke. Wir werden erschaffen, mit bestimmten Ausgangsbedingungen und Einschränkungen, und dann auf unsere Bahn gesetzt, der wir zielsicher folgen."

„Sie glauben doch sicherlich nicht, dass wir keine Wahl haben."

„Auch das Gehirn ist eine Maschine", murmelte Adam und erhob seine Knochensäge. „Ich werde ihr nun den Kopf abnehmen müssen. Erschrecken Sie nicht." Er schnitt ihr die Kehle und das Rückgrat mit der Knochensäge durch und achtete sorgsam darauf, sie weit unterhalb des Hirnstamms zu enthaupten. Da ihr Herz nicht mehr schlug, floss das Blut regelmäßig, ohne zu spritzen. Nachdem der Schnitt vollendet war, ordnete er die Riemen und Zwingen auf dem Tisch an, damit sie den abgetrennten Kopf während der Kleinarbeit festhielten.

„Nun muss ich sie skalpieren. Normalerweise würde ich ihr zuerst den Kopf rasieren. Aber wir haben nicht unbegrenzt Zeit. Es kann sein, dass wir bereits zu spät dran sind."

„Sie sprachen von einer Stunde. Es sind erst fünfundvierzig Minuten vergangen."

Adam fing an, die Frau zu skalpieren, fast so wie es die Wilden in der Neuen Welt angeblich mit ihren Feinden taten, nur andersherum. Er fing am Hinterkopf an und zog die Haut nach oben hin ab. „Ja. Doch das war lediglich eine Schätzung. Ich hatte nicht erwartet, dass Sie mir tatsächlich ein frisches Opfer bringen würden, Lord Pembroke. Ich nahm an, unser Gespräch sei theoretischer Natur. Aber wie Sie sehen, gehe ich trotz meiner Überraschung mit angemessener Eile ans Werk. Ich bin recht hoffnungsfroh, dass wir ein positives Ergebnis bekommen werden." Er zog die Haut mit dem schönen roten Haar ab und ließ sie über das Gesicht fallen, sodass die Kopfhaut nur noch an einem Hautlappen unter der Nase hing und den nackten Schädel darunter freilegte.

Halliday wandte sich noch immer nicht ab, obwohl Adam eine gewisse Anspannung bei ihm spürte. Adam nahm seine Knochensäge und fing knapp über den Augen an, im Kreis um den Schädel des toten Mädchens zu sägen. „Der Trick besteht nun darin, den Schädel zu öffnen, ohne das Gehirn zu beschädigen. Bei Hunden oder Katzen kann man den Schädel mit Scheren durchschneiden, aber der menschliche Schädel ist ein gewaltiger Knochenhelm, für den man eine starke Hand und eine noch schärfere Klinge braucht." Dass er die nötige Körperkraft für diese Aufgabe besaß, erwähnte Adam nicht. Das würde sowieso bald deutlich werden. Seine Bewegungen waren gleichmäßig und sorgfältig. Wenn er nur um den Bruchteil eines Zentimeters verrutschte, würde er Teile ihres Gehirns zerstören. Dieser Eingriff hatte schon unter Idealbedingungen nur geringe Erfolgsaussichten, die noch geringer wurden, wenn er versehentlich durch ihre grauen Zellen sägte.

„Sagen Sie, Lord Pembroke. Glauben Sie an die Liebe?"

„Liebe? Wie kommen Sie jetzt darauf, über Liebe zu sprechen?"

„Wann sonst? Der Tod eines Individuums ist oft auch der Tod der Liebe. Die Liebe des Opfers stirbt mit ihm. Auch wenn die, die das Opfer lieben, keine Minderung ihrer eigenen Gefühle erleben, ist dennoch alle Gegenseitigkeit dahin." Adam war durchaus in der Lage, auf seine chirurgische Arbeit zu achten und dabei zu philosophieren. Es war sogar beinahe zu einfach, nur zwei Dinge gleichzeitig zu tun. „Ich weiß, es ist schwer zu glauben, wenn ich hier mit meinen scharfen Messern und meiner Lederschürze stehe, aber alles, was ich tue, tue ich um der Liebe willen. Ich suche nur die wahre Verbindung zwischen zwei Wesen. Individuen, die einander gänzlich und augenblicklich verstehen, die wie ein Geist in zwei Körpern sind."

„Nun ja", sagte Halliday und war offensichtlich froh, Ablenkung von Adams grausiger Arbeit zu finden. „Ich weiß nicht, ob dies das Ideal ist, nach dem ich selbst streben würde. Diese ganze Idee, miteinander zu verschmelzen und wie ein Fleisch zu sein, das entspricht nicht meinem Geschmack. Ich glaube, ich hätte lieber eine Partnerin, die gegen meine Erwartungen ginge, die mich stets auf erfreuliche Weise überraschte. Wissen Sie, bei meinen Ausflügen in die Unterwelt sehe ich oft genau das, was ich erwartet habe: Immer wieder die gleichen kleinlichen Beweggründe für die gleichen traurigen Verbrechen. Die gleichen schäbigen Akte, die sich aus den immer gleichen törichten Gründen immer wieder abspielen. Aber eine Frau, die mich überraschen könnte, ein Rätsel, das ich nicht lösen könnte – eine solche Frau wäre meine Liebe wert. Als ich noch zur Schule ging, kannte ich ein Mädchen, das diese Wirkung auf mich hatte. Sie hieß Adelaide und war die Tochter eines Familienfreundes. Aber leider ist sie gestorben, vor, ach, vor mehr als zehn Jahren. Doch ja, ich würde sagen, dass ich an die Liebe glaube."

„Hmm. Dieser immerwährende Zustand angenehmer Überraschung, ist dies die Art von Beziehung, die Sie mit Lady Pembroke führen?", fragte Adam.

Pimm zögerte nur den Bruchteil einer Sekunde, bevor er sagte: „Oh ja, natürlich." Aber das war schon lange genug für Adam, um zu merken, dass er log. Selbst den Reichen, Schönen und Klugen, die in ihrem Leben mit allem gesegnet waren, gelang es demnach nicht immer, sich ihren Herzenswunsch erfüllen. Adam fand diese Tatsache bedrückend und ermutigend zugleich.

Nachdem der Schädel aufgeschnitten war, hob Adam die Schädeldecke an und zog sie behutsam hoch, wobei er das schleimige Bindegewebe zwischen den grauen Zellen und dem weißen Schädel zerriss. Der Detektiv wandte sich schließlich doch ab. Gerade jetzt, da es interessant wurde. Wie enttäuschend.

„Wir sind fast fertig." Adam legte die Schädeldecke beiseite und ergriff eines seiner Messer. „Ich muss nur noch die Sehnerven und die Hypophyse durchtrennen, den dritten und vierten Hirnnerv und ein paar andere Verknüpfungen." Seine Stimme verlor sich, er war in seine Arbeit vertieft und vergaß fast, dass der Detektiv anwesend war. Bald griff er in den Schädel, umfasste vorsichtig die schwammige Hirnmasse und hob das Organ heraus. Ein Gehirn, das seinem Behälter entnommen wird, klingt einzigartig, und das Geräusch glänzte wie goldene Glühwürmchen.

„Nun kommt die wahre Herausforderung." Adam trug das Gehirn zu seinem Arbeitstisch, wo das Gefäß mit der Flüssigkeit wartete. Er befestigte Schläuche am Rest des Rückgrats und drückte mit Drähten verbundene Metallsonden in einige Bereiche des Frontallappens. Nachdem er sich vergewissert hatte, dass die Anschlüsse fest saßen, tauchte er das Gehirn in die Nährstofflösung, die ein sauerstoffreicher Blutersatz war. Die Drähte, die aus dem Gehirn ragten, fädelte Adam durch kleine Löcher in einer runden Stahlplatte. Vorsichtig setzte er die Platte auf das Gefäß, so dass sie dessen Öffnung vollständig abdeckte, dann griff er nach einem Deckel mit Gummirand, den er fest um die Platte schraubte.

Halliday sah wieder zu und hatte sich sogar dem Arbeitstisch genähert. „Das sieht aus wie ein überdimensionales Einmachglas."

„Es ist ähnlich, auch wenn ich statt eingelegter Gurken oder eingemachter Pfirsiche ein menschliches Bewusstsein zu konservieren hoffe."

„Das Gehirn schwimmt ja", sagte Halliday. „Das überrascht mich in gewisser Weise. Ich hätte gedacht, dass es schwerer sei."

„Das Gehirn eines erwachsenen Menschen wiegt in der Regel etwas über drei Pfund. Aber das Gewicht ist irrelevant. Die Dichte ist entscheidend, und mein künstliches Blut ist dichter als graue Substanz."

Adam verband die Drähte, die aus dem Gehirn kamen, mit einem komplizierten Apparat aus Metall und Messing, der etwa einen Quadratmeter des Tisches einnahm und an eine halbgeschmolzene Orgelpfeife erinnerte. „Das hier ist meine künstliche Sprechmaschine. Ich habe mehrere Kanister voll Druckluft, die durch eine Reihe von Schallwänden, Klappen und Röhren geblasen wird. Die Technik ist recht komplex, doch sie könnte in der Lage sein, diesem armen Mädchen die Stimme wiederzugeben. Ich habe bislang kein anderes Geräusch als Hundegeheul aus der Maschine gehört, dieses gibt sie allerdings recht akkurat wieder." Adam untersuchte mehrmals alle Anschlüsse und fühlte einen seltsamen Widerwillen, die Magnete einzuschalten und den letzten Test durchzuführen. Falls der Versuch glückte, würde es für ihn einen großen Triumph bedeuten. Das wäre eine Leistung, von der Adams Schöpfer nur träumen konnte und die er niemals hatte vollbringen können. Aber wenn er versagte, dann musste er seiner langen Liste von Fehlschlägen einen weiteren hinzufügen.

Doch man konnte die Dinge nur eine Zeit lang hinauszögern, bis es auffiel. Adam drückte einen Schalter, der die Elektromagnete aktivierte, die um das Gefäß herum angeordnet waren und das Gehirn stimulieren sollten. Dieses Mal jedoch, ohne es zu kontrollieren. Es sollte nur wieder zum Leben erweckt werden.

Er ergriff ein kegelförmiges Messingrohr, das wie das Hörrohr einer alten Frau aussah. Das war es im Grunde auch, selbst wenn man es nun mit einem Gehirn verdrahtet hatte, das in dichter Flüssigkeit in einem Glas trieb. Adam hielt inne und sah den Detektiv an. „Kennen Sie ihren Namen?“

„Margaret.“ Der Detektiv starrte das Gehirn in dem Glas an, als ob er nicht glauben könnte, dass man dieses Ding tatsächlich mit Namen ansprechen konnte.

Adam räusperte sich, hielt das Sprachrohr an den Mund und sagte: „Margaret? Kannst du mich hören?“

Ein Laut, der wie ein langer Seufzer klang, entwich dem Sprechapparat, und Halliday keuchte. Adam blieb ruhig. Der Laut war nicht wirklich ein Seufzer, sondern nur alte Luft, die aus dem System strömte.

Das nächste Geräusch, das aus der Maschine kam, war tonlos, aber absolut verständlich. „Ja? Wo bin ich, Sir? Warum ist es hier so schrecklich dunkel?“

„Großer Gott im Himmel“, entfuhr es Halliday.

„Der große Gott kann seinen Himmel behalten“, entgegnete Adam. „Wir Menschen haben hier auf der Erde noch genug zu tun.“

✠ ✠ ✠

Pimm fand Mr. Adams' Gesellschaft zutiefst verstörend, doch der Mann war zweifellos ein Genie. Selbst Sir Bertram hätte so etwas kaum zustande bringen können. Eine Stimme von jenseits des Grabes sprechen lassen? Die Frau war tot, und doch konnte Pimm ihre Stimme hören. Jedenfalls eine Stimme, die von ihrem Geist auszugehen schien. Als Detektiv hätte er eigentlich misstrauisch und skeptisch bleiben müssen, und natürlich war es möglich, dass es sich hierbei um irgendeine ausgeklügelte List von Mr. Adams handelte. Aber was hätte er durch einen solchen Betrug erreichen können? In dieser Welt konnte eine Krankheit das Geschlecht ändern, und seltsame

Lichter erhellten den Nachthimmel. Immerwährende alchemistische Feuer brannten in Whitechapel, Blitze konnten eingefangen und als Antrieb für Omnibusse genutzt werden. Ein Mann konnte durch eine Linse spähen und eine wimmelnde Welt winziger primitiver Organismen entdecken, die lebten und starben und untereinander ums Überleben kämpften. Wie hätte Pimm bezweifeln können, dass es möglich war, ein Gehirn zum Sprechen zu bringen?

Natürlich würde das den Priestern nicht gefallen. Schließlich war die Seele der Frau gewiss entschwunden, als ihr Körper starb. Doch was sprach nun zu ihnen? Es konnte offensichtlich nicht ihr unsterbliches Wesen sein, denn das war fort, um seinen letzten Lohn zu erhalten. Vielleicht war das hier eine Art Echo, oder eine Sprachaufzeichnung ähnlich derer, die man mit einer beweglichen Nadel auf Wachswalzen machen konnte. Er beschloss, die Frage den Metaphysikern zu überlassen. Pimm hatte weltlichere Sorgen. „Darf ich?" Er streckte die Hand nach dem Sprachrohr aus.

Mr. Adams erhob den Finger. „Lassen Sie mich zuerst der Frau noch einige Dinge erklären, damit wir sie nicht beunruhigen." Er setzte das Rohr an die Lippen. „Margaret. Ich bin ein Arzt. Du wurdest angegriffen. Kannst du dich daran erinnern?"

„Ich ... ja." Die Stimme war unheimlich, weder männlich noch weiblich, als hätte der Wind in den Bäumen begonnen, Worte zu sprechen.

„Du bist sehr schlimm verletzt worden, mein liebes Kind. Hab keine Angst. Du kannst immer noch gerettet werden."

Pimm zog eine Augenbraue hoch, doch Adams war ganz in seine Aufgabe versunken. In gewisser Weise war es gütig, dem Mädchen zu erzählen, dass sie nur verletzt sei. Doch gleichzeitig war es furchtbar grausam.

„Bin ich erblindet, Sir? Meine Arme und Beine kann ich auch nicht fühlen."

„Deine Sehkraft kann mit der Zeit wiederhergestellt werden“, sagte Adams. „Auch was deine fehlende Sinneswahrnehmung angeht, haben wir große Hoffnung. Darf ich dich fragen: Fürchtest du dich?“

Dumme Frage, dachte Pimm. Natürlich tat sie das.

„Nein“, sagte die Stimme, ohne zu zögern. „So seltsam es auch klingen mag, ich fürchte mich nicht.“

Adams bedeckte das Mundstück und wandte sich Pimm zu. „Interessant. Ich habe die Theorie aufgestellt, dass das Gehirn Angst weniger intensiv wahrnehmen kann, wenn man es vom Drüsensystem abkoppelt. Wenn die unzähligen Systeme des Körpers keine Angstbotschaften senden, kann schließlich … “

„Darf ich sie befragen, Sir?“, sagte Pimm. „Solange die Erinnerungen noch frisch sind?“

Die Maske auf Adams' Gesicht machte es unmöglich, seine Miene zu lesen, doch Pimm hatte den Eindruck, dass er gereizt war. Er sprach in das Rohr. „Margaret. Hier ist ein Detektiv, der mit dir sprechen möchte. Er untersucht das schlimme Verbrechen, das an dir verübt wurde. Sein Name ist Pembroke Halliday.“

„Lord Pembroke, der feine Detektiv? Ich habe von ihm gehört.“

„Wie wunderbar.“ Adams reichte Pimm das Rohr.

Wie merkwürdig, dachte Pimm, und hielt dann das Mundstück dicht an die Lippen. „Es tut mir schrecklich leid, dass Ihnen so etwas passiert ist, Miss. Ich werde alles in meiner Macht stehende tun, um den, ähm, Angreifer zu fassen. Könnten Sie mir vielleicht eine Beschreibung geben? Seine Größe, Statur, Haar- und Augenfarbe? Besondere Merkmale, Narben, Muttermale, Eigentümlichkeiten des Gesichts? Alles könnte hilfreich sein.“

Eine lange Pause, gefolgt von einem weiteren Wispern der Luft. „Wenn Sie wünschen, Sir, kann ich ihn natürlich beschreiben. Ich habe ihn schon viele Male gesehen und kenne sein Gesicht gut. Aber vielleicht wäre es hilfreicher, wenn ich Ihnen einfach seinen Namen sagen würde?"

Trotz der grausigen Umstände musste Pimm lächeln. „Ja, Margaret. Das wäre tatsächlich überaus hilfreich."

WAS FOLGT

Sie fürchtete, dass Lord Pembroke sie erkennen könnte, und dieser Teil der Stadt war für Frauen alles andere als einladend, außer es waren Frauen von einer ganz bestimmten Sorte. Also legte Ellie erneut ihre Verkleidung an. Mr. James hatte widerwillig zugestimmt, dass sie die Kleidung und die restliche Ausstattung noch einige Tage lang behalten durfte. Er hatte sie auch mit einem Döschen Hautkleber versorgt, der ihr helfen sollte, ihren Schnurbart zu befestigen. Sie hatte sich in ihren Räumlichkeiten umgezogen. Ellie bewohnte ein kleines Apartment im Erdgeschoss eines Hauses, das sich in der Nähe des Charter House befand und ausschließlich von unverheirateten berufstätigen Frauen und deren verwitweter Vermieterin bewohnt wurde. Nachdem sie sich als Mr. Smythe verkleidet hatte, verließ sie hastig ihr Zimmer und eilte zur Haustür hinaus. Dabei hoffte sie, dass nicht gerade zufällig ein Nachbar hinübersehen und einen seltsamen Mann entdecken würde, der das Grundstück verließ. So etwas würde eine Menge schockiertes Gerede und einen Besuch von der Vermieterin nach sich ziehen. Vielleicht würde sie die Mieterin, der sie den Umgang mit seltsamen Männern am ehesten zutraute, sogar vor die Tür setzen.

Nachdem Ellie es ums Eck geschafft hatte, ohne dass sie irgendeinen erschrockenen Ruf gehört hätte, schritt sie selbstbewusster aus, bis sie einen Omnibus nehmen konnte. Sie schwang sich auf den Wagen und war entzückt, wie viel Bewegungsfreiheit ihr die Hosen ließen. Der Omnibus rumpelte die festgelegte Strecke entlang, während es dem jungen Fahrer an der Bremse vor der Maschine zu grauen schien, die er doch selbst steuerte. Ellie fuhr so nah an das Viertel heran, wie es mit dem Omnibus möglich war, und ging den restlichen Weg zu Fuß.

Ihr Erscheinungsbild war für diesen Stadtteil viel zu vornehm, und einige Arbeiter auf der Straße warfen ihr finstere Blicke zu. Aber andere Männerkleidung besaß sie nicht, und es kam ohnehin nicht selten vor, dass angesehene Männer in solchen Stadtteilen verbotene Vergnügungen suchten. Sie schlich die Straßen entlang, roch den Mief vom Fluss und wich den Scharen aus, die Waren an Menschen verkaufen wollten, die sich diese kaum leisten konnten. Im Vorbeigehen spähte sie in verschmierte Kneipenfenster. Als die Sonne langsam unterging und die Schatten, in denen sie sich verstecken konnte, immer länger wurden, begann sie sich weniger beobachtet und sicherer zu fühlen.

Ihr Kollege Barnard vom Argus hatte ihr gesagt, dass Abel Values unbestrittenes Territorium einen großen Teil von Alsatia umfasste, was sie nicht überraschte. Ellie fand es plausibel, dass die Morde an Values Angestellten hier passieren würden. In diesem Fall war vermutlich auch Lord Pembroke irgendwo in der Nähe, um die Gegend im Auge zu behalten, in der Hoffnung, den Mörder auf frischer Tat zu ertappen. Ellie wollte ihn gern interviewen, wenn er seine Angelegenheiten zu Ende geführt hatte, doch sie war nicht Reporterin geworden, um sich etwas diktieren zu lassen. Sie wollte vor Ort dabei sein, inmitten der Geschehnisse. Cooper hatte sie oft ermahnt – „Sehen Sie sich die Geschichte an, aber seien Sie nicht die Geschichte"

– und sie respektierte die Wahrheit, die in diesem Satz lag. Sie wollte sich nur die Geschichte aus allernächster Nähe ansehen.

Leider sah sie jedoch wenig Interessantes. Mehrere Frauen machten ihr Angebote, was zumindest bewies, dass ihr Verkleidung überzeugte. Doch sie lehnte stets dankend ab, ohne zu nahe heranzukommen. Falls Mr. Value Straßenwachen aufgestellt hatte, passten sie sich gut an die anderen Männer an, die aus den Kneipen getorkelt kamen oder im Schatten herumlungerten und die Betrunkenen misstrauisch beobachteten. Von einem Mord oder von Lord Pembroke war keine Spur zu sehen.

Der Abend wurde später, die Luft kühlte ab, und die schrecklich seltsamen Lichter am Himmel wallten und wogten wie unnatürliche Bänder. Ellie hatte Hunger und Durst, und ihre Füße schmerzten in den Männerschuhen, die ihr nicht recht passten. Sie beschloss, nach Hause zu gehen und zu schlafen. Sie musste am nächsten Morgen noch ihren Artikel über den Besuch im mechanischen Freudenhaus fertig schreiben. Plötzlich zerriss ein schriller Pfiff die Luft. Einige Leute sahen auf, runzelten die Stirn und kümmerten sich dann wieder um ihre eigenen Angelegenheiten, doch für Ellie klang das Geräusch wie ein Signal. Sie begann sich so lässig wie möglich in die Richtung zu bewegen, aus der das Pfeifen kam. Doch nach drei Pfiffen ertönte es kein weiteres Mal, und sie konnte seine Herkunft nicht genau bestimmen. Nach kurzem Zögern lief sie eine enge Gasse entlang, die mit zersplitterten Kisten vollgestellt war, und wo ein Abfallhaufen den süßlichen Geruch verrotteter Früchte verströmte. Ein Mann eilte durch die Gasse auf sie zu; er rannte fast. Ellie fiel auf, dass er einen sehr feinen, leuchtend grünen Mantel trug. Ein recht gewagter Farbton, doch im Halbdunkel war er schwer zu bestimmen. Sie bemerkte außerdem, dass sein Gesichtsausdruck verängstigt aussah. Der Mann schob sich an ihr vorbei, ohne langsamer zu gehen, und drückte sie dabei fast gegen eine Kiste. Ellie nahm ganz deutlich einen chemischen Geruch wahr, als er vorbeiging. Sie zögerte. Sollte sie lieber dem rennenden Mann folgen, oder war es klüger, nachzuforschen, wovor er davonrannte?

Rufe hallten aus der Richtung, aus der auch der rennende Mann gekommen war. Weil sie wusste, dass die Gasse bald in ein Straßengewirr überging, wo der Mann höchstwahrscheinlich schon nicht mehr auffindbar war, schlich Ellie den anderen Stimmen entgegen. Sie lugte kurz ums Eck, lange genug, um einen menschliche Körper auf den Pflastersteinen liegen zu sehen. Lord Pembroke hatte sich über die reglose Gestalt gebeugt und lauschte auf einen Herzschlag. Bei ihm waren zwei weitere Männer, die in ein ernstes Gespräch vertieft schienen.

Ellie wurde es kalt ums Herz, viel kälter als die klamme Luft, die vom Fluss hinüberwehte. Der Mann, der an ihr vorbeigeeilt war, war der Mörder. Sie war sich sicher. Würde sie ihn identifizieren können, wenn die Polizei sie dazu aufforderte? Sie hatte sein Gesicht kaum wahrgenommen, nur als blassen Fleck unter einem Hut. Er war glattrasiert gewesen und hatte pockennarbige Wangen gehabt. Darüber hinaus wäre es ihr allerdings schwergefallen, irgendwelche Erkennungsmerkmale zu nennen, obwohl er ihr vage bekannt vorgekommen war. Sie war unsicher, ob sie vortreten und sich Lord Pembroke zeigen sollte. Ihren Aufzug zu erklären, würde peinlich werden, doch es war ihre Pflicht, dafür zu sorgen, dass der Gerechtigkeit Genüge getan wurde. Wenn sie etwas zur Ergreifung des Täters beitragen konnte, würde sie es tun. Andererseits standen die Männer, die Lord Pembroke begleiteten, vermutlich in Values Diensten. Abgebrühte Verbrecher, die es wahrscheinlich nicht schätzten, wenn irgendjemand Zeuge ihres Umgangs mit Lord Pembroke wurde. Es war schon für Lord Pembroke verfänglich genug, wenn sein Name mit dem eines Verbrechers wie Value in Verbindung gebracht würde. Aber würde es nicht auch Values Ruf schaden, als Mitarbeiter des großen Detektivs bekannt zu sein?

Ellie rechnete damit, dass Lord Pembroke die Polizei rufen würde, und überlegte, ob sie warten sollte, bis ein Polizeibeamter erschien, ehe sie sich offenbarte. Doch zu ihrer Überraschung hoben der Detektiv und der kräftige Kerl die tote Frau hoch, während der dritte Mann nutzlos herumstand, und begannen, sie nordwärts zu tragen. Die Zehen der Frau schleiften über den Boden, als sie sich in die ungefähre Richtung des verwüsteten Gebietes bewegten, das einmal Whitechapel gewesen war.

Das war interessant. Versuchten sie, das Verbrechen zu vertuschen? Wenn ja, weshalb? Oder war die Frau nur verletzt? Sie sah auf jeden Fall aus wie tot, aber sie mochte bloß in Ohnmacht gefallen oder durch einen Schlag auf den Kopf bewusstlos geworden sein. Ellie beschloss, ihnen in unauffälligem Abstand zu folgen.

Als hätte sie irgendeine andere Möglichkeit gehabt. Wie hätte sie jetzt gehen können, ohne Näheres herausgefunden zu haben? Eher würden ihr Flügel wachsen, denn Ellie war viel zu neugierig. Diese übermäßige Neugier hatte sie im Laufe der Jahre schon oft in Schwierigkeiten gebracht, doch noch viel öfter hatte sie ihr Freuden und Wunder beschert.

Nachdem sie einige Häuserblöcke weit gelaufen waren, blaffte der große Mann den kleineren an, der daraufhin die Schultern zuckte und in eine andere Richtung eilte. Ellie folgte weiterhin den anderen beiden. Lange ging es durch verschlungene Gassen, bis sie schließlich eine wirklich grässliche Gegend erreichten, die zwar nicht direkt gefährlich, aber fast völlig verlassen war. Kein vernünftiger Stadtbewohner hielt sich hier länger auf als nötig. Sie sah schiefe Speicher, in denen schon seit Jahren nichts mehr aufbewahrt wurde. Häuser mit eingestürzten Dächern, in denen verzweifelte Menschen wohnten, die für eine Unterkunft das Risiko eingingen, so nahe am zerstörten Gebiet von Whitechapel zu leben. Lord Pembroke hielt vor der Tür eines besonders schmalen Hauses an, das von zwei Lagerhäusern flankiert wurde, und beriet sich dort mit seinem Begleiter. Dann folgten sie weiter der Straße, umrundeten eine Ecke und verschwanden aus ihrem Blickfeld. Ellie ging ihnen nach, so unauffällig sie nur konnte. Trotzdem war sie sich der Blicke der Kinder bewusst, die als kleines Grüppchen auf den Stufen eines halbverfallenen Ziegelbaus auf der anderen Straßenseite hockten. Sie drückte sich gegen die Wand des Lagerhauses, schlich vorwärts und spähte ums Eck. Gerade verschwanden Pimm, sein kräftiger Partner und die anscheinend tote Frau in einem Eingang, der aussah wie eine Kellertür. Er wurde von einem zerlumpten Mann bewacht, der wohl entweder in Lord Pembrokes oder in Values Diensten stand. Waren sie dabei, die Leiche zu verstecken? Der Keller eines Gebäudes in nächster Nähe von Whitechapel war sicherlich ein geeigneter Ort dafür, doch warum wollten sie die Tote überhaupt verstecken?

Ellie beschloss, im Schatten auf der anderen Straßenseite Stellung zu beziehen und dort zu warten, bis Lord Pembroke wieder auftauchte. Falls der Eingang zum Keller irgendwann einmal unbewacht sein würde, könnte sie sich auch hinunter stehlen und selbst herausfinden, was da im Dunkeln lauerte. Vielleicht würde das, was sie dort fand, einige ihrer Fragen beantworten. Lord Pembroke, Value, Oswald, die mechanischen Kurtisanen, ermordete Mädchen – wie hingen all diese Dinge nur zusammen?

Ellie hatte das Gefühl, einen kurzen Blick auf etwas weit Größeres erhascht zu haben, als es zunächst den Anschein hatte – einen Berggipfel, der durch die Wolken brach, die zerklüftete Spitze eines Eisbergs, der auf der Meeresoberfläche zu sehen war. Dieses Gefühl hatte sie schon in viele große Geschichten hineingeführt. Cooper nannte es ihre „weibliche Intuition“, zwar nicht ohne ein gewisses Maß an Bewunderung, doch sie zog es vor, von journalistischem Instinkt zu sprechen.

Sie schlich über die Straße und fand einen geeigneten Hauseingang, wo sie sich unterstellen konnte. Die Tür hatte man ungeschickt mit Brettern verbarrikadiert, die rechtmäßigen Bewohner würden also wahrscheinlich nicht allzu bald zurückkommen. Im Vertrauen darauf, dass die Schatten sie ganz und gar verbergen würden, drückte Ellie sich mit dem Rücken gegen die zugenagelte Tür und konzentrierte sich darauf, die Gasse zu beobachten.

Nach wenigen Minuten erschien der große Mann wieder, der Lord Pembroke geholfen hatte, den Körper der Frau zu tragen. Er hielt kurz an, um mit dem Mann zu sprechen, der die Kellertür bewachte, und ging dann eilig seiner Wege. Ellie wurde nervös, während sie darauf wartete, dass Lord Pembroke herauskam, was er aber nicht tat. Aus zehn Minuten wurden fünfzehn, dann zwanzig, dann eine halbe Stunde und schließlich beinahe eine ganze Stunde. Ihr schmerzten die Füße, ihr Bein schlief immer wieder ein, und die Bandagen um ihre Brust juckten. Sie fürchtete, dass sie mit einem Krampf im Bein zusammenbrechen würde, falls sie in Gefahr geriet und rennen musste. Als sie das Stillstehen schließlich nicht mehr aushielt, trat sie aus dem Türrahmen heraus und schlängelte sich am Gebäude vorbei, bis die Tür und der Wächter nicht mehr zu sehen waren. Sie streckte die Arme über dem Kopf aus, beugte die Knie und drehte den Oberkörper, wobei sie zusammenzuckte, weil ihre Muskeln gegen die Dehnung protestierten. Sobald sie sich wieder wie eine lebendige Frau und nicht mehr wie eine halbgeschnitzte Statue fühlte, bewegte sie sich zurück zu ihrem Hauseingang.

Sie war kaum fünf Schritte gegangen, als etwas Scharfes und Spitzes sie in den Rücken stach, rechts von ihrer Wirbelsäule, direkt über ihrer Niere. „Na, endlich kommst du mal raus aus diesem Hauseingang“, zischte ihr eine Männerstimme ins Ohr. „Ich dachte schon, ich müsste ganz frech auf dich zugehen, um rauszukriegen, was du hier willst.“ Der Mann, der das Messer gegen sie hielt, pfiff, und der zerlumpte Wächter vom Ende der Gasse tauchte auf und trottete herüber.

„Wer ist das denn?“, sagte er.

„Ein Spion, aber ich weiß nicht, für wen oder warum“, sagte der Mann hinter ihr. Ellie drehte sich der Magen um, als sie seine Stimme erkannte. Es war „Crippler“ Crippen aus dem mechanischen Bordell. Vielleicht musste er zur Strafe in diesem heruntergekommenen Viertel Wache halten, weil Mr. Smythe ihm gestern entwischt war. Diesen Fehler hatte er nun wieder gut gemacht, auch wenn Ellie fürchtete, dass ihr das ganz und gar nicht gut tun würde. Crippen stieß sie mit dem Messer an, nicht so fest, dass er die Haut ritzte, aber doch fest genug, um sie an diese Möglichkeit zu erinnern. Ellie hoffte, dass das Messer Mr. James' Mantel nicht beschädigt hatte. Einen Augenblick später wurde ihr klar, dass diese Hoffnung doch etwas lächerlich war. Der Mantel und der Mensch, der ihn trug, würden wahrscheinlich beide bald in der Themse versunken sein oder in einem dunklen Keller begraben liegen, zusammen mit mindestens einer weiteren Frauenleiche.

„Aber wir werden schon rausfinden, was er hier will, nicht wahr?“, sagte Crippen. „Die Leute beantworten mir meine Fragen immer gern, wenn sie hören, wie nett ich frage.“

Schritte erklangen auf den Pflastersteinen, als ein weiterer Mann aus der Gasse kam. Er blieb einige Fuß entfernt stehen, runzelte die Stirn und seufzte tief. „Meine Herren“, sagte Lord Pembroke. „Darf ich fragen, warum Sie meinen Assistenten bedrohen?“

Der Luna Club bricht mit seinen Traditionen

Tut mir leid, Mylord." Ellie versuchte, ihre Stimme so barsch wie möglich klingen zu lassen. „Die Kerle haben mich entdeckt."

Lord Pembroke nickte. „Nun ja, Spionage war noch nie Ihre Stärke, Jenkins. Natürlich bin ich enttäuscht, aber so etwas passiert nun einmal."

„Moment", sagte der zerlumpte Wächter, „Sie kennen diesen Mann?"

Lord Pembroke seufzte, wie nur ein gebeutelter Adliger seufzen kann, der gezwungen ist, sich mit dem niederen Volk zu befassen. „Natürlich kenne ich ihn. Zwar arbeite ich derzeit für Mr. Value, aber das bedeutet nicht, dass ich ihm traue, ebenso wenig, wie er mir traut. Jenkins sollte mir daher in unauffälligem Abstand folgen und mir zu Hilfe kommen, falls sich irgendetwas Unangenehmes ereignet.

„Was sollte der denn tun?", sagte der Wächter. „Ich hab schon Zehnjährige gesehen, die kräftiger waren."

„Jenkins ist ein Meister jener mysteriösen asiatischen Kampfkunst, die Gongfu genannt wird", sagte Lord Pembroke mit todernster Miene. „Selbst unbewaffnet ist er tödlicher als die meisten Männer mit Schwert oder Pistole."

„Ha“, sagte Crippen, „Das möcht’ ich sehen.“ Er nahm das Messer fort, das er gegen ihren Rücken gedrückt hatte. Ellie erlaubte sich, zum ersten Mal seit mehreren Minuten wieder richtig aufzuatmen, so tief, wie sie es mit Bandagen um die Brust eben konnte. „Wir werden Mr. Value sagen müssen, dass ein Komplize von Ihnen hier herumgeschlichen ist“, sagte Crippen.

„Ach, du meine Güte“, sagte Lord Pembroke, „Aber nein, dann könnte Mr. Value ja erfahren, dass ich ihm niederträchtigen Verrat zutraue! Wird unsere Beziehung sich jemals von einem solchen Schlag erholen?“ Er schnaubte. „Kommen Sie, Jenkins. Wir haben noch Arbeit vor uns. Die Nacht ist nicht mehr jung.“

Ellie zog vor dem zerlumpten Wächter den Hut und folgte Lord Pembroke. Sie versuchte, das Gesicht abzuwenden, doch Crippen machte sich die Mühe, sie zu umkreisen und zu mustern. Seine Augen weiteten sich. „Halliday“, knurrte er. „Dieser Mann arbeitet für Sie? Immer?“

Crippen erkannte sie aus dem mechanischen Freudenhaus, sie war sich sicher. Er hatte sie nur kurz zu Gesicht bekommen, als sie im Erdgeschoss des Bordells an ihm vorbeigegangen war, während er Karten gespielt hatte. Dabei hatte er ihr sogar zugezwinkert. Doch dieser kurze Blick war lang genug gewesen, um ihr jetzt Probleme zu bereiten.

Lord Pembroke hielt inne und runzelte die Stirn. „Ich beanspruche seine Dienste nicht jeden Tag rund um die Uhr, Mann. Warum fragen Sie?“

„Sein Gesicht kommt mir bekannt vor. Vor allem dieser Schnurrbart.“

„Mmm“, meinte Lord Pembroke. „Es ist tatsächlich ein recht grässlicher Schnurrbart. Nun, wenn Sie gestatten, ich habe noch Geschäfte zu erledigen.“ Er begann sich zu entfernen, dann hielt er noch einmal an. „Sie heißen Crippen, nicht wahr? Crippler? Ich habe ’59 Ihren Kampf gegen Hamilton gesehen. Das war wirklich ein Paradebeispiel für die Kunst des Faustkampfs."

Der misstrauische Blick wich aus Crippens Gesicht, er richtete sich auf und warf sich in Pose. „Wussten Sie, dass Hamilton nach dieser Nacht nie wieder gekämpft hat?"

Lord Pembroke lächelte, seine Zähne blitzten wie eine dünne Messerklinge. „Ich bezweifle eher, dass er danach jemals wieder feste Nahrung zu sich genommen hat, Crippler."

„Ha! Wie wahr, M'lord." Crippen tippte sich an den Hut, dann nickte er dem anderen Wächter zu. „Zurück auf unsre Posten, Kumpel. Nur noch ein paar Stunden bis zur Wachablösung, was?"

Lord Pembroke ging weiter, und Ellie eilte hinterher. Eine Weile gingen sie schweigend nebeneinander, begleitet nur vom Geräusch ihrer Schritte und dem Klicken, mit dem Lord Pembrokes Gehstock auf dem Boden aufkam. Schließlich sagte er: „Ich muss gestehen, Miss Skye, dass ich Ihren vorherigen Aufzug einnehmender fand. Dieser Schnurrbart ist wirklich ganz und gar grässlich."

Ellie lachte. „Ich hatte mich schon gefragt, ob Sie mich erkannt haben. Nun bin ich ein wenig enttäuscht. Ich fand die Verkleidung recht gut."

„Sie ist gut, und zuerst dachte ich auch, dass Sie ein Mann seien. Ich griff nur ein, weil ich verhindern wollte, dass ein Fremder ermordet wird. Aber als ich näher kam … Ihre Augen können Sie nicht verstecken, Miss Skye. Nicht einmal dieser Schnurrbart kann mich vollständig davon ablenken. Sie sind mir heute Nacht also gefolgt? Sie spielen ein gefährliches Spiel."

„Für mich ist das kein Spiel, Sir. Es ist mein Beruf und meine Berufung. Tatsächlich sogar mein Leben."

„Ich kann nicht für Ihre Sicherheit einstehen."

„Ich auch nicht für die Ihre, Lord Pembroke. Trotzdem danke für Ihre Hilfe. Das hätte sonst unangenehm werden können."

„Sie haben ein bemerkenswertes Talent zur Untertreibung. Haben Sie irgendetwas Interessantes herausgefunden, während Sie hinter mir her geschlichen sind?

„Ich bin mir recht sicher, dass ich das Gesicht des Mörders gesehen habe“, sagte sie.

Lord Pembroke stockte, Schritte und Gehstock gerieten aus dem Takt. Ellie gestattete sich ein kleines Lächeln.

„Das ist tatsächlich interessant. Natürlich habe ich vor Kurzem den Namen des Mörders erfahren, aber trotzdem ist eine Beschreibung immer hilfreich, da Namen geändert werden können.“

Ha. Nun, dann hatte er sie eben übertroffen. „Warum haben Sie die Leiche versteckt, Lord Pembroke? Ich bin geneigt, gut von Ihnen zu denken. Sie haben der Justiz in der Vergangenheit Dienste erwiesen und sich eben erst für mich persönlich eingesetzt. Aber dennoch muss Ihnen klar sein, dass manches von Ihrem momentanen Verhalten sehr leicht missverstanden werden könnte.“

„Talent zur Untertreibung und für Diplomatie. Wissen Sie was, ich glaube, ich würde Sie zum Premierminister wählen.“

„Leider bin ich aufgrund meines Geschlechts von diesem Amt ausgeschlossen, selbst wenn ich es wollte.“

„Hmm“, machte Lord Pembroke. „Man sollte annehmen können, dass in den drei Jahren seit Ausbruch des Morbus Konstantin etwas mehr geistige Flexibilität in Hinblick auf die männlichen und weiblichen Sphären entstanden sei. Stattdessen scheint die Seuche die Trennung nur verstärkt zu haben.“

„Man kämpft sehr viel verzweifelter, um an dem festzuhalten, was man zu verlieren fürchtet, Lord Pembroke.“

„Untertreibung, Diplomatie und Weisheit. Ich bin versucht, auch noch ‚Schönheit‘ zu der Liste hinzuzufügen, aber nun ja.“

„Es ist der Schnurrbart.“

„Ganz richtig“, sagte Lord Pembroke. Sie umrundeten eine Ecke und gingen weiter. Nach und nach wurde die Umgebung weniger scheußlich, und die flackernden Gaslampen wichen alchemistischen Lichtern. Die Straßen hier waren ruhig, weil die Bewohner respektabel waren, und nicht, weil sie irgendwo leise auf der Lauer lagen.

„Hören die meisten Frauen auf, Ihnen unangenehme Fragen zu stellen, wenn Sie sie mit Schmeicheleien abgelenkt haben?“, sagte Ellie.

„Die meisten Frauen stellen mir überhaupt keine unangenehmen Fragen. Bis auf meine Frau. Winifred hat da niemals Bedenken.“

„Das klingt nach einer Frau, die ich bewundern würde. Sie werden mir über kurz oder lang antworten müssen, Sir, oder ich werde Ihnen die Fragen in der Zeitung stellen müssen. Dann wird die Öffentlichkeit Sie ebenfalls fragen. Mir ein Interview zu versprechen, ist schön und gut, aber was ich heute Nacht gesehen habe … Ich kann es nur so deuten, dass Sie versuchen, ein abscheuliches Verbrechen zu vertuschen. Bitte überzeugen Sie mich vom Gegenteil, Lord Pembroke.“ Sie hoffte wirklich, dass er sie überzeugen würde, und das nicht nur, weil er ihr ein Kompliment zu ihren Augen gemacht hatte. Vor allem hoffte sie es, weil sie Intelligenz und Humor in seinen Augen sah. Sie wollte nicht, dass er sich als Schurke entpuppte.

Lord Pembroke seufzte. „Möchten Sie mich vielleicht auf einen Drink in meinen Club begleiten, Miss Skye?“

„Welcher Club ist das, Sir?“

„Der Luna Club.“

Ellie lachte. „Haben Frauen dort inzwischen Zutritt?“

„Natürlich nicht, Mr. Jenkins. Aber warum sollten Männer wie wir sich darüber Gedanken machen?“

✠ ✠ ✠

Sie fanden eine Mietdroschke und fuhren Richtung West End. Während der Fahrt unterhielten sie sich leise. Der dämmrige Innenraum der Droschke schuf eine merkwürdige Intimität, und obwohl sie über Leben und Tod und über Verbrechen sprachen, fühlte es sich erstaunlicherweise fast wie ein Gespräch unter alten Freunden an. Ellie erzählte ihm von dem fliehenden Mann, den sie in der Gasse gesehen hatte, und entschuldigte sich, dass sie ihm keine bessere Beschreibung des mutmaßlichen Mörders geben konnte.

„Das ist schon in Ordnung", sagte Lord Pembroke. „Nur in Schauergeschichten hat der Mörder stets eine Augenklappe, ein Holzbein und ein Muttermal in Form eines Cellos. Die meisten Menschen sehen ganz einfach aus wie Menschen. Wir sind im Allgemeinen nicht besonders einprägsam."

Ellie war froh, dass er ihr Lächeln im Dunkeln nicht sehen konnte. Er war jedenfalls sehr einprägsam. „Wenn Sie doch wissen, dass ein Mörder in der Gegend sein Unwesen treibt, warum melden Sie es nicht der Polizei?"

Lord Pembroke seufzte. „Mr. Value besteht darauf, das Problem selbst zu lösen. Er glaubt, dass der Mörder ihn zu blamieren versucht oder die Aufmerksamkeit der Polizei auf einige seiner anderen Geschäfte lenken will. Seine Bedenken sind plausibel, trotzdem überzeugen Sie mich nicht recht. Ich glaube, dass der Mörder wesentlich komplexere Motive hat, als Mr. Value zu verärgern, obwohl das gewiss einer der Gründe ist. Männer wie Value halten sich jedoch für den Nabel der Welt."

„Das erklärt, warum Value die Polizei außen vor lassen will. Aber warum wollen Sie es? Warum arbeiten Sie überhaupt für ihn?"

„Dazu kann ich nur sagen, dass das Leben kompliziert ist. Manchmal müssen auch Männer mit Gewissen unbequeme Bündnisse schließen, um ein höheres Ziel zu unterstützen. Ich weiß, dass diese Antwort Sie nicht zufrieden stellen wird, Miss Skye. Aber lassen Sie mich Ihnen einfach sagen, dass es mir nicht zusteht, die Geheimnisse Dritter zu offenbaren. In Ordnung?"

Ellie rutschte auf ihrem Sitz hin und her. Sie war sich nur zu gut bewusst, wie eng und dunkel das Innere der Droschke war und wie nah sie beieinander saßen, fast Knie an Knie. Sie wollte nicht schlecht von diesem Mann denken, den sie bewundert hatte. „Sie arbeiten mit Value zusammen, um jemand anderen zu schützen?"

Obwohl der Innenraum der Droschke nur schwach beleuchtet war, glaubte sie, ihn fast unmerklich nicken zu sehen. „Mr. Value ist sich nicht zu schade, mit Erpressung zu drohen, und es gibt Menschen, die mir nahe stehen und denen kein Leid geschehen soll." Er sah aus dem Fenster der Droschke. „Oh, wir sind fast da."

Ellie musste sich eingestehen, dass die Aussicht, einen Club zu betreten, sie doch etwas in Aufregung versetzte. Für jemanden ihres Geschlechts war ein solcher Ort ebenso mysteriös wie der ferne Orient oder die Urwälder Afrikas. Als sie vor einem vornehmen Backsteingebäude in der St. James's Street hielten und aus der Droschke stiegen, ging es schon auf Mitternacht zu. „Hat er wirklich so spät noch geöffnet?", fragte sie.

„Das hat er in der Tat. Der Luna Club war schon immer zu jeder Tages- und Nachtzeit geöffnet, auch wenn er tagsüber natürlich stärker frequentiert wird. Einige der Herren treffen sich fast jede Nacht zum Kartenspiel und spielen dann bis in die Morgenstunden, aber das ist dann auch der Gipfel der Ausgelassenheit. Die neuen Clubs in der Pall Mall sind belebter und entsprechen eher der aktuellen Mode, aber hier ist es etwas ruhiger. Anders als viele Jüngere gehe ich in den Club, um nachzudenken und mich zu entspannen, verstehen Sie."

„Spielen Sie auch Karten, Sir?"

„Oh, natürlich, ein wenig, aber nicht ernsthaft. In dieser Hinsicht habe ich keinerlei Ambitionen. Ich habe auch kein großes Interesse daran, Geld zu gewinnen oder zu verlieren. Zum Glück. Eine starke Wettbegeisterung würde aufs Gefährlichste mit meinen anderen Lastern konkurrieren." Er grinste sie an, dann betätigte er den Türklopfer an der stattlichen, mit Schnitzereien verzierten Eichentür. Einen Augenblick später ging lautlos die Tür auf. Dahinter stand ein Mann mittleren Alters mit einem weißen Schnurrbart. Für Ellie sah er wie ein ganz normaler Bediensteter aus, doch Lord Pembroke wankte rückwärts, als habe der Mann ihm einen Schlag versetzt. „Ransome!", sagte er. „Was in aller Welt machen Sie hier?"

Der Mann stand stocksteif da und sah aus wie die fleischgewordene Würde. Er sagte: „Der Luna Club suchte einen Nachtpförtner, und Lady Pembroke war so freundlich, eine Empfehlung zu schreiben."

„Oh. Nun, gut gemacht." Lord Pembroke wirkte etwas überfordert, und Ellie fand diese Reaktion äußerst liebenswert bei einem Mann, der sich sonst so selbstsicher gab. „Ich bedauere, dass ihre, ähm, vorherige Stellung sich als unhaltbar erwiesen hat."

„Ich bringe Ihnen nur den größten Respekt entgegen, Mylord. Aber diese Arbeit passt ganz einfach besser zu meinen Fähigkeiten."

„Durchaus." Lord Pembroke wies auf Ellie. „Das ist Mr. Jenkins. Er ist heute Abend mein Gast."

„Seien Sie willkommen, Sir." Ransome trat zur Seite, um sie einzulassen, und nachdem sie die Halle betreten hatten, nahm er ihnen Hut und Mantel ab. „Einige der Herren spielen Karten, Sir, falls Sie sich dazugesellen möchten."

„Nein. Ich denke, wir werden in die Bibliothek gehen und uns dort unterhalten. Jenkins und ich haben viel zu besprechen."

Ransome verbeugte sich, als habe er ein Scharnier in der Hüfte, und brachte ihre Sachen fort.

„‚Passt ganz einfach besser zu meinen Fähigkeiten'", murmelte Lord Pembroke, während sie weiter in den Club hineingingen. „Dieser Mann war mein Kammerdiener! Eigentlich sogar unser Mädchen für alles, er kochte auch ab und zu. Aber er musste nicht die ganze Nacht wach bleiben, als er in meinen Diensten stand! Jedenfalls nicht regelmäßig. Ich bin mir sogar recht sicher, dass ich ihm mehr gezahlt habe, als der Club es je könnte. Bin ich denn wirklich so ein schlechter Dienstherr?"

Ellie zog es vor, nicht zu antworten, und sah sich im Club um, während sie gingen. Sie war enttäuscht, wie langweilig er war, wie spießig sogar. Jedes Zimmer hatte eine dunkle Holztäfelung, verblichene Blümchenteppiche, glänzende Gaslampen aus Messing (hier gab es weder Alchemie noch Elektrizität), und einen kalten Kamin. Hin und wieder hing ein Porträt, ein Landschaftsbild oder ein abgehackter Tierkopf an der Wand. Lord Pembroke führte sie in die Bibliothek, die ebenfalls sehr typisch aussah. Meterhohe Regale standen an allen Wänden, einladend aussehende Clubsessel waren in den Ecken gruppiert. In der Mitte des Raumes stand ein langer Bibliothekstisch, umgeben von Stühlen mit geraden Lehnen. Sie zweifelte nicht daran, dass alle Möbelstücke antik waren, trotzdem fand sie keines davon sonderlich schön.

„Hier sollten wir ungestört sein. Die Herren, die nach Mitternacht noch hier sind, sind meist nicht zum Lesen hergekommen." Lord Pembroke schob die Holztür zu und trennte so die Bibliothek von der Außenwelt. Ellie fühlte mit leichtem Herzklopfen den Reiz des Verbotenen. Natürlich war sie schon mit Männern allein gewesen, die nicht direkt zur Familie gehörten, wie etwa kürzlich mit Mr. James, aber das hier war in gewisser Weise doch etwas ganz anderes. Lord Pembroke war nur wenig älter als sie und sah sehr gut aus – und er war verheiratet. Ellies selige Mutter wäre entsetzt gewesen, wenn sie erfahren hätte, dass sie mit ihm allein in einem Zimmer war, ungeachtet ihres ungewöhnlichen Aufzugs. Mr. James hätte nicht anders reagiert.

Lord Pembroke bedeutete Ellie, in einem der Sessel Platz zu nehmen. Sie ließ sich dankbar hinein sinken, weil ihr vom stundenlangen Laufen und Stehen noch immer die Füße schmerzten. Er öffnete ein Schränkchen und nahm zwei Gläser heraus, dann goss er sich aus einer Karaffe, die auf einem kleinen runden Tisch zwischen ihnen stand, etwas Brandy ein. „Einen Drink?", fragte er. „Oder sind Sie eine Verfechterin der Mäßigkeit?"

„Es gibt kaum jemanden, der mich als gemäßigt bezeichnen würde. Trotzdem trinke ich selten." Ellie versuchte zu lächeln, doch davon juckte ihr Schnurrbart. „Ich nehme nur einen Schluck, um den Schein zu wahren."

Lord Pembroke schenkte ihr einen Fingerbreit voll in ein Kognakglas und reichte es ihr. „Trinken, um den Schein zu wahren. Was für eine eigenartige Idee. Manchmal übe ich mich in Enthaltsamkeit, um den äußeren Schein zu wahren, aber meistens mache ich mir nicht die Mühe. Ich finde, auf das Äußere wird entschieden zu viel Wert gelegt." Anders als Ellie erwartet hatte, trank er den Brandy nicht genüsslich, sondern schüttete ihn hinunter wie Medizin. Dann goss er sich ein weiteres, größeres Glas ein, das er in kleinen Schlucken trank. Kurz darauf beugte er sich vor, während er das Glas zwischen seinen Handflächen hin- und her rollte. „Heute Nacht habe ich mit einer Toten gesprochen, Miss Skye. Sie nannte mir den Namen des Mörders. Ich weiß nicht, ob Ihr Chefredakteur eine solche Geschichte drucken würde. Ebenso wenig weiß ich, ob Sie selbst sie mir überhaupt abnehmen."

„Ich bin schon Menschen begegnet, die behaupteten, mit Geistern sprechen zu können", sagte Ellie vorsichtig. „Ich fand sie nicht unbedingt glaubwürdig."

Lord Pembroke schüttelte den Kopf. „Das war kein Geist. An dem Ort, zu dem Sie mir gefolgt sind, befindet sich das Labor von Abel Values Haus- und Hofwissenschaftler. Der Bursche ist ein wenig seltsam, und das ist noch untertrieben, aber er ist zweifellos brillant. Er erklärte mir, da die Frau gerade erst gestorben war, könnten aus dem Körper Informationen gewonnen werden."

„So wie dieser alte Volksglaube, nach dem man das Letzte, das ein Mordopfer gesehen hat, als Spiegelbild in seinen Augen erkennen kann?"

„So ähnlich, ja, so ähnlich. Aber wissenschaftlicher. Es gab merkwürdige Apparaturen und ein Glas mit Flüssigkeit. Dünne Drähte, die an ein Organ angeschlossen wurden, das noch warm war. Schließlich erklang eine Stimme aus einem Horn und verriet mir den Namen des Mörders."

Ellie runzelte die Stirn. „Das war doch sicherlich ein Schwindel? So wie der mechanische Türke? Vielleicht hegt dieser Wissenschaftler einen Groll gegen die Person, die genannt wurde, und hat deshalb einen aufwändigen Trick vorbereitet, um Sie zu täuschen?"

„Diese Möglichkeit ist mir auch schon in den Sinn gekommen, Miss Skye. Doch die Einzelheiten, die die Stimme mir erzählte, waren persönlich und in sich stimmig. In diesem Zeitalter der Wunderwerke, da Männer in Frauen verwandelt werden, Feuer ewig brennen können, seltsame Lichter am Himmel flackern und groteske Geschöpfe in den Wassern der Themse gesichtet werden – wer kann da schon sagen, was sonst noch alles möglich ist?"

„Tss", machte Ellie. „Nur weil eine unwahrscheinliche Sache existiert, lässt sich daraus noch lange nicht schließen, dass man alle unwahrscheinlichen Sachen glauben sollte. Dennoch ist es wahrscheinlich am besten, unvoreingenommen an die Dinge heranzugehen. Ich habe schon Geschichten von Menschen gehört, die man für tot hielt und die später wieder zum Leben erwachten. Deren Körper aus eisigen Gewässern gezogen und auf einen Leichentisch gelegt wurden, nur um sich mit einem tiefen Atemzug aufzurichten, nachdem sie wieder aufgewärmt waren. Vielleicht kann man eine frische Leiche zum Sprechen bringen. Ich kann es nicht sagen."

„Mit Sicherheit lohnt es sich, die Aussage der Stimme zu überprüfen. Was ich auch zu tun gedenke, und zwar schleunigst. Ich habe Mr. Values Wissenschaftler gebeten, seinem Dienstherrn den Namen des Beschuldigten nicht preiszugeben, ehe ich die Sache untersucht habe. Natürlich habe ich dem Wissenschaftler keine betrügerische Absicht unterstellt, sondern äußerte lediglich, mit Bedacht vorgehen zu wollen. Selbst wenn es wirklich die Stimme dieser armen Frau war, könnte sie den Mörder schließlich auch falsch identifiziert haben. Der Wissenschaftler stimmte mir zu, aber ich weiß nicht, ob ich darauf vertrauen kann, dass er schweigt. Es kann sein, dass er Value längst benachrichtigt hat. Falls dem so ist, wird der Beschuldigte vielleicht die Nacht nicht überleben."

Ellie schauderte. „Value ist wirklich so brutal?"

„Er würde sein Handeln nicht als Brutalität bezeichnen, sondern als Pragmatismus, was jedoch auf dasselbe hinausläuft. Ich werde mich bemühen, den Mörder vor ein ordentliches Gericht zu bringen, falls er schuldig ist, und ihn nicht Abel Values Gerechtigkeit überlassen. Der Grund, warum ich hier sitze und trinke, anstatt dort draußen nach dem Mann zu suchen, ist folgender: Ich weiß nicht, wie ich ihn finden soll. Normalerweise würde ich versuchen, meine Kontakte bei der Polizei zu erreichen, damit sie mir helfen, ihn aufzuspüren, aber in diesem Fall kann ich das nicht. Selbst mein engster Freund von der Polizei, Inspektor Whistler, würde zu viele Fragen stellen. Einer der Vorteile dabei, mit einem Verbrecher wie Value zusammenzuarbeiten, ist der Zugang zu einem Netzwerk von verbrechensbezogenen Informationen. Ich kann ihn aber nicht fragen, ohne den Tod meines Verdächtigen zu riskieren, ehe ich mich von seiner Schuld oder Unschuld überzeugen konnte. Ich bin gerade ein wenig ratlos, wie ich weiter vorgehen soll. Erfahrungsgemäß helfen ein paar Drinks und etwas Konversation, um meinen Verstand zu stimulieren. Darum sind wir nun hier."

Ellie lächelte trotz ihres juckenden Schnurrbarts. „Ihnen steht noch eine weitere Quelle zur Verfügung, Lord Pembroke.

Die Macht der Presse. Wir sind sehr geübt darin, Menschen ausfindig zu machen."

Er knurrte und lehnte sich in seinem Sessel zurück. „Ihr seid auch sehr geübt darin, Geheimnisse zu verraten."

„Lord Pembroke, ich werde den Namen dieses Mannes nur drucken lassen, wenn wir uns sicher sein können, dass er der Mörder ist."

„Jetzt heißt es also schon ‚wir'?"

Ellie zuckte nur die Achseln.

Lord Pembroke seufzte. „Nun gut. Der Name des angeblichen Mörders ist Thaddeus Worth."

Ellie blinzelte. „Sind Sie sicher?"

„Ja, warum? Sie sehen aus, als hätten Sie einen Geist verschluckt." Er blickte finster in seinen Drink. „Einen Geist gesehen, meine ich. Oder vielleicht auch eine Fliege verschluckt. Ich … "

„Ich kenne ihn", fiel Ellie ihm ins Wort. „Ich habe Thaddeus Worth einmal für einen Artikel interviewt. Seine Frau ist durch Morbus Konstantin verwandelt worden und kurz darauf verschwunden, vor ungefähr drei Jahren. Ihre Verwandlung war tatsächlich die erste, die bekannt wurde. Allerdings wurde sie nie von einem Arzt untersucht, weil sie kurz nach ihrer Veränderung davonlief. Anfangs wurde ihr Mann als Verrückter abgetan, der davon fantasierte, wie seine Frau ein Mann geworden war und ihn verlassen hatte. Die Obrigkeit nahm an, dass sie eine Transvestitin geworden sei oder sich in eine andere Frau verliebt habe oder dergleichen. Erst als auch andere an dem Fieber erkrankten und drei Tage später mit verändertem Körper erwachten, begriff die Obrigkeit, dass Mr. Worths Bericht wörtlich gemeint und glaubwürdig war. Stellen Sie sich einmal vor, wie verängstigt Mrs. Worth erst gewesen sein muss? Die Schmerzen und das Delirium zu erleiden, um dann aufzuwachen und festzustellen, dass sie sich verändert hatte, ohne auch nur ansatzweise zu verstehen, was geschehen war."

„Kein Wunder, dass sie geflüchtet ist", sagte Lord Pembroke. „Ich weiß es nicht ganz sicher, aber ich hatte immer angenommen, dass Mr. Worth sich die Krankheit bei einer Prostituierten zugezogen hat. Er selbst könnte nur ein passiver Überträger gewesen sein, der später die Krankheit an seine Frau weitergab, wo sie sich dann in ihrer aktiven Form zeigte." Konnte Worth der Mann gewesen sein, der in der Gasse an ihr vorbeigehetzt war? „Er könnte es sein", sagte Ellie. „Ich bin mir nicht sicher, aber Größe und Körperbau stimmen. Zwar hatte Worth einen Bart, als ich das letzte Mal mit ihm sprach, und der Mörder war glattrasiert, aber beide hatten Pockennarben auf Stirn und Wangen."

Lord Pembroke lehnte sich zurück, ließ seinen Brandy im Glas kreisen und starrte hinein. „Ein solcher Mann könnte die Prostituierten hassen und ihnen die Schuld an seinem Unglück geben, glauben Sie nicht? Wenn diese Frauen ihn nicht mit der Krankheit angesteckt hätten, hätte seine Frau sich niemals verwandelt und ihn verlassen. Ein verdrehter Gedanke, aber ich kann mir vorstellen, dass er verlockend sein könnte. Erinnern Sie sich vielleicht noch an Mr. Worths Adresse?"

EINE WERTVOLLE BEFRAGUNG

Er wohnt in einer durchaus respektablen Gegend", sagte Pimm und lugte aus dem Fenster der Droschke, die er seinen ehemaligen Diener Ransome für sie hatte bestellen lassen. Sie befanden sich einige Meilen westlich von Seven Dials. Hier säumten elektrische Laternen die Straßen und erhellten den Innenraum der Droschke so weit, dass die Insassen einander sehen konnten. Sie mussten noch ein gutes Stück zurücklegen, doch zumindest waren die Straßen um diese Uhrzeit relativ leer. Tagsüber war der Verkehr in dieser Gegend fürchterlich, es war dann fast besser, zu Fuß zu gehen. „Was hat dieser Mr. Worth für einen Beruf? Ist er Anwalt? Oder besitzt er ein Geschäft?"

„Wir haben nie über seinen Beruf gesprochen", sagte Miss Skyler. „Um ehrlich zu sein, schien er in seinem eigenen Haus fehl am Platz, und ich glaube, dass er aus recht bescheidenen Verhältnissen stammt. Mir scheint, dass er erst vor Kurzem zu seinem Vermögen gekommen ist. Wir sprachen vor allem darüber, wie die Verwandlung und das darauffolgende Verschwinden seiner Frau ihn getroffen hatten, und wie verloren und haltlos er sich seitdem fühlte. Er blieb jedoch etwas vage und war nicht besonders wortgewandt. Ich nehme an, dass er zu viel getrunken oder Laudanum genommen hatte. Tatsächlich konnte ich nur sehr wenig von unserem Gespräch für meinen Artikel verwenden. Sehen Sie, die besten Geschichten sind voller Einzelheiten und besonderer Details, und er schien nicht in der Lage zu sein, etwas anderes als Allgemeinheiten von sich zu geben."

„Er hetzte also nicht lautstark gegen Prostituierte?"

„Nein", sagte Skyler. „Allerdings schneiden manche Männer diese Themen auch nur ungern an, wenn sie mit einer Frau sprechen. Ich wünschte, ich hätte diese Verkleidung schon früher in meiner Karriere gehabt. Sie hätte mir einen Vorteil verschafft."

„Ich glaube nicht, dass ihre Karriere ohne Verkleidung gelitten hat. Tatsächlich habe ich ihren Artikel über die Opfer von Morbus Konstantin gelesen. Ich fand ihn ausgesprochen gut geschrieben."

Pimm hatte aus nachvollziehbaren Gründen ein gewisses Interesse an der Krankheit. Freddy hatte den Artikel ebenfalls gemocht. Trotzdem hatte sie sich darüber beklagt, dass niemand versucht hatte, sie für ein Interview aufzuspüren, weil sie ihre Rolle als Frau so überzeugend spielte. „Nicht dass sie all die Flüche hätten drucken können, die nötig wären, um meine wahren Gefühle auszudrücken", hatte sie abschließend gesagt. Seitdem hatte Freddy sich jedoch besser an ihre Situation gewöhnt. Auch wenn sie ihr neues Geschlecht nicht voll und ganz begrüßte, hatte sie zumindest entschieden, sich stärker auf die interessanten, neuen Erfahrungen zu konzentrieren, die ein weiblicher Körper mit sich brachte. Einer der Vorteile, eine Frau zu sein, bestand darin, dass man die Menschen sehr viel leichter schockieren konnte. Freddy hatte es immer Freude gemacht, Leute zu schockieren. Die Kehrseite war die furchtbare Missachtung, die Frauen erfuhren, weil man sie für niedere Wesen hielt. Inzwischen bewunderte Freddy jene Frauen, die sich den lähmenden Erwartungen der Gesellschaft entziehen konnten oder sie überwanden. Frauen, die Hindernisse umgingen oder bezwangen, die Pimm noch nicht einmal wahrnehmen, geschweige denn verstehen konnte.

Frauen, vermutete er, ganz wie Eleanor Skyler.

„Danke", sagte sie, und errötete sie etwa? Diese Frau war einfach zu reizend. Pimm beschloss, sich so schnell wie möglich von ihr zu lösen, ehe sie ihn ganz und gar bezaubert hatte. „Ich weiß Ihre hohe Meinung davon zu schätzen."

„Ich nehme an, Sie sind eine Art Expertin für Morbus Konstantin, oder? Was glauben Sie, wie weit verbreitet die Krankheit ist?"

„Ich habe Schätzungen gelesen, die besagen, dass einer von fünftausend Einwohnern der Stadt betroffen sei", sagte Skyler, doch an ihrem Ton erkannte er, dass sie das nicht glaubte. „Es wird behauptet, dass die Krankheit monatelang, wenn nicht sogar jahrelang, im Blut lauern kann, ehe sie ausbricht. Manche übermitteln sie nur passiv, ohne selbst jemals daran zu erkranken. Viele Menschen könnten deshalb auch erkrankt sein, ohne es überhaupt zu wissen."

Pimm schüttelte den Kopf. „Aber trotzdem, selbst wenn wir uns nur auf die aktiven Fälle beschränken – eins zu fünftausend, in einer Stadt von drei Millionen? Das wären ja nur sechshundert Fälle. Nein, ich denke, diese Zahl ist viel zu niedrig. So viele Fälle mögen dokumentiert sein. Wahrscheinlich diejenigen, die während der Umwandlung starben. Die, die während der ersten Welle einen Arzt herbeiriefen, ehe die Krankheit einen Namen hatte und man sie besser verstand. Ehe die Menschen anfingen, ihre Veränderungen zu verbergen. Aber wie viele Männer nahmen einfach andere Namen an oder verschwanden? Oder wurden von beschämten Verwandten aufs Land geschickt, oder bestiegen ein Schiff nach Frankreich, oder kauften sich wie Sie einen Anzug und versuchten, nicht aufzufallen? Wie viele der verwandelten Frauen wurden wohl von ihren entsetzten Ehemännern ermordet, oder ermordeten ihre entsetzten Ehemänner zuerst? Oder, um die Dinge etwas rosiger zu sehen, wie viele Frauen, die sich verwandelt haben, gingen einfach auf die Straße und fingen für sich ein neues Leben als Mann an? Die Fabriken brauchen immer Arbeitskräfte und verlangen keine Zeugnisse."

„Die Krankheit hat in der Mittelschicht angefangen oder in der Oberschicht, so sehr sie es auch zu leugnen versucht", sagte Skyler. „Das ergibt auch Sinn, falls sie auf die exklusiveren Prostituierten zurückgeht und von Männern an ihre Frauen weitergegeben wurde. Für wohlhabende und bekannte Männer und Frauen dürfte es schwierig sein, ihr altes Leben aufzugeben, ohne entdeckt zu werden, meinen Sie nicht?"

Pimm winkte ab. „Oh nein, die Krankheit wurde sehr schnell aus der Oberschicht weitergegeben, und für die armen Leute in der Stadt ist es wesentlich einfacher, zu verschwinden und ein neues Leben anzufangen. Wenn die Krankheit so lange schlummern kann und durch intimen Kontakt übertragen wird, kann man sich leicht vorstellen, wie schnell sie sich verbreiten konnte. Vielleicht hat ein unwissentlich infizierter Kaufmann seine Verkäuferin in eine Ecke des Lagers gedrängt. Vielleicht ist diese Frau nach Hause zu ihrem Mann gegangen, ohne über ihre Schmach sprechen zu wollen. Vielleicht ist dieser Mann dann hinaus zu den Huren gegangen. So muss Morbus Konstantin sich ebenso schnell verbreitet haben wie die Franzosenkrankheit." Abrupt brach er ab. „Ich muss mich entschuldigen, Miss Skye. Es liegt an Ihrem grässlichen Schnurbart. Er lässt mich vergessen, dass ich mit einer Dame spreche. Verzeihen Sie meine Taktlosigkeit."

„An dem, was Sie gesagt haben, finde ich nur eines taktlos, nämlich dass Sie vergessen konnten, dass ich eine Frau bin", sagte Skyler. Ihr Gesichtsausdruck war unmöglich zu erkennen mit diesem buschigen Ding unter ihrer Nase, die ansonsten absolut hinreißend war. Wie hatte er ihre Nase jemals zu lang finden können? Obwohl die Tatsache, dass er sie selbst in ihrer Verkleidung attraktiv fand, ihn fast ebenso beunruhigte, wie es ihn verwirrte, Freddy schön zu finden. „Ich bin Journalistin, Lord Pembroke. Ich habe Männer und Frauen jeglicher Couleur interviewt. Ich kann Ihnen versichern, dass ich schon wesentlich Schlimmeres gehört habe. Aber ja, ich vermute, dass Sie recht haben. Ich glaube, die Krankheit ist wesentlich weiter verbreitet, als den Menschen bewusst ist. Sie ist noch immer unheilbar, und ihr Verlauf ist nicht einmal ansatzweise verlangsamt worden. Die mechanischen Kurtisanen bieten den Männern, die es sich leisten können, eine sichere Form der Erleichterung. Ich bin mir weiterhin sicher, dass alle Männer enorme Willenskraft aufwenden, um der Versuchung aus dem Weg zu gehen, aber die Krankheit wird sich weiter verbreiten."

„Wie viel Prozent der Bevölkerung müssten wohl mit der Krankheit infiziert sein, um den totalen Zusammenbruch der Gesellschaft herbeizuführen, was meinen Sie?", sinnierte Pimm. „Ehe sie unser Verständnis dessen, was Männer zu Männern und Frauen zu Frauen macht, vollständig verändern würde? Wenn man nicht wissen kann, mit welchen Geschlecht jemand zur Welt gekommen ist, wird es schließlich zunehmend absurd, darauf zu bestehen, dass Männer und Frauen grundsätzlich anders sind. Ändert sich die Persönlichkeit, wenn sich das Geschlecht ändert? Ändert sich der Geist?"

„Der Geist ist vom Körper nicht völlig losgelöst", sagte Miss Skyler. „Wer einmal miterlebt hat, wie ein geliebter Mensch krank wurde und litt, und wie er düster, wütend und traurig wurde, der weiß dass der Körper den Geist beeinflusst."

„Gut, dann sagen wir, dass alle Individuen verschieden sind", sagte Pimm. „Eine Grenze zwischen Männern und Frauen zu ziehen, die sich auf irgendetwas anderes als die reproduktiven Fähigkeiten gründet, oder vielleicht noch auf die durchschnittliche Ohrbehaarung oder die Kraft im Oberkörper, erscheint mir absurd. Ein brillanter Mann, der in eine Frau verwandelt wird, ist immer noch brillant, und anders herum."

„Ich hatte keine Ahnung, dass Sie solch radikale Ansichten vertreten, Lord Pembroke. Sind Sie denn nicht der Meinung, dass die Teilung der Welt in männliche und weibliche Bereiche ganz offenkundig richtig ist? Dass Männer in der Gesellschaft die Führung übernehmen sollen, weil sie stärker als Frauen sind? Das ist doch nur natürlich."

„Auch Kannibalismus ist natürlich. Kindsmord. Mord. Auf Bäumen leben, nackt herumlaufen, Raupen essen. Alles ganz natürlich. Hingegen ist es eindeutig unnatürlich, feine Mahlzeiten zu kochen, Kricket zu spielen, Brandy zu trinken und in einem Haus mit Dach und Kamin zu wohnen. Warum sollte man das Natürliche vorziehen? Wir können viel Besseres erschaffen."

Skyler beugte sich vor, nun zutiefst interessiert, und Pimm fühlte einen Schauder bei dem Gedanken, dass sie ihn zitieren könnte. Seine Familie würde der Schlag treffen, wenn sie seine wahren Ansichten erfuhr. Verdammter Brandy. Er löste ihm stets die Zunge.

Sie fragte: „Glauben Sie, dass Morbus Konstantin zu wahrer Gleichberechtigung zwischen den Geschlechtern führen kann, Lord Pembroke?"

Er war betroffen. „Das glaube ich nicht. Die hohe Sterberate macht es eher schwierig, die Krankheit als Motor für positive soziale Veränderungen zu sehen, Miss Skye. Aber ich nehme an, dass es sicherlich Leute gibt, die es für einen vertretbaren Verlust halten, wenn so viele Menschen sterben. Denen es nichts ausmacht, wenn bei einer Revolution viel Blut vergossen wird. Solchen Leuten käme die Krankheit wohl wie gerufen."

Die Idee war Pimm plötzlich durch den Kopf geschossen. Vielleicht hatte das medizinische Wunder, das er zu Beginn der Nacht miterlebt hatte, seine Gedanken in diese Richtung gedrängt. Wenn man eine Tote zum Sprechen bringen konnte, warum könnte man dann nicht auch … „Was glauben Sie, woher die Krankheit stammt?"

Sie zuckte die Schultern. „Manche behaupten, dass sie von Konstantinopel aus nach London gebracht wurde, daher der Name. Allerdings wird meist noch nicht einmal spekuliert, wie sie dort entstanden sein könnte. Von manchen habe ich gehört, dass sie den Rauch, der aus den Fabriken strömt, für die Ursache halten, oder die alchemistischen Abfälle, die in den Fluss gekippt werden. Dass diese Stoffe in unser Trinkwasser sickern, uns vergiften, uns verändern. Manche Fische und Frösche können das Geschlecht wechseln, und ich habe mit Leuten gesprochen, die glaubten, dass diese Fähigkeit auf irgendeine Weise an uns Menschen weitergegeben wurde. Obwohl keiner der Erkrankten sich jemals wieder zurückverwandelt hat, soviel ich weiß. Es scheint, dass man immun gegen weitere Verheerungen durch die Krankheit wird, wenn man sie einmal überlebt hat. Natürlich gibt es dann noch die Menschen, die religiöser als ich sind und die Krankheit als eine Prüfung oder Strafe Gottes sehen."

„Ich frage mich, ob sie vielleicht vorsätzlich in die Welt gesetzt wurde", sinnierte Pimm.

Skyler sah schockiert aus. „Was um Himmels willen meinen Sie?"

Pimm zuckte die Achseln. „Heute Nacht waren Sie in der Nähe von Whitechapel. Das war ein Experiment, das gehörig schief ging. Sie haben doch von den schleimigen Geschöpfen in der Themse gehört, sogar darüber geschrieben. Von denen heißt es, sie seien ebenfalls das Ergebnis gewisser fehlgeschlagener Forschungen. Verstehen Sie mich nicht falsch, ich bin ein großer Befürworter des wissenschaftlichen Fortschritts. Wie viele Leben hat die Keimtheorie gerettet! Dank unserer technischen Fortschritte floriert die Wirtschaft wie nie zuvor. Selbst arme Leute haben oft alchemistische Lampen in ihren Häusern. Trotzdem ist nicht jedes Experiment nützlich oder klug."

„Wollen Sie damit andeuten, dass irgendjemand Morbus Konstantin geschaffen haben könnte? Dass jemand die Krankheit absichtlich auf die Bevölkerung losgelassen hat?"

„Ich vertreibe mir lediglich die Zeit damit, mich mit einer mir bekannten Dame zu unterhalten und vor mich hin zu spekulieren", sagte Pimm. Die Droschke kam schlingernd zum Stehen, und der Kutscher pochte aufs Dach. „Da sind wir", sagte Pimm fröhlich. „Wollen wir einen potentiellen Mörder wecken gehen, Jenkins?"

✠ ✠ ✠

„Haben Sie eine Strategie?", fragte Ellie. Lord Pembroke hatte den Droschkenkutscher angewiesen zu warten und ihm genügend Geld geboten, dass er klaglos einwilligte. Nun standen sie auf der Türschwelle, wo Ellie mehrere Monate zuvor allein und in ganz anderer Aufmachung gestanden hatte.

„Nein, aber ich habe den Bauch voll Brandy. Das und ein wenig Improvisation ist meiner Erfahrung nach genug, um mich durch den Tag zu bringen." Lord Pembroke pochte mit dem Griff seines Gehstocks an die Tür, stetig, laut und systematisch, länger als eine Minute.

Endlich hörten Sie von drinnen eine heisere Stimme rufen. Die Tür öffnete sich einen Spalt und offenbarte das Gesicht von Thaddeus Worth, dessen Haar in alle Richtungen abstand.

Er hatte seinen Bart abrasiert, seit Ellie ihn interviewt hatte, und sie zweifelte nicht mehr daran, dass er der Mann war, der sich früher am Abend in der Gasse an ihr vorbeigedrängt hatte.

„Mr. Worth?", sagte Lord Pembroke so freundlich, als sei es heller Tag und dies ein angenehmer gesellschaftlicher Anlass.

„Zum Teufel, was ist hier los? Ich habe geschlafen."

„Wirklich?", sagte Lord Pembroke. „Wie wundervoll. Ich wünschte, ich wäre ebenfalls im Bett. Mein Name ist Pembroke Halliday. Vielleicht haben Sie schon einmal von mir gehört? Hin und wieder helfe ich der Polizei bei ihren Ermittlungen.

Heute Nacht hat man mich zu einem Tatort geladen. Eine schreckliche Sache, ein junges Mädchen wurde in der Nähe des Flusses ermordet."

Worth erbleichte, dann schien er zum ersten Mal von Ellie Notiz zu nehmen. Seine Augen weiteten sich.

„Das hier ist mein Partner, Mr. Jenkins", sagte Lord Pembroke. „Dürften wir einen Augenblick mit Ihnen sprechen?"

„Es ist spät, und ich habe nichts mit der Sache zu tun." Worth versuchte, die Tür zuzudrücken, doch Lord Pembroke blockierte sie mit der Spitze seines Gehstocks.

„Aber Sir, wie Ihnen vielleicht aufgefallen ist, habe ich Sie höflich gefragt. Die Polizei wird weniger zuvorkommend sein. Trotzdem warte ich auch gern mit Ihnen, während mein Partner Jenkins zu Scotland Yard geht, um jemanden zu holen. Oder wir klären die Angelegenheit unter uns."

Was für ein Bluff, dachte Ellie. War Worth tatsächlich der Mörder, was wahrscheinlich schien? Würde er versuchen, wegzulaufen, oder auf Zeit spielen? Ellies Erfahrungen mit Verbrechern beschränkten sich darauf, über deren Taten zu schreiben. Noch nie war sie einem Verbrecher, der sich der Festnahme entziehen wollte, persönlich gegenüber gestanden, nicht so.

„Dann kommen Sie wohl besser rein", sagte Worth und öffnete die Tür wieder. „Auch wenn ich noch immer nicht weiß, wie ich Ihnen helfen kann." Wieder wanderte sein Blick zu Ellie. Erkannte er sie als den Mann, dem er in der Gasse begegnet war?

„Wir haben nur einige Fragen", sagte Lord Pembroke. „Es wird nicht einmal einen Augenblick dauern." Er lallte überhaupt nicht und artikulierte klar jede Silbe. Wenn das überhaupt möglich war, schien er nüchterner als nüchtern. Doch war seine Nüchternheit nicht etwas übertrieben, vielleicht nur vorgetäuscht?

Ellie war nicht immer ein Einzelkind gewesen. Ihr Bruder Robert war in schlechte Gesellschaft geraten. Er hatte eine viel zu starke Vorliebe für schlechten Whiskey entwickelt, und war mit einer Flasche in der Hand und ohne einen Penny in der Tasche gestorben. Das Weiße in seinen Augen war gelb geworden, ein Zeichen dafür, dass seine arme, überlastete Leber den Giftattacken erlegen war, denen er sie täglich aussetzte. Doch Robert war recht charmant gewesen, wenn er einen oder zwei Drinks genossen hatte. Erst nach drei oder vier Drinks wurde er finster und bedrohlich.

„Kommen Sie schon rein“, sagte Worth, trat zurück und begleitete sie in die Eingangshalle. Er schloss hinter ihnen die Tür ab, dann führte er sie in sein Arbeitszimmer. Ein großer Schreibtisch aus Holz dominierte den Raum. Bis auf ein Tintenfässchen, ein wenig Löschsand und eine nicht angeschnittene Schreibfeder war er leer. An den Wänden hingen eingerahmte Zeichnungen von Vögeln, doch es gab weder Regale noch Bücher. „Einen Drink, die Herren?“ Er ging an eine kleine Bar und man konnte das leise Klirren von Gläsern hören.

Lord Pembroke stellte sich vor Ellie und umfasste seinen Gehstock mit beiden Händen. „Nein danke, wir werden nicht lange hier sein. Wir haben einen Zeugen, der sie in der Nähe des Tatortes gesehen hat.“

Worth erstarrte, während er ihnen noch immer den Rücken zuwandte. „Was wollen Sie damit andeuten?“

„Hmm? Oh, nein.“ Lord Pembroke schmunzelte. „Bitte um Entschuldigung. Nein, wir haben keinen Grund, Sie zu verdächtigen, Sir, wir wollten lediglich herausfinden, ob Sie tatsächlich in der Gegend gewesen sind, und ob Sie vielleicht irgendetwas Verdächtiges gesehen haben.“

Der Mörder fuhr herum, ein Messer in der Hand, und stürzte sich auf Lord Pembroke. Ellie keuchte und taumelte einen Schritt zurück, doch Lord Pembroke hob nur seinen Gehstock und stieß dem Rüpel den Griff gegen die Brust. Ellie hatte erwartet, dass Worth den Stock beiseite schlagen und zustechen würde. Doch stattdessen erklang ein merkwürdiges Surren, Worth keuchte, brach zusammen und ließ das Messer fallen. Er fiel auf den Teppich, wo er zuckte und sein Körper sich zusammenkrümmte wie der einer sterbenden Spinne. Er wand sich, verkrampfte sich und stöhnte.

Lord Pembroke seufzte. „Es macht die Sache leichter, wenn sie versuchen, einen zu ermorden, das ist fast so gut wie ein Geständnis unter Tränen. Trotzdem finde ich es immer ermüdend, wenn man sich auf das Niveau körperlicher Gewalt hinab begeben muss. Ich nehme an, er hat Sie erkannt und wusste, dass Sie ihn vom Tatort haben fliehen sehen. Er fühlte sich in die Enge getrieben und unternahm einen letzten verzweifelten Versuch, sich zu befreien."

„Hat er einen Herzinfarkt gehabt?", fragte Ellie. „Oder eine Art Anfall?"

„Aber nein, das war mein Gehstock." Lord Pembroke hielt den Gegenstand in die Höhe und zeigte auf die silberne Kugel, die als Griff diente. „Meine … nun, ein Freund von mir hat für mich einige Änderungen daran vorgenommen. Im Stock selbst befinden sich versteckte Batterien, und hier ist ein Schalter, sehen Sie? Ich kann den Schalter betätigen und durch die Metallkugel am oberen Ende einen starken elektrischen Schock entladen. Es ist, als würde man mit einem Zitteraal schwimmen gehen. So sind die meisten Auseinandersetzungen schnell zu Ende."

Elektrizität! „Wird er sich wieder erholen?"

„Aber ja, natürlich. Gegen alte oder gebrechliche Menschen würde ich ein solches Gerät nicht einsetzen, ebenso wenig gegen jemanden, der ein schwaches Herz hat. Bei einem gesunden Erwachsenen ist der Effekt jedoch nur temporär. Krampfartige Muskelzuckungen, Verlust der motorischen Kontrolle. In ein paar Sekunden sollte es vorbei sein." Er trat das Messer von Worths Hand fort. „Zugegeben, ich wusste nicht, ob Mr. Worth Herzprobleme hat. Die Tatsache, dass er mich erstechen wollte, ließ meine Sorge um sein Wohlbefinden jedoch ein wenig in den Hintergrund treten."

„Was tun wir jetzt? Sollen wir die Polizei rufen?"

„Später, ja", sagte Lord Pembroke. „Aber vorher müssen wir uns mit ihm unterhalten. Wollen wir einmal nachsehen, womit wir ihn fesseln können, bevor er aufwacht?"

WAHRE GESTÄNDNISSE

Pimm saß geduldig in einem von Worths Sesseln, die Beine übereinander geschlagen. Sein Blick wanderte immer wieder zu der Bar an der Wand und zu den Flaschen, mit denen Worth vorgeblich beschäftigt gewesen war, als er das Messer für seinen verzweifelten Angriff herausgeholt hatte. Ein Drink wäre jetzt sehr angenehm, doch er glaubte nicht, dass Skye das gutheißen würde. Natürlich hieß sie in Wirklichkeit „Skyler", aber ihr Künstlername passte unter den gegebenen Umständen einfach besser.

Er hatte den Verdacht, dass ihre Texte ihrer wahren Persönlichkeit entsprachen, während er bislang nur mit ihren Verkleidungen zu tun gehabt hatte: Die ehrbare Matrone vor Values Büro, der Mann mit dem scheußlichen Schnurbart, der nun mit ihm unterwegs war. Ihre Reportage über die Opfer von Morbus Konstantin war nachdenklich und einfühlsam gewesen, ohne übermäßig sentimental zu werden. Der journalistische Ton war reserviert und gewissenhaft, während sie meisterhaft Zitate ihrer Gesprächspartner auswählte und arrangierte, um eine stärkere emotionale Wirkung zu erzielen. Er hatte sich das Namenskürzel unter dem Artikel nicht gemerkt, doch nun, da er wusste, dass der Text aus ihrer Feder stammte, hatte er noch größeren Respekt vor ihr. Pimm war recht gut darin, Briefe zu schreiben, und in Oxford hatte er den einen oder anderen Essay verfassen müssen. Doch die Fähigkeit, durch das geschriebene Wort Meinungen und Stimmungen zu beeinflussen, war ein Talent, das er nie ausgebildet hatte und das er bewunderte.

Gesprochene Worte waren allerdings etwas ganz anderes. Manchmal konnte er damit Stimmungen, Meinungen und sogar Leben verändern. Mit dem hölzernen Ende seines Stocks schlug er sacht auf Worths Knie. „Mr. Worth, bitte. Sie sind schon vor fast fünf Minuten aufgewacht. Bitte hören Sie auf, sich bewusstlos zu stellen. Ich habe Ihnen Zeit gelassen, Ihre Gedanken zu ordnen, aber nun müssen wir wirklich reden."

Worth hob den Kopf. Er zerrte nicht an den Fesseln, die seine Knöchel an den Stuhlbeinen und seine Handgelenke an den Armlehnen festbanden. Skye hatte das Seil in einem der anderen Zimmer gefunden, wo es als Vorhangschnur gedient hatte, und Pimm hatte es für seinen jetzigen Zweck missbraucht. Eher würde der Stuhl zusammenbrechen, als dass die Knoten aufgingen.

Worth starrte Pimm mit leerem, verzweifeltem Blick an. „Ich habe nachgedacht", sagte er tonlos. „Sie haben nicht die Bullen gerufen. Sie arbeiten nicht für die Polizei."

Pimm nickte. „Nicht in diesem Fall. Wir handeln heute als Privatleute, als besorgte Bürger. Wir ..."

„Sie arbeiten für Value."

Das saß. „Mr. Value hat mich um Unterstützung gebeten, ja. Es gefällt ihm nicht, wenn seine Angestellten ermordet werden."

Worth schüttelte den Kopf. „Es sei denn, er selbst tut es."

„Also leugnen Sie Ihre Taten nicht?", sagte Skye, und Worth zuckte zusammen und versuchte, hinter sich zu sehen. Dort saß Skye in einer Ecke im Schatten und sah zu. Beobachtete die Szene. Schrieb sich höchstwahrscheinlich alles auf, obwohl

Pimm von Herzen hoffte, dass nichts davon am Ende in der Zeitung stehen würde.

„Dass ich diese Frauen getötet habe?“ Worth schüttelte den Kopf. „Ich hab’s getan.“

„Weil Sie Ihre Frau verloren haben?“, sagte Skye. „Weil Sie diesen Frauen die Schuld an der Krankheit gaben, die Sie mit nach Hause brachten? Die Krankheit, die Ihre Liebste verwandelte?“

„Sie sind gut informiert“, sagte Worth. „Allerdings nicht gut genug, scheint mir. Nein, dieses Unglück laste ich nicht den Huren an. Ich habe sie nicht aus irgendeinem Gefühl der Empörung getötet und auch nicht aus Rache. Ich kenne mich mit Huren aus, Sir. Ich war selbst einmal Zuhälter, und zwar ein recht erfolgreicher.“

Ah, dachte Pimm. Ein unzufriedener Angestellter also? Einer aus Values Führungsriege, der sich gegen seinen Herrn gewandt hatte und die Frauen tötete, die Value Geld einbrachten, um dadurch das Geschäft seines Feindes zu schädigen? Einleuchtend, wenn auch weniger romantisch als die Vorstellung, dass er vor Kummer über die Verwandlung seiner Frau wahnsinnig geworden war.

Worth fuhr fort. „Diese Straßenmädchen haben ohnehin nur ein sehr kurzes, unschönes Leben. Es steht von vornherein fest, dass sie elend sterben. Bei mir sind sie wenigstens rasch gestorben, in einer Ätherwolke, die sie auslöscht. Atemlosigkeit, die sie einschläfert und in einen sanften Tod übergeht. Ich hatte gehofft, sie vor einem sinnlosen Tod zu bewahren. Ich wollte, dass ihr Tod einen Sinn hat.“

Pimm hatte schon viele Rechtfertigungen für Mord gehört. Rache, Wut, eine Laune oder ein innerer Zwang. Aber dem Leben der Ermordeten einen Sinn zu geben? Das war neu. „Wie meinen Sie das? Was für einen Sinn?“

„Ich habe seine Huren umgebracht und auf den Treppenstufen seiner Bordelle hinterlassen, weil ich hoffte, dass die

Polizei dann endlich gegen ihn ermitteln würde. Ich dachte, dass man solche Morde nicht ignorieren könnte, vor allem wenn sie so rasch hintereinander geschahen, in einer Serie. Ich dachte, das würde ganz sicher Aufmerksamkeit auf seine Geschäfte lenken."

Als ob es keine bessere Methode gäbe, die Polizei auf etwas aufmerksam zu machen! Obwohl er in gewisser Weise recht hatte, eine Mordserie war mit Sicherheit wirkungsvoller als ein anonymer Brief voll unbewiesener Anschuldigungen. Pimm räusperte sich. „Ich versichere Ihnen, dass die Polizei Mr. Value im Visier hat. Gegen ihn laufen mehrere Ermittlungsverfahren."

„Die Polizei weiß überhaupt nichts", sagte Worth. „Sie glaubt, dass Value ein gewöhnlicher Krimineller ist, aber er ist noch in ganz andere Dinge verstrickt. Schmuggel, Prostitution und Diebstahl sind dagegen Dummejungenstreiche."

„Dann klären Sie mich doch auf", sagte Pimm. „Ich lerne so gern dazu."

Der Mann fing an zu zittern und kniff die Augen zu. „Schluss mit dem Unsinn. Machen Sie schon. Töten Sie mich."

„Wie bitte?", sagte Pimm.

Worth öffnete zuerst das eine Auge, dann das andere. „Sie ... Spielen Sie nicht mit mir, Sir. Man hat Sie geschickt, um mich zu töten. Bitte, tun Sie es, und setzen Sie meinem Leiden ein Ende."

„Wir sind keine Mörder", sagte Skye. „Wir sind, ähm, Detektive. Wir wollen nur die Wahrheit herausfinden."

Worth fing an zu lachen. „Ihr seid Narren. Ihr arbeitet für Value. Ihr glaubt, ihr seid nur Ermittler? Wenn ihr selbst keine Mörder seid, dann seid ihr die Jagdhunde des Mörders, die ihn zu seiner Beute führen. Wenn Value herausfindet, dass ich es war, der seine Huren ermordet hat, wird er mich an die Kreaturen verfüttern, die in der Themse leben, oder über die Mauer ins alte Whitechapel werfen lassen. Das tut er nämlich mit den

Feinden, die er am meisten hasst. Manche von ihnen haben dort drinnen tagelang überlebt und die Mauern angeschrien, bis der Durst sie schließlich überwältigt hat und sie versucht haben, das verseuchte Wasser zu trinken."

Pimm unterdrückte ein Schaudern. „Ich habe Value noch nicht über das benachrichtigt, was ich herausgefunden habe. Ich bin allein hier. Ich bezweifle nicht, dass Ihnen etwas Furchtbares zustoßen wird, wenn Value Ihre Identität erfährt, und ich kann den Mann nicht ewig hinhalten. Aber Ihnen steht noch eine andere Option offen."

„Welche soll das sein?"

„Gestehen Sie", sagte Pimm. „Ich kenne einige Polizisten, vertrauenswürdige Männer, die unbestechlich sind."

„Auch Sie galten als unbestechlich, Lord Pembroke, und doch haben Sie Values Geld angenommen."

Einen Moment lang war Pimm beleidigt, dann schmunzelte er. „Sein Geld? Ich brauche und will sein Geld nicht, Mr. Worth. Meine Familie gehört nicht zu denen, die nur noch ihre Titel besitzen. Wir haben immer noch unser Vermögen. Über Geld brauche ich mir keine Gedanken zu machen. Ich habe eingewilligt, Mr. Value zu helfen, weil ich den Mörder aufhalten wollte. Mr. Value wünschte nicht, dass die Polizei hinzugezogen würde. Weil ich wusste, dass ich weitaus bessere Chancen haben würde, den Mörder – Sie – zu fassen, wenn wir zusammenarbeiteten, stimmte ich seinen Bedingungen zu. Value gewährte mir Einblick in die Arbeitsgewohnheiten der Frauen und bewaffnete Unterstützung durch seine Männer. Tatsächlich habe ich nach weniger als einem Tag mein Ziel erreicht, und hier sind wir nun. Aus Sicht der toten Mädchen und derer, die sie morgen, nächste Woche, im nächsten Monat noch getötet hätten, habe ich richtig gehandelt, denke ich." Er beugte sich vor. „Es stimmt, dass Value will, dass ich Sie ihm ausliefere, damit er seine eigene Art von Gerechtigkeit ausüben kann. Aber ich übergebe Sie gern stattdessen den Polizisten.

Dann können Sie denen erzählen, was Sie getan haben, und warum Sie es getan haben."

„Man wird mich hängen."

„Sie verdienen doch sicherlich, gehängt zu werden?", sagte Pimm eher nachdenklich als anklagend. „Aber vielleicht können Sie auch eine Abmachung mit der Polizei treffen und so Ihr Leben retten. Was auch immer das Geheimnis um Abel Value ist, auf das die Polizei hingewiesen werden sollte – warum erzählen Sie es ihr nicht einfach? Ich weiß, dass Sie deren Aufmerksamkeit eigentlich anonym darauf lenken wollten, aber dafür ist es jetzt zu spät."

„Ich bin ein Mörder. Man würde mir niemals glauben."

Pimm zuckte die Schultern. „Was für eine Wahl haben Sie? Sie sind ein Mörder, ganz wie Sie sagen. Ich kann Sie nicht entkommen lassen. Ich werde auf jeden Fall die Polizei rufen. Nun, wenn sie kommt, könnten Sie natürlich alles leugnen und mich festnehmen lassen, weil ich in Ihr Haus eingebrochen bin. Ich habe mich in der Tat absolut schockierend verhalten. Nicht einmal meine Freunde bei der Polizei könnten ignorieren, dass ich Ihr Haus unter Vortäuschung falscher Tatsachen betreten, Sie mit einer elektrischen Waffe von zweifelhafter Legalität angegriffen und danach an einem Stuhl festgebunden habe. Aber ich würde der Polizei alles erzählen, was ich weiß."

„Es gibt keine Leichen", sagte Worth. „Value versteckt sie, um meine Pläne zu durchkreuzen. Wie wollen Sie dann beweisen, dass ein Verbrechen stattgefunden hat?"

„In der Tat", sagte Pimm. „Möglicherweise werden Jenkins und ich in irgendeiner Zelle verschwinden, die Polizei wird sich bei Ihnen für die Unannehmlichkeiten entschuldigen, und es wird nichts weiter geschehen, jedenfalls was uns betrifft. Aber denken Sie nicht, dass Value von meiner Verhaftung hören wird? Denken Sie nicht, dass er gewisse Schlüsse ziehen wird? Denken Sie nicht, er wird kommen, um ..."

„Genug!“ Worth stöhnte auf. „Ich werde gestehen. Es wird das Unvermeidliche nur hinauszögern. Value wird mich sehr bald umbringen. Wenn er nicht an mich herankommt, wenn ich in der Zelle sitze, hat er Partner, die das für ihn übernehmen.“

„Wären Sie so freundlich, mir zu erzählen, welcher Verbrechen Sie Value verdächtigen?“, sagte Pimm. „Der Mann liegt mir nicht unbedingt am Herzen, wissen Sie.“

Worth spuckte aus. „Sie arbeiten für ihn. Vielleicht können Sie Ihren Mut nicht so weit in den Wind schießen, dass Sie einen Gefesselten ermorden, aber durch Ihre Verbindung zu ihm sind auch Sie verdächtig. Warum sollte ich Ihnen sagen, was ich weiß? Sie würden nur zu Value gehen und meine Worte weitertragen, und ich habe nicht den Wunsch, ihm zu zeigen, wie viel ich weiß.“

„Können Sie mir eine Frage beantworten?“, sagte Skye.

„Bestimmt nicht.“

„Ich frage trotzdem. Was hat Bertram Oswald mit Mr. Value zu tun?“

Pimm runzelte die Stirn. Sir Bertram? Was für eine seltsame Frage. Sie konnte genauso gut fragen, was der Premierminister mit Value zu tun hatte oder die Königin selbst. Da gab es gewiss keine Verbindung.

Worth versuchte wieder, sich auf seinem Stuhl umzudrehen. „Immerhin stellen Sie die richtigen Fragen, Mr. Jenkins.“

„Dennoch weigern Sie sich, brauchbare Antworten zu geben.“

„Was erwarten Sie von mir? Ich bin nur ein einfacher Mörder. Nun lassen Sie uns einen echten Detektiv finden, Lord Pembroke, damit ich mein Geständnis ablegen kann.“

LEBENDE, TOTE UND ANDERE

Sie gehen jetzt besser, Jenkins", sagte Lord Pembroke. Sie standen in Worths Eingangshalle, und er half ihr in den geliehenen Mantel. „Ich kann kaum meine eigene Anwesenheit hier begründen, und mir fällt auch keine Begründung ein, die die Polizei fraglos hinnehmen würde. Aber Ihre Anwesenheit würde alles noch schwieriger machen, vor allem, da Ihr Schnurrbart inzwischen doch sehr lose sitzt."

Ellie gähnte hinter vorgehaltener Hand. „Ich war dabei, als Mr. Worth von einem Tatort floh. Ich könnte als Zeugin dienen."

„Das ist kaum nötig, da er ja gestehen will. Abgesehen davon gibt es auch keine Tat mehr, weil wir die Leiche fortgeschafft haben. Ich werde mich darum wohl noch kümmern müssen. Ein Verbrechen ohne Opfer ist schwer zu verfolgen. Wie auch immer. Nur weil ich für lange Zeit keinen Schlaf bekommen werde, heißt das nicht, dass Sie ebenfalls wachbleiben müssen."

„Ich begleite Sie sehr gern." Sie unterdrückte ein weiteres Gähnen, diesmal weniger erfolgreich. „Das war ein sehr interessanter Abend."

„Für mich ebenfalls. Kommen Sie ohne Schwierigkeiten nach Hause?"

„Um diese Uhrzeit? Leider ist die Tür zu meinem Apartmenthaus nachts fest verschlossen, und nur ein Engel des jüngsten Gerichts mit seiner Trompete könnte meine Vermieterin dazu bewegen, nach Mitternacht noch zu öffnen. Aber das macht nichts. Ich habe einen Schlüssel für die Redaktion. Es wäre nicht die erste Nacht, die ich schlafend am Schreibtisch verbringe."

Lord Pembroke sah entsetzt aus. „Nichts da! Nein, Sie müssen in meinem Haus übernachten. Ich weiß nicht, wann ich heimkomme, aber ich schreibe Ihnen einen Brief an meine Frau."

„Ich kann doch nicht so aufdringlich sein! Ihre Frau zu wecken ..."

„Ha! Winifred ist eine Nachteule, Miss ... ähm, Jenkins, und es gibt nichts, das sie lieber hat, als aus ihrer Routine gerissen zu werden. Unsere Wohnung hat ein Gästezimmer, das sicherlich wesentlich bequemer als ihr Schreibtisch ist."

Ellie suchte nach weiteren Einwänden, obwohl die Vorstellung, Lord Pembrokes Frau kennenzulernen, sie in Wahrheit faszinierte. Sie konnte den Grund dafür nicht genau benennen. Es war jedenfalls nicht nur ihre übliche Neugier. Was konnte das für eine Frau sein, die einen solchen Mann heiratete? „Aber meine Aufmachung ..."

„Sie ist ein wenig unpassend", sagte er. „Aber unser Haus liegt recht abgeschieden, und wir haben derzeit keine Diener. Meinen Kammerdiener, der gleichzeitig auch unser Butler war, hat es in angenehmere Gefilde gezogen, wie Sie ja wissen. Ich denke, Sie können hineinschlüpfen, ohne einen Skandal auszulösen. Wenn jemand Fragen stellt, behaupten Sie einfach, Winifreds Bruder zu sein, der sie besuchen kommt, um zu sehen, wie es ihr im Hafen der Ehe gefällt. Niemand in London kennt ihre Familie."

Ellie neigte zustimmend den Kopf. „Sie sind zu freundlich, Lord Pembroke."

„Bitte nennen Sie mich Pimm. Nach allem, was wir heute Nacht durchgemacht haben, wäre ein wenig Ungezwungenheit doch sehr willkommen, meinen Sie nicht auch?"

„Dann nennen Sie mich Ellie."

„Es wäre mir eine Ehre. Nun lassen Sie mich kurz eine Mitteilung an meine Frau schreiben, damit ich ihr erklären kann, wer Sie sind und dergleichen." Während er etwas auf ein Blatt kritzelte, das er auf Worths Schreibtisch gefunden hatte, fragte er: „Warum haben Sie Mr. Worth über Bertram Oswald befragt?" Seine Stimme klang dabei so beiläufig, dass sie wusste, es interessierte ihn brennend.

„Das ist kompliziert. Ich habe Oswalds Namen vorher nicht erwähnt, weil er mir für die Jagd nach dem Mörder wenig bedeutsam erschien, und den Mörder zu fassen, war sicherlich wichtiger als alles andere. Jedoch habe ich Grund zu der Annahme, dass Oswald irgendeine Verbindung zu Mr. Value hat. Ich bin neugierig, herauszufinden, welcher Art und wie weitreichend diese Verbindung ist."

Lord Pembroke pfiff durch die Zähne. „Wirklich? Haben Sie die beiden zusammen gesehen?"

„Ich …" Sie musste lachen. Die bloße Vorstellung, ihm von ihrem Besuch im mechanischen Bordell zu erzählen, war ihr peinlich, aber gleichzeitig auch merkwürdig erregend. Sie nahm sich zusammen. Er war verheiratet, und sie war eine alte Jungfer. Das hier war rein geschäftlich. „Wenn ich sage, dass es kompliziert ist, übertreibe ich nicht. Es würde etwas Zeit in Anspruch nehmen, Ihnen diese Geschichte zu erzählen."

„Ich würde sie nur zu gern hören", sagte Lord Pembroke. „Es gibt nicht viele Gründe, weshalb jemand von Sir Bertrams Stand mit jemandem wie Value in Beziehung stehen sollte. Keiner dieser Gründe ist sonderlich sauber. Wenn ich Sie wäre, würde ich die Fakten ganz genau überprüfen, ehe ich einen Artikel schreibe, der zwei so bekannte Persönlichkeiten miteinander in Verbindung bringt. Selbst wenn ich mir sicher wäre, dass die Fakten stimmen, würde ich mir dennoch gut überlegen, ob ich den Zorn eines Mannes auf mich ziehen wollte, der angeblich der Liebhaber der Königin ist. Sicher nicht, nur um einige Zeitungen zu verkaufen."

„Oh, ich würde ihn nicht unter meinem echten Namen veröffentlichen, keine Sorge." Sie lächelte, um die Situation aufzulockern, doch Lord Pembrokes Gesicht blieb ernst.

„Wenn jemand wie Oswald Sie finden will, Ellie, dann wird er das auch. Ein Pseudonym wäre ein unzureichender Schutz gegen seine Angriffe."

Die Worte erschreckten sie. Crippen hatte sie heute Nacht erkannt, in ihrer männlichen Verkleidung zumindest. Er würde Oswald sicherlich mitteilen, dass Lord Pembroke in Gesellschaft desselben Mannes gesehen worden war, der ihn im Bordell entdeckt hatte. Brachte Ellie auch Lord Pembroke in Gefahr, wenn sie diese Verbindung für sich behielt? „Vielleicht wäre es wirklich das Beste, wenn ich Ihnen die ganze Geschichte erzähle", sagte sie und gähnte tief.

Lord Pembroke nickte. „Ich würde mich freuen, sie zu hören, wie ich schon sagte. Aber nicht heute Nacht. Ich habe noch viel Arbeit vor mir, und Sie brauchen etwas Schlaf. Wir werden uns morgen unterhalten, einverstanden?"

Zehn Minuten später stieg Ellie in die wartende Droschke. Falls der Kutscher sich fragte, was sie und Lord Pembroke in dem Haus getan hatten oder warum nur Ellie wegfuhr, so zeigte er es nicht. Sie gab ihm Lord Pembrokes Adresse, und er gab dem Pferd die Zügel und ließ es über die Pflastersteine traben.

Trotz der schlimmen Ereignisse, deren Zeugin sie in dieser Nacht geworden war, gestattete Ellie sich unter ihrem wackligen Schnurrbart ein kleines Lächeln. Ihr Leben hatte wirklich eine ungewöhnliche Wendung genommen. In Lord Pembrokes Haus zu übernachten! Sie überlegte, ob sie aus dieser Erfahrung einen Artikel machen konnte. Vielleicht sollte sie auch einfach ein Profil seiner mysteriösen Ehefrau schreiben. Das wäre mit Sicherheit ein Coup.

✠ ✠ ✠

Detective Whistler kam stirnrunzelnd aus Worths Arbeitszimmer. „Er hat uns furchtbare Verbrechen gestanden, Pimm. Sind Sie sicher, dass er nicht verrückt ist?"

Pimm saß auf einem Holzstuhl und balancierte eine Tasse Tee, der schon recht kalt geworden war, auf seinem Knie. Er schüttelte den Kopf. „Nein. Einige meiner Kontakte haben mir Gerüchte zugetragen, dass in Alsatia in den letzten Wochen Arbeiterinnen verschwunden sind. Heute Abend bin ich dort umhergestreift, in der Hoffnung, irgendetwas Ungehöriges zu entdecken. Lächeln Sie nicht so, ich meine es ernst. Zufällig traf ich in einer Gasse diesen Mann. Er roch nach Äther, deshalb vermutete ich ein Verbrechen und stellte ihn zur Rede. Er floh, doch es gelang mir, ihm hierher zu folgen, wo ich mir Zugang zu seinem Haus verschaffte und ihn überzeugte, zu gestehen."

„Ich verstehe." Whistlers Stimme klang nachsichtig. „Ich habe das Gefühl, dass Sie in Ihrem Bericht einige wesentliche Einzelheiten ausgelassen haben. Wie etwa die Frage, woher Sie wussten, dass Frauen verschwanden, wie genau es Ihnen gelang, den Mann aufzuspüren, und wie Sie ihn dazu bringen konnten, zu gestehen."

Pimm seufzte. „Jonathan, ich habe meine Quellen im kriminellen Milieu. Das wissen Sie. Ich wäre dankbar, wenn ich sie nicht namentlich nennen müsste. Sie werden in Zukunft vielleicht nicht mehr so bereitwillig mit mir reden, wenn ich ihre Namen in eure Ermittlungen mit hineinziehe."

Whistler nahm sich einen Stuhl. „Pimm, das Problem ist, dass ich keinerlei Beweise habe, dass ein Verbrechen stattgefunden hat, nur das Wort dieses Mannes."

„Sie glauben ihm nicht?"

„Es geht nicht um Glauben. Ich benötige Indizien. Es sind keine Leichen gefunden worden. Gestern hatten wir drüben in Scotland Yard einen Mann sitzen, der behauptete, er habe den Mond getötet, ihn geradewegs aus dem Himmel geschlagen. Er glaubte, dass er die Wahrheit erzählte. Aber dadurch wurde es nicht wahr. Meine Leute durchsuchen gerade das Haus nach Indizien, aber außer einer große Menge Äther haben sie noch nichts gefunden. Ich gebe zu, dass der Äther ein Hinweis sein könnte, aber er stellt keinen Mordbeweis dar. Ich ..."

Einer der Beamten erschien in der Tür und hielt eine geschnitzte Holzkiste von etwa einem Fuß Länge in der Hand. „Mr. Whistler, Sir, Sie sollten kommen und sich das ansehen. Mr. Worth sagte, wir sollten in ein Geheimfach in seinem Schreibtisch schauen, falls wir ihm nicht glaubten." Er reichte Whistler die Kiste. Whistler öffnete den Deckel und sah lange hinein.

„Was ist das?", fragte Pimm, obwohl er es genau wusste. Er hatte Mr. Worth schließlich geraten, auf die Kiste und ihren Inhalt hinzuweisen. Er hatte sie ihm sogar selbst gegeben. Nachdem Ellie gegangen war, hatte er Worth noch ausführlich eingebläut, wie er am besten sein Geständnis ablegen sollte. Pimm hatte Ellie nicht verraten wollen, inwieweit er alles geplant hatte, damit sie nicht schlecht von ihm dachte. Doch seit er mit Margarets Gehirn gesprochen hatte, war ihm klar gewesen, dass er Indizien herstellen musste, um den Mörder verdächtig zu machen. Er hatte Schritte unternommen, um einen schlüssigen Beweis für ein Verbrechen zu liefern. Falsche Indizien für einen echten Mord. Nun ja, es war ethisch nicht vollkommen korrekt, aber es würde seinen Zweck erfüllen.

„Hauptsächlich billiger Schmuck", sagte Whistler. „Ringe, die nach Silber aussehen sollen, Halsketten, die nach Gold aussehen sollen. Ein blutiges Messer, das man in ein Taschentuch gewickelt hat, und eine rotblonde Haarsträhne, die mit einer Schleife zusammengebunden ist. Es scheint auch Blut im Haar zu sein."

„Ich würde sagen, das ist mehr als ein Hinweis", sagte Pimm.

„Sobald ich eine Leiche finde, die dieselbe Haarfarbe hat, werde ich ebenfalls der Meinung sein, dass wir möglicherweise einen Mörder gefangen haben. Bis dahin ..." Er zuckte die Achseln.

„Vielleicht wäre Worth bereit, Sie ..."

„Mich an den Ort zu führen, wo sich die Überreste seines letzten Opfers befinden. Ja, Pimm, ich kenne meine Aufgabe. Der Mann hat bereits angeboten, das zu tun. Natürlich werde ich nachforschen müssen, und ich hoffe, dass der Ausflug keine Zeitverschwendung sein wird. Aber irgendetwas an dieser ganzen Geschichte kommt mir merkwürdig vor. Ich spüre, dass Sie mir einiges verheimlichen."

„Ich fühle mich verpflichtet, meine Informanten zu schützen, aber ich kann Ihnen versichern, dass keiner von ihnen sich ein so schreckliches Verbrechen wie diese Mordserie hat zuschulden kommen lassen." Das stimmte nicht ganz. Value hatte sicherlich Schlimmeres getan, aber er war ein Ziel, das Pimm sich für später aufhob.

„Wir müssen dann wohl einen kleinen Ausflug an den Fluss machen. Möchten Sie uns begleiten?"

Pimm überlegte, dann nickte er. Es war am besten, diese Sache zu Ende zu bringen. Wenn Mr. Adams das, worum er ihn gebeten hatte, nicht ausgeführt hatte, würde Pimm improvisieren müssen. Er hasste es, wenn seine Pläne davon abhingen, dass eine unzuverlässige Person ihm einen Gefallen tat. Worth zumindest hatte sich vortrefflich benommen, indem er sein wahrheitsgemäßes Geständnis mit den Erfindungen gewürzt hatte, die Pimm für ihn vorbereitet hatte. Aber Adams war ein rätselhafter Bursche. Wer wusste schon, ob er Pimms Bitte erfüllen würde? Der Wissenschaftler hatte abgelehnt, als Pimm ihm Geld angeboten hatte. Er hätte sich besser gefühlt, wenn er hätte glauben können, dass der Mann käuflich war.

„Dann mal los“, sagte Whistler. „Es gibt nichts, das ich lieber tue, als durch die Slums am Flussufer zu stapfen und Leichen zu suchen.“

„Kommen Sie, Jonathan. Sie lieben doch ein gutes Verbrechen.“

„Nein, ich liebe ein gutes Rätsel, und hier gibt es kein Rätsel mehr. Alles liegt ordentlich ausgebreitet vor meiner Nase. Jetzt ist es nur noch reine Polizeiarbeit. Trotzdem muss es wohl getan werden.“

✠ ✠ ✠

Mit Margarets Leiche über der Schulter trottete Adam durch die stinkenden Tunnel unterhalb von Alsatia. Der Gestank störte ihn nicht, denn der Duft der Abwässer in der Nähe brachte auch ein Bild von wirbelndem graugrünem Nebel mit sich, den er schön fand und der faszinierende Muster bildete. Zwar pfiff er nicht im Gehen vor sich hin, doch ihm war danach, denn fast noch nie zuvor war er so glücklich gewesen.

Margarets Gehirn wieder zum Leben zu erwecken, war ein großer Triumph für ihn gewesen. Adams eigener Schöpfer hatte totes Fleisch wiederbeleben können, ja, doch er war nicht in der Lage gewesen, den Verstand, das Gedächtnis und die Persönlichkeit fortbestehen zu lassen. Alle Gedanken, die Adams Gehirn in seinem früheren Leben besessen hatte, waren für immer verloren und vollständig mit seiner neuen Persönlichkeit überschrieben worden. Sein Schöpfer hatte totes Fleisch wiederbelebt, doch Adam hatte es geschafft, einen Menschen zurückzuholen.

Natürlich war dabei ihr Körper zerstört worden, was er Margaret nicht erzählt hatte. Aber er hatte einige Ideen, wie er das wieder in Ordnung bringen konnte. Da er ihre Leiche mit dem zerstörten Schädel nicht allzu dringend brauchte, tat er

Lord Pembroke gern den Gefallen, um den dieser ihn ersucht hatte. Der Detektiv hatte ihm eine frisch getötete Frau gebracht, daher schuldete Adam ihm eine Gegenleistung. Zwar verstand er Hallidays Pläne nicht, doch sie interessierten ihn auch nicht besonders. Margaret hatte ihnen den Namen ihres Mörders verraten können, es war ihr früherer Zuhälter Thaddeus Worth. Halliday hatte Adam daraufhin um ein Messer und eine Strähne von Margarets blutgetränktem Haar gebeten, sowie um Schmuck oder persönliche Gegenstände, die er noch von den anderen Frauen hatte. Adam bewahrte die wenigen Dinge, die Values Schläger nicht für sich selbst erbeutet hatten, in einer Kiste im Regal auf. Hauptsächlich, weil er nie irgendetwas wegwarf, das er vielleicht noch einmal brauchen konnte. Die billigen Ringe und Halsketten hatte er Halliday kommentarlos übergeben.

Als Letztes hatte Halliday ihn gebeten, Margarets Leiche an einem bestimmten Ort in der Nähe des Flusses abzulegen. Halliday hatte sich sehr viele Gedanken darüber gemacht, wie Adam dies am besten bewerkstelligen könnte, ohne die Wachen zu alarmieren, und eine Reihe von komplizierten Tricks vorgeschlagen. Schließlich war Adam so gelangweilt gewesen, dass er gesagt hatte: „Keine Sorge, Herr Detektiv. Ich habe meine eigenen Wege, um ungesehen die Stadt zu durchqueren. Es gibt hier Tunnel.“ Halliday hatte sich umgesehen und forschend in die dunkelsten Ecken des Laboratoriums geblickt. Der Gedanke, dass er von geheimen Gängen umgeben war, hatte ihn offensichtlich verunsichert, und warum auch nicht? Es gab unter der Erde so viele Rätsel und Geheimnisse. Adam selbst war noch eines der geringsten.

Er erreichte das Ende des Tunnels und spähte zu einer Luke hinauf, die hinter einer Höhle am Kai unter einem Abfallhaufen verborgen war. Adam legte Margarets Körper mit dem zerstörten Kopf sacht auf dem Boden ab, dann kletterte er die Wand hoch. Dabei setzte er seine Füße in Hohlräume, die jemand in den Stein gemeißelt hatte, lange bevor Adam erschaffen worden war. Oben angekommen stieß er die Luke auf und kroch hinaus, um sich umzusehen und sicherzugehen, dass niemand ihn beobachtete. Er stieg zurück hinab, nahm Margaret, und kletterte wieder hinauf. Es gab vieles, das Adam seinem Schöpfer vorwerfen konnte, doch zumindest hatte dieser ihm gewaltige Körperkraft geschenkt.

Er schloss die Luke, schob mit dem Fuß verrottetes Gemüse und zerbrochene Planken darüber, und humpelte in Richtung Flussufer. Die Böschung war an dieser Stelle befestigt und mit bröckelnden Steinen verstärkt. Er musste über eine kleine Mauer steigen und sich dann vorsichtig einen steilen Abhang hinunter bewegen, um das schlammige, schmutzige Ufer zu erreichen. Als er gerade die Leiche der armen Margaret im Schlamm ablegte, hörte er jemanden nach Luft schnappen.

Als er sich umdrehte, erblickte er hinter sich eines der Geschöpfe, die man Themseweiber nannte. Das waren Frauen in schmutzigen Lumpen, die den Fluss entlang im Abfall nach Dingen suchten, die sie verkaufen konnten, seien es Drähte, leere Flaschen oder Holzstücke. Sie starrte ihn an, und Adam starrte zurück, dann schrie sie auf und rannte davon.

Oder versuchte zu rennen. Adam ignorierte den Schmerz in seinem Bein, preschte nach vorn, so schnell er konnte, und packte sie von hinten. In seinen Händen war sie so zerbrechlich wie ein Zweig, und er drückte ihr die Kehle zu, während sie hilflos gegen seine Brust und sein Gesicht schlug. Endlich erschlaffte sie. Er drückte weiter zu, denn Bewusstlosigkeit trat wesentlich früher ein als der Tod. Nachdem er sich vergewissert hatte, dass die Frau tot war, warf er sich ihre Leiche über die Schulter und schleppte sich wieder den Hügel hoch. Eine Schande. Er hatte gehofft, den Weg nach Hause ohne eine Last zurücklegen zu können. Natürlich konnte er sie auch in den Fluss werfen, aber warum hätte er eine einwandfreie Leiche verschwenden sollen? Vielleicht konnte sie eine von Abel Values seelenlosen Huren werden. Falls das nicht gelang, konnte sie sich auch Adams Ehrengarde anschließen oder ihr notfalls als Nahrung dienen. Mittlerweile hatte er mehr als ein Dutzend wilder, wiederbelebter Frauen, jede ein fehlgeschlagenes Experiment, soweit Value wusste. Adam rechnete nicht damit, jemals ihre gewalttätigen Dienste zu benötigen, aber wenn man mit jemand so betrügerischem wie Value zu tun hatte, war es gut, sich schützen zu können. Warum sollte nur Value Leibwächter haben? Die Ehrengarde war jedoch gefräßig, und er musste dafür sorgen, dass sie regelmäßig gefüttert wurde. Wenn nicht, dann würden nicht einmal die magnetischen Geräte, die er ihnen ins Gehirn gesetzt hatte, um ihre Bewegungen zu kontrollieren, ihre natürlichen Triebe zügeln können. Anders als die untoten Huren, die er Value lieferte, hatte er sie nicht komplett gefügig gemacht.

Seine Ehrengarde brauchte Fleisch, und ganz gleich welches, sie würde es fressen.

Eine Leiche als Beweis

Da ist sie ja." Whistler beleuchtete mit seiner alchemistischen Fackel die Leiche, die seine Leute am Flussufer gefunden hatten. „Genau dort, wo Worth sagte, und in genau dem Zustand, den er uns beschrieben hat." Er schüttelte den Kopf. „Warum macht sich jemand die Mühe, einer Frau das Gehirn herauszunehmen? Nur um es in den Fluss zu werfen?"

„Wer kann schon das Verhalten solcher Männer nachvollziehen?", sagte Pimm. „Soviel ich weiß, wurde seine Frau durch Morbus Konstantin verwandelt und verschwand kurz darauf. Vermutlich hat Worth sich bei einer von seinen Huren angesteckt und die Krankheit dann nach Hause zu seiner Frau gebracht. Vielleicht hegt er deshalb auf verdrehte Art und Weise einen Groll gegen solche Frauen."

„Motive interessieren mich", gab Whistler zu. „Was Sie sagen, ergibt einigermaßen Sinn. Trotzdem verstehe ich das mit dem Gehirn noch immer nicht. Worth sagte, es sei einfach nur ein seltsamer Impuls gewesen, eine Laune, aber Himmel noch mal, was für ein Aufwand. Wie viele Werkzeuge benötigt man, um einen Schädel aufzuschneiden und …"

„Es ist ein Rätsel."

Als Pimm Adams gebeten hatte, die Leiche an dieser Stelle abzulegen, damit es so aussah, als hätte Worth sie hier entsorgt, hatte der riesige Wissenschaftler gezögert und gesagt: „Ich werde tun, worum Sie mich bitten, solange Sie mir gestatten, das Gehirn zu behalten. Ich freue mich, wenn ich jemanden habe, mit dem ich sprechen kann. Es ist meist sehr einsam hier."

Pimm hatte eingewilligt, schließlich hatte er kaum eine Wahl. Der zerstörte Schädel würde in jedem Fall bemerkt werden, selbst wenn das Gehirn zurück in die Schädelhöhle geschoben wurde. Worth hatte angewidert reagiert, als Pimm ihm nahegelegt hatte, der Polizei zu sagen, dass er den Körper verstümmelt habe. „Ich habe ihnen kein Haar gekrümmt!", hatte er eingewandt, „Souvenirs habe ich mir auch keine mitgenommen!" Pimm hatte sich entschuldigt, aber trotzdem darauf bestanden und ihm gesagt, dass die Polizei sein Geständnis nur so glauben würde. Es war die seltsamste Entschuldigung, die er jemals geäußert hatte.

„Worth sagt, er habe Informationen über Abel Value", sagte Whistler. „Doch ich verhandle ungern mit jemandem, der solche Taten begeht."

„Es ist ein schreckliches Verbrechen", stimmte Pimm ihm zu. „Worth ist folglich ein schrecklicher Verbrecher. Aber Values Verbrechen gehören noch einmal in eine ganz andere Kategorie. Worth begeht aus persönlichen Gründen schreckliche Taten, wegen einer Geisteskrankheit. Aber Value organisiert seine schrecklichen Taten auf kühle, unpersönliche Art und ist dabei im Vollbesitz seiner geistigen Kräfte."

„Das ist wahr", stimmte Whistler zu. „Im Moment will noch keiner Worths Kopf haben, da über die Morde nicht öffentlich berichtet worden ist. Sie wurden ja nicht einmal bemerkt. Wenn er Informationen besitzt, die für mich nützlich sind, kann ich ihn vor dem Galgen retten und dafür sorgen, dass er nur ins Gefängnis kommt oder nach Bedlam eingewiesen wird. Letzteres erscheint mir angemessen, nun, da ich gesehen habe, was er mit dem Kopf dieses armen Mädchens angestellt hat.

Sie haben mir eine weitere lange Nacht voll Arbeit beschert, Halliday. Ich hoffe, Sie sind nun zufrieden."

„Ich bin immer froh, wenn ich der Polizei bei ihren Nachforschungen behilflich sein kann." Pimm schüttelte Whistler die Hand. „Nun, Sir, werde ich mich verabschieden. Es macht mir nichts aus, bis Sonnenaufgang wach zu bleiben, aber ich ziehe es vor, die späten Stunden mit angenehmeren Dingen zu verbringen."

Er wandte sich ab, doch Whistler legte ihm die Hand auf die Schulter. „Passen Sie auf sich auf, Mann. Übertreiben Sie es nicht, ja?"

Pimm lächelte. „Sie wissen doch, dass Alkohol für mich ein Allheilmittel ist, Detective. Wenn man einen Erfolg hatte, feiert man mit Champagner. Wenn man einen Rückschlag erlebt, tröstet man sich mit Whiskey."

„Solange Sie einen Grund haben, eine ganze Flasche zu trinken", sagte Whistler. „Erst wenn jemand anfängt, ohne besonderen Grund die Flaschen zu leeren, fange ich an, mir Sorgen zu machen."

„Oh, aber ein einfallsreicher Mann findet immer einen Grund zum Feiern – oder um Trost zu suchen."

Whistler seufzte. „Es geht mich ja nichts an, Pimm. Doch diese Arbeit, die wir tun ... Ich habe schon zugesehen, wie gute Kollegen der Flasche verfallen sind, weil sie keinen anderen Weg finden konnten, mit dem, was sie erlebt hatten, umzugehen."

„Zum Glück ist die Detektivarbeit nur meine Freizeitbeschäftigung", sagte Pimm. „Mein Beruf ist es, ein Bonvivant zu sein. In beiden Bereichen bin ich hervorragend."

„Wissen Sie, ich hatte gedacht, dass Sie durch die Ehe ruhiger werden würden."

Pimm sah gen Himmel und nahm eine Denkerpose ein. „Winifred? Mich beruhigen? Oh, richtig, ich vergaß. Sie sind ihr ja nie begegnet." Er grinste anzüglich, und der Detektiv lachte schallend.

„Nun gehen Sie schon. Morgen werde ich vielleicht noch einige weitere Fragen haben, wenn ich etwas länger mit Worth gesprochen habe. Kann ich mich darauf verlassen, dass Sie mir keine Lügen mehr erzählen?"

„Keine wichtigen", versprach Pimm.

✠ ✠ ✠

Zumindest von außen sah Lord Pembrokes Haus weniger prächtig aus, als Ellie erwartet hatte. Sie war sich nicht sicher, was sie erwartet hatte, doch der jüngere Sohn eines Marquis musste gewiss ein prunkvolles Leben führen. Das Haus war schön, ohne Zweifel, aber es war kein Palast, wie sie unbewusst wohl gehofft hatte. Natürlich galt für die Landsitze seiner Familie sicherlich etwas anderes.

Lord Pembroke und seine Frau bewohnten ein kleines Haus in der Nähe des Hanover Square in Mayfair, mit einem Vorgarten, der von einem Eisenzaun umgeben war, und Buntglasscheiben in den Fenstern. Ellie klopfte an die Tür und war sich nur zu bewusst, wie spät es war. Sie kam sich albern und viel zu auffällig vor.

Sie hatte erwartet, dass ein Dienstbote die Tür öffnen würde. Erst als sie aufging, fiel ihr ein, dass Lord Pembrokes Diener Ransome ihm fristlos gekündigt hatte. Statt eines Dienstboten öffnete eine Frau mit langem, blondem Haar die Tür. Ihr Gesicht hätte das Modell für die Statue einer griechischen Nymphe sein können, und ihr Körper blieb diesem Thema treu. Sie trug einen Morgenmantel aus chinesischer Seide in einem unanständigen roten Farbton, mit einem goldenen Drachenmuster, und in ihrer einen Hand glomm ein Zigarettenhalter aus Ebenholz. Die andere Hand war hinter der Tür verborgen. Seltsamerweise fragte Ellie sich, ob sie vielleicht eine Waffe hielt. Lady Pembroke hatte fröhliche blaue Augen, und Lippen in einem Rotton, für den die meisten Frauen Kosmetik benötigten. Ellie merkte, wie sich ihre Haltung gegenüber Lord

Pembroke ein wenig wandelte, eine Veränderung, die sich in dem beiläufigen, aber konkreten Gedanken äußerte: Aha, das ist also die Art von Frau, die ihm gefällt.

„Kann ich Ihnen helfen, Sir?“ Sie betrachte Ellie von oben bis unten. „Oder besser gesagt, Madam? Bitte lassen Sie mich wissen, welche Anrede Ihnen lieber ist. Soll ich Sie so benennen, wie Sie sind, oder so, wie Sie zu erscheinen versuchen?“

Ellie blinzelte. Sie hatte angenommen, dass eine Frau, die so aussah und in einem solchen Aufzug an die Tür ging, nicht sonderlich scharfsinnig war. Doch die Lady hatte Ellies Verkleidung schnell durchschaut und geistreich und mit leichtem Spott darauf reagiert. Der Spatz hofft eben immer, dass der Pfau ein Dummkopf ist, dachte Ellie. Wie ungerecht, dass ein Mensch klug sein konnte und dazu auch noch aussah, als sei er gerade von einem Sockel im Museum gestiegen. „Ähm, ich bin Eleanor Skyler. Mein Aussehen ist … hier. Ich habe einen Brief von Lord Pembroke.“

„Der gute alte Pimm schickt die merkwürdigsten Boten.“ Lady Pembroke streckte die Hand aus, und Ellie reichte ihr das zusammengefaltete Blatt Papier. Die Frau im Morgenmantel faltete es auseinander und überflog es rasch, während sich auf ihrer Stirn eine Falte bildete, genau zwischen ihren Augen. Die Falte trug wenig dazu bei, ihre Schönheit zu mindern. Ellie vermutete, dass die meisten Männer sie sogar ganz reizend finden würden.

Lady Pembroke hob den Blick und sah Ellie an. „Haben Sie das hier gelesen, Miss Skyler?“

„Nein.“

„Hat Pimm Ihnen gesagt, was darin steht?“

„Nur dass es erklären würde, wer ich bin.“

Lady Pembroke schenkte Ellie ein bezauberndes Lächeln. „Der Brief verrät mir, wer Sie sind, und noch einiges mehr. Nur herein, meine Liebe, herein, ziehen Sie sich um, nehmen Sie einen Drink zu sich, wenn Sie möchten. Ich werde das Gästezimmer vorbereiten. Ich hoffe nur, Sie sind nicht zu müde. Sie müssen mir alles erzählen." Sie winkte Ellie herein, und die nächsten zwanzig Minuten sah diese sich in einem freundlichen Wirbelsturm gefangen. Lady Pembroke („Nennen Sie mich ruhig Winnie, meine Liebe") goss ihr eine Tasse Tee mit einem großzügigen Schuss Brandy auf und half ihr, ihren falschen Schnurrbart und den Hautkleber zu entfernen. Sie bewunderte lautstark ihr kurzes Haar („Sagen Sie einfach, das sei der neue europäische Stil, der letzte Schrei der Moderebellion unter den jungen Damen von Paris"), überredete sie, eines ihrer dezenteren Nachthemden zu tragen, und gratulierte ihr zu ihrer journalistischen Arbeit („Mr. E. Skye eine Frau! Sie sind eine Zierde für unser Geschlecht!"). Alles in allem ließ sie Ellie keine Chance, ihr alles zu erzählen, oder überhaupt viel zu sagen.

Erst als Ellie zu Winnies Zufriedenheit versorgt war, ließ sich die Hausherrin entspannt in einem Sessel am Fenster nieder. Sie lächelte hintergründig über den Rand einer dampfenden Tasse Tee und sagte: „Pimm hält sehr viel von Ihnen, scheint mir. Er lädt nicht oft jemanden zum Übernachten ein, den er gerade erst kennen gelernt hat."

„Es war ein sehr freundliches Angebot", sagte Ellie. „Doch wenn ich Ihnen Umstände mache, kann ich ..."

„Unsinn, ich habe gern Publikum. Sagen Sie, haben Sie nicht irgendetwas schrecklich Schockierendes gesehen, während Sie mit meinem Mann unterwegs waren?"

Ellie überlegte. Sie konnte Sensationsartikel schreiben und Situationen dramatisieren, um ihre Leser zu unterhalten, doch im Augenblick hatte sie dazu nicht die Kraft. Es war ein langer Tag und eine noch längere Nacht gewesen. „Ich habe eine Tote gesehen", sagte Ellie, „und der Mörder lief in einer Gasse an mir vorbei. Die Nacht begann eher scherzhaft, ich schlich als Mann verkleidet im Dunkeln herum."

„Sie haben den Mörder gefunden, so viel konnte ich Pimms Mitteilung entnehmen. Demnach ist nun alles in Ordnung, oder?"

„Ich nehme es an. Allerdings ließ der Täter, Mr. Worth, durchblicken, dass es noch eine weiter reichende Verschwörung gibt. Wir haben zwar ein Rätsel gelöst, doch anscheinend sind wir bereits auf das nächste gestoßen."

„Dann müssen Sie unbedingt weitere Nachforschungen anstellen!", erklärte Winnie. „Eine kämpferische Reporterin und ein hartnäckiger Detektiv, die gemeinsam das Verbrechen besiegen wollen. Welch eine großartige Kombination!"

Ellie lächelte. Sie war besorgt gewesen, dass Lady Pembroke ihr gegenüber eifersüchtig oder misstrauisch reagieren würde. Schließlich war sie eine unverheiratete junge Frau, die sich so fest an den Ehemann einer anderen heftete. Doch Winnie schien ihre Beziehung nicht im Geringsten zu stören. Das war eigentlich auch nicht verwunderlich. Warum sollte sich eine wohlhabende, schöne Frau wie sie darum Sorgen machen, dass Ellie sich ihrem Ehemann annäherte?

Dennoch hätte es sie gefreut, wenn Winnie sie als Bedrohung gesehen hätte. Als eine kleine Bedrohung zumindest. Mit jedem Augenblick, den sie in Winnies Gegenwart verbrachte, fühlte Ellie sich reizloser. „Ich bin nicht sicher, ob Ihr Mann es gern sähe, wenn ich mich weiterhin beteilige. Leider war ich recht taktlos, als ich ihm meine Unterstützung anbot."

„Sie haben ihn erpresst, hmm?" Winnie schlug ein Streichholz gegen einen antiken Tisch und zündete sich damit eine weitere Zigarette an. „Sie wollten einen Artikel darüber schreiben, dass er für Abel Value arbeitet?"

Ellie starrte zu Boden. „Ich mag etwas Derartiges angedeutet haben. Doch später erklärte er mir, dass er Values Mitarbeit brauche, um den Mörder zu fassen, und nicht riskieren könne, die Polizei einzuschalten, ohne dass Value ihm die Unterstützung entzöge." Sie überlegte, ob sie erwähnen sollte, dass Pimm jemanden schützen wollte, der ihm nahe stand, doch sie hatte wohl kaum ein Recht, dieses Geheimnis zu enthüllen. Was, wenn dieser Jemand Lady Pembroke war? Wer konnte schon sagen, welche Geheimnisse in ihrer Vergangenheit lagen?

„Mmm. Das ist eine Erklärung", sagte Winnie. „Pimm ist alles andere als verdorben, wissen Sie. Er trinkt zu viel, sogar noch mehr als ich, und er neigt dazu, nicht weiter zu planen als bis zum nächsten Morgen, oder allerhöchstens bis zum Ende der Woche. Aber er meint es gut. Er meint es auf eine fast krankhafte Art und Weise gut. Wenn es ein Geheimnis gibt, fühlt er sich gezwungen, es zu lüften. Wenn Sie ihm dabei helfen können, denke ich, dass Sie das tun sollten." Winnie beugte sich vor. „Er mag Sie, Ellie. Ich merke das an seinem Brief. Er war äußerst überschwänglich in seiner Wortwahl. Es gibt nicht viele Menschen, die Pimm mag. Gewiss findet er manche Menschen interessant, aber sie zu mögen, ist dann doch etwas ganz anderes." Sie gähnte. „Ich sollte zu Bett gehen. Morgen habe ich einen anstrengenden Tag vor mir und muss träge, reich und gesellschaftlich provokant sein. Brauchen Sie noch irgendetwas?"

„Nein danke. Sie waren bereits überaus zuvorkommend."

„Nun, dann schlafen Sie gut. Wir sehen uns morgen früh. Ich werde Eier braten. Es macht mir Spaß, etwas in der Küche herumzuwerkeln, und inzwischen bin ich sogar recht gut darin. Das letzte Mal, als ich Frühstück gemacht habe, haben es nur ganz wenige Eierschalen bis auf die Teller geschafft."

✠ ✠ ✠

Das Haus war dunkel, als Pimm heimkam, und er glitt mit der Leichtigkeit jahrelanger Übung an den Ottomanen und Tischen und Sesseln vorbei in sein Schlafgemach. Er war schon in wesentlich betrunkenerem Zustand erfolgreich diesen Weg gegangen. Tatsächlich war er gerade grässlich nüchtern, weil er den Flachmann, den er aus Gewohnheit stets in seiner Jackentasche trug, schon längst geleert hatte. Eine neue Flasche wartete auf seinem Nachttisch. Er hoffte, dass ein letztes Schlückchen Brandy ihn ruhig einschlafen lassen und Kummer und Sorgen des Tages verbannen würde, ehe sie sich in Träume von zerstörten Schädeln und zornigen Verbrecherkönigen verwandelten.

Er saß auf seiner Bettkante, um sich die Schuhe auszuziehen, ohne sich die Mühe zu machen, das Licht anzuschalten. Er schrie beinahe auf, als eine ruhige Stimme zu ihm sagte: „Guten Morgen, Pimm."

„Freddy! Was zum Teufel machst du in meinem Bett?"

Sein bester Freund stützte sich auf ihren Ellenbogen und kicherte. „Ich wahre den Schein, was sonst. Falls du nicht vorhast, früher aufzuwachen als üblich, könnte Miss Skyler auffallen, dass wir getrennte Schlafzimmer haben. Sie könnte sich Gedanken über den Zustand unserer Ehe machen, meinst du nicht? Du kannst dir gern ein Kopfkissen und eine Bettdecke mit auf den Boden nehmen. Dieser Chinateppich, den ich letzten Monat gekauft habe, ist recht dick."

Pimm stöhnte auf. „Du hast wahrscheinlich recht. Es ist garstig, einen Mann auf dem Teppich schlafen zu lassen, der die ganze Nacht Verbrecher bekämpft, Mörder gefasst und Indizien ausgelegt hat."

„Vielleicht auch Reporterinnen den Hof gemacht?"

Pimm hielt inne, einen Schuh in der Hand. „Den Hof gemacht? Ich habe ihr nicht den Hof gemacht. Die Frau hat versucht, mich zu erpressen. Zugegeben, danach wurde sie recht nützlich."

„Dein Brief hatte eindeutig einen bewundernden Unterton."

„Ich wollte nur, dass du nett zu ihr bist."

„Oh, aber normalerweise ist es dir gleich, ob ich nett bin. Unsere Miss Skyler gefällt dir, habe ich recht?"

„Die längste Zeit unserer Bekanntschaft hat sie einen falschen Schnurrbart getragen, Freddy. Das mindert ihren Reiz doch ganz erheblich."

„Oh, aber unter diesem Schnurrbart ist sie entzückend. Hübsche Augen und so hohe Wangenknochen, dass sie damit ihren Hut stützen könnte."

„Ich bin verheiratet", sagte Pimm.

„Du weißt, dass ich der Meinung bin, du solltest eine Geliebte haben. Das ist gut für die Seele. Was glaubst du, weshalb ich zu so vielen Salons gehe? Dort findet man freigeistige Mädchen. Ich habe unsere Schwüre ganz und gar nicht beachtet, zumindest nicht was eheliche Treue angeht, weiß der Himmel!"

„Trotzdem habe ich meine Zweifel, dass der Himmel das gutheißt. Glaubst du etwa, Miss Skyler ist die Art von Frau, die jemandes Geliebte werden würde?"

„Man kann nie wissen", sagte Freddy schläfrig. „Ich würde sagen, das hängt ganz vom Mann ab."

Damit gab sie Pimm noch mehr zu denken, während er unter der zweitbesten Bettdecke auf dem Chinateppich lag.

Auch wenn es ihm in diesem speziellen Fall nicht viel ausgemacht hätte, wenn seine Gedanken in seine Träume übergegangen wären.

Einbruch

Das Frühstück war äußerst unbehaglich, zumindest aus Ellies Sicht. Sie kleidete sich wieder als Mr. Jenkins, nur ohne Schnurrbart. Als Winnie anbot, Ellie eines ihrer Kleider zu leihen, lehnte sie dankend ab. Sie wollte ungern darüber nachdenken, wie Winnies Kleider an ihrer eigenen, weitaus weniger üppigen Gestalt aussehen würden. Wahrscheinlich ähnlich wie ein Bettlaken über einem Kleiderständer. Sie willigte ein, noch etwas zu essen, ehe sie aufbrach, und so klapperte Winnie fröhlich plappernd in der Küche herum. Das Produkt ihrer Bemühungen war eine Pfanne Eier, die gleichzeitig sandig und fade schmeckten. In Anbetracht der Tatsache, dass sie während des Kochens die ganze Zeit über rauchte, konnte Ellie sich glücklich schätzen, dass keine Asche im Essen war. Aus Höflichkeit nahm sie einige Bissen zu sich.

Winnie ließ sich auf den Stuhl Ellie gegenüber fallen und legte die Ellenbogen auf den Küchentisch. „Ich nehme an, Sie möchten Pimm mit Fragen löchern, sobald er aufwacht?"

„Ich bin in der Tat sehr neugierig darauf, zu erfahren, wie es mit Mr. Worth weiterging. Hat er irgendetwas erzählt, als er gestern Nacht heimkam?"

„Oh, ich habe so fest geschlafen, ich bin nicht einmal aufgewacht, als er sich ins Bett legte. Ich bin ebenso neugierig wie

Sie." Sie warf einen Blick auf die Uhr an der Wand, die halb acht zeigte. „Ich würde nicht damit rechnen, dass er demnächst aufsteht. Pimm ist kein Morgenmensch. Vielleicht wäre es besser, wenn Sie zum Mittagessen wiederkämen."

„Oh, ich kann mich doch nicht ..."

Winnie lachte. „Keine Sorge, ich werde nicht noch einmal kochen. Ich lasse mir im Laden einen Picknickkorb richten. Wir können im Park essen und uns über allerlei Schändlichkeiten unterhalten, ohne Angst vor Lauschern haben zu müssen, wie wäre das?"

Ellie blinzelte. Sie hatte den Eindruck, dass Lady Pembroke nicht oft auf Widerstand stieß. Ellie fühlte sich in ihrer Gegenwart ein wenig unwohl, vor allem weil sie Schuldgefühle hatte, da ihre Gedanken immer wieder zu Winnies Ehemann wanderten. Die Lady besaß aber ohne Zweifel Wärme und eine angenehme Art. „Ich wäre hocherfreut."

„Wunderbar." Winnie tätschelte ihr die Hand. „Dann sehen wir Sie gegen zwölf. Oder sagen wir lieber eins, um sicherzugehen, dass Pimm wach und auf den Beinen ist."

Wenig später ging Ellie schläfrig und benommen die Haustreppe hinunter zur Straße. Dort schloss sie sich dem Strom ernst aussehender Männer und zugeknöpfter Frauen an, die ihrer Wege eilten und den Geschäften nachgingen, die ihre Tage ausfüllten. Sie wurde Teil der Menschenmenge, nahm einen vorbeifahrenden Omnibus und fuhr ohne Zwischenfälle bis in die Gegend, wo sich ihr Wohnheim befand. Heimlich wie ein Einbrecher näherte sie sich der Vordertür, drehte den Schlüssel im Schloss und huschte in die Eingangshalle und den Flur hinunter, ohne dass sie einer Mitbewohnerin oder der Vermieterin begegnete. Als sie endlich ihr kleines Zimmer erreicht hatte, zog sie den Anzug aus, wickelte sich aus den Bandagen um ihre Brust und wusch sich den Schmutz des Tages über der Waschschüssel ab. Nachdem sie einen sehnsüchtigen Blick auf ihr Bett geworfen hatte, entschied sie, dass sie wahrscheinlich bis zum Abend nicht mehr aufstehen würde, wenn sie sich jetzt hinlegte. Deshalb kleidete sie sich an und wählte eines ihrer besten Tageskleider. Es war aus grüner Seide, mit bauschigen Ärmeln, hochgeschlossenem Mieder und Reifrock. Ellies Korsett hatte sich noch nie so befreiend angefühlt. Sie verstand nicht, wie Männer, die in Frauen verwandelt worden waren und ihren Zustand verbergen wollten, es aushielten, den ganzen Tag in diese engen Bandagen eingewickelt zu sein. Sie befestigte die Haube mit den falschen Locken auf ihrem Kopf, um ihren Männerhaarschnitt zu verbergen; dann war sie bereit, der Welt die Stirn zu bieten.

Sie hatte noch einen Text zu schreiben, ehe sie Lord und Lady Pembroke wiedertraf. Der Artikel über das mechanische Bordell war fertig in ihrem Kopf und musste nur noch zu Papier gebracht werden. Außerdem musste sie ihre Notizen über die Ereignisse des vorigen Tages ordnen. Die Entscheidung, was sie drucken lassen konnte, was sie andeuten durfte und was sie ganz und gar verschweigen musste, würde einiges Nachdenken erfordern. Erneut nahm sie sich vor, Pimm davon zu erzählen, wie sie Bertram Oswald im mechanischen Bordell gesehen hatte. Er hatte Mittel, über die sie nicht verfügte, und wenn sie der Beziehung zwischen Sir Bertram und Abel Value auf den Grund gehen wollte, brauchte sie jede Hilfe, die sie bekommen konnte.

Doch dieses Problem hob sie sich für später auf. Nun musste sie erst einmal in der Redaktion vorbeischauen und sich bei Cooper zurückmelden, damit er ihr den versprochenen Zeilenplatz in der Zeitung gab.

Ellie trat aus ihrem Zimmer und stand vor einem Mann, der im Flur kauerte und ein Messer hochhielt. Es war Crippen, der Preisboxer, der zum Verbrecher geworden war. Die Anwesenheit dieses schmutzigen, gewalttätigen Kerls in Ellies Wohnheim war so beunruhigend wie eine Schlange auf ihrem Kopfkissen. Sie trat einen Schritt zurück, und Crippen lief mit erhobenem Messer auf sie zu, das Gesicht zu einer wütenden Grimasse verzerrt. „Wo ist er?“, zischte Crippen.

Wen meinte er? Pimm? Den Mörder Thaddeus Worth? Ehe Ellie auch nur versuchen konnte, eine stammelnde Antwort zu geben, stach Crippen mit dem Messer vor ihr in die Luft. „Jenkins!“, sagte er. „Wo ist Jenkins? Ich hab ihn hier hereingehen sehen, wo ist er?“

Er suchte Ellie, und er merkte es nicht. „Ich weiß nicht, was Sie meinen. Das hier ist ein Wohnheim für Frauen, Männer haben hier keinen Zutritt. Sie müssen sich irren.“

„Unnütze Kuh“, sagte Crippen, und Ellie wurde es kalt. Sie fragte sich, ob Pimms bemerkenswerter Gehstock, der Stromstöße verabreichen konnte, sich auch zu etwas umbauen ließ, was für ihre Zwecke taugte, vielleicht zu einem Sonnenschirm. Eine solche Waffe wäre nun recht nützlich gewesen.

Plötzlich kam Ellies Vermieterin, die Witwe Mrs. Reynolds, kreischend aus der Küche gerannt. In der Hand hielt sie eine gusseiserne Pfanne hoch erhoben, als sei sie ein Morgenstern. Crippen schrie tatsächlich auf und wich einen Schritt zurück, gerade rechtzeitig, damit die Waffe ihm nicht den Kopf einschlug. Mrs. Reynolds hob mühsam erneut ihre Pfanne, und Crippen schwang mit wildem Blick sein Messer.

Ellie wusste, dass er eher instinktiv als überlegt handelte, doch das änderte nichts an seinen Mordabsichten. Sie ergriff eine Vase mit frischen Blumen, die auf einem Tisch in der Eingangshalle stand. Mrs. Reynolds legte Wert darauf, die Gemeinschaftsbereiche mit Blumen zu verschönern, die man dank Sir Bertrams städtischem Gewächshaus nun sogar im Winter kaufen konnte. Sie zertrümmerte die Vase samt Blumen im Gesicht des Verbrechers. Das Porzellan brach, und Crippens Nase vermutlich auch. Er schrie auf, ließ sein Messer fallen und rannte zur Haustür. Von seinem Kopf tropfte Blumenwasser, und aus seinem Kragen schaute ein keckes Gänseblümchen. Mrs. Reynolds hob ihre Bratpfanne hoch, sah erst zu Ellie, dann auf die Sauerei am Boden, und seufzte. „Ich hole den Wischmopp“, sagte sie. „Sie gehen einen Polizisten suchen.“

Ellie nickte, machte einen Bogen um die Scherben auf dem Boden und trat nach draußen. Dort entdeckte sie, dass sich bereits ein Grüppchen versammelt hatte, das sich lautstark über den blutenden, durchnässten Mann unterhielt, der die Straße entlang geflüchtet war. Ein Polizist mit charakteristischem Helm kam heran, angelockt von der Unruhe wie die Biene von der Blume. Ellie hob die Hand, um ihn herbeizuwinken. Im Kopf übte sie schon einmal die Worte, die sie sagen wollte: Ein Fremder war mit einem Messer ins Wohnheim eingebrochen und hatte Unverständliches gebrüllt. Ihre Vermieterin hatte den Mann vertrieben. Nein, sie hatte ihn noch nie zuvor gesehen, doch er schien ein übler Charakter zu sein.

Natürlich konnte sie ihn auch namentlich identifizieren, aber würde das nicht noch mehr Aufmerksamkeit auf sie lenken? Crippens Auftraggeber suchten nach einem Mann namens Jenkins, der einen scheußlichen Schnurrbart hatte, und nicht nach einer Frau namens Eleanor Skyler. Ellie nahm sich vor, den Schnurrbart sofort zu entsorgen und Jenkins völlig verschwinden zu lassen. Nach einem Mann, der nicht existierte, konnten Crippen und seine Kumpane lange suchen.

Doch als Ellie den Mann ins Haus geführt hatte, damit er mit ihrer Vermieterin sprechen konnte, erwies sich ihre Geheimhaltung als überflüssig. „Aber ja habe ich ihn erkannt“, sagte Mrs. Reynolds. „Das war Crippler Crippen, in Lebensgröße.“

„Der Preisboxer?“, fragte der Beamte. „Sind Sie sicher?“

„Mein seliger Mann hat so gerne die Boxkämpfe besucht.“ Mrs. Reynolds tupfte sich mit dem Taschentuch die Augen, so wie jedes Mal, wenn sie Mr. Reynolds erwähnte, obwohl sie dabei nie wirklich weinte. Ellie war sich nicht sicher, ob die Augentupferei nur Schau war, eine affektierte Geste oder lediglich eine alte Gewohnheit aus der Zeit, als ihre Witwenschaft wirklich ein Grund zum Weinen gewesen war. „Ich habe Crippler mindestens dreimal kämpfen sehen, und er ist unverwechselbar – die schwarzen Augen, das große, eckige Kinn und diese Nase! Die war schon so oft gebrochen, dass sie aussieht wie eine zerquetschte Pflaume. Unsere gute Miss Skyler hat sie ihm heute Morgen noch einmal gebrochen, möcht' ich wetten!" Sie lachte gackernd. Einbrecher zu vertreiben, versetzte sie offenbar in gute Stimmung. „Zu schade, dass Sie nicht im Ring gegen ihn antreten konnten, Miss!"

„Wir werden Nachforschungen anstellen", sagte der Polizist. „Leider ist es nicht das erste Mal, dass uns Klagen über Crippen zu Ohren kommen. Er scheint in schlechte Gesellschaft geraten zu sein."

Mrs. Reynolds rümpfte die Nase. „Er ist ein dreckiger Betrüger, wissen Sie. Hat sich in einem Kampf besiegen lassen, den er eigentlich gewonnen hätte, damit reiche Männer Geld bekamen. Hat sich selbst auch noch die Taschen damit gefüllt. Jetzt ist er so tief gesunken, dass er unschuldige Frauen in ihren Häusern bedroht. Finden Sie ihn, Sir, und ich gehe gern vor den Richter und bestätige Ihnen, dass er's ist."

Der Polizist sagte, er werde das Gebäude im Auge behalten, versuchte, vor ihnen den Helm zu ziehen, und ging seiner Wege. Mrs. Reynolds musterte Ellie von oben bis unten. „Sie trinken jetzt eine Tasse Tee", entschied sie.

Ellie zwang sich zu einem Lächeln. „Nein danke, wirklich nicht, ich muss gehen und mich im Büro melden. Ich muss noch einige Notizen zu einem Artikel umschreiben."

Ihre Vermieterin seufzte. „Mir kommt es einfach nicht richtig vor, dass eine Frau für eine Zeitung arbeitet. Scheint mir nicht der rechte Ort für eine Frau zu sein. Frauen sollten im Haushalt für Ordnung sorgen, das ist ihre Aufgabe."

Mit großer Mühe hielt Ellie sich davon ab, darauf hinzuweisen, dass Mrs. Reynolds selbst eine völlig unabhängige Frau war, die soeben versucht hatte, einen Mann mit der Bratpfanne niederzuschlagen. Ihre Vermieterin würde sich wahrscheinlich nur in ihrer Meinung bestätigt fühlen. Einen Einbrecher zu vertreiben, bedeutete schließlich auch, im Haus für Ordnung zu sorgen, oder nicht? Ellie wollte nicht mit der Frau streiten, deshalb sagte sie: „Vielleicht kommt ja eines Tages der Richtige, sodass ich die Feder weglegen kann."

Mrs. Reynolds sah finster drein. „Das habe ich nicht gemeint. Sie können ja wohl trotzdem in Ihrer freien Zeit schreiben, wenn es Sie glücklich macht." Geschäftig begab sie sich zurück in die Küche. Wie immer brachten ihre Gespräche mit der Vermieterin Ellie ein wenig aus der Ruhe.

Sie musste nun noch viel dringender mit Pimm sprechen. Sie musste ihn wissen lassen, dass Crippen in ihr Haus eingebrochen war und „Jenkins" gesucht hatte. Crippen oder auch sein Auftraggeber hatte offensichtlich zwischen Lord Pembrokes Assistenten und dem Mann, der aus dem Bordell geflüchtet war, einen Zusammenhang gesehen. Zweifellos nahmen sie an, auch Pimm wisse Bescheid darüber, dass Bertram Oswald Zeit in Values Bordell verbrachte. Möglicherweise würden sie sogar Maßnahmen ergreifen, um ihn zum Schweigen zu bringen. Sie konnte Pimm nicht einfach munter dort draußen herumlaufen lassen, ohne dass er sich der Gefahr bewusst war, in die sie ihn gebracht hatte. Sie würde ihn diesen Mittag sehen und ihm dann alles erzählen.

Vorausgesetzt, sie begegnete bis dahin nicht noch einem von Values Schlägern.

✢ ✢ ✢

Pimm wachte auf. Das Erste, das er sah, war Freddys Gesicht, das nur wenige Zentimeter über seinem schwebte. Er zuckte so heftig zusammen, als habe jemand eine Schüssel Wasser in sein Bett geschüttet. Mit einem unbekümmerten Lächeln zog Freddy sich zurück. „So viel dazu! Die vielgepriesene Wahrnehmung der Hallidays. Ich habe minutenlang über dir gelauert. Du hast Glück, dass ich kein Schurke bin, der dich erstechen will."

Pimm stöhnte bloß, bis Freddy die Vorhänge aufzog und einen Strom von Licht hineinließ. Daraufhin schrie Pimm auf und steckte den Kopf unter die Decke. „Freddy, du Schuft! Was musst du mich so quälen! Erst lässt du mich die halbe Nacht auf dem Boden schlafen, und wenn ich dann endlich ins leere Bett gekrochen bin, setzt du mich nur wenige Stunden später der Sonne aus!" Die Matratze senkte sich, als Freddy sich neben ihn setzte.

„Darf eine Frau ihren Mann etwa nicht zum Frühstück wecken?"

„Ich will schlafen, Freddy. Ich will wie ein vollgesogener Schwamm sein, so voll, dass bei der kleinsten Berührung Wasser hervorquillt. Nur dass ich anstatt mit Wasser mit Schlaf gefüllt sein will."

„Es ist beinahe Mittag, alter Junge, und ich habe mit der entzückenden Ellie Skyler ausgemacht, dass wir uns um eins zum Mittagessen treffen. Ich dachte mir, dass du vielleicht vorher deinen Mund ausspülen und dein Hemd wechseln willst."

Pimm schob Zentimeter um Zentimeter seine Decke zurück, in der Hoffnung, sich langsam an das Licht gewöhnen zu können. Sein Kopf fühlte sich an, als sei er voller Trümmer und Glassplitter. „Warum hast du sie zum Mittagessen eingeladen?"

„Weil ich sie außergewöhnlich reizend fand, und weil ich glaube, dass du sie auch ganz reizend fandest."

„Schon wieder das Thema, Freddy?"

Sie klopfte ihm auf die Schulter. „Du hast mir einen großen Dienst erwiesen, als du mich geheiratet hast, Pimm. Ich weiß, dass es uns damals ideal vorkam. Du konntest deine Familie überzeugen, dass du endlich zur Ruhe kämest, und warst gleichzeitig in der Lage, mir zu helfen. Aber hast du jemals darüber nachgedacht, was du dir selbst damit angetan hast? Dass du dir die Chance verbaut hast, dein wahres Glück zu finden?"

Pimm versuchte, einen fröhlichen Ton anzuschlagen, obwohl er höllische Kopfschmerzen hatte und ihm die Zunge am Gaumen klebte. Er sagte: „Ich wage zu behaupten, dass ich irgendeinem armen Mädchen viel Elend erspart habe."

Freddy verzog das Gesicht; auf ihrer makellosen Stirn bildete sich eine Falte. „Erzähl keinen Unsinn, Pimm. Wir waren zusammen in der Schule. Ich kenne die Gedichte, die du liest. Ich habe auch Adelaide gekannt und deine Gefühle für sie, ehe sie auf so traurige Weise verstarb. Aber das ist schon lange her, Pimm, zwölf Jahre. Ich glaube, dein Herz ist so weit geheilt, dass die Liebe wieder erblühen kann. So gerne du auch mit Verbrechern und Mördern herumlungerst, weiß ich doch, dass in dir eine zarte Seele steckt. Du hast ein wenig Glück verdient, meinst du nicht auch? Mehr Glück, als dir der Alkohol geben kann, meine ich."

Pimm schwang die Beine aus dem Bett und richtete sich auf, sodass er Freddy den Rücken zuwandte. „Geht es dir um Ellie Skye? Ich kenne die Frau doch kaum, wirklich, Freddy."

„Ja, und du wirst sie auch nicht kennen lernen, wenn du weiterhin glaubst, es nicht zu dürfen. Du hast Skrupel, dir eine Geliebte zu nehmen. Nun gut. Es gibt auch andere Möglichkeiten."

„Was soll denn aus dir werden, wenn ich mit einer anderen … mit einer Frau mein Glück suche, Freddy?"

„Es gibt so etwas wie Scheidung, weißt du. Es ist jetzt sieben Jahre her, dass das Parlament sie für legal erklärt hat."

Pimm schüttelte den Kopf. „Sollen wir dich dann als Ehebrecherin brandmarken? Oder würdest du lieber vor Gericht aussagen, dass ich ein Ehebrecher bin, der sich in Sodomie und Bigamie versucht? Denn ohne solche Anschuldigungen und Belege ist eine Scheidung für uns unerreichbar. Selbst dann dürfte ich vermutlich nicht wieder heiraten."

„Im Parlament wird bereits darüber diskutiert, das Schuldprinzip im Ehegesetz ein wenig abzuschwächen. In Anbetracht des Morbus Konstantin und der gesellschaftlichen Veränderungen, die diese Krankheit ausgelöst hat."

„Oh, ja. Das Gesetz wird wahrscheinlich dahingehend geändert, dass eine Frau sich schon allein wegen Ehebruchs von ihrem Mann scheiden lassen kann, da Ehebruch das Risiko birgt, eine furchtbare Krankheit nach Hause zu bringen. Aber wäre es denn besser, wenn ich nur ein Ehebrecher wäre?"

„Besser als ein Ehebrecher, der sich mit Tieren und seiner zweiten Frau vergnügt? Ich denke doch."

Pimm schnaubte vor Lachen. „Eine Scheidung steht außer Frage, Freddy. Im Ernst. Stell dir doch einmal die Reaktion meiner Familie vor! Sie würden mich enterben."

„Na und? Du hast ein privates Einkommen, dafür hat dein Großvater gesorgt. Du bist nicht vom guten Willen deines Bruders oder deiner Mutter abhängig. Tatsächlich würde es dir doch sogar gefallen, von ihren Erwartungen befreit zu sein."

Pimm runzelte die Stirn. „Seit wann bist du so kaltherzig, Freddy? Mag sein, dass meine Familie mich nicht versteht und ich sie auch nicht, aber sie sind keine schlechten Menschen. Ich liebe sie."

„Mmm. Ich habe vergessen, dass du es dir leisten kannst, eine gute Meinung von deiner Familie zu haben." Sie seufzte. „Notfalls könnten wir wohl auch einfach meinen Tod vortäuschen, und ich würde auf den Kontinent ziehen."

Pimm blinzelte und wandte sich um, um seine Frau und seinen besten Freund anzusehen. „Das würde doch einige Schwierigkeiten bereiten, oder?"

„Die Liebe ist einige Schwierigkeiten wert, Pimm. Wenn du das nicht weißt ..." Sie schüttelte den Kopf. „Früher hättest du das verstanden. Wenn wir Ellie unsere Abmachung erklären würden, hätte sie vielleicht Verständnis, und wir könnten eine Lösung finden, ohne uns scheiden lassen zu müssen." Als sie Pimms Gesichtsausdruck bemerkte, schnaubte sie. „Oh, Pimm, schau nicht so entsetzt. Die Menschen treffen ständig irgendwelche Abmachungen. Das Leben ist nun einmal kompliziert."

„In Frankreich vielleicht", sagte Pimm. „Aber wir sind hier in England. Es würde Gerede geben."

„Du musst wirklich einmal mit zu einem meiner Salons kommen, Pimm. Das würde dir die Augen öffnen. Ohne Gerede wäre das Ganze doch nur halb so spaßig."

„Erzähl Ellie – Miss Skye – nichts von deinem Zustand", sagte Pimm. „Bitte. Sie ist Reporterin. Das bedeutet, dass sie gern Geheimnisse erfährt und sie in Zeitungen abdrucken lässt und an alle weitergibt, die lesen können oder jemanden kennen, der ihnen die Leckerbissen vorliest. Sie ist niemand, mit dem du derart vertrauliche Informationen teilen solltest. Wie gesagt, ich kenne sie verflucht noch mal kaum, du spinnst dir da aus nichts eine Liebesaffäre zusammen."

„Wenn du Ellie nicht für dich willst, soll ich sie dann vielleicht mit einem unserer heiratsfähigen Freunde bekannt machen?", fragte Freddy. „Ihr etwas mehr Sicherheit in ihrem Leben verschaffen? Ellie und ich haben uns heute Morgen ein wenig unterhalten, und wie ich erfahren habe, stammt sie aus einer soliden Mittelschichtfamilie. Durchaus respektabel, auch wenn ihre Angehörigen alle verstorben sind. Sie ist auch nicht zu alt, obwohl sie sich damit abgefunden zu haben scheint, eine alte Jungfer zu sein. Ich könnte sie mit Reggie Jolley bekannt machen oder mit Edmund Thorpe."

Pimm öffnete den Mund, um etwas zu sagen, konnte sich aber nicht zu einer Antwort durchringen. Seine gewaltigen Kopfschmerzen kehrten zurück. Sich Ellie mit einem dieser Männer vorzustellen, beleidigte ihn zutiefst auf eine schier unaussprechliche Weise. Schließlich brachte er hervor: „Jolley, dieser Esel, für den ist sie doch viel zu klug, und Thorpe ist solch ein Riesenflegel, ein solches Schicksal würde ich ihr niemals wünschen."

„Wie ich vermutet habe", sagte Freddy in einem unerträglich selbstzufriedenen Ton. Doch ehe Pimm sich beklagen konnte, reichte sie ihm ein Glas, und Pimm trank dankbar daraus.

Er hatte Wasser erwartet, und es war Wasser, doch es war auch Whiskey dabei. Als er das merkte, schüttete er das Getränk sogar noch schneller hinunter. Wärme breitete sich in ihm aus und seine Kopfschmerzen gingen zurück.

„Gut", sagte Freddy. „Ich fülle dich zwar ungern mit Alkohol ab, aber vielleicht siehst du so bis heute Mittag wenigstens ansatzweise menschlich aus. Wenn du dich in Miss Skylers Gesellschaft befindest, ohne gerade auf Mörderjagd zu sein, wirst du vielleicht sehen, wie entzückend sie ist."

Pimm schüttelte den Kopf. „Ich kann nicht, Freddy. Wenn ich nicht noch heute Morgen zu Abel Value gehe, um mit ihm zu sprechen, wird er mir jemanden vorbeischicken, und ich möchte seine Leute auf keinen Fall noch einmal in meinem Haus haben. Ich muss ihm einen sorgsam aufbereiteten Bericht darüber geben, was letzte Nacht passiert ist. Er wird ungehalten sein, dass ich den Mörder nicht persönlich zu ihm gebracht habe."

„Verflucht. Nun, dann werde ich die Verabredung mit Ellie trotzdem einhalten. Ich könnte noch eine Freundin gebrauchen."

Pimm sah Freddy erschrocken an. „Sag bloß, du hast ein Auge auf sie geworfen?"

„Aber, aber, beruhige dich. Du weißt doch, dass ich ungemein diskret bin, wenn ich derartige Verabredungen treffe. Ich glaube auch nicht, dass Ellie daran überhaupt Interesse hätte. Zwar kann man es bei so kurzer Bekanntschaft nicht immer sagen, doch ich habe nicht das Gefühl, dass sie an diesen rein weiblichen Beschäftigungen interessiert ist. Ohne Zweifel würde der bloße Vorschlag sie jedoch aufs Reizendste erröten lassen. Nein, nein, ich werde mich schon benehmen. Du und ich sollten uns niemals um eine Frau streiten, das wäre unschicklich. Ich fühle ohnehin eher eine brüderliche Zuneigung zu ihr. Vielleicht auch eine schwesterliche, ich kann es wirklich nicht mehr genau sagen. Kannst du zu unserem Picknick stoßen, nachdem du mit Value gesprochen hast? Falls er dich nicht umbringt?"

Der Gedanke, Miss Skye wiederzusehen, verlieh der Aussicht auf einen ansonsten miserablen Tag eine angenehmere Färbung. Ellie hatte auch versprochen, ihm eine Geschichte über Bertram Oswald zu erzählen, die ihn fast ebenso sehr interessierte. „Ich werde mein Bestes tun."

„Möchtest du zu deinem Treffen eine Pistole mitnehmen? Vielleicht eine der Luftpistolen, die ich umgebaut habe, oder sogar den Revolver?"

Pimm überlegte. Er mochte Schusswaffen nicht besonders, und er hatte seinen elektrifizierten Gehstock. „Ja", sagte er dann. „Das wäre wohl am besten."

ÄUSSERST UNBEFRIEDIGENDE DIENSTE

Dieses Mal fand das Treffen im Hinterzimmer der Black Dog Tavern in der Nähe der Blackfriars Bridge statt. Es schien eine Art Hauptquartier für Value zu sein, der über einen kleinen Schreibtisch voller Papiere gebeugt saß. Hinter ihm ragte Big Ben in die Höhe, sein Kopf berührte beinahe die Decke. „Guten Morgen, Mr. Value." Pimm setzte sich auf einen der klapprigen Holzstühle vor dem Schreibtisch. Er nickte dem Riesen zu. „Ben."

„Morgen, wirklich?" Value sah nicht von dem Haufen Papiere auf, die er gerade überflog. „Wohl eher Nachmittag."

„Ich hatte schon immer ein sehr schlechtes Zeitgefühl", meinte Pimm freundlich. „Ich wollte Sie nur wissen lassen, dass Ihr Mörder enttarnt wurde."

Value sah auf und nahm seinen Zwicker ab. „Ben hat mir von Ihren Abenteuern erzählt", sagte er. „Zumindest den Teil, den er miterlebt hat. Adams konnte also einen Hinweis auf die Identität des Mörders finden, als er das neue Opfer untersuchte?"

„Das konnte er allerdings. Die Hinweise führten mich direkt zum Mörder."

„Sind Sie sicher, dass Sie den richtigen Mann gefunden haben?"

„Absolut sicher. Er hat mir die Morde persönlich gestanden. Wie ich vorausgesagt hatte, war es tatsächlich jemand, der an Ihrem Geschäft beteiligt war."

„Ich brauche seinen Namen."

„Gewiss doch. Thaddeus Worth."

Value war sehr geübt darin, seine Gefühle zu verbergen und zeigte im Allgemeinen nicht mehr Ausdruck als eine Eidechse auf einem Stein. Doch nun zuckte er sichtlich zusammen und erblasste. „Das muss ein Irrtum sein", murmelte er. „Thad … Thad würde niemals …"

Pimm wischte etwas Staub von seinem Hosenbein und ordnete seine Gedanken. Jetzt noch ein wenig Wahrheit unter die Lüge mischen, um sie glaubwürdiger erscheinen zu lassen. „Anscheinend erkrankte seine Frau an Morbus Konstantin und verließ ihn daraufhin. Ich nehme an, dass er das den Prostituierten anlastete, da er sich die Krankheit bei einer von ihnen zugezogen haben muss. Vermutlich war es eine von Ihren Frauen, oder er wusste einfach, wo er Ihre Frauen finden konnte, weil er in diesem Zweig Ihres Geschäfts bereits tätig gewesen war. Ich habe gehört, er sei Zuhälter gewesen. Ich kann nicht mit Gewissheit sagen, warum er die toten Frauen vor Ihren Türen hinterließ. Jedoch nehme ich an, es ist nichts Neues für Sie, dass ein Angestellter einen Groll gegen Sie hegt."

Value drehte sich auf seinem Stuhl um. „Ben. Ich will, dass du Thad … Mr. Worth … zu mir bringst, hierher, so schnell du …"

„Leider wird das nicht möglich sein", sagte Pimm. „Mr. Worth befindet sich in Polizeigewahrsam."

Value starrte ihn an, seine Augen zu Schlitzen zusammengekniffen. „Was?"

„Er hat mir einen Mord gestanden, mehrere Morde sogar, wie ich schon sagte. Angesichts solcher Informationen erschien es mir vernünftig, die Polizei zu rufen."

Value seufzte. „Wie außerordentlich komisch, Lord Pembroke. Sie wollen ihn vor meiner Vergeltung bewahren? Wie edel. Natürlich wird es keine Beweise für die Verbrechen geben, die er gestanden hat, da meine Leute alle Leichen haben verschwinden lassen, und man wird ihn als Irren abtun. Vor allem wenn einige meiner Leute vortreten und bezeugen, dass er seit dem Verschwinden seiner Frau geistig verwirrt war."

Pimm räusperte sich. „Tatsächlich gibt es eine Leiche. Haben Sie gehört, dass es letzte Nacht in der Nähe des Flusses einen kleinen Tumult gab? Dass die Polizei dort herumlief? Sie haben Worths neuestes Opfer gefunden, an genau der Stelle, die er ihnen ausgewiesen hatte." Pimm spreizte die Hände. „Ich würde sagen, das genügt als Beweis."

„Ben", sagte Value mit zusammengebissenen Zähnen. „Du sagtest, ihr hättet die Leiche zu Adams gebracht."

„Das haben wir auch, Sir. Aber was Lord Pembroke danach getan hat, das weiß ich nicht. Ich habe Ihnen direkt danach Bericht erstattet."

Value grunzte. „Ich möchte wissen, wie Sie es geschafft haben, die Leiche transportieren zu lassen, Halliday. Ich werde wohl einmal mit Adams reden müssen."

Pimm zuckte die Achseln. „Alles, was er tat, tat er auf meine Bitte hin. Sie haben ihn angewiesen, mit mir in allem zu kooperieren, daher ergibt es keinen Sinn, ihm die Schuld dafür zu geben." Pimm zögerte. „Sie hatten angedroht, den Leuten gewisse Geheimnisse über mich zu erzählen, Value, wenn ich Ihren Mörder nicht fände. Obwohl mir klar ist, dass ich unserer Abmachung nicht exakt gefolgt bin, so hoffe ich doch …"

Value lachte schnaubend. „Ihre Scheinehe interessiert mich nicht, Halliday. Es ist nicht anzunehmen, dass ich Zeit haben werde, Ihren Ruf zu ruinieren. Ich werde viel eher damit beschäftigt sein, um mein Leben zu laufen. Haben Sie auch nur die geringste Vorstellung, was Sie mir angetan haben?"

„Um Ihr Leben laufen? Das ist doch wohl etwas übertrieben, Sir. Ich habe einen Mann in Polizeigewahrsam gebracht, der ihr Geschäft kennt und den brennenden Wunsch hegt, im Austausch gegen sein Leben Informationen preiszugeben. Ja, das wird Ihnen leider einige Unannehmlichkeiten bereiten, doch solange er nicht Sie persönlich des Mordes anklagen kann, stellt das wohl kaum eine Gefahr für Ihr Leben dar."

Value ließ ein leeres Lachen hören. „Sie Idiot. Wissen Sie, ich dachte mir schon, dass Sie etwas Derartiges tun würden. Die Polizei mit hineinziehen. Ich mache mir keine Sorgen bezüglich meiner Geschäftsinteressen. Es gibt keinen Beweis, dass ich in illegale menschliche Prostitution verstrickt bin, und was ist schon das Wort eines Mörders wert? Aber wenn ich gewusst hätte, dass es Thad … dass es Mr. Worth war, der diese Mädchen umgebracht hat, dann wäre ich damit anders umgegangen." Er schüttelte den Kopf. „Verschwinden Sie, Halliday. Ich muss Vorkehrungen treffen. Dringend."

Pimm runzelte die Stirn. „Was könnte Worth denn schon der Polizei erzählen, das Ihren Tod bedeuten könnte? Ich habe nie geglaubt, dass Sie morden, Sir. Jedenfalls nicht persönlich."

„Ich töte normalerweise niemanden. Ich habe bessere Methoden, mir Respekt zu verschaffen. Aber Worth kennt andere Geheimnisse, Halliday. Allein die Möglichkeit, dass er sie verrät, bringt mein Leben in Gefahr. In diese Stadt gibt es einige Männer, die weit mächtiger sind als ich. Wenn man mich tot auffindet, dann lassen Sie sich gesagt sein, dass Sie Schuld haben. Aber was interessiert es Sie, was mit irgendeinem alten Schurken geschieht?"

„Mr. Value, ich würde mir nicht wünschen, dass Sie ermordet werden. Natürlich möchte ich, dass Ihre kriminellen Unternehmungen ein Ende haben, aber keinesfalls will ich Ihren Tod. Wenn Sie mächtige Feinde haben, kann die Polizei Sie schützen im Austausch gegen Informationen."

„Sie haben nicht die leiseste Ahnung, wie falsch Sie da liegen, Lord Pembroke. Bitte, gehen Sie."

Pimm musste an Ellies rätselhafte Bemerkungen in der vorigen Nacht denken und sagte: „Hat es etwas mit Bertram Oswald zu tun? Ist er der mächtige Mann?"

„Ben!", bellte Value. „Begleiten Sie den kleinen Lord hinaus. Er scheint nicht zu verstehen, wann er entlassen ist!"

Pimm erhob sich und hob beschwichtigend die Hände, ehe Ben ihn holen kam. „Ich gehe schon. Aber Mr. Value, lassen Sie mich wissen, wenn ich Ihnen helfen kann."

„Sie haben schon genug geholfen."

Als Pimm das Wirtshaus verließ und an den traurigen Mittagstrinkern vorbeiging, sehnte er sich mehr denn je nach einem Drink. Er hatte begonnen, Trost im Alkohol zu suchen, nachdem Adelaide gestorben war, um den Schmerz zu betäuben. Seitdem hatte er nicht mehr aufgehört. Whiskey war für ihn das beste Mittel gegen jede seelische Unruhe geworden und machte ihn stets angenehm ausgeglichen. Doch das hier war eine Unruhe, die ihm neu war. Selten oder nie hatte er erlebt, dass er nach der Aufklärung eines Verbrechens noch verwirrter war als zuvor. Diese Erfahrung missfiel ihm. Wovor hatte Value Angst? Welches Geheimnis kannte Worth, das Values Leben in Gefahr bringen konnte? Pimm war nicht gut im Rätseln. Zum Glück kannte er Menschen, die er fragen konnte.

Die Frage war nur, ob sie ihm antworten würden.

Während er lief, fiel ihm ein ungepflegter, schwarzhaariger Mann aus dem Wirtshaus auf, der ihm in unauffälligem Abstand folgte. Pimm bog wie zufällig einige Male in verschiedene Straßen ein und machte sogar kehrt und ging denselben Weg zurück, doch der Mann folgte ihm weiter. Hatte Value ihn geschickt? Oder einer von Values „mächtigen Männern"?

Pimm tauchte in einer Gasse unter und kauerte sich hinter eine kaputte Holzkiste. Wenige Augenblicke später schlich sich sein Verfolger ebenfalls herein. Als er an ihm vorbeiging, rammte Pimm dem Mann seinen Gehstock zwischen die Knöchel, schwenkte ihn nach vorn und riss den Kerl von den Beinen. Mit einem lauten Aufprall ging er zu Boden und stöhnte. Pimm stand vor dem jungen Mann und drückte ihm den metallenen Griff seines Stocks gegen den hervorstehenden Adamsapfel. „Dieser Stock ist elektrisch", sagte Pimm beinahe im Plauderton. „Ich kann die Batterie an deiner Kehle entladen, aber ich möchte dich ungern töten, ehe du mir ein paar Fragen beantwortet hast. Warum folgst du mir?"

„Ein Mann hat mich dafür bezahlt", sagte der Bursche und hielt die Hände hoch. „Er hat mir nicht gesagt warum. Meinte nur, ich sollte rausfinden, wo Sie hingehen, und es ihm dann berichten."

„Welcher Mann?"

„Weiß nich', wer er ist. Jung, jünger als Sie. Hatte 'nen schönen Anzug an."

„Mmm", sagte Pimm. Das klang nicht nach Value oder Oswald, aber es hätte auch einer ihrer Angestellten sein können. Was sinnvoll war, denn keiner von beiden würde persönlich einen Schläger anheuern. „Wo sollst du Bericht erstatten?"

Der Mann nannte ihm ein Wirtshaus, aber es war nicht das Black Dog. Pimm ging im Kopf seine Möglichkeiten durch. Er konnte mit dem Mann zu dem Wirtshaus gehen und die Person, die ihn angeheuert hatte, zur Rede stellen. Doch diese Person war höchstwahrscheinlich nur ein weiterer Schläger, der Befehle ausführte. Selbst wenn dieser Mann ihn zu Oswald führte, was würde das bringen? Er wusste überhaupt nichts über den Mann. Jedenfalls nicht mehr als jeder andere, der gelegentlich die Zeitung las. Ganz gewiss wusste er nichts, das Oswald mit Value in Verbindung brachte. Er brauchte mehr Informationen. Pimm traf eine Entscheidung.

„Es wäre mir sehr recht, wenn du mir nicht weiter folgen würdest", sagte er. „Wie wäre es mit, sagen wir, zehn Pfund? Wäre das genug? Dann kannst du wieder zurück zu deinem Zahlmeister gehen und ihm sagen, dass ich leider so schlau war, dir durch die Lappen zu gehen. Was hältst du davon?"

„Ich … ich denke, das wäre in Ordnung", sagte der Mann. Er hörte sich an wie jemand, der einen Tritt erwartet hat und stattdessen entgegen aller Logik einen Kuss bekommt.

„Guter Mann", sagte Pimm. „Dein Unternehmergeist gefällt mir."

EIN UNRECHTES ENDE

Eine der Glocken, die Adam mit den Türen, die zu seinem Laboratorium führten, verknüpft hatte, läutete. Hastig flüsterte er: „Wir reden später weiter." Er drehte ein Ventil auf und schnitt so die künstliche Luftzufuhr ab. Dann warf er ein schmutziges weißes Tuch über das Glas, in dem sich Margarets Gehirn befand, und bedeckte damit auch die Sprachanlage.

Adam gab sich Mühe, vertieft in die Arbeit an einer verbesserten Version seiner Batterie zu erscheinen, als sein Besucher eintrat. „Mr. Oswald", sagte er, ohne von seiner Arbeit aufzusehen. „Es ist einige Wochen her, seit Sie mich das letzte Mal mit Ihrer Gesellschaft beehrten. Was führt Sie heute hierher?"

„Du weißt, dass ich lieber ‚Sir Bertram' genannt werde, Adam", schalt ihn der Wissenschaftler.

„Ach ja. Ihr Adelstitel. Für die Dienste, die Sie der Krone erwiesen haben. Das hatte ich vergessen."

„Du vergisst nie etwas, Adam. Das ist einer der Gründe, warum du so wertvoll für mich warst."

Nun blickte Adam doch auf. Sein Gönner war makellos gekleidet, trug eine taubengraue Weste und einen Gehstock aus dunkel glänzendem Metall. Vermutlich aus Oswaldium, eine Legierung, die er selbst erschaffen hatte, leichter als Glas und härter als Stahl. Allerdings wurde es bei zu starker Belastung brüchig, was es für größere Bauprojekte ungeeignet machte. „Ich war wertvoll? Bin ich es nicht mehr?“

Oswald nahm einen Stapel Bücher von einem hölzernen Schemel, warf einen kurzen Blick auf die Titel und legte sie dann sorgsam auf einem Holztisch ab, der neben einer Reihe Einmachgläser stand. Sie waren mit eingelegten Menschenaugen gefüllt, die Adam nach Farben sortiert hatte. Sein Auftraggeber setzte sich auf den Hocker, legte den Gehstock über die Knie und seufzte. „Ich habe gehört, du hast Lord Pembroke getroffen.“

Adam neigte den Kopf. „Soweit ich weiß, arbeitet er im Augenblick für Mr. Value. Mir wurde aufgetragen, ihn in einigen technischen Angelegenheiten zu unterstützen.“

„Du hast für ihn falsche Indizien für einen Mord ausgelegt, nicht wahr?“

„Ich habe echte Indizien für einen Mord an einem falschen Ort ausgelegt, um genau zu sein. Ich weiß, wie sehr Sie Genauigkeit schätzen. Missbilligen Sie meine Handlungsweise?“

„Im Allgemeinen interessiert mich dein Tun nicht, es sei denn, es hat direkten Bezug zu meinen wissenschaftlichen Projekten. Aber kennst du den Namen des Mannes, den zu belasten du geholfen hast?“

Hier musste Adam vorsichtig sein. Soviel er wusste, war Oswald nicht über Margarets Existenz im Bilde. Ein sprechendes Gehirn in einem Glas könnte für einen Mann mit Oswalds intellektuellen Neigungen viel zu faszinierend sein, und Adam wollte sie für sich allein. „Lord Pembroke hat einige Male seinen Namen erwähnt. Ich glaube, er heißt Thaddeus?“

„Worth, Adam. Thaddeus Worth. Kennst du zufällig noch jemanden, der Worth heißt? Oder hieß?“

Adam runzelte die Stirn. „Es ist kein seltener Name, aber ich nehme an, sie meinen die Person, die wir einst als Madam Worth kannten?“

„Ja", sagte Oswald. „Thaddeus Worth war ihr Mann."

„Oh. Ich kannte den Vornamen des Herrn nicht. Ich verstehe, warum Sie aufgebracht sind. Ich dachte, Thaddeus Worth sei für sein Schweigen großzügig entlohnt worden?"

„Das war die Abmachung. Dementsprechend hat Mr. Worth niemandem verraten, was wirklich aus seiner Ehefrau geworden ist, jedenfalls nicht mit Worten. Aber er hat Frauen ermordet und sie auf den Stufen von Mr. Values mechanischen Bordellen hinterlassen, die in Wahrheit meine mechanischen Bordelle sind. Auch das wäre in Ordnung gewesen. Ich missgönne niemandem sein Steckenpferd, und Mord ist ein ebenso guter Zeitvertreib wie jeder andere. Nur hat Value Lord Pembroke als Ermittler hinzugezogen, ohne mich vorher zu fragen. Lord Pembroke ist ein guter, gewissenhafter, aufrechter Mann und hat Mr. Worth der Polizei übergeben."

„Ich verstehe. Sie fürchten, dass Mr. Worth den Behörden von seiner Frau erzählen wird und somit auch von Ihrer Verbindung zu Morbus Konstantin?"

Oswald schnaubte. „Er wird dazu keine Gelegenheit mehr haben. Heute Abend ist er tot. Trotzdem, seine Ergreifung zeigt mir, dass es Mr. Value doch sehr an Weitsicht mangelt. Was durchaus beunruhigend ist, nicht wahr? Tatsächlich sehe ich mich veranlasst, unser strategisches Bündnis noch einmal von Grund auf zu überdenken."

Adam seufzte. „Sie wollen Mr. Value also umbringen lassen. Wie wird sich das auf meine Versorgung mit Versuchsobjekten auswirken?"

„Du meinst sein Angebot an toten Huren? Nun, Worth befindet sich in Haft und wird in Bälde tot sein. Du könntest also ohnehin nur noch auf die Frauen zurückgreifen, die an Trunksucht, Fieber, Tuberkulose oder durch Unfälle sterben. Keine sauber erstickten Mädchen mehr, zu schade."

„Der Tod dieser Mädchen ist immer eine Tragödie, die ich mithilfe der Wissenschaft wiedergutmachen will."

„Mmm. Ich hatte immer das Gefühl, dass wir uns verstehen, Adam. Du schätzt den wissenschaftlichen Fortschritt ebenso hoch wie ich."

„Unsinn", sagte Adam. „Ich huldige der Wissenschaft nicht, ebenso wenig, wie ich einem Hammer huldigen würde. Die Wissenschaft ist ein Werkzeug. Nur der Zweck ist entscheidend."

„Aha. Nun, wie du meinst. Hattest du denn inzwischen das Glück, deine große Liebe unter den toten Frauen zu finden?"

Hinter seiner Maske machte Adam ein finsteres Gesicht. Er hatte nicht die Absicht, Oswald von Margarets Gehirn zu erzählen, obwohl es für ihn die erste hoffnungsvolle Entwicklung seit Langem darstellte. „Ich mache weiterhin stetige Fortschritte."

„Du willst sagen, du hast es weiterhin nicht geschafft, die Erfolge deines Schöpfers zu wiederholen", sagte Oswald und schnaubte. „Totes Fleisch zum Leben zu erwecken, das gleichzeitig mit einem funktionierenden Geist ausgestattet ist. Der erste Teil ist dir gelungen, aber nicht der zweite. Nun, du bist natürlich auch nur ein Ding, das geschaffen wurde. Man kann nicht erwarten, dass du selbst Dinge erschaffen kannst, ebenso wenig wie eine Dampfmaschine in der Lage ist, allein weitere Dampfmaschinen zu bauen. Schließlich würde dich das zu einer sich selbst vermehrenden Maschine machen. Das kommt mir doch etwas unwahrscheinlich vor."

„Man kann alles biologische Leben als eine Reihe sich selbst vermehrender Maschinen betrachten", konterte Adam.

Oswald zuckte nur die Achseln, und das war der Punkt, an dem Adam anfing, sich Sorgen zu machen. Normalerweise hatte Oswald nichts lieber als ein gutes Streitgespräch oder eine Gelegenheit, die missgestalte Unlogik eines Gegners zu zerstören. Wenn nun seine Beteiligung nachließ, hieß das wohl, dass etwas Schlimmes im Gange war. „Würdest du uns als Freunde bezeichnen, Adam?"

„Männer wie Sie und ich haben keine Freunde. Unsere Arbeit gestattet uns keine solchen Verstrickungen. Dennoch sind wir gewiss Kollegen."

„Gut, dann verstehen wir uns also. Du weißt, dass ich in dein Forschungsprogramm große Hoffnungen gesetzt habe. Ich dachte wirklich, du könntest mir dabei helfen, mein kleines Problem mit der Königin zu lösen."

„Das Gerät funktioniert wunderbar. Die Frauen, die als gefräßige Bestien auf meinem Tisch erwachen, werden durch den Einsatz einiger Drähte und einige durchtrennte Nerven in sanftmütige Geschöpfe verwandelt. Sie sind fügsam und leicht zu handhaben."

„Sie sind geistlos", sagte Oswald und verzog angewidert das Gesicht. „Gut genug für Value, der sie in seinen geheimen Bordellen benutzen kann, wo sie eine besonders verdorbene Klientel in einer Weise bedienen, die kaum ein lebendes Mädchen aushalten würde. Aber tote Mädchen, die Lebendigkeit vortäuschen, sind für meine Zwecke unbrauchbar. Das sind bloße Marionetten, die noch nicht einmal die Illusion von freiem Willen oder Handlungsmacht erzeugen. Mein Aero-Zerebral-Emitter jedoch …"

„War ein völliger Fehlschlag", sagte Adam. „Mein Ansatz hingegen ist zumindest vielversprechend. Ich bin immer noch der Ansicht, dass ich die Operation an einem lebenden Objekt erfolgreich durchführen kann. So könnte ich den Patienten kontrollierbar machen, ohne die Persönlichkeit zu zerstören. Ich brauche lediglich …"

„Oh ja, ich bringe einfach die Königin hierher, und wir betäuben sie auf deinem Tisch. Ich lasse dich Drähte in ihr Gehirn stecken, warum nicht? Was könnte da schon schief gehen?"

Adam zuckte die Schultern. „Sie könnten sich überlegen, wie Sie mich unbeobachtet in den Palast bringen, um den Eingriff durchzuführen. Es gibt Mittel und Wege."

Oswald schüttelte den Kopf. „Was, wenn sie während der Operation stirbt? Ja, du könntest ihr Blut durch deine bemerkenswerte chemische Brühe ersetzen und ihr einen Anschein von Leben geben. Aber ich wage zu behaupten, dass Lord Palmerston gewisse Gemütsveränderungen an ihr wahrnehmen würde, wenn sie bei ihrem ersten Treffen versucht, ihm die Nase abzubeißen, oder ihn mit glasigen Augen wie eine Puppe anglotzt. Wie viele lebende Menschen hast du schon operiert?"

Adam runzelte die Stirn, schob seine Maske ein wenig hoch und kratzte sich am Kinn. „Meinen Sie mich selbst eingeschlossen? Dann sehr viele. Doch grundsätzlich ist es dasselbe, ein lebender und ein toter Körper unterscheiden sich nicht allzu sehr."

„Das kann auch nur eine zusammengenähte Leiche sagen." Oswald stand von seinem Stuhl auf. „Nein, Adam. Leider kann ich deine Experimente nicht länger finanzieren. Oder besser gesagt, natürlich könnte ich sie finanzieren, aber ich möchte es nicht mehr. Ich habe eine aussichtsreichere Lösung für meine Probleme gefunden."

„Ihre Uhrwerke", sagte Adam und gab sich keine Mühe, seine Verachtung zu verbergen. „Ihre kleinen Aufziehhuren."

„Ach, Adam, sie sind so viel mehr. Ja, die Bordelle waren wichtig, damit ich sehen konnte, ob meine mechanischen Geschöpfe menschlich genug erscheinen können, um einen Mann zu befriedigen. Ich musste die physischen Grenzen dieser Maschinen testen. Aber inzwischen bin ich schon viel weiter gegangen. Wusstest du, dass die neuesten Modelle in den Freudenhäusern tanzen und Harfe spielen, Gedichte aufsagen und eine Reitpeitsche schwingen können? Sie können sogar einigen mündlichen Befehlen folgen."

„Gewiss können sie all diese Dinge. Sie folgen dabei einem vorher festgelegten Programm, von dem sie nicht abweichen können. Wo ist da der freie Wille?"

Oswald lachte. „Lieber Mann – oder sollte ich sagen, liebes Ebenbild eines Mannes – ich brauche keinen freien Willen, sondern lediglich den Schein eines freien Willens. In den Bordellen findet sich die vorige Generation meiner mechanischen Frauen. Die Modelle, an denen ich im Moment arbeite, können Handlungen von verblüffender Komplexität ausführen. So vieles im Leben einer Königin ist Routine, Ritual und Tradition. Es ist leicht, ein überzeugendes Duplikat so zu programmieren, dass es die Aufgaben einer Königin erfüllen kann. Da Prinz Albert im Kerker sitzt, hat die Königin außer mir nur wenige Vertraute, die Veränderungen in ihrem Verhalten bemerken würden. Lord Palmerston und andere Minister durch Maschinen zu ersetzen, wird natürlich schwieriger werden. Verfluchte konstitutionelle Monarchie! Mit einem absoluten Herrscher wäre es so viel einfacher, man müsste nur eine Person austauschen. Aber ich bin zuversichtlich, dass ich auch diese Schwierigkeiten überwinden werde. Wenn ich die Königin kontrolliere, werde ich besseren Zugang zu denjenigen haben, die England wirklich beherrschen. Zugang ist alles, was ein Mann wie ich braucht, um seine Ziele zu erreichen."

Adam runzelte die Stirn. „Aber was wird dann aus der echten Königin? Werden Sie sie umbringen lassen? Ein Königsmörder werden?"

„Sie zu töten, wäre problematisch", sagte Oswald. „Einen Körper vollständig zu vernichten, ist schwerer, als man glaubt, und ihre Leiche aus dem Palast zu schaffen, wäre eine Mordsarbeit. Aber sorge dich nicht. Wie immer habe ich einen Plan. Leider kommst du in diesem Plan nicht vor."

„Das ist dann wohl das Ende unserer Geschäftsbeziehung", sagte Adam. Er seufzte. „Es war eine ertragreiche Zusammenarbeit, Mr. Oswald. Es tut mir leid, dass wir einander nicht mehr weiterhelfen können." Nun würde er doch die Pläne seiner Batterie verkaufen müssen, um das Kapital aufzubringen, seine Forschungen fortzusetzen. Vielleicht sollte er seinen

Anwalt kontaktieren, damit dieser sich um die Vorbereitungen kümmerte.

„Oh, Adam. Ich merke, dass du die Situation falsch verstanden hast. Leider habe ich in meiner anfänglichen Begeisterung über unsere Zusammenarbeit zu viele Geheimnisse mit dir geteilt. Du verstehst doch sicher, dass ich dich nicht am Leben lassen kann, bei allem, das du weißt?"

Adam bewegte sich ein Stück auf die Tischkante zu, damit er schnell auf die andere Seite des Tisches rennen konnte. „Ihre Pläne interessieren mich nicht", sagte er. „Machen Sie sich die Königin und ihre Minister zu Sklaven, und beherrschen Sie England. Was kümmert es mich?"

Oswald schnalzte mit der Zunge. „Glaubst du wirklich, es sei mein Ziel, allein England zu beherrschen? Wie provinziell. Dieses Land unter meine Kontrolle zu bringen, ist nur der erste Schritt in einem viel weiter führenden Plan. Die notwendige Voraussetzung für ein großes Experiment."

„Was auch immer Ihre Absichten sind, mich betrifft das nicht. Ich habe nur ein Interesse, wie Sie sehr wohl wissen. Ich will eine Gefährtin erschaffen, die ich für immer lieben kann, mein möglicherweise ewiges Leben lang, und die mich ebenfalls liebt. Ich habe Ihr Geld angenommen und mich der Erforschung von Bewusstseinskontrolle zugewandt, um diese Ziele voranzubringen. Ohne dieses Geld interessieren Sie mich nicht mehr."

„Du magst die Wahrheit sagen", meinte Oswald. „Aber die Wahrheit kann sich ändern, wenn sich die Umstände ändern. Du bist einfach ein zu großes Risiko für mich, Adam. Values Indiskretion hat mir wieder einmal bewusst gemacht, wie wichtig es ist, mein Wissen nicht zu weit zu verbreiten. Zumindest, bis mein nächstes großes Experiment vollendet ist. Ich befinde mich am Scheitelpunkt einer wichtigen Entwicklung, in einer sehr heiklen Phase meines grandiosen Plans, und es ist mir wichtig, meine Angelegenheiten aufzuräumen, damit ich fortschreiten kann."

Adam stürzte nach vorn und bewegte sich weit schneller, als Oswald hätte ahnen können. Doch Oswald hatte bereits einen Revolver in der Hand, den er aus irgendeiner Innentasche seines Mantels gezogen hatte. Fast nachlässig feuerte er auf Adams Körpermitte.

Adam war vor Jahren schon einmal angeschossen worden, in die Schulter. Die Waffe war von einem Mann abgefeuert worden, dem Adam hatte helfen wollen, aber Adams wildes Gesicht hatte ihm Angst eingejagt. Damit hatte für Adam eine Zeit der bitteren Enttäuschung begonnen, die nie ganz zu Ende gegangen war. Nun wurde erneut auf ihn geschossen, dieses Mal in die Brust, und der Schmerz war schlimmer, als er ihn in Erinnerung hatte. Wegen der seltsamen Querverbindung in seinem Gehirn erfüllte der Schmerz nun auch seinen Mund. Es war der Geschmack frischer Orangen, wie er sie einmal in Spanien probiert hatte. Er lag zuckend am Boden und starrte die Balken der Kellerdecke an, ohne sich auch nur daran erinnern zu können, dass er gestürzt war. Sein ganzer Oberkörper schmerzte unerträglich, und er konnte noch nicht einmal genau sagen, wo die Kugel in seinen Körper gedrungen war.

Oswald trat vor ihn und blickte auf ihn herab. „Ich habe darüber nachgedacht, dich zu sezieren“, sagte er. „Aber wäre das letztlich interessant? Fleisch ist ohnehin so abstoßend. Viel zu viele Unregelmäßigkeiten, und du wärst wahrscheinlich noch unregelmäßiger als die meisten. Zahnräder, Fugen, Streben und Zapfen sind mir lieber als Knochen, Muskeln und Nerven. So viel sauberer.“ Er zielte mit der Pistole, und Adam wusste, dass es mit ihm zu Ende sein würde, wenn Oswald ihm ins Gehirn schoss. Doch stattdessen bückte sich Oswald, hielt die Waffe direkt über Adams Herz und drückte ab.

Der Geschmack von Orangen war überwältigend und erfüllte die ganze Welt, zumindest, bis diese Welt sich in Schwärze auflöste.

Ein Picknick im Park

Ellie streckte gerade die Hand nach dem Türklopfer aus, als die Tür zu Lord Pembrokes Haus nach innen schwang. Dort stand Winnie und strahlte. Sie hatte ihr Haar unter einem entzückenden kleinen Hut hochgesteckt und trug ein hellgelbes Kleid, das wie der Inbegriff des Frühlings aussah. Ellie kam sich im Vergleich dazu schrecklich schäbig vor. Ihr bestes Kleid hätte noch nicht einmal mit Winnies schlechtestem mithalten können, aber Winnie rief trotzdem, dass sie ganz allerliebst aussähe. Sie ergriff Ellies Hände und zog sie ins Haus. „Herein, herein! Ich bin gerade mit den letzten Vorbereitungen beschäftigt. Ich hoffe, Sie sind hungrig. Ich habe gekochte Eier, kaltes Brathähnchen und einige wundervolle Süßigkeiten." Sie plauderte fröhlich vor sich hin, während sie Ellie in die Küche führte. Dort wartete ein großer Weidenkorb, der mit köstlichen Gerichten gefüllt war. Ellie knurrte der Magen. Abgesehen von einigen schalengesprenkelten Bissen von Winnies Frühstück und einem altbackenen Brötchen im Büro hatte sie den ganzen Tag noch nichts gegessen. Nach einem Morgen, der daraus bestanden hatte, gegen Einbrecher zu kämpfen und für Zeitungen zu schreiben, würde jeden der Heißhunger überfallen.

„Ist Lord Pembroke hier?", fragte Ellie und sah sich um.

„Oh, bitte, Sie müssen ihn Pimm nennen, jeder tut das. Wenn Sie ‚Lord Pembroke' sagen, habe ich das Gefühl, ich müsste knicksen oder so etwas. Schließlich ist er ganz und gar nicht vornehm. Er ist nur der jüngere Sohn eines Marquis."

„Oh", sagte Ellie schwach, „nur?"

Winnie schmunzelte. „Es klingt vielleicht beeindruckend, aber es bedeutet wirklich nur, dass einer seiner Ahnen irgendetwas getan hat, das irgendeinem König gefiel. Selbst Pimms älterer Bruder kann keine größere persönliche Leistung vorweisen als die erfolgreiche Verwaltung des Familienbesitzes." Sie seufzte. „Ich selbst könnte auf die Ehrentitel dankend verzichten. Sehe ich für Sie etwa wie eine ‚Lady Pembroke' aus?" Winnie nahm einen gelben Sonnenschirm vom Tisch und betrachtete ihn kurz stirnrunzelnd. Dann sah sie Ellie wieder an und blinzelte. „Sie werden natürlich wissen wollen, wo er ist. Pimm, meine ich. Er hofft, später zu uns stoßen zu können, aber leider kann er im Augenblick nicht hier sein. Er ist außer Haus. Geschäftlich, scheint mir, obwohl Sie darüber wahrscheinlich mehr wissen als ich. Zurzeit sind Sie ja wohl seine Partnerin bei der Verbrechensbekämpfung."

„Es tut mir schrecklich leid, ich wollte mich nicht …", setzte Ellie an, doch sie brach ab, als Winnie den Kopf in den Nacken warf und lachte.

„Ach, du meine Güte, klang das, als sei ich eifersüchtig? Bitte, seien Sie versichert, das bin ich nicht im geringsten. Pimm hat seine Interessen, und ich habe meine. Obwohl wir natürlich Busenfreunde und großartige Kameraden sind, hat jeder von uns sein eigenes Leben. Diese Vorstellung von den getrennten Bereichen, Sie wissen schon, nach der die Männer draußen das Geld verdienen und die Frauen den Haushalt führen? Bei uns ist es ähnlich, nur dass ich meine Basteleien und meine Salons habe, während Pimm seinen Club und seine Verbrechen hat. Hin und wieder helfe ich ihm in seinen Angelegenheiten oder er mir in meinen, aber tatsächlich halten wir uns am liebsten an unsere Vereinbarung. Sie müssen nicht fürchten, mich aus meiner Position verdrängt zu haben."

„Ich, ähm, ich war nie verheiratet", gab Ellie zu. „Ich nehme an, jede Ehe ist anders, auf ihre Weise." Nach Winnies lässiger Beschreibung klang es allerdings eher so, als seien sie gute Freunde, die zusammenlebten, anstatt Mann und Frau.

„Manche sind anderer als die übrigen", meinte Winnie trocken und hob den riesigen Korb hoch, als wöge er gar nichts. „Kommen Sie. Ich habe Pimm gebeten, uns eine Droschke zu mieten, und sie müsste bald hier sein. Wir haben zwar eine eigene Kutsche, wissen Sie, doch Pimms Kammerdiener Ransome war unser Mann für alles. Neben seinen anderen Pflichten diente er uns auch als Kutscher, und seit er uns verlassen hat, sitzen wir schlichtweg auf dem Trockenen. Wir müssten Gespräche mit geeigneten Kandidaten führen, um Ersatz zu finden, doch das ist so mühselig."

Ellie folgte Winnie zur Tür hinaus und fühlte sich dabei ein wenig, als hätte ein Schiff sie in seinem Kielwasser mitgerissen. Draußen wartete eine offene Hansom-Kutsche. „Pimm hat lieber geschlossene Kutschen", erzählte Winnie, während der Fahrer sich an den Hut tippte und den Picknickkorb auf den erhöhten Kutschbock hob. „Ich glaube, er mag es, unbemerkt die Leute zu beobachten. Aber an einem Frühlingstag wie heute ist es schön, unter freiem Himmel zu sitzen, nicht wahr?"

Nachdem Ellie und Winnie sich gesetzt hatten, befahl Winnie dem Kutscher, sie zum Hyde Park zu bringen, an ein nettes Plätzchen unter den Bäumen. Der Mann gab dem Pferd die Zügel und ließ es über die Pflastersteine klappern.

Winnie nahm Ellies Hand und lächelte sie an. „Ich habe das Gefühl, dass wir gute Freundinnen werden, Ellie."

„Das wäre schön", sagte Ellie, und zu ihrer Überraschung meinte sie es wirklich so. Winnie war zwar wesentlich höhergestellt als Ellie, doch sie hatten ungefähr das gleiche Alter, und die überschwängliche Wärme der anderen Frau war ansteckend. „Winnie, wie viel wissen Sie über Pimms Geschäfte?"

„Oh, er erzählt mir eine Menge. Nicht alles, möchte ich wetten, aber doch das meiste."

„Wenn er Geheimnisse für sich behält, tut er das sicherlich nur, weil er Sie nicht beunruhigen möchte."

„Ha", sagte Winnie. „Wenn er Geheimnisse für sich behält, dann tut er das, weil er weiß, dass ich nicht damit einverstanden bin, wie er die Dinge handhabt." Sie warf Ellie einen Seitenblick zu. „Ich glaube, Sie haben ein falsches Bild von mir, Ellie. Ich bin nicht sonderlich vornehm. Als Pimm und ich geheiratet haben, gab es sogar einen kleinen Skandal. Was meine Rolle bei seiner Arbeit angeht: Sie haben seinen elektrifizierten Gehstock im Einsatz erlebt, nicht wahr?"

Ellie nickte.

„Ich habe ihn gebaut."

„Sie! Sie sind eine Erfinderin?"

Winnie winkte ab. „Tatsächlich eher eine Bastlerin. Ich muss gestehen, dass ich selten neue Dinge erschaffe. Aber ich bin gut darin, die Entwürfe anderer Leute zu kombinieren, zu verbessern und eine Verwendung dafür zu finden, die ihre Schöpfer nie beabsichtigt haben. Zusätzlich zu dem Gehstock habe ich noch eine Reihe anderer Geräte gebaut, die Pimm schon des Öfteren bei seiner Arbeit gebrauchen konnte. Sind Sie überrascht?"

„Ich nehme an, ich habe mir vorgestellt, dass Sie formelle Teepartys ausrichten", gab Ellie zu. „Dass Sie Wohltätigkeitsarbeit tun. Vielleicht auch …"

„Einkaufen?", schlug Winnie vor und lächelte. Tatsächlich war es eher ein breites Grinsen und alles andere als weiblich. „Manchmal. Allerdings kaufe ich wahrscheinlich nicht das ein, was sie denken. Betrachten Sie mich als einen von Pimms Mitarbeitern, wenn Sie möchten. Ich merke, dass Sie wegen irgendetwas in Sorge sind. Ihre Enttäuschung über Pimms

Abwesenheit ist nicht allein dem Verlust seiner angenehmen Gesellschaft geschuldet. Was beschäftigt Sie?"

„Ich ... Es ist schwierig." Ellie holte tief Luft. „Versprechen Sie mir, dass Sie es niemandem erzählen?"

„Sie wissen gar nicht, wie gut ich Geheimnisse für mich behalten kann", sagte Winnie. Sie wies mit dem Kopf auf den Kutscher, der auf dem Kutschbock vor ihnen saß. „Aber vielleicht sollten Sie sich die Geheimnisse aufheben, bis wir uns im Park niedergelassen haben?"

„Eine weise Entscheidung."

In freundlichem Schweigen fuhren sie dahin, bis sie den großen Park erreichten. Dort angekommen zeigte Winnie auf etwas und rief: „Was wird denn dort gebaut?"

Ellie betrachtete aufmerksam die Baustelle. „Es sieht aus wie eine Art Bühne. Oh ja, natürlich, Bertram Oswalds Weltausstellung." Allein der Name dieses Mannes und die Erinnerung an seine kalten Augen im Bordell ließen Ellie schaudern. „Sie beginnt heute Abend, nicht wahr? Heute Abend soll eine Art Eröffnungsfeier im Park stattfinden, und danach werden das ganze Wochenende lang Sehenswürdigkeiten ausgestellt, es wird einen großen Pavillon geben, und so fort."

„Ach ja, ich habe von der kleineren Ausstellung gelesen", sagte Winnie. „Etwas bescheidener als die große Weltausstellung soll sie sein, und allein Oswalds Schöpfungen gewidmet. Er kommt mir äußerst eingebildet vor, obwohl seine wissenschaftlichen Fähigkeiten sich nicht bestreiten lassen."

Zu diesen Fähigkeiten gehörten vermutlich auch die Erschaffung und Instandhaltung mechanischer Huren, doch weil der Kutscher möglicherweise zuhörte, machte Ellie keine dahingehende Bemerkung. Stattdessen zeigte sie auf einen Haufen Messingröhren, die alle merkwürdig gekrümmt waren und von einer Gruppe Arbeiter zusammengefügt wurden. Einer der Männer betrachtete einen gedruckten Plan und gab den anderen Anweisungen. „Was könnte das nur sein?"

„Etwas Weltbewegendes, ohne Zweifel", sagte Winnie. „Vielleicht kann es in dreihundertfacher Geschwindigkeit eine Kanne Tee kochen? Oder auf Knopfdruck ein köstliches warmes Essen zubereiten?"

„Das wäre ein Triumph der Wissenschaft", sagte Ellie, und sie lachten.

Der Kutscher fuhr um den Park herum und entfernte sich vom Ausstellungsgelände, bis Winnie ihn anwies, an einem der Tore zu halten und sie dort aussteigen zu lassen. Auf dieser Seite gab es viele Spaziergänger, spielende Kinder und noch andere Leute, die picknickten. Winnie führte sie tiefer in den Park hinein, fort aus der belebten, sonnigen Gegend, damit sie sich freier unterhalten konnten. Sie breiteten eine Decke aus und ließen sich unter einem Baum nieder, obwohl es im Schatten noch recht kalt war. Der Korb war geschickt zusammengeklappt und besaß mehrere Fächer, und Winnie packte Porzellanteller und Silberbesteck aus. „Nun erzählen Sie mir Ihre Geheimnisse, meine Liebe", sagte sie. Ellie sah sich um, um sicherzugehen, dass sie allein waren, dann holte sie tief Luft. „Vor zwei Tagen habe ich mich als Mann verkleidet, um an eine Geschichte für meine Zeitung zu kommen. Sie haben ja meine Verkleidung gesehen. So erhielt ich Zutritt zu einem dieser, ähm, Häuser des besonderen Geschmacks."

„Ein mechanisches Bordell?", sagte Winnie, während sie gebratenes Hähnchen servierte. „Oh, wie wundervoll! Ich habe mich schon immer gefragt, wie sie wohl sind."

„Sie sind furchtbar", sagte Ellie entschieden. „Obwohl mein Bild dadurch getrübt sein mag, dass ich fast getötet wurde. Sehen Sie, ich nutzte die Gelegenheit, um mich umzusehen, und in einem der Zimmer überraschte ich Bertram Oswald. Er schien an einer der Maschinen zu arbeiten und war ganz und gar nicht erfreut, gesehen zu werden."

Winnie stieß einen leisen Pfiff aus. „Ich kann mir vorstellen, warum. Zwar sind diese Häuser im Grunde legal, aber Pimm meint, dass sie alle von Verbrechern wie Abel Value geführt werden. Wenn der engste Vertraute der Königin mit so jemandem Umgang hat, könnte das fatale Folgen haben."

Ellie nickte und erzählte, wie sie aus dem Zimmer geflüchtet und auf welche Weise sie schließlich aus dem Bordell entkommen war.

„Das ist ungemein klug", meinte Winnie anerkennend. „Männer nehmen meist nur das Oberflächliche und Offensichtliche wahr. Schön, dass Sie diese Angewohnheit gegen sie verwenden konnten. Aber warum habe ich diese Geschichte noch nicht auf der Titelseite des Argus gelesen?"

„Oh, ich habe heute Morgen ein paar Zeilen darüber geschrieben, wie es in den Bordellen ist, aber meine anderen Abenteuer habe ich unerwähnt gelassen. In gedruckter Form Anschuldigungen gegen Sir Bertram zu erheben, ohne Beweise zu haben, erschien mir wenig vernünftig. Außerdem ist die Angelegenheit noch übler, als sie scheint. Einer der Männer, der mich im Bordell verfolgte, war letzte Nacht dabei, als ich Lord Pem... Pimm bei seinen Ermittlungen half. Er erkannte mich, oder besser gesagt, meine Verkleidung als Jenkins. Außerdem muss er Ihr Haus beobachtet haben. Heute Morgen ist er mir hinaus gefolgt." Sie erzählte Winnie, wie Crippen in ihr Wohnheim eingebrochen und von ihrer Vermieterin verjagt worden war.

„Oje." Winnies Miene verdüsterte sich, und es war, als hätte sich eine Wolke vor die Sonne geschoben. „Sie hätten nicht zum Mittagessen kommen sollen. Sie hätten sich besser brieflich entschuldigt."

„Wie meinen Sie das?"

„Man hat Jenkins in Ihr Haus gehen sehen", sagte Winnie. „Natürlich ist es ein Wohnheim, daher ..."

„Gibt es keinen Grund, mich persönlich mit Jenkins in Verbindung zu bringen", ergänzte Ellie, und dann dämmerte es ihr. Oder, besser gesagt, es wurde dunkel. Sie stöhnte auf.

„Abgesehen davon, dass ich zu Lord Pembrokes Haus gegangen bin, kurz nachdem Crippen vertrieben wurde. Man weiß, dass Jenkins mit Pimm zusammenhängt, und wenn man Sie und mich zusammen sieht, wird man vermuten, dass auch ich Pimm kenne, und …"

„Dass Sie Jenkins kennen. Man wird annehmen, dass Sie ihn im Kleiderschrank versteckt hatten oder Ähnliches, als Crippen einbrach. Das heißt, Ellie Skyler wird von einer völlig unbedeutenden Person zu jemandem, für den sich Sir Bertram brennend interessiert. Darüber hinaus könnte man sich, da Sie ja Journalistin sind, allerhand Verschwörungstheorien zusammenspinnen. Etwa, dass Sie und Jenkins Abel Value oder Sir Bertram öffentlich entlarven wollen, sei es mit oder ohne Pimms Hilfe. Während Pimm zu einem gewissen Grad durch seine Berühmtheit, seine Freunde und seine Familie geschützt ist, haben Sie kein solches Schild." Winnie kratzte das Huhn von den Tellern und fing an, das gerade ausgepackte Essen wieder einzupacken. „Laufen Sie, Ellie. Gehen Sie in Ihr Büro, irgendwohin, wo viele Menschen sind. Ich werde Pimm wissen lassen, was geschehen ist, und wir werden uns bei Ihnen melden. Wir finden einen Weg, für Ihre Sicherheit zu sorgen, bis wir all das wieder in Ordnung bringen können. Nun machen Sie, dass Sie wegkommen!"

Ellie nickte knapp, stand auf und begann, nach Norden zu gehen. Plötzlich hielt sie inne.

Unter den Bäumen in der Nähe standen einige Personen, die sie beobachteten. Sie trat einen Schritt zurück und setzte sich wieder auf die Decke. „Winnie", sagte sie. „Diese Frauen, die gerade zu uns hinübersehen …"

„Mmm? Ellie, Sie sollten jetzt wirklich …" Sie brach ab. „Sie haben etwas Merkwürdiges an sich, nicht wahr? Wie sie dastehen, so regungslos."

„Ich erkenne eine von ihnen wieder", sagte Ellie mit belegter Stimme. „Delilah. Ich weiß nicht, ob dieses eine Ding so heißt oder ob es der Name des Modells ist."

Winnie fluchte, aber Ellie war zu verängstigt, um schockiert zu sein. „Sie sind wirklich mechanisch?“, fragte Winnie. „Aber sie sind doch gewiss nicht weit genug entwickelt, um …“

Die mechanischen Frauen waren zu sechst und für den Park eher zu fein gekleidet, doch wahrscheinlich besaßen sie keine Kleider, die nicht fürs Schlafzimmer oder für den Tanzsaal gedacht waren. Sie kamen aus allen Richtungen und schienen gezielt zu Ellie und Winnie zu streben.

Winnie hob ihren Sonnenschirm hoch und seufzte. „Ich hätte lieber den Sonnenschirm mit eingebauter Luftpistole mitnehmen sollen. Ich hatte mich auf einen netten Ausflug in den Park eingestellt. Nicht dass ein Einschussloch irgendeines dieser Dinger aufhalten würde. Ihre Bewegungen sind so lebensecht, sind Sie sicher, dass es sich um Automaten handelt? Ich glaube, Sie haben Recht mit der Annahme, dass Oswald sie entworfen hat. Der Mann ist ein Genie, ganz gleich, was seine Fehler sein mögen. Ich würde liebend gern eines von ihnen öffnen und herausfinden, wie es funktioniert.“

„Winnie“, sagte Ellie, „Was sollen wir tun?“

„Wahrscheinlich können wir ihnen davonlaufen“, sagte Winnie. „Ihre Schuhe sind viel unpraktischer als unsere. Aber ich bezweifle, dass sie allein hier sind. Ich vermute, dass sie einen menschlichen Führer dabeihaben oder zumindest einen Aufseher. Ich schlage vor, dass wir uns schnellstens in einen belebteren Teil des Parks begeben.“ Sie stand da und hielt ihren Sonnenschirm wie einen Degen, während sie auf die herannahenden Automaten starrte, die nur noch knapp zehn Meter entfernt waren.

„Aber, aber, meine Damen. Kein Grund, gleich fortzulaufen.“ Ein junger Mann, den Ellie noch nie gesehen hatte, schlenderte zwischen zwei Bäumen hervor. Er hatte einen Gehstock in der Hand, dessen Spitze auf seiner Schulter lag, und Ellie konnte sich gut vorstellen, dass er ihn wie einen Kricketschläger benutzen würde. Er schloss sich den künstlichen

Frauen an, die nun einen Kreis um Ellie und Winnie bildeten. Die mechanischen Gestalten waren alle genau gleich groß, fiel Ellie auf, nur wenig kleiner als sie selbst, und ihre Gesichter waren bis auf die Hautfarbe ebenfalls fast identisch. Diese Einheitlichkeit war unheimlich. „Mein Auftraggeber möchte lediglich einige Worte mit Ihnen wechseln."

„Ellie, ist das Crippen?", fragte Winnie.

„Sie verletzen mich." Der Mann drückte die Hand an die Brust. Er hatte einen gepflegten schwarzen Schnurrbart und funkelnde blaue Augen. „Crippen ist nur ein Schläger. Anscheinend schafft er es nicht einmal, jemandem zu folgen, ohne es zu verpfuschen, deshalb hat mein Auftraggeber mich geschickt. Mein Name ist Ronald Carrington. Ich bin der Privatsekretär von … nun, nicht von Abel Value. Auch wenn er und ich wohl demselben Herrn dienen."

„Sie arbeiten für Oswald", sagte Ellie.

„Dazu kann ich mich keinesfalls äußern, Miss Skye", sagte er und betonte dabei ihr Pseudonym. „Ihr Artikel über die Familien der Opfer des Morbus Konstantin war wirklich sehr bewegend. Wären Sie nun so freundlich, mit mir zu kommen? Mein Dienstherr würde gern mit Ihnen über … oh, über allerlei Dinge sprechen."

„Wie kommen Sie darauf, dass wir ruhig mitgehen werden?", fragte Winnie.

Er gab den Gehstock an den Automat zu seiner Linken weiter, der buschiges, honigblondes Haar hatte. Sie nahm den Stock, drei Fuß langes Massivholz, in beide Hände und brach ihn so mühelos entzwei, wie Ellie einen Zweig zerbrochen hätte. „Diese Maschinen sind bemerkenswert", meinte Carrington im Plauderton. „Ich habe keine Ahnung, warum man sie so stark gemacht hat. Das ist nicht mein Gebiet. Aber Tatsache ist, dass die Maschinen Sie ohne Schwierigkeiten überwältigen können, falls Sie sich wehren sollten. Deshalb lassen Sie uns doch einfach höflich zueinander sein."

Winnie schmetterte ihm ihren Sonnenschirm ins Gesicht. Carrington kreischte wie eine verletzte Taube, stolperte rückwärts gegen einen der Automaten und riss ihn nieder. In einem Durcheinander menschlicher und künstlicher Glieder gingen sie zu Boden. „Lauf!", rief Winnie. Sie hob ihren Rock und versuchte, zwischen zwei der mechanischen Frauen hindurch zu schlüpfen. Sie ergriffen ihre Arme, und als sie den Mund öffnete, um zu schreien, hielt eine von ihnen Winnie mit ihrer hübschen Hand den Mund zu. Winnie biss zu, doch der Automat reagierte überhaupt nicht.

In dem Gefühl, ihrer Freundin nicht das Wasser reichen zu können, öffnete Ellie den Mund und wollte um Hilfe rufen. Einer der Automaten packte sie von hinten und hielt ihr ebenfalls den Mund zu. Carrington stand auf und zuckte vor Schmerz zusammen, dann strich er sich den Schnurrbart glatt. „Dank Ihnen sitzen meine Zähne nun locker, Lady Pembroke. Ich wusste, dass Sie niederer Herkunft sind, aber niemals hätte ich ein solch unfeines Verhalten erwartet. Kommen Sie nun friedlich mit, oder soll ich diese Prachtexemplare mechanischer Jungfernschaft anweisen, Sie in Ohnmacht zu befördern? Hmm? Oh, lasst sie doch sprechen." Er wies auf Ellie. Der Automat nahm seine Hand fort.

„Ich würde Mr. Oswald sehr gern kennen lernen", sagte Ellie, überrascht und erfreut darüber, wie fest ihre Stimme klang. „Schließlich ist er Gegenstand eines Leitartikels in der morgigen Zeitung. Ich sollte ihn für meine Folgegeschichte befragen. ‚Sir Bertram äußert sich zu Vorwürfen des Verbrechens', etwas in dieser Art."

„Ich bin mir sicher, dass er all Ihre Fragen gern beantwortet", sagte Carrington. „Er liebt es zu reden. Was ist mit Ihnen, Lady Pembroke?"

Der Automat nahm die Hand von Winnies Mund. „An dieser Stelle sollte ich sagen: Warten Sie nur, bis mein Mann herausfindet, was Sie getan haben. Es stimmt, Lord Pembroke kann sehr heftig werden, wenn man ihn erzürnt. Aber er soll sich ruhig auf Oswald konzentrieren. Sie, Mr. Carrington, sollten sich Sorgen machen, was ich persönlich Ihnen antun werde, um Ihnen Ihre Taten zu vergelten."

„Aber, aber, Freddy", sagte der Mann und lächelte auf eine unangenehme, hintergründige Art, die Ellie nicht ganz verstand. „Das ist aber nicht sonderlich damenhaft. Kommen Sie, auf uns wartet eine Kutsche."

Pimm wird uns finden, dachte Ellie. Er wusste, dass wir in den Park gehen wollten, und er ist gut darin, Spuren zu folgen. Doch während sie weggeführt wurde, sah sie, wie die mechanischen Frauen bereits den Picknickkorb und die Decke aufhoben und so jeden Hinweis auf ihre Anwesenheit und ihren plötzlichen Aufbruch entfernten.

Nun gut. Wenn sie von außen keine Rettung erwarten konnten, würden sie sich eben selbst retten müssen.

Ein zusammengesetzter Mann

Adam erwachte, und es roch nicht nach Feuer. Gut. Das bedeutete, dass Oswald nicht versucht hatte, das Laboratorium niederzubrennen, was Adams Schicksal besiegelt hätte. Eine solche Tat wäre äußerst unbedacht gewesen. Die Räume waren voller explosiver Chemikalien, die mit Sicherheit einen Flächenbrand erzeugt hätten. Er hätte sich durch die angeschlossenen Lagerhäuser und anderen Gebäude meilenweit ausbreiten können. Von den Tunneln ganz zu schweigen. Da Whitechapel bereits abgeriegelt und unbewohnbar war, hätte ein weiterer Großbrand wahrscheinlich fast das ganze East End zerstört. In den Augen vieler höhergestellter Londoner wäre das vermutlich kein großer Verlust gewesen. Adam hatte befürchtet, dass Oswald dies als eine Katastrophe annehmbaren Ausmaßes betrachten würde, wenn er dafür jegliche Beweise, dass Adam existiert hatte, vernichten konnte. Doch glücklicherweise hatte der Wissenschaftler diese Möglichkeit nicht gewählt.

Adam richtete sich mühsam auf, bis er sich in einer sitzenden Position befand, und hielt dabei die Hand gegen die Brust gepresst. Blut sickerte schwach aus dem Einschussloch. Die Kugel, die in seiner Brust saß, schmerzte fürchterlich. Er würde sie entfernen müssen.

Oswald hatte auf sein Herz gezielt, doch Adam hatte sich vorsorglich ein zweites Herz eingepflanzt für den Fall, dass das erste jemals verletzt werden würde. Der Mensch hatte schließlich auch zwei Nieren, eine Doppelung, die Adam immer überaus sinnvoll erschienen war. Oswald hatte das eine Herz zerstört, doch das andere war heil geblieben und schlug noch immer. Wegen des Schocks der Verletzung und wegen des Blutverlusts fühlte Adam sich ein wenig benommen, und ihm war schwindlig. Er riss sich die Maske vom Gesicht und warf sie beiseite. Humpelnd bewegte er sich zu seinem Operationstisch und ordnete die Spiegel an, die er verwendete, wenn er sich selbst operierte. Dann setzte er sich auf die harte Tischplatte.

Im Laufe der Jahre hatte Adam außergewöhnliche Kontrolle über seinen Körper erlangt. Die meiste Zeit funktionierte sein autonomes System von allein, doch er konnte es bewusst beherrschen, wann immer das erforderlich war. So war er auch in der Lage, jegliche Empfindungen aus seinem verletzten Bein zu verbannen und sich wenn nötig mit großer Geschwindigkeit zu bewegen, was allerdings eine bewusste Anstrengung erforderte. Nun konzentrierte er sich und betäubte die Nerven in seiner Brust, und unter Zuhilfenahme der Spiegel und grellen elektrischen Lichts brannte er einige der Blutgefäße aus. Er entfernte sein nun zerstörtes Herz und ließ das zerfetzte Organ in eine Metallschüssel fallen. Das Loch in seiner Brust machte ihn melancholisch, weil es ihm viel zu symbolisch erschien. Doch im Augenblick hatte er weder Zeit noch Kraft, irgendetwas dagegen zu tun. Er begnügte sich damit, die Wunde wieder zuzunähen und sie zu verbinden, indem er sich mehrere Meter Stoff um die Brust wickelte. Der Blutverlust war ein Problem. Adam war zwar widerstandsfähiger als gewöhnliche Menschen, doch selbst er konnte sterben, wenn er zu viel der lebensnotwendigen Flüssigkeiten seines Körpers verlieren sollte. Er hatte darüber nachgedacht, sein Blut durch die künstliche Substanz zu ersetzen, die er für seine wiederbelebten Leichen verwendete, doch er war sich nicht sicher, welche Wirkung eine solche Transfusion langfristig haben würde. Deshalb pumpte sein Herz noch immer gewöhnliches Menschenblut, das sich allerdings aus vielen verschiedenen Blutgruppen zusammensetzte.

Vorerst musste es reichen, dass er eine Menge blutiges Fleisch aß, um seinen Eisenmangel auszugleichen. Die hungrigen Toten, die in ihrer Kammer eingesperrt waren, würden heute leer ausgehen müssen. Er würde sich selbst an den Nieren und anderen Innereien laben, die er für sie auf den Schlachthöfen besorgt hatte.

Nachdem er gegessen hatte und sich einigermaßen gestärkt fühlte, humpelte er durch sein Laboratorium, um herauszufinden, welchen Schaden Oswald angerichtet hatte. Die meisten von Adams Notizen waren noch da. Dass seine übrigen Forschungsergebnisse es offenbar nicht wert waren, gestohlen zu werden, versetzte ihm einen Stich, doch sein Modell für die neue Batterie war verschwunden. Oswald hatte mechanische Neuerungen ohnehin lieber.

Die Tür zum Haupttunnel, der in den angrenzenden Keller führte, ließ sich nicht öffnen und war anscheinend von der anderen Seite blockiert. Adam fragte sich, ob Oswald dafür gesorgt hatte, dass die Tunnelöffnung mit Schutt gefüllt oder zugemauert wurde. Der Eingang zum Erdgeschoss des Hauses war ebenfalls versperrt und selbst jemand wie Adam, der über beträchtliche Körperkraft verfügte, konnte die Falltür nicht bewegen. War sie ebenfalls mit Ziegelsteinen beschwert worden? „Du liebe Güte“, murmelte Adam. „Begraben wie Fortunato.“ Zweifellos hoffte Oswald das. Warum sollte er das Laboratorium niederbrennen, wenn er es ebenso gut von der Außenwelt abschotten konnte? Wenn Oswald jemals Adams Forschungsergebnisse oder seine Geräte benötigte, konnte er einfach einige Männer mit Spitzhacken mitbringen und sie hinaufholen lassen. Mehrere von Adams anderen Tunneln waren ebenfalls versiegelt worden, selbst die, bei denen er sicher gewesen war, dass Oswald sie nicht kannte. Bei allen war es von außen geschehen, was vermuten ließ, dass Oswald nicht erst kürzlich entschieden hatte, ihn zu ermorden und zu begraben. Er musste die Tat sorgfältig geplant haben.

Doch Adam hatte schon vor langer Zeit gelernt, eigene Pläne zu schmieden und sich auch einen zweiten und einen dritten Plan zu überlegen. In einer Ecke seines Laboratoriums stand, von anderem Industrieschutt umgeben, ein großer rostiger Kessel, der wohl einmal zu einer riesigen Dampfmaschine gehört hatte. Adam lehnte sich mit der Schulter gegen den Kessel und schob ihn zur Seite, ein Kraftakt, den ein gewöhnlicher Mann allein nicht geschafft hätte. Zum Vorschein kam eine weitere Falltür. Nachdem er sich vergewissert hatte, dass man sie öffnen konnte und die eiserne Leiter, die nach unten führte, frei war, ließ er die Tür wieder zufallen. Dann erst kehrte er an seinen Arbeitstisch zurück und zog das Tuch von dem Apparat, in dem sich Margarets Gehirn befand.

Er schraubte die Röhren, die die Sprachrohre mit Luft versorgten, wieder an und erstarrte. Bei Oswalds Auftauchen hatte er in seiner Eile vergessen, die Drähte abzutrennen, die Margarets Sinnesapparat anschlossen. Was bedeutete …

Als er den Sprechapparat wieder aufdrehte, glaubte er zuerst, dass er nicht richtig funktionierte. Doch dann erkannte er, dass das Geräusch bloß ein sprachloses Heulen war. „Margaret", sagte er. „Margaret, geht es dir gut?"

Das Heulen brach ab. „Adam? Bist du es?"

„Ja."

„Ich habe so schreckliche Dinge gehört! Mir war, als hätte ich einen Pistolenschuss gehört!"

„Ja. Mein Besucher hat auf mich geschossen, aber wie du hören kannst, habe ich überlebt."

„Bist du verletzt?"

So viel Sorge aus der Stimme einer Frau zu hören, die selbst ihren ganzen Körper verloren hatte, war seltsam ermutigend. „Nicht schwer. Ich komme zurecht. Es tut mir leid, dass du dich geängstigt hast."

„Hat er die schrecklichen Dinge, die er sagte, wirklich ernst gemeint? Dass er der Königin etwas Schlimmes antun will?"

„Er ist ein böser Mensch", sagte Adam. Er glaubte selbst nicht an „gut" und „böse" als absolute Begriffe, doch eine differenziertere Erklärung hätte ihn viel Kraft gekostet, und er war noch immer sehr erschöpft. „Es tut mir auch leid, dass ich nicht sofort nach dir gesehen habe. Ich musste mich um meine eigenen Wunden kümmern und sichergehen, dass keine weitere Gefahr bestand."

„Wird er wiederkommen?", fragte Margaret.

Adam schüttelte den Kopf, dann fiel ihm ein, dass sie ihn nicht sehen konnte, und er lächelte voll Reue über seine eigene Dummheit. „Ich glaube es nicht. Er hat versucht, mich in meinem eigenen Laboratorium einzuschließen und diesen Ort in ein Grab zu verwandeln, doch keine Angst. Es gibt immer noch Wege, wie wir entkommen können."

„Das hier ist kein richtiges Krankenhaus, nicht wahr?", sagte sie.

„Nein. Nein, Margaret. Ich bin Arzt, ein Experte in Anatomie, aber ich arbeite nicht in einem Krankenhaus. Ich hatte einen privaten Gönner, der meine Forschungen finanzierte."

„Mr. Value", sagte Margaret. „Er war auch mein Arbeitgeber, oder meine Arbeitgeber arbeiteten für ihn. Hat man mich deshalb zu dir gebracht? Weil du für Mr. Value arbeitest?"

„Ich hatte gewisse geschäftliche Vereinbarungen mit Mr. Value, ja. Das ist der Grund, weshalb du hierher gebracht wurdest. Ich verarzte manchmal Leute, die im Dienst für ihn verletzt wurden, aber er war nicht mein Gönner. Tatsächlich hatten Mr. Value und ich denselben Gönner, einen wohlhabenden Mann mit vielen verschiedenen Interessen in Wissenschaft und Industrie. Er hat die Forschungen bezahlt, die es mir möglich machten, dein Leben zu retten. Leider hat er mir nun seine Unterstützung entzogen, wie du hören konntest. Doch ich habe noch andere Quellen."

„Werde ich jemals wieder sehen können?", fragte Margaret. „Meine Arme und Beine wieder fühlen? Muss ich etwa für immer blind und gelähmt bleiben?"

Adam legte die Wange an das kalte Glas, das ihr Gehirn umschloss. „Ich werde all meine Kräfte einsetzen, damit du wieder ganz wirst", sagte Adam und schloss die Augen. „Ich habe beträchtliche Kräfte."

CONQUERORS WORTE

Pimm ging in den Hyde Park an Freddys bevorzugte Picknickorte, doch weder von seiner Frau noch von Ellie war eine Spur zu sehen. Er überlegte, ob er sich Sorgen machen sollte, sah dazu allerdings keinen Anlass. Oswald interessierte sich für ihn, das stimmte, trotzdem gab es keinen Grund, weshalb sich dieses Interesse auf Freddy oder Ellie erstrecken sollte. Nicht, solange Oswald und seine Leute nicht wussten, dass Pimms Assistent Jenkins und Ellie ein und dieselbe Person waren.

Die beiden waren wahrscheinlich bloß einkaufen oder dergleichen. Das allein war allerdings Grund genug zur Sorge. Es quälte ihn, sich Ellie in Freddys Fängen vorzustellen. Pimms alter Freund hatte schon immer eine Schwäche für Schabernack gehabt, die so groß war wie der Dom von St. Paul's. Bei dem Gedanken, wie Ellie reagieren würde, wenn Freddy sich als Kupplerin versuchte oder vielleicht sogar einige ihrer schlauen Zweideutigkeiten von sich gab, schauderte es Pimm. Freddys Humor hatte sich durch seine Verwandlung in eine Frau kaum verändert, er hatte lediglich eine verständliche bittere Note angenommen.

Eine Weile stand Pimm unschlüssig unter einem Baum herum und dachte an den Flachmann in seiner Jackentasche, den er gerade erst aufgefüllt hatte. Die Versuchung, sich unter einen Baum zu setzen und den Nachmittag mit Trinken zu verbringen, war groß. Doch er hatte das Gefühl, dass er etwas Sinnvolleres tun sollte, falls es das überhaupt gab. Values rätselhafte Äußerungen und Ellies Andeutungen, dass Oswald mit dem alten Verbrecher unter einer Decke steckte, wiesen auf eine größere Gefahr oder Verschwörung hin. Er wollte mit Ellie sprechen und herausfinden, was sie wusste, und, vielleicht noch besser, was sie vermutete.

Er konnte heimgehen und darauf warten, dass sie wiederkamen. Jedoch kannte er sich selbst gut genug, um zu wissen, dass er bald völlig betrunken sein würde, wenn er jetzt freien Zugriff auf seine persönliche Bar erhielt. Er war besorgt und verunsichert, und gegen diese Gemütszustände half die Flasche, allerdings nur vorübergehend. Er meinte zwar, als Belohnung für seine jüngst geleistete Arbeit etwas Vergessen verdient zu haben, immerhin hatte er einen Mörder aufgehalten und dafür gesorgt, dass einer der größten Verbrecher Londons in Todesangst floh. Trotzdem gab es noch zu viele Rätsel, die er vorher lösen musste.

Er spazierte um den Baum herum und betrachtete das Gras, die Bäume, die Blumen und die Baustelle in der Ferne. In Wirklichkeit war sein Blick jedoch nach innen gerichtet. Oswald, nun gut. Was wusste er über den Mann? Er war vor einigen Jahren bekannt geworden, unmittelbar nachdem man Prinz Albert wegen seines Ehebruchs eingesperrt hatte. Er hatte eine Fabrik eröffnet, die alchemistische Lampen für den heimischen Markt und für den Export herstellte, und Hunderte gelernte und ungelernte Arbeiter angestellt. Seinen Adelstitel hatte er sich im Wesentlichen mit dieser Neuerung verdient, falls Pimm sich recht erinnerte, und danach war er ein enger Vertrauter der Königin geworden. Allerdings war ihm nicht völlig klar, wie der Mann das im Einzelnen bewerkstelligt hatte. Pimm war seiner Monarchin zweimal begegnet, beide Male in Gesellschaft seines angesehenen älteren Bruders. Doch selbst wenn er aus dieser formellen Bekanntschaft eine persönliche Beziehung hätte entwickeln wollen, hätte er nicht gewusst, wie er das angehen sollte.

Oswald hatte die in Ungnade gefallene Königliche Alchemistische Gesellschaft wieder aufleben lassen. Jahrzehnte zuvor hatte sie sich aufgelöst, nachdem endgültig klar geworden war, dass es ihr nicht gelingen würde, unedle Metalle in Gold zu verwandeln oder das Wasser des Lebens abzufüllen. Er gab Geld für wohltätige Zwecke aus. Er ließ städtische Gewächshäuser errichten, damit Obst und Gemüse auch im Winter angebaut werden konnten. Er hatte ein fliehendes Kinn.

Das war eigentlich alles, was Pimm über den Mann wusste. Wenn Oswald wirklich mit Value zu tun hatte und wenn Sir Bertram der mächtige Mann war, den Value fürchtete, dann sollte Pimm mehr über seinen Gegner erfahren. Es war an der Zeit, seinem Freund, dem Professor, einen Besuch abzustatten.

Er winkte eine Droschke herbei und gab sich mit einem zweirädrigen, offenen Modell zufrieden, obwohl er diese Art von Wagen nicht mochte. Darin kam er sich immer wie auf einem Präsentierteller vor. Er wies den Kutscher an, zum King's College zu fahren. Es war erst vor wenigen Jahrzehnten gegründet worden war, um der Mittelschicht den Zugang zu höherer Bildung zu ermöglichen und Nonkonformisten jeglicher Couleur eine Ausbildung zu bieten, die frei von religiösen Einflüssen war. Für Pimm, der das Magdalen College in Oxford besucht hatte, war das King's ein Emporkömmling. Er betrachtete es mit reflexartiger Geringschätzung, obwohl er mit seinen Gründungszielen sympathisierte und einen Herrn sehr gern hatte, der dort in der Fakultät für angewandte Wissenschaften arbeitete und dessen Spezialgebiet die Alchemie war.

Die Droschke setzte ihn einen kurzen Fußweg von dem Gebäudetrakt entfernt ab, wo Professor Conqueror sein Büro hatte. Pimm spazierte über den Campus und staunte wieder einmal, wie jung die Studenten waren, die in Grüppchen an ihm vorbeiliefen und sich unterhielten. War er jemals so jung gewesen? Mit Sicherheit war er nie so eifrig gewesen und hatte seine Schulaufgaben niemals so ernst genommen. Allerdings hatte er auch sein Familienvermögen im Rücken gehabt. Er hatte es nicht nötig, die Dinge ernst zu nehmen.

Nachdem er die breiten Steinstufen erklommen und die muffigen Flure betreten hatte, ging er eine Treppe hoch und folgte einem schmalen Gang. Schließlich erreichte er ein Büro, das im hintersten Winkel verborgen lag. Die Tür stand offen. Den Raum dahinter zierten übervolle Bücherregale, eine große tote Topfpflanze und ein mächtiger Schreibtisch, der aussah, als ob er noch auf die Gründung Londiniums zurückging und seither jeden Tag gründlich genutzt worden war.

Pimm klopfte an den Türrahmen. Professor Conqueror – was musste man ihn als Junge gehänselt haben, mit einem solchen Namen! – hob einen seiner wurstigen Finger und hielt den Blick auf die Seiten eines gewaltigen Buches gerichtet, das vor ihm auf dem Schreibtisch lag. „Nur einen Augenblick noch, ich bin gerade einem fadenscheinigen Argument auf der Spur … aha!“ Er schlug das Buch zu und sah Pimm triumphierend an. „Die Begründung ist unzureichend, nicht wahr? Er hat so viele Postulate aufeinandergesetzt, dass ich eine Weile gebraucht habe, um sie voneinander abzugrenzen, doch das ganze große Gedankengebäude beruht auf einer unbewiesenen und unhaltbaren Prämisse. Soll ich ihm etwa glauben, nur weil er behauptet …“

Professor Conqueror blinzelte. Er war ein großer, rothaariger Bär von einem Mann und sah aus wie ein Wikinger, der Albtraum der alten Engländer. Sein Bart wucherte wild. „Pimm! Falls Sie hier sind, um noch mehr von meinem guten Brandy zu bekommen, verschwenden Sie leider Ihre Zeit. Mysteriöserweise hat er sich in Luft aufgelöst.“

„Ich bin wegen Ihres Verstandes hier, nicht wegen Ihrer Bar“, sagte Pimm, hob einen Bücherstapel von einem Stuhl und legte ihn beiseite, ehe er sich auf dessen Platz niederließ.

„Oho. Wieder ein mysteriöser Tatort, der nach Chemikalien riecht? Haben Sie eine Flasche voll merkwürdiger Rückstände mitgebracht, die Sie von den Handflächen einer Leiche gekratzt haben? Ich freue mich immer sehr auf Ihre kleinen Rätsel.“

„Tatsächlich benötige ich Informationen über jemanden, den Sie wahrscheinlich als einen Ihrer Kollegen bezeichnen würden. Bertram Oswald.“

Conqueror lehnte sich in seinem Stuhl zurück, so gut er konnte, obwohl er dafür kaum Platz hatte. „Oswald, hm? Was ihn betrifft, bin ich nicht gerade ein Experte, obwohl ich ihm natürlich schon begegnet bin. Außerdem bin ich selbstverständlich Mitglied seiner Alchemistischen Gesellschaft. Möchten Sie denn etwas Bestimmtes wissen?“

„Ich weiß nicht, was ich wissen will“, meinte Pimm ehrlicherweise. „Warum erzählen Sie mir nicht einfach das, was Sie am interessantesten finden?“

„Mmm.“ Conqueror kraulte sich den Bart. „Sie verwirren mich, Pimm. Oswald kommt mir kaum wie jemand aus Ihren Kreisen vor. Er ist weder ein Verbrecher noch ein Kriminologe, und ganz gewiss kein Gourmet oder Bonvivant.“

„Brauchen Sie wirklich eine Begründung für mein Interesse?“, fragte Pimm. „Wenn Sie möchten, kann ich mir wohl etwas Überzeugendes einfallen lassen.“

„Oh nein, machen Sie sich nicht die Mühe, für mich nach Ausflüchten zu suchen. Sie wissen, dass ich es ohnehin am liebsten habe, wenn die Dinge rein theoretisch bleiben. Nun gut. Dann zu Oswald. Als Erstes sollten Sie wissen, dass er der brillanteste wissenschaftliche Geist in ganz England ist.“ Conqueror begann, sich mit seiner eigenen Tabakmischung die Pfeife zu stopfen. Sie stank nach ranziger Kamelhaut, wie

Pimm aus bitterer Erfahrung wusste. Bedächtig meinte der Professor: „Nun, vielleicht ist er nicht der größte Geist von allen, die im Augenblick in der Wissenschaft arbeiten. Es gibt da einen jungen Mathematiker, der vor sieben oder acht Jahren eine Abhandlung über das binomiale Theorem veröffentlicht hat, die absolut verblüffend ist und auch in Europa Aufsehen erregt hat. Ich habe gehört, dass er nun an einem Buch über die Dynamik der Asteroiden arbeitet, das ich mit Spannung erwarte. Er ist jemand, den man im Auge behalten sollte, falls er seinem früheren Werk gerecht wird. Bei diesen jungen …"

Pimm war Conquerors eher umständliche Art, Vorlesungen zu halten, gewöhnt. Sanft brachte ihn wieder auf das Ursprungsthema zurück: „Sie sprachen über Oswald?"

„Oh, ja. Oswald wird von vielen als der größte Geist betrachtet, der seit Newton unserer Nation zur Ehre gereicht. Abgesehen davon ist recht wenig über ihn oder seine Familie bekannt. Er kommt aus wohlhabenden Verhältnissen, nehme ich an, oder besitzt zumindest genügend Geld, um jahrelang seine eigenen Studien und Experimente zu finanzieren. Sein frühestes Interesse galt der Biologie, und er hat einige Zeit im Ausland verbracht, in den Urwäldern von Afrika und Südamerika, wo er verschiedene Tierarten sammelte. Anscheinend hat er damals etwas Bahnbrechendes über Frösche oder Eidechsen herausgefunden, wenn ich mich auch nicht an die Einzelheiten erinnern kann, das ist nicht mein Gebiet. Wenn er nicht gerade auf Reisen war, pflegte er auf irgendeinem großen Gut im Norden zu leben, wo er Gewächshäuser voller exotischer Pflanzen und ein Vielzahl von Laboratorien und Werkstätten hatte. Eines Tages begann er, sich für Alchemie zu interessieren, und dort zeigte sich sein wahres Genie. Er studierte das Verhalten von Gasen, Flüssigkeiten und Plasma und versuchte herauszufinden, wie man sie am besten kombiniert. So hat er sein Vermögen gemacht, oder zumindest sein jetziges Vermögen. Hin und wieder verließ er das Gebiet der reinen Forschung und stellte etwas her, das der praktischen Anwendung diente. Alchemistische Lampen, verbesserte Batterien, innovative magnetische Geräte, solche Dinge. Natürlich hat er auch die neuen Sicherheitsmauern und die Kuppel entworfen, die vor einigen Jahren erbaut wurden, um die Ruinen von Whitechapel abzuschotten. Er hat dem Staat unzählige Dienste erwiesen, obwohl ich vermute, dass dies eher beiläufig geschehen ist. Er beschäftigt sich mit dem, was ihn gerade interessiert, und gelegentlich stimmen seine Interessen mit den Bedürfnissen der Menschheit überein. Vor einigen Jahren hat er sogar Medizin studiert, weil er sich für die Leiden des menschlichen Körpers, für ansteckende Krankheiten und Ähnliches interessierte. So hat er auch die Königin kennen gelernt, wissen Sie."

Pimm zog eine Augenbraue hoch. „Nein, davon habe ich noch nichts gehört."

„Er entwickelte gemeinsam mit Pasteur die Keimtheorie", sagte Conqueror. „Tatsächlich spielte Oswald eine führende Rolle bei der Rettung von Prinz Albert. Den Ausschlag gaben natürlich Pasteurs Neuerungen. Man kann über Oswald sagen, was man will, jedenfalls versucht er nicht, die Lorbeeren anderer Leute einzuheimsen. Doch soviel ich weiß, war die Königin ihm für seine Unterstützung dankbar, und von da an erblühte ihre, ähm, Freundschaft."

„Als dann Prinz Alberts Untreue ans Licht kam, weil Morbus Konstantin ihn in eine Frau verwandelt hatte, wurde die Beziehung zwischen Oswald und der Königin noch inniger. Das besagen zumindest die Gerüchte", ergänzte Pimm.

Conqueror zuckte die Schultern und blies Rauch aus seiner übelriechenden Pfeife. „Der Hof ist mir nicht allzu vertraut, doch ja, ich habe dieselben Gerüchte gehört. Oswald interessiert sich allem Anschein nach inzwischen weniger für die Wissenschaft als für die Gesellschaft, und da kann es nicht schaden, das Vertrauen der Königin zu genießen."

„Was meinen Sie mit ‚Gesellschaft‘? Sie meinen doch nicht etwa Galas und dergleichen? Bälle? Wohltätigkeitsveranstaltungen?“ Pimm verabscheute all diese Veranstaltungen, es sei denn, er fand dort eine gut ausgestattete Bar.

„Nein, nein. Ich meine, er will die Gesellschaft verbessern. Wie viele Philosophen haben im Lauf der Jahrhunderte den menschlichen Hang zum Bösen, zur Faulheit, zum Egoismus und zur Grausamkeit beklagt? Wie viele Männer haben von einer besseren Welt geträumt? Von Gesellschaften, die nach gesünderen Prinzipien funktionieren als ‚Nimm, was du kriegen kannst, und denk nicht an die Folgen‘?“

„Mindestens acht oder zehn, würde ich sagen“, meinte Pimm. „Vielleicht sogar ein Dutzend.“

„Ha“, sagte Conqueror. „Der Unterschied zwischen den meisten Philosophen und Sir Bertram besteht darin, dass er ein Mann der Tat ist. Wenn er ein Problem erkennt, ist er besessen davon, es zu lösen. Diese Stimme im Hinterkopf, die wir fast alle haben, die uns sagt, ‚Das ist unmöglich‘, oder ‚Das ist mehr, als ein einzelner Mensch schaffen kann‘, oder ‚Das geht mich doch nichts an‘ – die hört Oswald nicht. Er handelt einfach.“

„Mmm“, machte Pimm. „Da fragt man sich doch, was die Stimmen in seinem Kopf stattdessen sagen. Er hat der Königin also Reformen vorgeschlagen?“

„In der Tat. Für manche davon ist sie offen, habe ich gehört.“

„Natürlich ist sie das“, sagte Pimm. „Sie unterstützt gern gute Ideen. Schon seit Jahrzehnten gibt sie Macht an ihre Minister ab. Das ist wirklich eine ihrer besten Eigenschaften.“

„Dennoch ist es für Oswald ein gewisses Problem. Wenn er stattdessen das Vertrauen einer absoluten Herrscherin hätte, könnte er wesentlich mehr Ideen umsetzen. Ich habe einige seiner Wohltätigkeitsveranstaltungen und Vorlesungen besucht, meist nur um des Buffets willen. Einige seiner Gedanken sind recht radikal.“

„Zum Beispiel?“

„Er will alle Verbrecher sterilisieren lassen.“

„Oh. Das ist alles?“

„Er ist der Meinung, dass kriminelles Verhalten erblich ist, ganz wie die Haar- oder Augenfarbe. Wenn ein Verbrecher sich nicht vermehren kann, kann er diese Eigenschaften auch nicht weitergeben.“ Conqueror blies einige unförmige Rauchringe in die Luft. „Das Problem ist natürlich: Selbst wenn man Oswalds Prämisse anerkennt, haben die Verbrecher, die er sterilisieren lassen will, oft schon längst Nachkommen gezeugt, wenn sie gefasst werden, manchmal sogar recht viele. Deshalb will Oswald sie fassen, bevor ihre kriminellen Neigungen zutage treten.“

„Das erscheint mir etwas schwierig“, meinte Pimm, „da ein Verbrecher per Definition jemand ist, der ein Verbrechen begeht. Einen Verbrecher zu fangen, bevor er ein Verbrechen begeht, wäre dasselbe, wie einen Vogel zu fangen, bevor er geschlüpft ist. Es geht nicht. Es ist noch kein Vogel.“

„Aber wenn Sie schon wüssten, dass er ein ganz schrecklicher Vogel werden wird, wenn er noch im Ei ist, könnten Sie trotzdem das Ei zerstören“, sagte Conqueror. „Nicht dass Oswald vorschlägt, diesen jungen Verbrechern derart früh zu Leibe zu rücken. Er war Mitglied der Phrenologischen Gesellschaft.“

„Phrenologie? War das nicht diese Methode, nach der man sich Ausbuchtungen am Kopf einer Person ansehen muss, um ihren Charakter zu erkennen? Ist das nicht schon seit zwanzig Jahren aus der Mode?“

„Oswald ist in gewisser Weise noch immer ein Verfechter dieser Theorie“, sagte Conqueror. „Obwohl er nun glaubt, dass man Schwankungen im Magnetfeld einer Person beobachten kann. Dabei muss man natürlich ein Gerät verwenden, das er selbst erfunden hat. So lässt sich erkennen, ob die Person, sagen wir, musikalische Begabung besitzt oder ein angeborenes Verständnis räumlicher Verhältnisse oder tief verborgene mörderische Impulse. Man untersucht die Kinder, und wenn sie unwillkommene Eigenschaften aufweisen …"

Pimm war entsetzt. „Was dann? Man macht aus ihnen Eunuchen?"

Conqueror schüttelte den Kopf. „Nein, soviel ich weiß, hat er eine chemische Methode, um die Fortpflanzung zu verhindern."

„Eine Chemikalie, die er zweifellos selbst kreiert hat", sagte Pimm.

Conqueror nickte. „Das mag sein, aber wer sonst würde so etwas erfinden? Es herrscht nicht gerade starke Nachfrage nach geheimen Mitteln, um Kinder zu sterilisieren. Oswald glaubt, dass man mit einem strengen Kontroll- und Sterilisierungsprogramm kriminelle Neigungen innerhalb weniger Generationen ausrotten könnte."

Pimm, den die Ausrottung von Verbrechern ähnlich traurig gestimmt hätte wie einen Schmetterlingsforscher die Ausrottung der Schmetterlinge, runzelte die Stirn. „Aber was meint er überhaupt mit ‚kriminellen Neigungen'? Unter widrigen Umständen sind alle Menschen zu kriminellen Handlungen fähig. Denken Sie an den sprichwörtlichen Mann, der ein Brot stiehlt, nur um seine hungernde Familie zu retten."

„Ich sagte nicht, dass ich seiner Meinung wäre", sagte Conqueror. „Nur, dass Oswald diese Meinung vertritt. Offen gestanden finde ich sie abscheulich. Was, wenn seine verfluchte Maschine falsch liegt, selbst wenn es nur ein einziges Mal geschieht? Keine Maschine ist vollkommen. Hinzu kommt, dass er seine Definition von ‚Verbrechern' möglicherweise bald auf all jene ausdehnen würde, die ihm persönlich missfallen. Auf Leute, die er wohl als ‚Abweichler' bezeichnen würde. Auf ‚Abweichler' jeglicher Couleur, politisch, persönlich oder anderweitig."

Pimm nickte. Conqueror war ein sogenannter „überzeugter Junggeselle", und obwohl Pimm prinzipiell nicht über dessen persönliche Neigungen oder den Grund für seine Ehelosigkeit spekulierte, hatte er sich doch gelegentlich seine Gedanken gemacht. „Sehr besorgniserregend."

„In der Tat. Aber Oswalds Ideen haben sich bislang kaum durchsetzen können. Zum Glück haben zu viele verschiedene Gruppen Einwände dagegen, und die Minister betrachten ihn und seine wilden Pläne mit großer Skepsis. Sie wünschen sich, die Königin würde weniger Zeit mit ihm verbringen. Oswald ist viel zu stark bestrebt, den Status quo zu ändern. Aber glücklicherweise ist er auch sehr sprunghaft. Er hat seine magnetischen Persönlichkeitsurteile tatsächlich schon wieder aufgegeben. Immer wieder folgt er einer neuen Leidenschaft und lässt halbfertige Projekte liegen, wenn sie ihn nicht mehr unterhalten."

„Hmm. Haben Sie eine Vorstellung von seinen aktuellen Interessen?"

„Ich habe gehört, dass er in letzter Zeit die Astronomen plagt", sagte Conqueror. „Es scheint, er hat seine Aufmerksamkeit den Sternen zugewandt."

„Wenigstens kann er dort oben nicht viel Schaden anrichten", sagte Pimm.

Conqueror ließ ein Husten hören. „Sie haben also noch nicht die Gerüchte über die ‚Aurora Britannica' gehört?"

„Wie, die Lichter am Himmel? Um ehrlich zu sein, ich habe sie kaum gesehen."

„Stimmt. Sie verbringen zu viele Abende in gut beleuchteten Räumen oder auf den hellen Straßen der Londoner Innenstadt. Auf dem Land, wo der Himmel nicht vom Licht der tausend Straßenlaternen erhellt wird, ist die Aurora wesentlich auffälliger."

„Es ist doch nur das Nordlicht." Pimm runzelte die Stirn. „Ich meine, man kann es hin und wieder auch in Schottland sehen, nicht wahr? Es ist in der letzten Zeit nur etwas häufiger aufgetreten."

„Ich habe noch nie davon gehört, dass man das Nordlicht so weit im Süden sehen konnte“, sagte Conqueror. „Jede Nacht, volle zwei Monate lang? Das ist einmalig. Wer das Nordlicht gesehen hat, meint ebenfalls, dass dieses Licht hier anders aussieht. Es hat andere Farben, andere Muster. Die Intensität des Lichts ist eine andere.“

„Was genau hat Oswald damit zu tun?“

Conqueror sah zur Tür, als sei ihm gerade erst aufgefallen, dass sie noch immer offen stand. Pimm erhob sich, schaute hinaus auf den leeren Flur und kehrte wieder zurück. „Wir sind unter uns“, sagte er und zog hinter sich die Tür zu.

Der alte Professor lächelte gezwungen. „Es ist albern von mir, aber Oswald hat dem College damals sehr viel Geld gespendet, vor allem der Alchemistischen Fakultät. Als ich hier anfing, hieß sie noch chemische Fakultät, weil man das Bild von mittelalterlichen Männern in Sternenmänteln, die in Bechern Löwenblut köcheln, hinter sich lassen wollte. Sie wissen schon. Doch Oswald bestand darauf, dass der alte Name besser sei.

Verzeihung, ich bin schon wieder abgeschweift. Ach ja, genau. Mir scheint, ich sollte nicht schlecht von jemandem sprechen, der so großzügig die Institution unterstützt, bei der ich angestellt bin.“

„Heißt das, Sie werden es mir nicht erzählen?“

„Natürlich erzähle ich es Ihnen! Ich wollte nur sichergehen, dass mich niemand hören kann und dass Sie es für sich behalten.“ Er beugte sich über den Schreibtisch. „Oswald ist auf vielen Gebieten ein Experte, aber der Magnetismus ist seine langjährige Passion. Es gibt viele Theorien über den Ursprung des Nordlichts, und manche vertreten die Hypothese, dass es etwas mit Schwankungen im Magnetfeld der Erde zu tun hat. Ich habe gehört, wie einige Gelehrte von anderen Fakultäten scheinbar scherzhaft überlegten, ob Oswald vielleicht ein weiteres großes Experiment angefangen hat. Ob er aus irgendeinem Grund versucht hat, das Magnetfeld der Erde zu beeinflussen, und dabei sozusagen den Himmel beschädigt hat."

„Das Magnetfeld der Erde. Das ist von großer Bedeutung, nicht wahr? Braucht man es nicht für Kompassnadeln und dergleichen?"

„Niemand kann genau sagen, wie wichtig das Feld wirklich ist, Pimm." Conqueror fuhr sich mit der Zunge über die Lippen. „Manche sind jedoch der Ansicht, es sei für die Erde eine Art Hülle oder Schild, der uns vor der höllischen Strahlung der Sonne schützt oder vor noch gefährlicherem Feuer aus dem Weltraum. Wenn das Magnetfeld versagt ... Die Dinosaurier waren einmal die herrschende Spezies auf diesem Planeten. Jetzt nicht mehr. Wir selbst könnten ebenso ausgerottet werden."

„Gewiss würde nicht einmal Oswald ein solches Risiko eingehen?"

„Wenn er wissen will, was dabei herauskommt?", sagte Conqueror. „Ich traue es ihm zu."

All das war faszinierend und nicht gerade beruhigend, doch es gab Pimm keinerlei Hinweis darauf, wie Oswald mit Value in Verbindung stehen könnte. „Interessiert er sich auch für, ähm, Automaten?"

„Oswald? Das kann man wohl sagen. Er hat einen kleinen Skandal ausgelöst, als er nach Ausbruch des Morbus Konstantin vorschlug, mechanische Frauen herzustellen, um die Bedürfnisse der Männer zu erfüllen. Schließlich könnten sie den lebenden Frauen dabei nicht mehr trauen." Conqueror schauderte. „Wenig später wurden die ersten mechanischen Freudenhäuser eröffnet. Jemand muss von seiner Idee gehört und erkannt haben, dass sich daraus Profit schlagen lässt."

Aha! „Wer stellt denn die Automaten her?", fragte Pimm. „Ich habe noch keinen gesehen, aber ich habe gehört, dass sie verblüffend lebensecht seien."

Conqueror zog nachdenklich an seiner Pfeife. „Wissen Sie, ich habe nicht die geringste Ahnung. Ich vermute, es ist irgendein verrückter Bastler, der einen ganzen Keller voller Unaussprechlichkeiten hatte und die Gelegenheit beim Schopf packte, den Bordellbesitzern seine persönlichen Spielzeuge zu verkaufen. Aber da Sie es erwähnen, es gibt tatsächlich Dutzende von diesen Dingern, nicht wahr, was eher auf eine fabrikmäßige Herstellung hindeutet. Ich weiß es wirklich nicht. Sie glauben doch nicht, dass Oswald dahintersteckt, oder?"

Pimm zuckte die Achseln. „Ich bin bloß neugierig, das ist alles."

„Er besitzt auf jeden Fall die technische Fachkenntnis", sinnierte Conqueror.

„Wenn die Anregung dafür sogar von ihm kam ... soweit Sie mir erzählt haben, neigt er dazu, sich gewinnbringende Lösungen für Probleme auszudenken, die er selbst definiert hat", mutmaßte Pimm.

„Das Geld braucht er wohl kaum, aber es wäre ihm wohl zuzutrauen, so etwas zu erschaffen, weil er es unterhaltsam findet. Dennoch erscheint es mir etwas unfein. Ich kann mir nicht vorstellen, dass die Königin damit einverstanden wäre."

„Es wäre ein arger Skandal", sagte Pimm. „Vor allem, wenn man bedenkt, was für Geschäftspartner er bräuchte, um mit einem solchen Unterfangen Erfolg zu haben."

„Die Sorte Verbrecher, die man auch ohne magnetische Persönlichkeitskontrolle erkennt", bemerkte Conqueror. „Gut, gut. Langsam begreife ich, weshalb Sie hier sind."

„Wie meinen Sie das? Ich bin bloß gekommen, um einen alten Freund zu besuchen. Tatsächlich muss ich bald wieder gehen. Aber ehe ich aufbreche: Haben Sie schon einmal von einem Mann namens Adams gehört? Ein Wissenschaftler, der private Forschungen betreibt?"

„Nicht dass ich wüsste. Was ist sein Forschungsbereich?"

„Oh. Die menschliche Physiologie, im weitesten Sinne, aber insbesondere das Weiterbestehen der Persönlichkeit nach dem Tod, denke ich."

„Spiritualismus“, meinte Conqueror abfällig. „Kann man wohl kaum eine Wissenschaft nennen. Das ist hauptsächlich Wunschdenken und Einbildung.“

„Ich bin überzeugt, dass Sie Recht haben“, erwiderte Pimm. Er wünschte seinem Freund einen guten Tag und machte sich gedankenverloren auf den Weg über den Campus. Oswald war demnach der Erfinder der mechanischen Konkubinen und hatte mit Value Geschäfte gemacht. Selbstverständlich würde der Mann nicht wollen, dass diese Verbindung an die Öffentlichkeit kam. Ein Skandal würde Oswald zwar sicher zuwider sein, doch so sehr, dass er Value in Todesangst versetzte? Irgendjemand reagierte da eindeutig zu heftig. Es sei denn, es gab noch eine weitere Beziehung zwischen dem Wissenschaftler und dem Verbrecherkönig. Ein Gedanke regte sich in seinem Hinterkopf. Es hatte etwas mit Morbus Konstantin zu tun.

Er blieb im Schatten eines blühenden Baumes stehen und starrte ins Leere. Oswald hatte die Keimtheorie studiert. Oswald hatte ein Faible für groß angelegte Gesellschaftsexperimente. Oswald hatte Prinz Albert das Leben gerettet, und später, nachdem Prinz Albert als Ehebrecher eingesperrt worden war, hatte er sich der Königin angenähert. Die Königin konnte ihm helfen, noch mehr seiner großen Gesellschaftsexperimente in die Tat umzusetzen. Es war zwar nicht bewiesen, doch einmal angenommen, Oswald hatte mechanische Automaten entwickelt, die eine direkte Antwort auf Morbus Konstantin darstellten. Die würden sich für ihn als recht profitabel erwiesen haben.

Aber ja, erst gestern hatte Pimm Ellie gegenüber geäußert, dass jemand die Krankheit bewusst geschaffen haben könnte, um sie als Werkzeug für eine Revolution oder irgendeine gesellschaftliche Umwälzung einzusetzen. Später hatte er die Idee zwar wieder verworfen und als Ausdruck seiner Neigung gesehen, für jedes Unglück auf der Welt einen Schuldigen zu suchen. Aber wenn es ein Verbrechen gab, musste es logischerweise auch einen Verbrecher geben. Naturkatastrophen und Seuchen waren keine Verbrechen, doch was, wenn Morbus Konstantin nichts Natürliches war? Was, wenn dies das Geheimnis war, das Value kannte? Die Entdeckung, dass Oswald mit den Bordellen zu tun hatte, führte schließlich unweigerlich zu Value. Diese Verbindung konnte die wirkliche Gefahr für Sir Bertram darstellen, weitaus gefährlicher als jeder Skandal über eine Verstrickung mit mechanischen Frauen. Doch warum sollte Value etwas über eine von Menschen geschaffene Seuche wissen? Oswald hätte einem solchen Mann so etwas gewiss niemals anvertraut.

„Value", sagte Pimm und schloss die Augen. Was war ein anderes Wort für ‚value'?

Worth.

Pimm eilte auf die nächste Straße zu. Er brauchte Antworten. Doch zuallererst brauchte er eine Droschke. Davor konnte ein Drink nicht schaden. Er tätschelte den Flachmann in seiner Tasche und gab sich selbst das Versprechen, nur einen Schluck zu nehmen, vielleicht auch zwei. Nüchternheit war schön und gut, doch irgendwann brachte sie einen nicht mehr weiter.

FESSELUNG

Die Fahrt war natürlich peinlich. Zusammen mit Carrington und zwei seiner mechanischen Frauen hatten sie sich in eine geschlossene Kutsche gezwängt, alle unangenehm eng zusammengepfercht. Um auf diesem engen Raum für Ordnung zu sorgen, vertraute Carrington auf seine Pistole, die er diskret auf Winnies Bauchgegend gerichtet hielt. Ellie war ein wenig beleidigt, dass er Winnie offensichtlich als die größere Gefahr betrachtete. Allerdings war diese Annahme begründet, wenn man bedachte, wie verschieden sie sich beim Picknick verhalten hatten. Eine Weile polterten sie über das Pflaster, ohne sich zu unterhalten, doch schließlich hielt Ellie es nicht mehr aus und fing zu sprechen an. „Mr. Carrington, das war doch Ihr Name, nicht wahr? Wie kamen Sie dazu, für Mr. Oswald zu arbeiten?"

Er bewegte die Pistole in ihre Richtung. „Seien Sie ruhig, Miss Skye. Ich bin nicht in der Stimmung für Interviews."

Winnie schnaubte. „Warum sollten wir nichts sagen? Sie werden uns schon nicht erschießen. Jedenfalls nicht hier und jetzt. Sie sind ein Sekretär. Allein dürfen Sie keine Entscheidungen treffen, und Oswald will uns schließlich lebend sehen."

Ein Muskel in Carringtons Wange zuckte. „Gut. Plaudern Sie drauflos, die Damen. Aber erwarten Sie keine Antworten von mir."

„Ich mache mir Notizen, wissen Sie", sagte Ellie. „Ich bin Reporterin. Ich habe meine Beobachtungen und meine Vermutungen aufgeschrieben. Wenn mir etwas zustößt und diese Notizen gefunden werden, wird man Fragen stellen."

Carrington gluckste. „Wenn man bedenkt, was bald in dieser Stadt passieren wird, wird das Verschwinden einer lästigen Reporterin kaum noch jemanden kümmern."

„Was meinen Sie?", wollte Winnie wissen. „Was wird passieren?"

„Was fragen Sie mich?", meinte Carrington. „Ich bin nur der Sekretär. Sprechen Sie noch einmal, und ich werde dafür sorgen, dass die mechanischen Frauen Ihnen die Hand vor den Mund halten. Denken Sie nur einmal darüber nach, wo diese Hände schon gewesen sind und was sie wohl als Letztes angefasst haben, ehe Sie entscheiden, ob Sie mich auf die Probe stellen wollen. Hmm?"

Ellie schüttelte sich, doch sie verstummte. Sie hatte angenommen, dass Oswalds Interesse an ihr lediglich darin begründet lag, dass er sie zum Schweigen bringen und sie davon abhalten wollte, seine Verbindung zu den mechanischen Bordellen und zu Verbrechern wie Abel Value ans Licht zu bringen. Doch was, wenn es noch ein tiefer liegendes Motiv gab? Was, wenn Oswald in Schlimmeres verwickelt war als die Spielerei mit mechanischen Huren? Das allein wäre schon blamabel gewesen, doch es war nicht illegal und schien kaum eine Reaktion zu rechtfertigen, die eine Entführung einschloss. Ihr journalistischer Instinkt kribbelte nicht nur, sondern schrie geradezu. Hier gab es eine Story. Eine wichtige Story. Sie befand sich in einer verblüffend günstigen Position, diese Story zu schreiben. Vorausgesetzt, sie lebte lang genug.

✠ ✠ ✠

Pimm klopfte an die Tür und betrat Whistlers Büro. Der Polizist sah von einem Haufen Papiere auf seinem unordentlichen

Schreibtisch auf und runzelte die Stirn. Sein Haar war durcheinander und vor Erschöpfung hatte er dunkle Ringe unter den Augen. „Pimm? Wie haben Sie so schnell davon gehört?"

Die Wärme, die der soeben genossene Brandy ihm eingeflößt hatte, verflüchtigte sich. „Wovon gehört?"

Whistler lehnte sich in seinem knarrenden Stuhl zurück und stieß einen tiefen Seufzer aus. „Oh. Ich dachte ... Es ist unser Mr. Worth, der Frauenmörder. Er weilt nicht mehr unter uns."

Pimm starrte ihn an. „Ist er entkommen?"

Whistler schüttelte den Kopf. „Der irdischen Justiz vielleicht. Lag tot in seiner Zelle, als wir heute Morgen nach ihm sahen. Wir hatten noch nicht einmal Gelegenheit, ihn ordentlich zu verhören."

„Hat er sich umgebracht?", fragte Pimm. Worth schien kaum von Schuldgefühlen geplagt gewesen zu sein, und in der vorigen Nacht hatte er unbedingt weiterleben wollen, doch der Aufenthalt in einer dunklen Zelle konnte natürlich einen Sinneswandel herbeiführen. Pimm wäre enttäuscht gewesen, einen möglichen Zeugen gegen Value zu verlieren, hätte er nicht gewusst, dass der alte Schuft um sein Leben fürchtete und fliehen wollte.

„Nein", sagte Whistler. „Dafür gab es keinerlei Anzeichen. Er lag ganz einfach auf dem Boden und war kalt. Ich nehme an, es könnte ein Herzinfarkt gewesen sein."

Pimm bemerkte Whistlers zweifelnden Ton und hakte nach: „Oder?"

„Wenn ich glaubte, dass jemand ein Motiv hätte", sagte Whistler vorsichtig, „und dass dieser Jemand Zutritt zu ihm hätte, würde ich vermuten, dass er vergiftet wurde."

„Ohne die Ehre Ihrer Gefängniswärter in Zweifel ziehen zu wollen", sagte Pimm, „jemand, der genug zahlt, könnte sich wahrscheinlich Zutritt verschaffen, meinen Sie nicht?"

„Ja." Whistlers Stimme war ebenso müde und grimmig wie sein Gesicht. „Sie sagten, Worth könne uns Beweise gegen

Value liefern. Glauben Sie, dass Value den Tod des Mannes veranlasst hat?“

Pimm zögerte. Tatsächlich glaubte er es nicht. Value hatte andere Sorgen, die sich vor allem darum drehten, dass Worth etwas über Values wahren Herrn Bertram Oswald ausplaudern könnte. Doch Pimm hatte bei Weitem nicht genügend Beweise, um im Büro eines Londoner Polizeiinspektors Oswalds Namen zu nennen. „Ich halte es für möglich“, meinte er. Dies gab ihm wenigstens einen Anknüpfungspunkt, um die Frage zu stellen, derentwegen er eigentlich gekommen war. „Was wissen wir denn eigentlich wirklich über Value?“

Whistler runzelte die Stirn. „Ich habe hier seine Akte.“ Er öffnete einen Umschlag und ließ einige wenige Dokumente auf den Tisch fallen. „Tatsächlich wissen wir nur recht wenig. Er ist noch nie verhaftet worden, obwohl wir ihn schon oft genug verhört haben. Er gibt vor, ein ehrbarer Geschäftsmann zu sein, und wir wissen, dass er einige Kneipen besitzt. Natürlich auch die mechanischen Bordelle, die penibel im Bereich des Legalen bleiben, völlig frei von menschlichen Prostituierten. Aber wir wissen auch, dass er durch ein kompliziertes Netzwerk von Angestellten noch immer menschliche Frauen auf der Straße beschäftigt. Ich sage, wir wissen es, aber wir können es nicht beweisen. Wir haben außerdem den Verdacht, dass er am Schmuggel beteiligt ist, ebenso an mehreren Diebstählen, doch er persönlich hält sich aus solchen Aktivitäten heraus. Bis jetzt haben wir keinen Zeugen finden können, der gegen ihn ausgesagt hat. Ich sollte Ihnen das eigentlich nicht erzählen, aber Mr. Worths Tod war nicht der erste verdächtige Todesfall, den wir erlebt haben. Sie wissen natürlich über Martinson Bescheid, dessen Tod wie Selbstmord aussah, möglicherweise aber keiner war. Wir hatten auch mit einigen Leuten zu tun, die auf einmal ihre eidesstattlichen Erklärungen widerriefen und kurz darauf in edlen Pelzmänteln gesehen wurden oder wesentlich bessere Zigarren rauchten. Value ist ein organisierter Verbrecher. Er erpresst die Leute, wenn er kann, wenn nicht, tötet er sie. Er ist kein blutrünstiger Irrer. Er sieht manche Menschen als hinderlich oder als förderlich für sein Geschäft an, und dementsprechend behandelt er sie. Dass sie Menschen sind, interessiert ihn nicht."

„Das passt zu dem, was ich selbst über den Mann weiß", meinte Pimm. „Aber woher kommt er? Er muss mindestens Mitte vierzig sein. Was war sein Beruf, ehe er ein Meisterverbrecher wurde?"

Whistler zuckte die Achseln. „Keine Ahnung. Wir haben das erste Mal vor, hm, drei Jahren von ihm gehört? Er hat sich über seine Vorgeschichte niemals öffentlich geäußert, sein Akzent lässt allerdings vermuten, dass er schon lange in London lebt. Er scheint voll ausgebildet aufgetaucht zu sein. Wie eine düstere Athene, die dem Kopf eines besonders anrüchigen Zeus entsprungen ist."

„Er trat genau dann auf den Plan, als gerade die ersten Fälle des Morbus Konstantin diagnostiziert wurden", meinte Pimm nachdenklich.

„Hmm? Ja, das stimmt wohl."

„Was wissen wir über die Frau des verstorbenen Mr. Worth?"

Whistler runzelte die Stirn. „Meinen Sie, ob wir sie erreichen können, um sie über Mr. Worths Tod zu benachrichtigen? Sie ist verschwunden, sie war einer der ersten Verwandlungsfälle, von denen wir hörten. Ihr Mann kam wie wahnsinnig zu uns und erzählte, seine Frau sei zum Mann geworden und davongelaufen."

„Sie war tatsächlich das allererste Opfer", sagte Pimm. „Zumindest das erste, das gemeldet wurde. Aber ich meinte, was wissen wir über sie, ehe sie verschwand?"

„Mabel Worth", sagte Whistler. „Sie war berüchtigt. Die Verbrecherklasse nannte sie Madam Worth. In ihrer Jugend war sie selbst Prostituierte gewesen, aber als sie älter wurde, nahm sie eine leitende Stellung ein. Sie führte in Southwark ein Bordell der übelsten Sorte, während ihr Mann eine Gruppe Mädchen überwachte, die draußen auf der Straße arbeiteten.

Daran war zu dieser Zeit nichts Illegales. Jedoch gab es immer Gerüchte, dass die Worths sich auf der Straße junge Mädchen vom Lande schnappten, die in der Stadt zu Besuch waren, ihnen Laudanum einflößten und sie zwangen, für sie zu arbeiten. Nach allem, was ich gehört habe, war Madam Worth wesentlich furchterregender als ihr Mann und dafür bekannt, dass sie jeden Kunden, der nicht gleich zahlte, mit der Reitpeitsche verprügelte. Ein übles Weibsstück, dachte immer zuerst an ihren Gewinn, gnadenlos und pragmatisch. Ihr Mann dagegen war eher chaotisch und wurde oft festgenommen, weil er in der Öffentlichkeit trank oder seine Mädchen schlug. Madam Worth war eindeutig die Gefährlichere von beiden."

„Sie verwandelte sich in einen Mann und verschwand, und nur wenige Wochen später haben sie zum ersten Mal den Namen Abel Value gehört? Mabel Worth verschwindet, und Abel Value taucht auf?"

Whistler starrte ihn an und gab dann einen langen, leisen Pfiff von sich, der seinem Namen alle Ehre machte. „Pimm. Das ist ein großer Gedankensprung, der sich nur auf eine zufällige Namensähnlichkeit gründet."

„Sowie auf eine zeitliche Übereinstimmung", sagte Pimm. „Ähnliche Geschäftsinteressen. Die Mentalität der besagten Personen. Madam Worth war eine respekteinflößende Frau in einer Welt, die von respekteinflößenden Männern beherrscht wird, richtig? Die Art von Frau, die ihre Verwandlung in einen Mann wohl nicht als Tragödie sehen würde, als schreckliches Gottesurteil oder als Scherz des Teufels, sondern als eine Chance."

„Das ist eine interessante Theorie", sagte Whistler, „Die Idee hat eine angenehme Ebenmäßigkeit. Allerdings hatte Value Geld genug, um diese mechanischen Bordelle zu eröffnen und auszustatten, und das ist nicht gerade billig. Madam Worth war zwar erfolgreich, aber so viel Geld kann sie nicht verdient haben."

„Vielleicht hatte sie Geldgeber", überlegte Pimm. „Ihr Mann lebte für einen arbeitslosen Zuhälter ebenfalls auf verdächtig großem Fuß, nicht wahr? Das lässt vermuten, dass irgendjemand auch seinen Lebensstil bezahlt hat, oder?"

„Selbst wenn Madam Worth zu Abel Value geworden ist, weiß ich nicht, ob das irgendetwas ändert. Es gibt kein Gesetz, dass es einem verbietet, sein Geschlecht durch eine Seuche ändern zu lassen, und auch kein Verbot, seinen Namen zu ändern. Wenn Value sein Leben als Madam Worth begonnen hat, bleiben seine Verbrechen trotzdem dieselben. In den Augen anderer Verbrecher würde es wahrscheinlich seinen Status verändern, wenn sie herausfänden, dass er am Anfang seines Lebens eine Frau war, doch rechtlich gesehen ..."

„Oh, ich weiß", meinte Pimm nachdenklich. „Aber soweit ich verstehe, hat das Gesetz entschieden, dass man juristisch gesehen das Geschlecht behält, mit dem man geboren wurde, selbst nach einer Verwandlung. Das heißt dann wohl, dass Value wenigstens die Demütigung erspart bleiben wird, im Newgate-Gefängnis an der Tretmühle zu arbeiten, falls er tatsächlich Mabel Worth ist. Frauen können ja nicht dazu verurteilt werden."

„Ein verdammt merkwürdiges Gesetz, das fand ich schon immer", meinte Whistler. „Die Krankheit ist noch nicht einmal ein Scheidungsgrund. Das bedeutet, wenn der Ehemann verwandelt wird, können zwei Frauen miteinander verheiratet sein, oder zwei Männer, falls sich die Frau verwandelt. Obwohl sie rechtlich gesehen wohl noch immer Mann und Frau sind. Kein Wunder, dass so viele ihren Namen ändern, durchbrennen und versuchen unterzutauchen."

„Das alles liegt im Erbrecht begründet", entgegnete Pimm achselzuckend. „Wenn die älteste Tochter sich in einen Mann verwandelt, könnte sie vor ihren Brüdern erben, und ein Sohn, der in eine Frau verwandelt wurde, könnte sein Erbe verlieren. Die Reichen haben einen gewissen Einfluss auf die Gesetzgebung, und sie dulden ungern Veränderungen oder Brüche."

„Das Einzige, das ich von meinem Vater geerbt habe, war eine Taschenuhr", sagte Whistler. „Aber in einer Familie wie der Ihren fällt so etwas wohl ins Gewicht."

„Ich bete jeden Tag für die Gesundheit meines älteren Bruders", meinte Pimm, „damit es nicht ins Gewicht fällt. Sehe ich etwa aus wie ein Marquis?"

„Nein", meinte Whistler. „Sie haben ein viel zu ausgeprägtes Kinn."

Pimm erhob sich. „Ich danke Ihnen für die Informationen, alter Freund. Sie haben mir zumindest geholfen, meine Neugierde zu stillen. Vielleicht werde ich einmal in Abel Values Büro vorbeischauen – das heißt, in dem letzten mir bekannten – und ihn wissen lassen, dass sein Ehemann unglücklicherweise verschieden ist."

„Gesetzt den Fall, Worth ist wirklich Values verstorbener Ehemann", sagte Whistler. „Vorausgesetzt, Value hat den Mann nicht selbst ermorden lassen."

„Das Schöne daran, ein unabhängiger Ermittler zu sein", meinte Pimm, „ist, dass ich allein aufgrund von Mutmaßungen fröhlich meine Ziele verfolgen kann. Ich muss nicht wie Sie auf lästige Einzelheiten wie Beweise und Indizien Rücksicht nehmen."

„Tatsächlich? Ich dachte, das Schöne an ihrer unabhängigen Tätigkeit sei die Freiheit, sich schon vor dem Mittagessen zu betrinken."

Pimm zog eine Grimasse und zwang sich dann zu einem Lächeln. Er hatte versucht, sehr deutlich, langsam und ruhig zu sprechen, doch eine übertrieben deutliche Aussprache konnte für den Trinker ebenso verräterisch sein wie Lallen. „Ich weiß nicht, wie Sie es schaffen. Diese Arbeit, völlig nüchtern? Das hält man doch im Kopf nicht aus."

Ein eigener Käfig

Die Kutsche fuhr durch das übergroße Tor eines Lagerhauses, das sich hinter ihnen schloss, dann wurden Ellie und Winnie in den dunklen Innenraum getrieben. Der Raum war riesig. Echos hallten von den Wänden, und Vögel flatterten im Gebälk. Haufen gebogener Eisenstangen lagen in scheinbar zufälligen Abständen auf dem harten Boden herum, neben großen Gegenständen, die mit Tüchern abgedeckt waren. Durch die Fenster, die sich hoch oben in Deckennähe befanden, fiel graues Licht, und eine einzige alchemistische Lampe, ein hohes, freistehendes Modell, warf im Halbdunkel einen Lichtkreis. „Hier entlang", meinte Carrington. Mit der Spitze von Winnies Sonnenschirm stach er Ellie in die Seite und trieb sie zum Licht hin. „In den Käfig."

Ellie blieb abrupt stehen und starrte das Ding an. Ihre Augen sehnten sich nach Licht, trotzdem konnte sie den nächsten Haufen Altmetall als großen eisernen Käfig erkennen, in der Art, wie man sie im zoologischen Garten im Regent's Park zu sehen bekam. Er schien geeignet, wilde Löwen, Tiger oder Leoparden darin einzusperren. „Sie wollen uns in einen Käfig stecken?"

„Wäre es Ihnen lieber, wenn ich Sie mit Seilen und Ketten fesseln ließe?", fragte Carrington. „Ich könnte mich stattdessen zu dieser Methode überreden lassen. Mein Dienstherr wünscht sich ein gefesseltes Publikum, doch die Auswahl der Fesseln hat er mir überlassen."

„Seile wären wahrscheinlich am besten." Crippen trat aus dem Schatten und ließ die Fingerknöchel knacken. Wahrscheinlich hatte er hinter ihnen das Tor geschlossen, dachte Ellie. „Frauen kann man nicht trauen, vor allem wenn sie Bratpfannen oder Blumenvasen zur Hand haben", knurrte Crippen.

„In solchen Fragen sind Sie sicherlich Experte." Carrington versuchte gar nicht erst, seine Geringschätzung zu verbergen, er fühlte sich Crippen offensichtlich überlegen. Dabei war er selbst auch nur der Hund desselben Herren. „Was meinen die Damen?

„Der Käfig ist uns schon recht", sagte Winnie und hörte sich an, als wähle sie ein neues Sofa für ihren Salon. „Er scheint einigermaßen geräumig zu sein." Sie spazierte in den Käfig hinein. Die Decke befand sich nur etwa eine Handbreit über ihrem Kopf. Ellie schluckte ihre Beklommenheit hinunter und folgte ihr. Carrington ließ die Tür zufallen, steckte einen großen Eisenschlüssel ins Schloss und drehte ihn um, mit einem Rasseln, das in Ellies Ohren erschütternd endgültig klang. „Seien Sie so gut, und sehen Sie nach den Pferden", rief er Crippen zu. Dieser knurrte und schickte sich dann an, die Tiere und die Kutsche wegzuführen.

Carrington zog einen Holzstuhl an den Käfig heran, in die Nähe der Lampe. Er setzte sich, während er den gefangenen Frauen ein strahlendes Lächeln schenkte. Ellie stand mit dem Rücken zu den Gitterstäben in der hinteren Ecke des Käfigs, während Winnie sich im vorderen Bereich lümmelte, die Ellbogen auf eine Querstange aufgestützt, die Knöchel übereinander geschlagen. Irgendwie schaffte sie es, vollkommen entspannt auszusehen. Carrington warf einen Blick über die Schulter, sah zu, wie Crippen die Pferde fort in die Dunkelheit führte, und wandte sich wieder an seine Gefangenen. „Es tut mir schrecklich leid, dass ich keine getrennten Unterkünfte für die Männer und Frauen in Ihrer Gruppe anbieten kann", sagte er. „Ich weiß, es ist entsetzlich unzivilisiert. Aber es macht Ihnen nichts aus, oder, Freddy?"

„Sie sind ein Schuft, Sir", sagte Winnie frostig. Sie wandte sich Ellie zu. „Es gibt etwas, das ich Ihnen mitteilen sollte, Ellie, und sei es nur, um Carrington seinen grausamen Spaß zu verderben. Auch wenn ich nicht weiß, warum er solch eine elementare Abneigung gegen mich entwickelt hat. Ich habe nur im Vorbeigehen sein Gesicht mit meinem Sonnenschirm gestreift. Ein Mann, dessen Gesicht wie seines zum Schlagen geradezu einlädt, hat gewiss schon Schlimmeres erlebt. Nun, Ellie, ich muss gestehen, ich bin nicht als Frau geboren worden. Bis vor zwei Jahren war ich Frederick, nicht Winifred."

„Buh", meinte Carrington, „Spielverderber! Ich hatte vorgehabt, das Ganze etwas mehr in die Länge zu ziehen und viele bösartige Bemerkungen über Ihre Weichteile zu machen. Was soll ich jetzt tun, um mir die Zeit zu vertreiben?"

Ellie blinzelte. „Sie sind ein Opfer des Morbus Konstantin?"

„Ich würde mich niemals als ein Opfer von irgendetwas bezeichnen", sagte Winnie, „Doch ja, ich habe mir die Krankheit zugezogen. Ich war leider nicht immer vorsichtig bei der Wahl meiner intimen Freundinnen."

Ellie hatte schon Menschen getroffen, die durch die Krankheit verwandelt worden waren, doch nur im Rahmen ihrer Recherchen. Sie hatte begonnen, Winnie als Freundin anzusehen, und es war ein Schock für sie, herauszufinden, dass sich in diesem Körper der Geist und die Seele eines Mannes befanden. Sie platzte mit der ersten Frage heraus, die ihr einfiel: „Weiß Pimm davon?"

Winnie zog eine elegante Augenbraue hoch. „Ja, natürlich. Wir sind beste Freunde seit unserer Kindheit. Als ich mich verwandelt hatte, wusste ich, dass meine Familie für meinen neuen Stand im Leben kein Verständnis haben würde. Es war weitaus besser, wenn Freddy, der ohnehin immer ein unzuverlässiger Bursche war, eine lange Reise nach Amerika antrat, ohne vorher jemandem Bescheid zu geben. Pimm bot an, mich zu einer ehrbaren Frau zu machen."

„Aber … aber habt ihr …?" Ellie errötete.

„Um Gottes willen, nein!", sagte Winnie und schauderte sichtlich. „Ich weiß, dass sich bei einigen, die verwandelt wurden, ihre, ähm, Vorlieben ebenfalls änderten. Aber ich fühle mich nicht zu Männern hingezogen, was in mancher Hinsicht verflucht unpraktisch ist. Selbst wenn ich mit einem Mann intim werden wollte – mit Pimm? Nie im Leben. Das wäre ja quasi Inzest. Nein, meine Liebe, wir wohnen nur zusammen, unsere Ehe ist zum Schein und fast völlig zu meinen Gunsten."

„Dann ist Pimm … ähm …?"

„Ein warmer Bruder?", meinte Carrington fröhlich. „Ein Perverser? Ein Anhänger gewisser griechischer Philosophen? Ja, das habe ich mich in der Tat auch schon gefragt. Was habt ihr beiden in der Schule nur zusammen getrieben, dass euch die Heirat wie eine natürliche Fortentwicklung eurer Beziehung erschien?"

Winnie ignorierte ihn scheinbar gelassen. „Nein, Liebes", sagte sie sanft. „Pimm mag Frauen recht gern, wenn er sich lange genug von seiner Arbeit losreißen kann, um das schöne Geschlecht wahrzunehmen."

„Aber Sie zu heiraten, das bedeutet doch, dass er niemals jemand anderen heiraten kann."

Winnie nickte. „Das ist tatsächlich ein Grund für große Streitigkeiten zwischen uns. Ich lehnte sein Angebot zuerst ab, aber Pimm hat die seltsame Überzeugung, dass er einen grauenhaften Ehemann abgeben würde. Er meint, dass unsere Vereinbarung irgendeiner anderen Frau das Elend ersparen würde, dass er spät nachts noch an seinen Fällen arbeitet."

„Oh bitte, fast jeder weiß, dass der Mann ein Trinker ist", fiel ihr Carrington ins Wort. „Ein passabler Detektiv, wenn er nüchtern ist, aber wie oft ist das schon der Fall? Obwohl es recht anständig von ihm ist, seine Schwäche zu erkennen und einer Frau die Schande ersparen zu wollen. Auf jeden Fall ist Ihre Ehe nicht legal. In den Augen der Welt sind Sie noch immer ein Mann, Freddy."

„Freddy gibt es nicht mehr", sagte Winnie, „Ich bin Winifred. Sie können jeden fragen."

„Warum sollten wir? Wir kennen die Wahrheit, und es gibt Wege, sie zu beweisen, was Sie sicherlich nur zu gut wissen. Eines Ihrer Haare und ein Haar aus Ihrem alten Leben, ein Schuss magnetische Flüssigkeit, und zwischen ihnen ist eine Verbindung hergestellt. So können wir beweisen, dass Freddy und Winnie ein und dieselbe Person sind." Er zuckte die Achseln. „Nicht dass wir uns die Mühe machen möchten. Wir haben wirklich keinen Grund, Pimm ins Verderben zu stürzen. Ich dachte nur, Miss Skye sollte wissen, dass Sie mit Vorsicht zu genießen sind, Freddy. Als Mann waren Sie ein rechter Wüstling, und wie man hört, besuchen Sie nun Salons, um sich dort eifrig nach den Anhängerinnen Sapphos umzutun …"

„Ich kann mich nicht erinnern, Sie aufgefordert zu haben, mit unseren Gästen zu sprechen", sagte eine Stimme aus dem Schatten.

Carrington zuckte zusammen wie ein geprügelter Hund, der den Stiefel herannahen sieht. „Entschuldigung, Herr."

„Ihre Kleinlichkeit ermüdet mich, Mr. Carrington", sagte der Neuankömmling. Er stand noch immer im Dunkeln außerhalb des Lichtkreises der alchemistischen Lampe. „Verzeihen Sie ihm, meine Damen. Er wuchs in Armut auf und bringt all denen, die als Kinder regelmäßige Mahlzeiten genossen, tiefe Bitterkeit entgegen. Sein Wesen und seine Erziehung sind der Grund für seine böse Zunge, vor allem, wenn er mit Höhergestellten spricht. Entschuldigen Sie sich, Mr. Carrington."

„Es tut mir wirklich leid“, sagte Carrington in einem Tonfall, von dem Ellie hätte schwören können, dass er aufrichtig war, wenn sie es nicht besser gewusst hätte.

„Sind Sie das, Sir Bertram?“, rief Ellie.

„Ich bin es in der Tat.“ Er kam näher, ein großer, gut gekleideter Mann, der einen Gehstock aus einem eigenartigen Metall in der Hand hielt. Er näherte sich den Gitterstäben, spähte hindurch und fing dann an zu schmunzeln. „Ach, du liebe Zeit“, sagte er. „Es ist mir ein Vergnügen, Sie wiederzusehen, Miss Skyler. Oder sollte ich sagen, Mr. Jenkins?“

„Wie, sie sind beide als Männer geboren?“, meinte Carrington verblüfft.

Nachricht aus dem Untergrund

Pimm eilte seine Eingangstreppe hinauf und durch die Tür. Er hoffte, drinnen Freddy zu finden. Vielleicht durfte er sogar auf Ellies Anwesenheit hoffen? Doch die Wohnung war verlassen. Er seufzte und nahm die Gelegenheit wahr, den Flachmann wieder aufzufüllen, den er am Morgen geleert hatte. Er war gerade dabei, den Trichter wegzupacken, als es an die Tür klopfte.

„Einen Augenblick", rief er, während er zur Tür ging. Er öffnete sie und sah einen schmutzigen Straßenjungen von neun oder zehn Jahren, der unbehaglich auf den Stufen stand. Sein Gewicht verlagerte er ständig nach vorn und nach hinten, als sei er im Begriff, Reißaus zu nehmen. „Sind Sie Halliday?", nuschelte er.

„Der bin ich."

„Mr. Adams schickt mich mit einer Nachricht." Der Blick des Jungen wanderte unruhig in alle Richtungen, als erwarte er, jeden Augenblick angegriffen zu werden.

„Tatsächlich? Was ist das für eine Nachricht?"

„Er meinte, Sie würden mir eine halbe Krone geben." Nun schaute der Junge ihn an, direkt und trotzig.

„Ich gebe dir einen halben Sovereign." Pimm nahm eine Münze aus der Tasche und hielt sie zwischen Daumen und Zeigefinger, außer Reichweite des Jungen. „Die Nachricht?"

Der Junge kaute nachdenklich auf seiner Unterlippe. Anscheinend tat er das häufig, wenn er nervös war, jedenfalls sah die Lippe danach aus. Dann nickte er. „Er sagt, Sie sollen sofort zu ihm kommen. Er hat Neuigkeiten über jemanden, der Mr. O. heißt. Ich soll Ihnen den Weg hinein zeigen."

„Ich denke, ich kenne den Weg.", setzte Pimm an.

Der Junge schüttelte den Kopf. „Nicht diesen Weg hinein, bestimmt nicht."

„Das klingt unheilvoll", meinte Pimm. Der Junge antwortete nicht, entweder weil er die Bemerkung nicht verstand, oder weil er sie keines Kommentars würdig erachtete. Pimm warf ihm die Münze zu, und der Jungen schnappte sie sich aus der Luft und ließ sie augenblicklich verschwinden.

„Führe mich, guter Mann."

„Zu Fuß ist es verdammt weit", sagte der Junge. „Können Sie uns eine Droschke mieten? Ich bin noch nie in einer gefahren, aber Sie sehen aus, als ob Sie's sich leisten könnten."

✠ ✠ ✠

Der Junge brachte ihn schließlich in dieselbe heruntergekommene Gegend, die er schon zuvor besucht hatte. Doch als Pimm sich der Gasse nähern wollte, die zu Adams' Laboratorium führte, schüttelte sein Begleiter den Kopf. „Da sind überall Steine und Schutt", sagte er. „Zwei starke Männer haben mit Vorschlaghämmern ein paar Säulen umgehauen und eine ganze Wand ist umgefallen. Da ist alles dicht."

„Weshalb?", fragte Pimm.

Der Junge zuckte die Achseln mit der einfachen Beredsamkeit des Unwissenden, den es nicht sonderlich interessiert, ein Wissender zu werden. Stattdessen führte er Pimm durch ein Labyrinth aus schiefen Häusern und engen Gassen und schließlich in einen kleinen Hof hinter einigen Gebäuden mit abschreckenden Fassaden. Sie lagen nahe genug an Whitechapel, dass man den Gestank der grünlichen, alchemistischen Dämpfe riechen konnte, die durch die Lüftungsschächte der Kuppel entwichen.

Der Junge hob aus dem Müll eine lange Holzstange auf, steckte sie in ein Metallgitter am Boden und hievte das Gitter hoch. Der Müll rutschte beiseite, und zum Vorschein kam ein Loch, das ungefähr denselben Durchmesser hatte wie Pimm selbst. Eine Holzleiter führte hinunter. „Ich geh' voran", sagte der Junge und stieg hinab, während Pimm zusah, wie er im Dunkeln verschwand.

Das hier war zu aufwendig für einen bloßen Trick, um ihn auszurauben, urteilte Pimm und beschloss, dem Jungen zu folgen. Während er so weit hinabstieg, dass das Licht über ihnen zu einem fernen Kreis verblasste, wünschte er sich, er hätte geeignete Kleidung angezogen. Er war eher für ein geschäftliches Treffen als für einen Höhlenspaziergang gekleidet. Zumindest trug er anständiges Schuhwerk, aber als er den Fuß der Leiter erreichte und in etwas Breiiges trat, wünschte er sich, er hätte weniger anständige Schuhe angezogen.

Licht flammte auf, als der Junge eine Lampe anzündete. Sie war nicht alchemistisch, sondern lediglich ein Kerzenstummel, der auf einer Blechplatte mit einem Griff aus Draht steckte. Mit zusammengekniffenen Augen betrachtete Pimm das alte Mauerwerk um sie herum. „Wir sind zuerst ein Abflussrohr hinuntergeklettert, aber jetzt sind wir in etwas Tieferes vorgedrungen, nicht wahr? War das hier einmal ein Keller?"

„Weiß nicht", sagte der Junge. „Mr. Adams meint, London ist wie ein Abfallhaufen, lauter Zeugs, das auf anderes Zeugs geworfen wurde. Aber das andere Zeugs ist meistens nur noch mehr London, von ganz früher."

„Das stimmt allerdings", sagte Pimm und folgte dem flackernden Licht des Jungen durch die Finsternis. Sie gingen gebückt durch Löcher, die in Steinmauern geschlagen worden waren, und krochen – Pimm jedenfalls kroch – durch enge Tunnel mit schmutziger Decke. Schließlich, nachdem sie so oft abgebogen waren, dass Pimm schon lange nicht mehr wusste, wo er sich von der Oberfläche aus gesehen befand, stießen sie eine grob gezimmerte Tür auf und betraten einen Korridor. Über ihnen hingen elektrische Lampen an Drähten aufgereiht. Zerbrochene Ziegelsteine lagen überall auf dem Boden herum, und ein Vorschlaghammer lehnte an der Wand, als habe jemand gerade erst den Zugang freigeschlagen. „Adams' Laboratorium?", meinte Pimm. „Wie bemerkenswert!"

„Dann lass' ich Sie mal alleine", sagte der Junge und verschwand ohne weitere Abschiedsworte wieder im Tunnel, wobei er seine Lampe mit sich nahm.

„Warte!", rief Pimm, doch der Junge kam nicht zurück. Pimm hatte versucht, stets darauf zu achten, wohin sie abbogen, doch er traute sich kaum zu, ohne Führer wieder den Weg hinaus zu finden. Am besten, er fand Adams. Vielleicht konnte dieser ihm eine Karte zeichnen, die ihn wieder an die Oberfläche führte, nachdem er Pimm seine Botschaft mitgeteilt hatte.

Pimm überprüfte seinen Gehstock, um sich zu vergewissern, dass er einsatzbereit war. Er klopfte seine Hosentaschen ab, um sicherzugehen, dass er eine Pistole dabeihatte sowie einige andere von Freddy entwickelte Gegenstände. Er hatte sie mitgenommen, falls Values Enttäuschung sich in Gewalt äußern würde. Adams hatte ihn nie bedroht, doch wer so leicht einen menschlichen Schädel knacken konnte, war gewiss nicht zu unterschätzen. „Adams?", rief Pimm. „Ich habe Ihre Einladung erhalten."

„Den Flur entlang, Mylord", rief die heisere Stimme, und Pimm bewegte sich in die genannte Richtung. Er duckte sich, um durch einen Türrahmen zu gehen, der eigentlich eher ein notdürftig in die Wand geschlagenes Loch war. Dann betrat er den Hauptraum von Adams' Laboratorium, der ihm wohlbekannt war, wenn auch auf dem Operationstisch heute Gott sei

Dank keine Leiche lag. Pimm schielte hinüber zu dem Gehirn im Glas, das an seine gebogenen Rohre und Messinghalter angeschlossen war, und unterdrückte ein Schaudern. War das arme Ding noch immer bei Bewusstsein? Hatte die Frau nicht einen friedlichen Schlummer im Tod verdient, nachdem sie so viel gelitten hatte?

Adams humpelte hinter einem Regal voller großer Tontöpfe hervor, aus deren Deckeln Drähte entsprangen. Er zog sein verwundetes Bein hinter sich her und schien es mehr als sonst zu schonen, und als er den Kopf wandte, sah Pimm, dass er seine Maske abgelegt hatte.

Pimm starrte ihn an, und Adams hob die Hand, berührte sein Gesicht und zuckte zusammen. Zumindest glaubte Pimm, dass er das tat. Es war schwer zu sagen. „Verzeihung", sagte Adams. „Ich verberge sogleich mein Gesicht."

„Das ist nicht nötig, Sir", sagte Pimm und nahm sich zusammen. „Das hier ist Ihr Haus, und Sie brauchen sich allein meinetwegen keinesfalls zu verstecken."

„Nein, nein. Es ist mir lieber, wenn Sie sich meine Worte anhören, ohne dass meine Gestalt Sie ablenkt."

Gewiss meinte er ‚Verunstaltung', dachte Pimm, doch er sagte es nicht. Adams nahm seine weiße Maske von einem langen Tisch und zog sie wieder auf, dann setzte er sich auf einen Hocker und forderte Pimm mit einer Geste auf, ebenfalls Platz zu nehmen. „Danke, dass Sie gekommen sind", sagte Adams. „Ich hatte befürchtet, dass Sie meiner Nachricht nicht mehr erhalten würden, ehe ich abreise."

„Sie verlassen die Stadt, Sir?", fragte Pimm.

Adams nickte. „Ich bin in dieser Stadt nicht mehr willkommen."

Aha, dachte Pimm. Value hatte ungefähr das Gleiche gesagt. Kappte Oswald alle Verbindungen zu seinen wenig präsentablen Helfern? Wurden auch noch andere Dinge gekappt, beispielsweise Halsschlagadern?

„Es ist Zeit für mich, weiterzuziehen, sobald ich einige letzte Vorkehrungen getroffen habe. Doch ich dachte mir, dass ich Ihnen vor meinem Aufbruch noch einige Informationen zukommen lassen könnte, die in Ihrer Eigenschaft als Verbrechensermittler für Sie von Interesse sein könnten." Adams hustete, ein fürchterliches, kratzendes Geräusch, und hielt sich die Brust, als habe er dort Schmerzen. „Ah. Obwohl die Bezeichnung ‚Verbrechen' für solche Taten noch eine Untertreibung darstellt. Das, wovon ich sprechen will, ist nichts Geringeres als Hochverrat."

Pimm beugte sich vor. „Wer ist denn der Verräter, wenn ich fragen darf?"

„Sie wissen, dass ich für Abel Value arbeite. Doch in Wirklichkeit sind Value und ich beide Angestellte eines anderen Mannes."

„Bertram Oswald."

Adams neigte den Kopf. „In der Tat. Sie sind ein scharfsinniger Ermittler. Was haben Sie über Oswald in Erfahrung gebracht?"

„Ich bin mir recht sicher, dass er an den mechanischen Bordellen beteiligt und möglicherweise selbst der Schöpfer der mechanischen Kurtisanen ist."

„Das stimmt", meinte Adams, und Pimm glaubte, in der Stimme des entstellten Riesen eine Spur von Belustigung zu hören. „Das mag skandalös sein, es ist jedoch kein Verbrechen."

„Sicherlich auch kein Hochverrat", stimmte Pimm ihm bei. „Ich habe wohlgemerkt keine Beweise, es ist nur etwas, worüber ich nachgedacht habe. Aber könnte Sir Bertram möglicherweise etwas damit zu tun gehabt haben, Morbus Konstantin zu entwickeln und in die Welt zu setzen?"

„Oh, das wäre nun wirklich ein Verbrechen, nicht wahr?", meinte Adams. „Wenn Sie ein Gesetz finden könnten, das so etwas abdeckt. Die vorsätzliche Erschaffung und Verbreitung einer Seuche könnte mit, sagen wir, einer Massenvergiftung gleichgesetzt werden. Die Schwierigkeit läge darin, eine solche Tat nachzuweisen. Ich weiß, dass Oswalds Laboratorium und seine Originalproben bei einem Brand zerstört wurden, der durchaus nicht zufällig ausbrach. Nachdem die Seuche einmal entfesselt worden war und sich als ansteckend genug erwies, war es kaum vonnöten, seine Anlage zu unterhalten, um mehr zu produzieren. Was nicht bedeutet, dass er nicht einige Ampullen beiseite gelegt hat, falls er sie in Zukunft noch einmal benötigen sollte. Das Gift ist recht wirksam, wenn man es jemandem spritzt oder es ins Essen oder Trinken mischt, sodass es eingenommen wird."

Pimm pfiff durch die Zähne. „Ist das möglich? Dass ein Mensch eine Seuche erschafft?"

„Die Natur tut es ebenfalls", sagte Adams. „Ohne es auch nur zu wollen, durch eine Reihe geistloser Wiederholungen, die nicht einmal die Bezeichnung ‚Versuch und Irrtum' verdienen. Natürlich könnte ein Mann wie Oswald ein solches Problem in den Griff bekommen, wenn er seinen Intellekt darauf anwendet. Er konnte jedoch leider die Sterberate niemals so stark senken, wie er wünschte, und er hat auch nicht beabsichtigt, dass die Menschen während der Verwandlung sterben. Er wollte die Menschen lediglich ändern und herausfinden, was für eine Wirkung solche Verwandlungen auf die Gesellschaft haben würden. Eine so tiefgehende physische Veränderung konnte allerdings nicht bewirkt werden, ohne dass der eine oder andere dabei starb."

„Seine erste Patientin war also Mabel Worth?"

„Jedenfalls die erste Patientin, die überlebte", sagte Adams. „Gut gemacht. Sie sind ein kluger Mann." Pimm ärgerte es, dass sich der riesige Anatom so überrascht anhörte. „Stellen Sie sich vor, was Sie erreichen könnten, wenn Sie nicht den Alkohol Ihre Nerven betäuben ließen. Ich weiß nicht über alle Einzelheiten Bescheid, aber soweit ich gehört habe, trat Oswald an Mabel Worth heran und bot ihr an, sie zu einem Mann zu machen und sie zu finanzieren, wenn sie in weitere kriminelle Bereiche vorstoßen wollte. Im Gegenzug wollte er ihre illegalen Verbindungen nutzen. Mrs. Worth, schon bald Mr. Value, gestattete Oswald, die Prostituierten in seinen Diensten zu infizieren und verbreitete so die Krankheit in der gesamten Gesellschaft. Obwohl sich die Gesellschaft merkwürdig unbeeinflusst von den Veränderungen zeigt, welche die Krankheit bewirkt hat. Ich glaube, Oswald hat wesentlich größere gesellschaftliche Umwälzungen erwartet. Vielleicht sogar die plötzliche universale Erkenntnis, dass Männer und Frauen letztlich überhaupt nicht so verschieden sind, von den Geschlechtsorganen und gewissen anatomischen Unterschieden einmal abgesehen. Dass ein Geist nun einmal ein Geist ist, und dass das Geschlecht nicht notwendigerweise den Charakter bestimmt."

„Ich bin entsetzt, in einigen Punkten Oswalds Meinung zu sein."

„Selbst Wahnsinnige haben hin und wieder gute Einfälle", sagte Adams. „Oswalds Problem ist, dass er die Menschen nicht versteht, nicht im Entferntesten. Er hat einige interessante Erkenntnisse über größere Systeme, aber wenn es um Individuen geht ..." Adams schüttelte den Kopf. „Er kann einfach nicht verstehen, was echte Menschen antreibt. Er betrachtet alles mit dem Verstand, und wenn die Welt sich nicht rational verhält, ist er völlig verwirrt. Oh, er weiß, dass Menschen Gefühle haben oder es zumindest vorgeben, aber er selbst fühlt nur wenige Emotionen. Oswald besitzt kein wirkliches Verständnis universeller menschlicher Beweggründe wie Gehässigkeit, Eifersucht, Wut, Großmut, Barmherzigkeit oder Liebe."

„Da wir gerade von Liebe sprechen. Oswald hat Prinz Albert mit der Krankheit angesteckt, richtig?"

„Ah." Adam hob die Hände zu einem langsamen Klatschen. „Nun lassen wir die bloße Kriminalität hinter uns und kommen langsam zum Hochverrat, nicht wahr?"

ANDERE PLÄNE

Das heißt also ja?“, fragte Pimm.

„Unsere Königin war ihrem Prinzen treu ergeben. Oswald hoffte, ihre Gunst zu erlangen, indem er dabei half, ihrem Mann das Leben zu retten. Aber als ihm das gelungen war, liebte die Königin Albert umso mehr, weil sie erkannt hatte, wie schlimm es wäre, ihn zu verlieren. Sie war Oswald natürlich zugeneigt, doch Oswald kam nicht nahe genug an sie heran, um seine Pläne zu verwirklichen. Daher: Ja, er spritzte dem Prinzen den Virus und nutzte dafür einen jener hinterhältigen kleinen Ringe, die angeblich schon die Borgias in Italien schätzten.“

„Hohl, mit Gift gefüllt und an der Unterseite mit einer winzigen Nadel versehen“, meinte Pimm.

„In der Tat. Ein Händedruck, ein kaum spürbarer Stich, und die Seuche wurde auf den Prinzgemahl selbst übertragen. Der einzige Weg, sich Morbus Konstantin zuzuziehen, ist bekanntermaßen der geschlechtliche Verkehr, also half es nichts, dass der Prinz den Ehebruch leugnete. Alberts Tod wäre Oswald lieber gewesen, solange er an so etwas wie Morbus Konstantin starb und damit auch die Zuneigung der Königin verlor. Aber dass er sich verwandelte und daraufhin eingesperrt wurde, war gut genug. Oswald ergriff die Chance, die Königin in ihrem

Kummer und ihrer Entrüstung zu trösten. Er kann recht charmant sein, wenn er es sich vornimmt. Aber für ihn ist es ein mechanischer Akt, sich bei jemandem lieb Kind zu machen, wie er auch alles andere als mechanisch betrachtet."

Pimm erhob sich und fing an, auf und ab zu gehen. „Nun gut. Aber warum wollte er Prinz Albert vergiften? Will Oswald selbst Prinzgemahl werden? Diese Position beinhaltet nicht gerade viel Macht, und die Königin ist ohnehin nicht geneigt, sich von Albert scheiden zu lassen."

„Oswald musste in ihre Nähe gelangen", sagte Adams, „Wie sonst wäre er in der Lage, sie zu ersetzen?"

Pimm blieb stehen und starrte ins Leere. „Augenblick, warten Sie. Nein, ich verstehe es nicht. Erklären Sie sich bitte."

Adams erhob sich von seinem Hocker und fing an, seine Werkzeuge auf dem Arbeitstisch anzuordnen und einige davon in eine große Ledertasche zu packen. „Sein ursprünglicher Plan war es, lediglich die Kontrolle über die Königin zu erlangen. Ihren Geist zu übernehmen und sie zu zwingen, seinen Wünschen zu folgen. Das war das Ziel meiner Forschungen."

„Was?", meinte Pimm.

„Oh ja", sagte Adams. „Oswald ist recht geschickt darin, winzige Bakterien zu beeinflussen, aber im Umgang mit dem menschlichen Körper kommt er an mein Genie nicht heran." Er wies auf das Gehirn, das in seiner Flüssigkeit schwamm. „Sie wissen, dass ich sehr gut mit Gehirnen umgehen kann. Keine Sorge, Margaret hört mich nicht. Ich habe ihren Sinnesapparat abgekoppelt, denn ich will einige Dinge erzählen, die sie lieber nicht mithören soll. Oswald hoffte, ein Gerät zu entwickeln, mit dem er den Geist der Königin beherrschen könnte. Doch leider entsprachen meine Ergebnisse nicht seinen Hoffnungen. Ich konnte Menschen dazu bringen, sich fügsam zu verhalten und Anweisungen zu folgen, doch ohne Lenkung waren sie widerstandslos, beinahe wie Puppen, ohne einen Funken Persönlichkeit. Das war Oswald nicht gut genug. Er fürchtete, dass es Aufmerksamkeit erregen würde, wenn die Königin nicht fähig war, Nahrung zu sich zu nehmen, ohne dass man sie dazu aufforderte. Dabei dachte ich, es sei gerade der Sinn des Königinnendaseins, sich von anderen füttern zu lassen."

Pimm griff in seine Tasche und berührte eines von Freddys feinen kleinen Geräten. „Wollen Sie damit sagen, Sie haben in Ihren Experimenten die Gedächtnisse von Menschen zerstört?"

Adams winkte ab. „Sparen Sie sich Ihre Entrüstung, Lord Pembroke. Ich habe nur mit den Gehirnen toter Huren experimentiert. Es ist alles sehr technisch. Ich ersetze ihr Blut durch eine spezielle Lösung, die den Anschein von Leben wiederherstellt. Dann führe ich die nötigen Eingriffe in ihrem Gehirn durch und setze ein Gerät ein, das auf den jüngsten magnetischen Neuerungen basiert. Sie würden staunen, wie ein starkes Magnetfeld das Gehirn beeinflussen kann, und dadurch auch das Verhalten. Value brachte die Frauen, die ich wiedererweckt hatte, wieder in ihr altes Leben als Prostituierte zurück, wo mangelnde Entschlusskraft und völlige Gehorsamkeit vortreffliche Eigenschaften sind. Man lässt sie allerdings nicht mehr auf die Straße. Soweit ich weiß, dienen sie in besonders verdorbenen, geheimen Bordellen. Aber seien Sie beruhigt, sie fühlen weder Schmerz noch Traurigkeit oder Verzweiflung."

Pimm ließ das Gerät wieder los, doch seine Hände zitterten. „Selbst dann ist es eine Schändung, Adams, es ist ungeheuerlich!"

„Ich bin ein Ungeheuer, Sir", sagte Adams leise. „So hat man mich mein ganzes Leben lang genannt, und ich sehe keinen Grund, es nun abzustreiten." Einen Augenblick lang stand er regungslos da. Dann schüttelte er den Kopf und machte sich wieder daran, seine Werkzeuge zu sortieren. „Ich hatte gehofft, bessere Ergebnisse erzielen zu können, wenn ich am Gehirn eines lebenden Menschen arbeiten könnte. Einen Weg zu finden, die Kontrolle zu übernehmen, ohne die Persönlichkeit zu zerstören. Aber Oswald verlor das Interesse an meiner Forschung."

„Wie ich höre, kommt das öfter vor."

„Ja. Er liebäugelte immer mehr mit der Vorstellung, die Königin zu ersetzen, statt sie nur zu beherrschen."

„Wie meinen Sie das, sie ersetzen? Durch wen?" Pimm musste an gewisse melodramatische Romane denken, in denen Könige auf Bauern trafen, die ihnen aufs Haar glichen, was es den beiden erlaubte, die Plätze zu tauschen.

„Natürlich durch eine mechanische Nachbildung", sagte Adams. „Wie die Kurtisanen, aber nach dem Bild der Königin gefertigt. Die fortschrittlichste Kreation, die Oswald herstellen kann."

Pimm stand der Mund offen. Seine Spekulationen hatten ihn niemals so weit geführt. „Guter Gott, Mann, meinen Sie das wirklich ernst?"

„Es kann sein, dass er sie bereits ersetzt hat." Adams klang merkwürdig gleichgültig, als betreffe ihn die Situation in keiner Weise. Er hielt ein winziges Zahnrad hoch, betrachtete es prüfend im Licht, grunzte und packte es ein. „In die Einzelheiten des Plans bin ich nicht eingeweiht."

„Aber was würde aus der echten Königin werden?"

„Oswald hat mir diese Pläne ebenso wenig mitgeteilt, allerdings ließ er durchblicken, dass er sie nicht töten wolle. Gewiss will er nicht riskieren, dass ihre Überreste gefunden werden. Eine Leiche aus der königlichen Residenz zu bringen, ohne Verdacht zu erregen, dürfte sich als schwierig herausstellen. Obwohl es nicht weniger schwierig wäre, sie lebend und am Stück aus dem Palast verschwinden zu lassen. Trotzdem habe ich keine Zweifel, dass Oswalds Intellekt der Herausforderung gewachsen ist."

„Nun gut", meinte Pimm nach kurzem Nachdenken. „Angenommen, all das entspricht der Wahrheit. Ich muss noch einmal fragen, zu welchem Zweck? Warum will Oswald die

Königin austauschen oder ihren Geist beherrschen? Es ist ja nicht so, als könne sie ihm die Schlüssel zur Staatskasse übergeben. Nach allem, was man hört, fehlt es ihm ohnehin nicht an Geld. Um Macht zu erlangen und neben ihr zu herrschen? Die Könige von England waren einst absolute Herrscher, doch diese Zeiten sind vorbei. Die Königin selbst hat dafür gesorgt."

„Was sein Endziel angeht, will ich keine Vermutungen anstellen." Adams ließ seine Tasche zuschnappen. „Oswald hat angedeutet, dass ihm ein großes Experiment vorschwebt, irgendetwas, das groß angelegte Bau- und Abrissarbeiten in der Innenstadt erfordert. Aber um ehrlich zu sein, seine hochfliegenden Pläne haben mich nie sonderlich interessiert, und ich habe nicht näher nachgefragt. Vielleicht hat er vor, den Premierminister und andere Regierungsbeamte ebenfalls durch Automaten zu ersetzen? Seine mechanische Königin könnte sie sicherlich zu einer Sitzung hinter verschlossenen Türen einberufen. Oswald könnte sie alle mit Gas bewusstlos machen und dann austauschen. Zwar hat er mir nicht gesagt, dass das sein Plan sei, doch es entspricht seiner Denkweise. Die Königin verschafft ihm Zutritt zu den höchsten Korridoren der Macht. Wenn er sich die Gunst irgendeines Ministers gesichert hätte, hätte dieser die Regierung vielleicht verlassen, bevor Oswalds Plan Früchte getragen hätte. Aber die Königin ist ewig."

„Adams, wenn das, was Sie sagen, stimmt, dann müssen wir ihn aufhalten!"

„Sie müssen ihn aufhalten, Sir. Aus diesem Grund habe ich Sie hergerufen, um Ihnen zu sagen, was ich weiß, und Sie auf Ihre Bahn zu setzen. Ich wünsche Ihnen viel Glück. Wie ich schon sagte, werde ich nicht mehr lange hier bleiben."

„Wohin gehen Sie?"

„Ich habe mich noch nicht entschieden", sagte Adams. „Es gibt so viele wunderbare Orte, wo man seine Flitterwochen verbringen kann, nicht wahr?"

Pimm blinzelte. „Sie heiraten?"

„Ja." Adams schien ihn direkt anzusehen, obwohl das wegen der Maske schwer festzustellen war.

„Meine herzlichsten Glückwünsche." Die Worte kamen automatisch. „Ich hoffe, Sie beide werden zusammen sehr glücklich sein."

„Ich bin sicher, das werden wir", sagte Adams, und seltsamerweise streichelte er dabei das Glas, in dem sich das Gehirn der toten Prostituierten befand. „Vorausgesetzt, wir können London weit, weit hinter uns lassen. Wenn es Ihnen gelingt, Oswald zu entlarven, werde ich sicherlich darüber in der Zeitung lesen, und vielleicht werde ich dann zurückkehren. Aber Oswald hat heute schon einmal versucht, mich zu töten. Ich möchte nicht mehr hier sein, wenn er merkt, dass es ihm nicht gelungen ist."

„Er kommt mir nicht wie jemand vor, der Dinge nur halb erledigt", sagte Pimm. „Wie hat er versucht, Sie umzubringen?"

„Er hat mir ins Herz geschossen", sagte Adams. „Glücklicherweise habe ich noch ein weiteres. Nun, wenn Sie mich entschuldigen würden, Lord Pembroke, ich habe noch einiges zu erledigen, ehe ich die Stadt verlassen kann."

„Oh." Pimm blinzelte und fragte sich, ob er sich verhört hatte. Falls nicht, was hatte der Mann gemeint? „Wenn Sie mir nur einen Ausgang zeigen würden?"

„Gewiss", meinte Adams, „Zwar sind meine bevorzugten Ausgänge versperrt worden, jedoch stehen einige wenige Tunnel mir noch immer offen, die zu anderen Tunneln führen, und so fort. Wo in der Stadt möchten Sie herauskommen?"

Das, dachte Pimm, war eine sehr gute Frage. „Oswald wird wahrscheinlich leicht zu finden sein. Wenn er nicht zu Hause ist, ist heute Abend immer noch seine Weltausstellung, und dort kann ich ihn finden. Aber wenn ich ihn zur Rede stellte, würde er einfach alles leugnen. Was ich brauche, sind Beweise. Wenn nicht für seinen Hochverrat, dann wenigstens für seine Straftaten, irgendetwas, das ich meinen Partnern bei der Polizei geben kann. Haben Sie irgendetwas Handfestes, das Oswald mit kriminellen Handlungen in Verbindung bringt?"

„Nein. Meine eidesstattliche Aussage würde auch nicht viel nützen, da ich offiziell nicht einmal existiere. Meine Beteiligung würde mehr Fragen aufwerfen als Antworten bringen, und ich bin ohnehin nicht geneigt, noch lange hier zu verweilen." Er hielt inne. „Aber Sie könnten mit Mr. Value sprechen. Er ist schließlich ein Geschäftsmann, und in der Regel führen solche Leute Buch. Value kommt mir ganz besonders wie die Sorte Mensch vor, die umsichtig genug ist, immer belastendes Material zur Hand zu haben, falls er sich mit einem seiner Partner überwirft."

„Value verlässt ebenfalls die Stadt", sagte Pimm. „Wenn er derartige Sicherheiten besitzt, scheint er dennoch nicht zu glauben, dass sie ausreichen würden, um ihn zu retten. Vielleicht wusste er auch einfach, dass sie ihn selbst ebenfalls belasten würden. Trotzdem, wenn ich ihn finden kann, ehe er aufbricht ... Hat irgendeiner Ihrer Tunnel einen Ausgang in der Nähe der Black Dog Tavern an der Blackfriars-Brücke?"

„Mein lieber Lord Pembroke", meinte Adams, „Meine Tunnel sind mit der Kanalisation verbunden, mit den zerstörten Kellern eingestürzter Häuser und den alten römischen Viadukten aus der Zeit, als diese Stadt noch Londinium hieß. Wenn Sie gewillt sind, weit genug zu laufen, führen meine Tunnel Sie überall hin."

Im Dienst großer Herren

Meine Angestellten sind so unaufmerksam.“ Oswald seufzte und fixierte Ellie durch die Gitterstäbe. „Sie müssen sich nur einen falschen Schnurrbart in ihr hübsches Gesicht kleben, Miss Skyler – oder möchten Sie lieber bei Ihrem Künstlernamen genannt werden, Skye? –, und schon sind Sie ganz offensichtlich das Ebenbild unseres mysteriösen Mr. Jenkins. Ich nehme an, Sie waren im Bordell, um eine Geschichte zu schreiben?“

Ellie straffte sich. „Ja, Sir. Ein geheimer Blick in ein skandalöses Haus der verrufenen Mechanik.“

„Ich bin sicher, das wäre ein faszinierender Artikel geworden“, meinte Oswald und schien echtes Bedauern zu empfinden. „Sie schreiben sehr gut. Zu schade, dass Ihre Neugier dazu führen musste, dass Sie meine Anwesenheit im Bordell entdeckten. Was uns natürlich hierher gebracht hat, ebenso unausweichlich, wie ein Fluss ins Meer fließt. Im Normalfall hätte ich Ihnen eine beträchtliche Summe Geld geboten, damit Sie über meine Verstrickung mit den mechanischen Kurtisanen schweigen, aber wie es der Zufall will, haben Sie mein skandalöses Geheimnis zu einem furchtbar heiklen Zeitpunkt entdeckt. Momentan kann ich es mir nicht leisten, auch nur den Verdacht eines Skandals zu erregen oder überhaupt näher unter die Lupe genommen zu werden. Was die Frage angeht, wie Sie mit Lord Pembroke und seiner Frau in Kontakt kamen und in deren Ermittlungen hineingerieten, muss ich gestehen, dass ich in diesem Punkt etwas verwirrt bin. Jedoch denke ich nicht, dass das eine Rolle spielt." Er wandte sich zur Seite und verneigte sich vor Winnie. „Lady Pembroke. Es tut mir leid, dass Sie in diese Angelegenheit mit hineingezogen wurden."

„Das lässt sich leicht wieder gut machen", sagte Winnie. „Lassen Sie uns frei."

„Ach! Ich würde, wenn ich könnte. Aber ich habe das Gefühl, es ist das Beste, wenn Sie beide vorerst einmal meine Gäste bleiben. Zumindest, bis ich die Gelegenheit habe, Ihre schlechte Meinung von zu verbessern."

„Uns einzusperren, ist gewiss ein guter Anfang", meinte Winnie. „Sie haben einen wunderbaren ersten Eindruck hinterlassen."

Oswald schenkte ihr wenig Aufmerksamkeit. „Ich habe nicht vor, Sie für immer festzuhalten, selbst wenn Sie sich als widerspenstig erweisen. Lediglich für einige weitere Tage, denke ich, und im allerschlimmsten Fall für wenige Wochen. Dann werden meine Pläne weit genug fortgeschritten sein, dass alle verrückten Anschuldigungen, die Sie gegen mich erheben, nicht mehr von Belang sein werden."

„Wenn wir für längere Zeit verschwunden sind, wird es Nachforschungen geben", sagte Winnie.

Oswald winkte ab. „Oh, keine Sorge. Wenn ich Sie länger einsperren muss, werde ich Sie beide durch mechanische Nachbildungen ersetzen lassen. Ihre engsten Freunde werden sich wahrscheinlich nicht täuschen lassen, aber sie werden als Beweis ausreichen, dass Sie beide am Leben und wohlauf sind."

„Pimm wird sich durch ein solches Gerät niemals täuschen lassen", sagte Winnie.

„Ja", meinte Oswald. „Das weiß ich. Natürlich hatte ich auch ihn unter Beobachtung, aber heute Morgen ist er uns entwischt. Meine Leute suchen nach ihm, und ich zweifle nicht daran, dass man ihn bald finden wird. Ich bin sicher, er wird rechtzeitig zu uns stoßen. Machen Sie es sich einfach bequem. Ich werde sehen, ob ich bald eine angenehmere Unterkunft für Sie finden kann." Er wandte sich ab.

„Warten Sie!", rief Ellie. „Ich verstehe nicht ganz. Ich dachte, Sie hätten Fragen an uns?"

„Hmm? Oh, ich wollte lediglich erfahren, was Sie mit Jenkins zu tun haben und wo ich ihn finden könnte, aber da Sie Jenkins sind, ist das nicht mehr von Belang. Ich möchte Ihnen meinerseits gern einige Dinge erzählen, um mich zu erklären. Ich möchte Ihnen vor Augen führen, dass mir Widerstand zu leisten heißt, dem Fortschritt Widerstand zu leisten. Aber Lord Pembroke soll meine Argumente ebenfalls hören, und ich sehe keinen Grund, mich zu wiederholen. Carrington, bleiben Sie hier, während ich mich um einige andere Angelegenheiten kümmere."

„Wollen Sie nach dem anderen Gefangenen sehen?", fragte Carrington. Oswald holte mit seinem Gehstock aus und schlug ihn Carrington gegen die Wange, sodass dieser taumelte.

„Sie sind entschieden zu geschwätzig, Mr. Carrington", meinte Oswald freundlich und ging fort ins Dunkel.

Carrington presste die Hand an die Wange und sah Sir Bertram mit einem Ausdruck wilden Hasses hinterher. „Ich rede zu viel?", meinte er düster. „Das sagt ein großer Prediger wie er?"

„Sie haben einen äußerst unangenehmen Vorgesetzten", sagte Winnie.

„Er ist ein brillanter Mann", sagte Carrington mit schamroten Wangen. „Brillanten Männern gegenüber muss man nachsichtig sein."

„Muss man?", meinte Winnie. „Pimm ist ebenfalls brillant, aber wenn er mich mit einem Rohrstock schlüge, würde ich das nicht dulden. Ich bin allerdings auch eine sehr moderne Frau. Es gibt also noch einen weiteren Gefangenen?"

„Seien Sie still", sagte Carrington. „Frauen sollten nicht sprechen, nicht einmal falsche Frauen wie Sie."

„Sie sollten netter sein, Carrington", sagte Ellie. „Es kann sein, dass wir mehrere Wochen miteinander verbringen. Was hat Ihr Herr und Meister im Sinn? Was ist sein großes Experiment? Kommen Sie, es schadet nicht, wenn Sie es uns erzählen, wir sind doch ohnehin gefangen."

„Es ist an Sir Bertram, die Geschichte zu erzählen", sagte Carrington. „Aber lassen Sie sich nur gesagt sein, dass nichts mehr sein wird, wie es war. Das Versprechen der Wissenschaft ist die vollständige Verwandlung der Welt. Dieses Versprechen wird schon bald erfüllt werden."

„Da haben ausgerechnet Sie das Glück, von dem Mann, der die Welt verändern wird, auf den Kopf geschlagen zu werden?", meinte Winnie heiter. „Was müssen Sie stolz sein!"

✠ ✠ ✠

Pimm kehrte wieder zu dem Büro hinter der Kneipe zurück in der Hoffnung, dass Value noch dort war. Doch der einzige Anwesende war Big Ben, der auf Values altem Stuhl saß und die Decke anstarrte.

„Hallo, M'Lord", sagte Ben. „Was führt Sie her?"

„Ich hatte gehofft, mit Mr. Value sprechen zu können."

„Er ist in unbekannte Gefilde gezogen, Sir. Ich glaube nicht, dass wir ihn wiedersehen werden."

„In Ordnung", meinte Pimm. „Hast du irgendeine Loyalität gegenüber Bertram Oswald, Ben?"

„Für den Mann hab ich noch nie gearbeitet", sagte Ben. „Value hat mich persönlich angestellt. Wollte einen, der ihm loyal ist und nicht aus Oswalds Tasche bezahlt wird, denk' ich. Mr. Oswald hat mir hin und wieder Angebote gemacht, aber ich hab einfach sein Geld genommen und ihm Lügen erzählt. Ich bin nicht unbedingt das, was man einen guten Mann nennt, nicht in jeder Hinsicht, aber ich hab auf meine Art schon Ehrgefühl."

„Dann wärst du vielleicht bereit, mir zu helfen, Mr. Oswald vor Gericht zu bringen?“

Ben überlegte. „Für gewöhnlich versuch’ ich einen möglichst großen Bogen um das Gericht zu machen, damit nichts davon auf mich abfärbt. Aber wie es der Zufall will, bin ich gerade auf der Suche nach einer neuen Anstellung, da mein vorheriges Dienstverhältnis plötzlich beendet wurde. Was möchten Sie, dass ich tue?“

„Wenn Mr. Value irgendwelche Akten hat, die ihn mit Oswald in Verbindung bringen …“

„Oh nein, Sir, leider war es eine meiner letzten Pflichten, fast jede einzelne Akte, die Mr. Value führte, zu verbrennen. Beide Versionen seiner Geschäftsbücher genauso wie alles andere. Von seinem Besitz machte er zu Geld, so viel er konnte, und nahm die Beine in die Hand. Er wollte keinerlei Beweismaterial zurücklassen. Ein umsichtiger Mann, unser Mr. Value.“

Pimm nickte, enttäuscht, aber nicht überrascht. „Ich brauche irgendeinen Beweis, dass Oswald in illegale Unternehmungen verstrickt ist. Etwas, das ich der Obrigkeit vorlegen kann. Schon eine Untersuchung würde ausreichen, ich bin sicher, wenn die Polizei erst einmal zu suchen anfängt, wird sie auch etwas finden.“

„Vielleicht gibt es in Oswalds Fabrik irgendwelche Papiere, Sir“, sagte Ben. „Er bestellt seine Bauteile bei vielen verschiedenen Händlern, deshalb muss es dort auch Aufzeichnungen geben.“

Pimm runzelte die Stirn. „Was ist das für eine Fabrik?“

„Die, in der Oswald die mechanischen Huren herstellt“, sagte Ben. „Ich war einige Male mit Mr. Value dort.“

„Ah.“ Pimm lächelte. „Ja, Ben. Wir sollten unverzüglich dorthin gehen.“

✠ ✠ ✠

„Geben Sie uns wenigstens den Picknickkorb, Carrington", verlangte Winnie. „Wir sind am Verhungern. Wie Sie sich vielleicht entsinnen, haben Sie unser Mittagessen unterbrochen."

Carrington schmunzelte. Er hob den Korb auf seinen Schoß, öffnete ihn und nahm sich einige der feineren Gegenstände heraus, ebenso Teller, Messer und anderes Besteck – selbst die Löffel! Dann setzte er den Korb direkt vor dem Käfiggitter ab und kehrte zu seinem Stuhl zurück. Winnie griff durch das Gitter, öffnete den Korb und zog das restliche kalte Huhn und die hartgekochten Eier heraus. Sie reichte sie an Ellie weiter. „Wir brauchen auch Wasser", sagte Winnie.

Carrington rollte die Augen und schlenderte fort in die Dunkelheit. Sie hörten, wie eine Pumpe betätigt wurde, dann kam er mit einem überschwappenden Eimer und zwei Blechtassen zurück. Er stellte den Eimer an die Gitterstäbe und warf die Tassen hindurch. „Wie Sie vielleicht bemerkt haben, befindet sich in der Ecke ein weiterer Eimer", meinte Carrington. „Der sollte für das ausreichen, was nach dem Mittagessen passiert. Sagen Sie, Freddy, pinkeln Sie inzwischen im Sitzen oder versuchen Sie noch immer, es im Stehen zu tun? Alte Gewohnheiten wird man nur schwer los, möchte ich annehmen."

„Sie sind ein durch und durch unangenehmer Mensch, Mr. Carrington", sagte Ellie. „Sie sollten sich schämen."

„Mein Herr hat mich gelehrt, dass Scham eine Torheit ist."

„Ich dachte die ganze Zeit, Ihre Gemeinheit sei ein angeborener Zug, kein erlernter", sagte Winnie. „Seien Sie unbesorgt, Ellie. Wir müssen uns vielleicht in einen Eimer erleichtern, aber Mr. Carrington ist derjenige, der unsere Abfälle ausleeren muss."

Carrington gab sich Mühe, sie nicht zu beachten, schlug auf seinen Knien eine Zeitschrift auf und fing an zu lesen, wobei er vor sich hin kicherte.

Winnie lehnte sich an die Gitterstäbe und aß ihr Huhn. Ellie ließ sich neben ihr nieder. „So", meinte Winnie leise. „Verabscheuen Sie mich nun, da Sie wissen, was ich wirklich bin?"

„Sie sind Opfer einer Krankheit", meinte Ellie mit gedämpfter Stimme. „Das macht Sie wohl kaum verabscheuenswert. Ich muss sagen, Sie haben sich großartig daran angepasst, eine Frau zu sein."

„Ich hatte Glück", sagte Winnie. „Vor meiner Verwandlung war es mein ganzer Lebensinhalt, die Frauen zu studieren." Sie grinste. „Pimm mag Sie, wissen Sie."

Ellie hörte für einen Augenblick auf zu kauen, verblüfft von dem plötzlichen Themenwechsel. Dann fuhr sie fort, schluckte und fragte: „Wie bitte?"

„Pimm. Ich wage zu behaupten, dass er ganz begeistert von Ihnen ist. Sie haben wirklich Eindruck auf ihn gemacht."

„Hat er Ihnen das erzählt?"

„Er erzählt mir alles. Er findet, dass Sie intelligent, eindrucksvoll und schön sind. Nun gut, ‚schön' hat er nicht gesagt, aber ich habe es daran gemerkt, wie er das andere sagte. Außerdem konnte ich es natürlich sehen."

Ellie öffnete den Mund, um zu protestieren – „Er ist verheiratet!" –, doch dann wurde ihr klar, wie absurd diese Äußerung war.

„Ich weiß nicht, was Sie von ihm halten, aber Pimm könnte in seinem Leben eine gute Frau gebrauchen. Jemand anderen als mich. Die meiste Zeit ist er furchtbar unglücklich, eigentlich immer, wenn er nicht gerade einen Fall verfolgt. Er versucht seine Gefühle in Alkohol, gesellschaftlichen Anlässen und dergleichen zu ertränken, aber sie sind immer da, eine unterschwellige, dunkle Strömung. Er hat einmal eine Frau sehr geliebt, als er jung war, noch keine zwanzig. Ich glaube nicht, dass er jemals darüber hinweggekommen ist. Sie wurde ermordet, wissen Sie, und ihr Mörder wurde nie gefunden. Ich glaube, dass Pimm deshalb angefangen hat, sich für Kriminologie zu interessieren, auch wenn er das natürlich als Unsinn abtut. Er spricht auch nicht gern über sie, aber ich kannte ihn damals, und ich weiß, dass er am Boden zerstört war."

„Das wusste ich nicht“, sagte Ellie und musste dabei an ihren eigenen verstorbenen Verlobten denken. „Winnie, wollen Sie andeuten, dass ich Pimm – Lord Pembroke – in romantischem Licht sehen könnte? Selbst wenn so etwas der Wahrheit entspräche, scheint es mir in der misslichen Lage, in der wir uns gerade befinden, kaum der richtige Zeitpunkt zu sein.“

„Oh, wir kommen schon wieder frei“, meinte Winnie sorglos. „Ich habe mir bereits drei Fluchtpläne überlegt, und sobald Pimm merkt, dass wir verschwunden sind, wird er sich doppelt so viele ausdenken, um uns zu finden. Sie dürfen sich nicht durch ein alltägliches Problem wie eine Entführung davon abhalten lassen, sich um wirkliche wichtige Dinge wie die Liebe zu kümmern.“

„Ich kenne ihn doch kaum!“, sagte Ellie.

„Oh, ich weiß. Alles, was ich Ihnen deutlich machen möchte, ist: Vielleicht sollten Sie versuchen, ihn näher kennen zu lernen. Sie sollten wissen, dass ich als seine Frau nichts dagegen habe.“

Ellie lachte bitter. „Angenommen, wir verliebten uns. Was dann? In den Augen der Welt ist er trotzdem verheiratet.“

„Ich habe meinen Tod schon einmal vorgetäuscht“, sagte Winnie. „Ich wage zu behaupten, dass es beim zweiten Mal leichter wäre. Wenn zwischen Pimm und irgendjemand anderem die Liebe erblühen würde, würde ich einen Weg finden, Platz zu machen. Er ist mein bester Freund. Er hat selbst zu lange auf das Glück verzichtet. Ich hätte niemals zulassen sollen, dass er mich heiratet, aber ich war damals ein wenig verzweifelt und außer mir, und es erschien mir als ein Rettungsanker.“

„Reden Sie beide über mich?“, rief Carrington. „Darüber, wie groß wohl meine Männlichkeit ist?“

„Er macht mich ganz krank“, sagte Ellie.

„Ja“, pflichtete Winnie ihr bei. „Zwei meiner Fluchtpläne sehen vor, dass wir ihn mit einem Eimer voll Urin niederschlagen. Beim dritten Plan wird er weit weniger schonend behandelt, wie Sie sicher gerne hören werden.“

Ein bemerkenswerter Gefangener

Bist du bewaffnet, Ben?" Pimm betrachtete blinzelnd den gedrungenen grauen Klotz von einem Lagerhaus, der im Dämmerlicht des späten Nachmittags vor ihnen aufragte wie ein Tempel dunkler Götter. Die Geräusche von den Londoner Docks waren nur noch schwach zu vernehmen, wie Echos aus einer anderen Welt.

„Ich habe einen Totschläger", sagte Ben und tätschelte seine Jackentasche. „Aber meistens reichen meine Fäuste. Manchmal auch die bloße Drohung, sie einzusetzen."

„Ich sehe, es hat Vorteile, ein ungewöhnlich großer Mensch zu sein", sagte Pimm.

„Wie alles hat es gute und schlechte Seiten", meinte Ben philosophisch. „Nun denn, wollen wir zum Seiteneingang schleichen?"

Pimm ließ Ben vorangehen, und sie bogen ungesehen zu einer Seite des langen Lagerhauses ab. Er war frohen Mutes, Beweise für Oswalds niederträchtige Taten finden zu können. Ben zufolge besaß dieser hier ein Büro und beaufsichtigte die Konstruktion seiner Kurtisanen gern persönlich. Ben hatte Oswald einmal in ein Wirtschaftsbuch schreiben sehen, das er danach in seinen Schreibtisch gelegt hatte. Natürlich war es möglich, dass das Wirtschaftsbuch nur eine Liste der Lieferungen oder andere unverfängliche Informationen enthielt. Doch Pimm hatte das Gefühl, gute Chancen zu haben, etwas Brauchbares zu finden. Ihm schwirrte der Kopf, als hätte er zu viel Sekt getrunken. Das war merkwürdig, denn seiner Meinung nach hatte er insgesamt eher zu wenig getrunken. Es war wahrscheinlich bloß die alte Jagdlust.

Sie schlichen, so gut ein Mann mit Gehstock und ein weiterer Mann von der Größe eines Ackergauls eben schleichen können, an der ausgebleichten Holzwand des Lagerhauses entlang. „Da sind wir." Ben versuchte, die kleine Tür zu entriegeln, doch sie war abgeschlossen. „Das macht nichts, der Türrahmen ist etwas verzogen", sagte Ben. „Man kommt trotzdem rein, wenn man den Trick kennt." Er ergriff den Türknauf und zog fest daran, so dass zwischen Tür und Rahmen ein Spalt entstand, der beinahe fingerbreit war. Ben ächzte angestrengt, an seinem Hals zeichneten sich die Muskeln ab, bis er schließlich die Verriegelung soweit aus ihrem Rahmen gezogen hatte, dass die Tür aufsprang. Ben wankte noch nicht einmal rückwärts, um ihr aus dem Weg zu gehen.

„Man sieht, dass du Übung hast."

Ben zuckte die Achseln. „Sie sollten erst einmal sehen, was ich mit einer Metalltür anstellen kann. Ich komme fast überall hinein, solange es Ihnen nichts ausmacht, dass die Tür danach nie wieder richtig schließt."

Pimm spähte hinein, doch er sah nichts als Dunkelheit. „Was erwartet uns dort drinnen?"

„Es ist in Räume unterteilt, mit Wänden, die aber nicht ganz bis zur Decke reichen", sagte Ben. „Oswalds Büro ist im hinteren Eck. Die Kurtisanen werden näher an der Vorderseite gebaut. Der Rest des Gebäudes enthält hauptsächlich Ersatzteile und allerlei Gerümpel von den früheren Besitzern, kaputte Motorenteile und solches Zeug."

„Denkst du, es ist jetzt jemand hier?"

Ben zuckte die Schultern. „Scheint ruhig zu sein."

„Ja. Dann mal los mit dem Einbruch, würde ich sagen." Pimm glitt ins Halbdunkel, Ben folgte ihm und zog die Tür zu. Sie warteten einen Augenblick, bis sich ihre Augen an die Dunkelheit gewöhnt hatten. Obwohl das einzige Licht durch die staubigen Fenster hoch oben fiel, konnte Pimm bald die Formen von Wänden und Geräte- oder Müllhaufen erkennen sowie einen Pfad aus Fußspuren, der sich im Staub am Boden zeigte. Er folgte dem Pfad und fühlte sich dabei absurderweise wie Lederstrumpf, der im Wald einer Beute auf der Spur ist. An der hinteren Wand hatte man einen kleinen Raum gebaut, ein rechteckiges Büro mit Fenstern. Es stand auf einem erhöhten Podest, wahrscheinlich, damit ein Aufseher die unten schuftenden Arbeiter im Auge behalten konnte. „Oswalds Büro", sagte Ben. Das Büro war ebenso dunkel wie der Rest des Lagerhauses, und Pimm und Ben bewegten sich auf die Stufen zu, die zur Tür hoch führten.

Aus der Dunkelheit des Raums unter dem Podest rief ihnen eine Stimme zu: „Ihr da!"

Pimm und Ben erstarrten, und Pimm betrachtete prüfend etwas, das aussah wie ein Haufen aufeinandergestapelter Holzkisten. Nur dass auf dem Boden, teilweise von einer Plane verdeckt, eine Kiste mit vertikalen Eisenstäben stand. War das etwa eine Art Käfig?

Eine Gestalt in einem weißen Gewand drückte sich gegen die Gitterstäbe und streckte die Hand aus. „Ihr werdet Uns sofort freilassen", sagte der Mann, der sich darin befand, in einem Ton, der keinen Ungehorsam duldete.

„Du hältst Wache", flüsterte Pimm Ben zu. „Jeder Gefangene Oswalds ist ein möglicher Verbündeter für uns."

Ben grunzte und verschwand im Dunkeln, während Pimm zu dem Kistenstapel ging, der zuunterst tatsächlich von einem Eisenkäfig gestützt wurde. Der Käfig war riesig, ein Nilpferd hätte bequem hinein gepasst. Pimm griff in seine Tasche und zog ein winziges alchemistisches Licht von der Größe einer Taschenuhr heraus. Er öffnete den Deckel, um den Käfig zu beleuchten und die Insassen des Käfigs genauer zu betrachten. Wie sich herausstellte, nur den Insassen, denn soweit er sehen konnte, befand sich im Käfig nur ein einzelner Mann. Es handelte sich um einen untersetzten Mann mittleren Alters, der einen schmutzigen Schlafrock trug. Seine Augen waren tiefblau, seine Wangen voller Bartstoppeln und vor Anstrengung oder Empörung gerötet. Pimm vermutete Letzteres. Sein Doppelkinn ging in seine Wangen über. Er blinzelte im Licht. „Ihr seid der jüngste Sohn des Marquis von Bredon, nicht wahr?"

Pimm runzelte die Stirn. „Sir, ich weiß leider nicht, wer Sie …"

Der Mann im Käfig richtete sich zu seiner vollen Größe auf. Obwohl er nur etwa anderthalb Meter groß war, gelang es ihm dennoch irgendwie, den Eindruck zu erwecken, er sähe auf Pimm herab. Wenn nicht aus tatsächlicher Höhe, dann zumindest aus einer hohen gesellschaftlichen Position heraus. „Es ist Euch nicht erlaubt, Eure Herrscherin in diesem lässigen Ton anzusprechen."

„Herrscherin?", meinte Pimm schwach.

„Wir sind Ihre Königliche Hoheit Königin Victoria, Prinzessin von Hannover, Sachsen-Coburg und Gotha, Herzogin von Sachsen, Brunswick und Lüneburg. Ihr dürft Uns als ‚Eure Majestät' ansprechen. Wir bestehen darauf, dass Ihr Uns augenblicklich freilasst."

„Verzeiht, Eure Majestät", sagte Pimm matt, „Ich habe Euch nicht erkannt."

War das hier bloß ein Verrückter oder die Königin selbst, die von Oswalds schrecklicher Seuche verändert worden war? Pimm befürchtete es. Das wäre auf jeden Fall eine Möglichkeit, die Königin zu ersetzen, ohne sie zu ermorden: Ihr Geschlecht zu ändern und sie aus der königlichen Residenz herauszuschmuggeln. Der Palast war voll von Männern mittleren Alters, die unergründlichen Geschäften nachgingen. Ein weiterer würde kaum auffallen, vor allem nicht, wenn er unter Beruhigungsmitteln stand oder infolge der Krankheit schwach und orientierungslos war und von einem Arzt wie Oswald begleitet wurde. Selbst wenn das Opfer sich befreite und durch die Flure lief, würde ein tobender Mann, der behauptete, die Königin von England zu sein, mit Sicherheit eilends aus dem Palast entfernt werden. Oswald hätte die Königin während eines Treffens unter vier Augen vergiften und dann einfach ihre mechanische Doppelgängerin aus einer Kiste packen können, während die echte Königin die Verwandlung durchlief.

„Wir sind erkrankt", sagte Ihre Majestät. „Wir wurden verraten. Lasst Uns frei."

„Ich habe nichts damit zu tun, dass Ihr eingesperrt wurdet, Eure Majestät, und ich habe keinen Schlüssel für dieses Gefängnis, doch ich werde mich bemühen, ihn unverzüglich zu finden." Freddy hatte ein Händchen dafür, Schlösser zu knacken, doch Pimm war in diesen Dingen nie besonders gut gewesen. Seine Hände waren meist etwas zittrig, weil er entweder zu wenig oder zu viel getrunken hatte. Dazwischen gab es jeden Tag nur eine kurze Zeitspanne, in der seine Motorik ausgeglichen war. Er hatte nie genügend Geduld besessen, diesen Nachteil zu überwinden, um seine Einbruchskünste zu verbessern. In der Regel war es leichter, jemanden durch Überredung dazu zu bringen, ihn einzulassen. „Vielleicht gibt es im Büro einen Schlüssel."

„So geht und nehmt Mr. Oswald fest", sagte die Königin. „Er besitzt den Schlüssel. Wir werden dafür sorgen, dass man ihn wegen Hochverrats hinrichtet."

Pimm blieb reglos stehen und ließ den Deckel seiner Lampe zuschnappen. „Wollt Ihr damit etwa sagen, dass Sir Bertram ..."

„Mr. Oswald", sagte die Königin und versuchte gar nicht erst, ihre Stimme zu dämpfen, „Seinen Adelstitel werden Wir ihm natürlich aberkennen."

„Ja, natürlich, Eure Majestät, aber meint Ihr etwa, dass er hier ist? Im Lagerhaus? In diesem Augenblick?"

„Das bin ich in der Tat", schnurrte eine Stimme aus dem Dunkeln hinter ihm.

Pimm wandte sich um und griff dabei in seine Tasche, um eine von Freddys Waffen herauszuziehen, doch dann blickte er in den Lauf einer merkwürdig aussehenden Waffe. Es war weniger eine Pistole als ein Konstrukt aus Rohren und Ventilen. Die Gestalt im Halbdunkel, die die Waffe hielt, musste Oswald sein.

„Wissen Sie, was mein Spezialgebiet als Wissenschaftler ist?", fragte Oswald. Seine Stimme klang seltsam gedämpft, als trüge er eine Art Maske.

„Ich glaube, pneumatische Chemie", erwiderte Pimm.

„Sehr gut", meinte Oswald. „Das bedeutet selbstverständlich, dass ich Gase studiere. Ich kann ausgezeichnet mit Gasen umgehen." Ein feiner Nebel begann zischend aus dem Lauf der seltsamen Waffe zu strömen, und Pimm wurde es so schwindlig wie sonst nur bei der dritten Flasche Sekt. Dann schien sein Kopf völlig zu schweben und stieg immer höher hinauf in eine warme, einladende Schwärze.

DIE HELDEN SIND WIEDER VEREINT

Wirf ihn einfach zu den anderen", sagte Carrington, der gefolgt von Crippen und einer der mechanischen Kurtisanen wieder aus dem Dunkel auftauchte. Sie trugen eine schlaffe, reglose Gestalt zwischen sich.

„Pimm!", rief Ellie, doch er reagierte nicht auf ihr Rufen. War er etwa tot? Die Gefühlslawine, die dieser Gedanke in ihr auslöste, war stärker als alles, das sie seit dem Tod ihres Verlobten empfunden hatte. Ihr war, als ballten sich dunkle Kräfte in ihr, die immer stärker wurden, ein titanisches Gewicht, das sie unaufhaltsam zu Boden drückte. Sie kannte Pimm kaum, doch aus irgendeinem Grund war die Möglichkeit seines Todes für sie genauso schlimm, als sei eine Säule der Erde umgestürzt.

„Oh, er ist nicht verletzt. Nicht ernstlich." Carrington schwang ungeschickt Pimms raffinierten Gehstock, dann lehnte er ihn an den Stuhl. Über dem Arm trug er Pimms Mantel, den er ausschüttelte. Er fasste in die Taschen und zog eine Pistole heraus. „Genau das, was ich brauche." Er hängte Pimms Mantel über die Stuhllehne und richtete dann die Pistole auf den Käfig. „Treten Sie zurück, Miss Skye, Freddy. Bloß keine plötzlichen Sprünge in die Freiheit, ja?" Sie gehorchten, und er bewegte sich auf den Käfig zu, steckte einen großen Eisenschlüssel ins Türschloss und zog die Tür auf. Dabei hielt er den Lauf der Pistole stets auf Winnie gerichtet.

Crippen grunzte, als er und die Kurtisane Pimm auf dem Boden ablegten und ihn halb schoben, halb rollten, bis er im Käfig lag. Crippen ächzte und streckte sich. „Ich geh' den anderen holen“, sagte er. „Packen Sie mit an.“

„Ich muss unsere Gefangenen bewachen“, sagte Carrington. „Ich bin sicher, Sie schaffen es auch allein.“

Crippen verfluchte ihn, dann ging er zurück in die Dunkelheit, und der Automat folgte. Als sie wiederkamen, trugen sie einen bewusstlosen Mann von enormer Größe, den sie ebenfalls in den Käfig hievten, sodass seine Beine auf Pimms Oberkörper landeten. Carrington schob die Käfigtür zu und schloss sie ab, dann verschwand er zusammen mit Crippen in den schattigen Tiefen des Lagerhauses.

Ellie und Winnie eilten zu den bewusstlosen Männern, und Winnie rollte den großen Mann auf die andere Seite, sodass er nicht mehr halb auf ihrem Ehemann lag. Ellie kümmerte sich um Pimm. Sie beugte sich vor und legte ein Ohr an seine Brust, um auf sein Herz zu horchen. Es schlug, und zwar recht stark. Pimm atmete aus, und sein Atem roch merkwürdig süß und chemisch. Äther war es nicht, aber vielleicht hatte man ihn mit einem anderen Gas betäubt, das ihn bewusstlos machte?

„Kennen Sie diesen Kerl?“ Winnie stieß den riesigen Mann in die Seite, sodass er ein lautes Schnarchen von sich gab.

„Leider nein“, sagte Ellie. „Aber da unsere Feinde ihn bewusstlos gemacht haben, hat er bei mir bereits einen Stein im Brett. Glauben Sie, wir können Pimm aufwecken?“

„Er hat einen recht leichten Schlaf, wenn er nicht gerade betrunken ist, aber wer weiß, mit was für Substanzen sie ihn vollgepumpt haben?“ Winnie nahm Pimms Hand und ließ sie dann wieder fallen. Sie senkte den Kopf zu seinem Ohr und rief „Pimm!“, doch er stöhnte nur schwach und bewegte sich leicht. „Er sieht so friedlich aus, wenn er schläft, nicht wahr?", meinte Winnie. „Wie ein kleiner Igel."

„Damit würde ich ihn nicht vergleichen", sagte Ellie. „Aber doch, er sieht entspannt aus." Sie merkte, dass sie eine seiner Hände fest umklammert hielt, und zog es vor, sie nicht loszulassen.

„Ich kann es auch nicht leiden", meinte Winnie. Sie ging zu dem Eimer, der ihr Trinkwasser enthielt, tauchte eine Blechtasse hinein und brachte die tropfende Ladung wieder zu Pimm. Sie goss ihm den Inhalt übers Gesicht. Er keuchte, schoss in die Höhe und blickte um sich, während ihm das Wasser in den Kragen lief.

„Freddy!", rief er. „Wie oft hab' ich dir schon gesagt, dass ich so nicht geweckt ..." Er stockte, betrachtete Ellie und sah sich dann um, während sich auf seinem Gesicht langsam Verständnis abzeichnete. „Oh, ja, natürlich, ich erinnere mich. Verzeihen Sie. Oswald hat mich irgendeinem grässlichen Gas ausgesetzt, von dessen Nachwirkungen ich noch immer verwirrt bin."

„Das Wichtigste, das Sie wissen sollten", sagte Ellie, „ist, dass wir in einem Käfig eingesperrt sind, und dass Oswald plant, uns hier für längere Zeit festzuhalten."

„Wie abscheulich." Pimm fuhr sich mit den Fingern durch das feuchte Haar, und diese Geste traf Ellie so tief wie die beste Lyrik. Er war am Leben. Er sah etwas unordentlich aus und war wie sie eingesperrt, aber er lebte. „Freddy, wie schätzt du unsere Fluchtchancen ein?"

„Oh, recht gut", meinte Winnie. „Ich habe eigentlich nur noch gewartet, ob Oswald dich ebenfalls gefangen nimmt, damit wir uns nachher nicht die Mühe machen müssen, dich zu befreien. Er erzählte uns, dass er dich sucht. Wie es scheint, hat er dich gefunden."

Pimm schnaubte, dann drückte er Ellie die Hand. Dadurch wurde sie daran erinnert, dass sie die seine noch immer festhielt, weshalb sie augenblicklich losließ. Er erhob sich etwas wacklig. „Du musst wissen, dass ich im Zuge meiner Ermittlungen in dieses Lagerhaus gekommen bin, weil ich Beweise für Oswalds Verbrechen suchte. Ich bin nicht entführt worden. Er hat mich lediglich betäubt und durch ein Lagerhaus tragen lassen. Jedenfalls nehme ich an, dass es dasselbe Lagerhaus ist. Ihr glaubt nicht, was Ben und ich …"

„Das ist dann wohl Ben?" Winnie tätschelte den großen Mann erneut, und wie jemand, der in seinem eigenen Bett liegt, ächzte er und wälzte sich auf die Seite.

„Seine Feinde nennen ihn Big Ben", sagte Pimm. „Ein früherer Angestellter Abel Values, der plötzlich entlassen wurde und eine neue Anstellung suchte. Ich habe ihn angeheuert, damit er mir hilft. Er meinte, wir könnten in diesem Lagerhaus Beweise für Oswalds Missetaten finden, und da sind wir nun."

„Ich frage mich, ob er bereit sein wird, morgen wieder zur Arbeit zu kommen, wenn man bedenkt, wie gut es heute lief", sagte Winnie. „Sollen wir ihn aufwecken?"

„Ich schaudere bei der Vorstellung, was Ben in einem geschlossenen Raum anrichten könnte, wenn ihm jemand kaltes Wasser ins Gesicht schüttet", sagte Pimm.

Winnie seufzte. „Du hast wirklich keinen Sinn für das Abenteuerliche. Aber fahr fort. Hast du irgendetwas Interessantes entdeckt, bevor Oswald dich festnahm?"

Ehe Pimm antworten konnte, hörten sie das Klicken von Oswalds seltsamem Metallgehstock, der auf den Boden pochte. Er kehrte zurück in den Lichtkreis, den die alchemistische Lampe warf, und Carrington folgte ihm auf dem Fuße. Crippen war allerdings nirgends zu sehen. Oswald setzte sich auf den Stuhl und sagte: „Bringen Sie uns Tee, Carrington. Genug für alle."

„Tee? Aber …"

„Alles, was Sie brauchen, finden Sie im Büro", sagte Oswald. „Es gibt einen Gaskocher, Tassen, Töpfe und so fort. Kekse."

Er machte eine scheuchende Geste. „Bitte schnell. Ich werde keine Zeit haben, vor der Ausstellung noch eine anständige Mahlzeit zu mir zu nehmen, und ich verhungere."

Carrington verbeugte sich und verschwand erneut im Dunkeln. Eine Weile betrachtete Oswald stumm die Insassen des Käfigs, dann wischte er sich ein kaum wahrnehmbares Stäubchen vom Knie. „Ich bin kein Mörder", sagte Oswald und blickte wieder auf, wobei er nacheinander jedes ihrer Gesichter fixierte. „Das sollten Sie verstehen. Ebenso wenig wie ein Naturforscher, der Schmetterlinge auf eine Tafel spießt, ein Mörder ist. Ich interessiere mich für die Wahrheit. Leider müssen sich im Dienste dieser Wahrheit manchmal die Lebenden zu den Toten gesellen."

„Heißt das, wir sollen sterben?", fragte Pimm. „Um Ihnen einen Gefallen zu tun?"

„Das wird sich noch zeigen, Lord Pembroke. Ich wage zu behaupten, es hängt ganz von Ihnen ab."

DAS LEBEN EINES GROSSEN GEISTES

Oswald nickte, als beglückwünsche er sich selbst zu diesem exzellenten Argument. „Lassen Sie sich zunächst einmal gesagt sein, dass ich keinem von Ihnen schaden will. Ich halte Sie auch nur sehr ungern hier fest, und ich habe gewiss nicht den Wunsch, Sie zu töten. Ich werde es allerdings tun, wenn Sie mir keine andere Wahl lassen." Er setzte ein finsteres Gesicht auf, als seien sie Kinder, die ihn enttäuscht hatten. „Anfangs dachte ich noch, dass Miss Skyler lediglich Mr. Jenkins sei, irgendein Anwalt oder Kaufmann aus der Mittelschicht, der zufällig auf meine geheimen Geschäftsinteressen gestoßen war. Zugegeben, damals hätte ich nichts dagegen gehabt, das Problem ihrer Existenz etwas endgültiger zu lösen. Doch nun, da ich ihre wahre Identität kenne, muss ich gestehen, dass ich in der Tat ein großer Bewunderer ihrer Texte bin. Es würde mich freuen, wenn sie in der neuen Welt, die ich einzuläuten gedenke, erfolgreich sein könnte. Dasselbe wünsche ich mir auch für Sie, Lord Pembroke. Anders als die meisten parasitären Adligen, die aufgeplustert durch diese Stadt stolzieren und ihr müßiges Leben verschwenden, sind Sie ein Mann von Geist, auch wenn Sie ihn weniger würdigen Beschäftigungen widmen, als ich mir wünschen würde. Dann wären da noch Sie, Winifred. Sicherlich würden Sie gern in einer Welt leben, in der man Sie nach Ihrem Charakter beurteilt und nicht nach dem Zufall Ihres Geschlechts?"

„Mir scheint, Sie wissen nicht viel über meinen Charakter", meinte Winnie.

Oswalds Augen erinnerten Ellie an die einer Krähe, die auf der Straße ein frisch getötetes Tier betrachtet. „Ich mache meine Feinde am liebsten zu Verbündeten, wenn möglich. Glauben Sie etwa, Abel Value sei anfangs darauf erpicht gewesen, mit mir zusammenzuarbeiten? Natürlich nicht. Doch er – damals noch sie – wollte etwas, und ich war in der Lage, ihr diesen Wunsch zu erfüllen. Der Mann, den Sie unter dem Namen Adams kennen, war ebenfalls einst eine Art Rivale für mich, doch ich eröffnete ihm meine Pläne. Ich zeigte ihm, dass ich seinen Beitrag schätzte, sodass er bald ein Teil meines großen Werkes wurde. So, wie ich es mir auch von Ihnen erhoffe. In meiner Organisation ist immer Platz für kluge, einfallsreiche Menschen."

„Was für ein großes Werk meinen Sie, Sir?", fragte Ellie in bester Journalistenmanier.

„Ich glaube an die Macht der Wissenschaft, Miss Skyler. Sie auch?"

„Natürlich staune auch ich über die jüngsten Fortschritte der Alchemie, der Dampfmaschinen und des Magnetismus …"

„Nein!" Mit einem hallenden Knall stieß Oswald die Spitze seines Stocks auf den Boden. „Sie sprechen von Technik, nicht von Wissenschaft. Technik ist die Frucht der Wissenschaft, aber die Wissenschaft ist der Baum. Die Wissenschaft ist ein Weg, die Welt zu verstehen, Miss Skyler. Man macht Beobachtungen und zieht daraus Schlüsse. Man führt ein Experiment durch, um die Richtigkeit dieser Schlüsse zu beweisen oder sie zu widerlegen. Wenn nötig, passt man schließlich sein Weltbild daran an. An diesen Prozess glaube ich. Nicht an bloße Annahmen, nicht an jene gemeine Lüge, die man ‚gesunden Menschenverstand' nennt, nicht an Gott oder den

Teufel, nicht an Tradition oder Glaube oder Religion oder an all die gesammelten, institutionalisierten Schwächen, die man die menschliche Natur, oder noch schlimmer, Menschlichkeit nennt. Für mich zählt nur das Empirische." Er stand auf, den Kopf gesenkt. „Aber die Welt ist ein komplizierter Ort. Wahrlich, viel zu kompliziert, zu chaotisch. Der Schlüssel zu jedem Experiment liegt darin, die Variablen zu kontrollieren. Aber wie kann ich ein wirklich großes Experiment durchführen, eine Studie, die das Wesen der Gesellschaft selbst offenbaren soll, wenn so viele Faktoren außerhalb meiner Kontrolle liegen? Ich habe versucht, gewisse Experimente dennoch durchzuführen, trotz dieser Einschränkungen. Doch jedes Mal befleckten äußere Kräfte die Reinheit meiner Bestrebungen. Das Feuer in Whitechapel, das noch immer brennt? Wissen Sie, wodurch es ausgelöst wurde?"

„Ein illegales Experiment in einer alchemistische Werkstatt, soviel ich weiß", meinte Pimm. Seinem Ton nach zu urteilen hätte er sich auch auf einer etwas langweiligen Abendgesellschaft befinden können und nicht eingesperrt in einem Löwenkäfig.

„Illegal? Wie konnte es illegal sein? Es gab keine Gesetze gegen das, was ich tat."

Ellie starrte ihn an. „Das waren Sie? Ihr Experiment? Aber wie kann das sein? Die Brände begannen doch schon Jahre vor meiner Geburt. Sie waren damals selbst noch ein Kind, Sie sind gewiss zu jung, um ..."

„Sie sind zu gütig", meinte Oswald. „Am Anfang meiner Studien hatte ich es mir zur Aufgabe gemacht, ein Mittel zu finden, meine Lebenserwartung zu verlängern. Es ist zwar nicht das sagenumwobene Elixier des Lebens und bringt weder die Jugend zurück, noch verleiht es Unsterblichkeit. Aber es hemmt den Alterungsprozess, wenn man es regelmäßig einnimmt. Ich bin wesentlich älter, als ich aussehe, und ich habe Grund zur Annahme, dass meine Lebensdauer die immense

Langlebigkeit, die man gewissen biblischen Patriarchen zuschreibt, noch übertreffen wird. Im Laufe der Jahre war ich gezwungen, mehrmals die Identität zu wechseln oder mich in die Einsamkeit zurückzuziehen. Später bin ich dann als mein eigener Sohn oder Neffe oder als irgendein anderer verloren geglaubter Erbe wieder aufgetaucht. Die gesamte Ahnenreihe der Oswalds, die sich über Generationen hinzieht, besteht allein aus mir.

Ja, die Tragödie von Whitechapel hatte mit meiner Arbeit zu tun, obwohl ich nicht die Schuld daran trage. Ich habe versucht, eine Energiequelle zu finden, die weniger schmutzig als Kohle ist. Eine Energie, die es mir ermöglichen würde, gigantische Maschinen von unvorstellbarer Kraft anzutreiben. Meine Arbeit ‚Alchemie' zu nennen, ist nicht korrekt, in diesem Fall stand sie der Geologie wesentlich näher. Während meiner Reisen im Amazonasgebiet entdeckte ich in einer Höhle voll glühender purpurfarbener Gebilde einen merkwürdigen Kristall. Die dort ansässigen Stämme nutzten die Kristallsplitter als Waffen. Wenn man einen davon als Speerspitze verwendete, wurde jeder, den man damit stach, krank und starb. Wenn man aber einen der Splitter mit ausreichend Kraft gegen einen Stein warf, dann explodierte der Stein. Er zerfiel zu Staub, und nirgends, wo der Staub hinfiel, wuchsen jemals wieder Pflanzen. Mir wurde klar, dass in einem einzigen Kristall genügend Energie gespeichert war, um einen Berg dem Erdboden gleichzumachen, wenn man sie richtig entlud. Ich ersann eine Methode, diese Kraft zu kontrollieren und nutzbar zu machen, und so eine weit größere Energiewelle freizusetzen, als es ein Splitter, den man gegen einen Stein wirft, jemals könnte. Ich sammelte einige der Kristalle, verpackte sie sorgfältig und transportierte sie nach London. Ich beschloss, mir mein Labor in einem heruntergekommenen Häuserblock in Whitechapel einzurichten, weil ich wusste, dass es zu Unfällen kommen konnte. Wenn es eine Explosion gegeben hätte, nun, ich konnte ja wohl kaum riskieren, das West End in die Luft zu sprengen, oder?

Ich war vorsichtig, sehr, sehr vorsichtig. Doch ich konnte nicht jedes einzelne Gefäß und Werkzeug selbst herstellen. Ich stellte einen Mann ein, der für mich einen Sicherheitsbehälter aus Blei bauen sollte. Aus mir noch immer unbekannten Gründen verwendete er kein reines Blei, sondern streckte es mit irgendeinem anderen Metall. Warum? Um es billiger zu machen und so ein paar Münzen für sich behalten zu können? Oder weil er diese anderen Materialien einfach gerade zur Hand hatte? Wer weiß? Jedenfalls wich er von meinen genauen Vorgaben ab. Als ich schließlich das geheime Herz eines Kristalls aufbrach, um die Energien im Innern freizusetzen, wurden die Kräfte, die ich entfesselte, nicht eingedämmt. Das Gefäß zerbarst. Natürlich trug ich Schutzkleidung, mit der Zeit lernt man, vorsichtig zu sein, aber meine Helfer hatten weniger Glück. Die seltsamen Energien, die ich freigesetzt hatte, haben eine schädliche Wirkung auf den menschlichen Körper. Sie bekamen Wunden im Gesicht und an den Händen und vermutlich am ganzen Körper. Sie bluteten aus den Augen, schrien und schlugen um sich. Natürlich führten ihr rasendes Verhalten und die Kraft des zerbrochenen Kristalls zu einem Laborunfall, einem entsetzlichen Feuer, schrecklichen chemischen Reaktionen, zahlreichen Explosionen, durch die sich fast mein ganzer Vorrat an Kristallen entlud, und …“ Oswald machte eine unbestimmte Geste nach Norden, Richtung Whitechapel, „die Katastrophe begann. Einige der chemischen Reaktionen laufen noch immer ab und werden vielleicht noch jahrzehnte- oder jahrhundertelang weitergehen. Es gelang mir, meinen Namen aus der Angelegenheit herauszuhalten. Als die ersten Straßenhunde aus den Ruinen von Whitechapel gekrochen kamen, sahen sie so entsetzlich verändert aus, dass jedem klar wurde, wie tödlich die Gegend inzwischen war. Ich sah einen Weg, aus der Katastrophe eine Chance zu machen.

Die Krone beauftragte eine Firma, die mir gehörte, Mauern zu errichten, um das Gebiet abzugrenzen. Seitdem habe ich die Absperrung stetig verbessert, zuletzt, indem ich die Kuppel habe darauf setzen lassen. Dabei habe ich viele bemerkenswerte Entdeckungen im Bereich der Werkstoffkunde machen können. Ich bin beim Bau dieser Mauern im Lauf der Jahre überaus sorgfältig vorgegangen. Ich gab bekannt, dass jeder Handwerker, der bei der Verwendung minderwertiger Materialien erwischt wurde, innerhalb der Mauern zurückgelassen werden würde." Sein Ton war nachsichtig, als er die Geschichte erzählte. Es war, als trüge er eine Anekdote vor, die jegliche emotionale Kraft eingebüßt hatte, sei es durch die Zeit oder durch die Gleichgültigkeit des Erzählers.

„Ihre Experimente haben Hunderte getötet!", rief Ellie.

Oswald runzelte die Stirn. „Ich habe niemanden getötet. Tatsächlich sind Tausende gestorben, wenn man diejenigen mitzählt, die in der Nähe der Mauern lebten und später seltsamen Krankheiten erlagen. Doch ihren Tod hat der Mann verschuldet, der mir Blech gab, als ich Blei verlangte. Menschliches Versagen, verstehen Sie, das ist das Problem. Meine nächste Serie von Experimenten sollte menschliches Versagen unmöglich machen. Ich baute ein Gerät, das ich Aero-Zerebral-Emitter nannte. Es sendet gewisse Wellen und Signale durch die Luft an bestimmte Ziele. Der Zweck dieses Geräts sollte es sein, das Verhalten unzuverlässiger Menschen zu korrigieren."

„Sie meinen Gedankenkontrolle?", fragte Pimm und setzte zaghaft hinzu: „Ich möchte nur sichergehen, dass ich Sie richtig verstehe."

Oswald räusperte sich missbilligend. „Man könnte es wohl so nennen. Aber ist es Gedankenkontrolle, einen Hund zu erziehen? Ein wohlerzogener Hund ist glücklicher und nützlicher als ein wilder Streuner, da stimmen Sie mir doch sicherlich zu, und sein Besitzer ist ebenfalls glücklicher. Ich dachte, es könnte die Menschen dazu anregen, sich besser zu benehmen, das ist alles. Der Emitter hatte gewisse Mängel. Man musste die Zielpersonen mit einer magnetischen Flüssigkeit übergießen, damit der Emitter auf sie wirken konnte. Die Flüssigkeit verdampft zwar schnell, trotzdem konnte das kaum heimlich vonstatten gehen. Wenn man ihn dann in Gang gesetzt hatte, veränderte der Emitter die Funktionsweise des Gehirns nicht ganz in der Weise, wie ich vorhergesagt hatte."

„Sind die Leute explodiert?", fragte Winnie. „In Flammen aufgegangen? Bin ich die Einzige, die sich noch an die Geschichten von spontaner menschlicher Selbstentzündung erinnert?"

„Nein, nein", meinte Oswald. „Das war eine Angelegenheit, die mit dieser hier nichts zu tun hat. Der Zerebral-Emitter versagte in anderer Hinsicht. Seine Signale konnten auf die Hirnflüssigkeit einwirken, doch anstatt die Gedanken zu verändern, verursachten sie schreckliche Schmerzen und Beschwerden. Meine Testpersonen nahmen sich entweder das Leben, verließen fluchtartig das Land oder wurden ins Irrenhaus eingewiesen. Ich musste den Emitter aufgeben, doch ich denke noch immer voller Zuneigung daran. Er war eine so schöne Maschine. Ich glaube an die Schönheit, wissen Sie, es ist nur so, dass ich in anderen Dingen Schönheit sehe als die meisten Menschen. Durch das Scheitern des Emitters wurde mir klar, dass ich das menschliche Gehirn noch nicht gut genug verstand, um es so präzise zu beeinflussen, wie ich wünschte. Das war der Grund, weshalb ich den Mann in meine Dienste nahm, den Sie als Mr. Adams kennen, Lord Pembroke. Er versteht sich ausgezeichnet auf alle Bereiche der Physiognomie, innerhalb der engen Grenzen seines Fachgebiets übertrifft er sogar mich. Auch in Elektrizität und Chemie ist er äußerst bewandert. Eine Zeitlang arbeiteten wir zusammen, um ein Gerät zu entwickeln, das es uns ermöglichen würde, den menschlichen Geist zu beherrschen." Oswald seufzte. „Es hätte so gut funktionieren können. Aber leider bedurfte es dafür einer Hirnoperation, die man nur schwer im Geheimen durchführen kann. Daher beschlossen wir jüngst, nicht länger zusammenzuarbeiten und in Zukunft getrennt unsere Ziele zu verfolgen."

„Ach, und ich habe gehört, dass Sie ihm ins Herz geschossen haben", meinte Pimm. Ellie sah ihn beunruhigt an.

„Hmm", sagte Oswald. „Sie sind wirklich ein echter Detektiv, was? Ja, es ist wahr. Aber vielleicht tröstet es Sie, zu erfahren, dass Adams kein echter Mensch war, sondern ein Flickwerk aus verschiedenen Leichen. Das monströse, wiederbelebte Geschöpf eines brillanten Naturphilosophen, der selbst schon lange tot ist. Ich habe Adams nicht getötet, sondern ihn lediglich abgeschaltet. Er war mir nicht länger nützlich, und es ist nur vernünftig, ein nutzloses Werkzeug zu entsorgen."

„Wenn das jemand anders sagen würde, könnte man es für eine Drohung halten", meinte Winnie. „Aber wisst ihr, ich glaube, er meint es nicht mal so."

Oswald wartete geduldig, bis Winnie zu Ende gesprochen hatte, dann fuhr er fort. „In den letzten Jahren hat sich mein Schwerpunkt verändert und liegt nun nicht länger auf Individuen, sondern auf den Problemen des Systems. Auf der Gesellschaft selbst, die ein Teil der Ursache dafür ist, dass Individuen derart grässlich sind. Eines der größten Probleme unserer Kultur ist die Tatsache, dass Männer und Frauen so grundverschieden behandelt werden und ihre Lebensbereiche so strikt voneinander getrennt sind. Die Gattung Mensch ist komplex genug, ohne dass man weitere willkürliche Unterteilungen vornimmt. Männer und Frauen sind im Großen und Ganzen gleich, von gewissen Geschlechtsmerkmalen, die völlig sekundär sind und mich nicht weiter interessieren, einmal abgesehen. Die scheinbaren Unterschiede zwischen ihnen werden meines Erachtens hauptsächlich von kulturellen Vorurteilen bestimmt. Verallgemeinerungen bezüglich der Muskelmasse und natürlich der Reproduktionsfähigkeit einmal ausgenommen."

„Sie mögen Recht haben“, sagte Ellie. „Ich bin es in der Tat leid, von Männern zu hören, dass Frauen niemals so gut wie sie selbst schreiben können.“

Oswald strahlte förmlich. „Sehen Sie? Wir sind uns einig. Ich wusste, dass Sie Gründe sehen würden, mit mir gemeinsame Sache zu machen. Ich beschloss, dass es sinnvoll sein könnte, die Ansicht zu entkräften, dass Männer und Frauen grundsätzlich vollkommen verschieden sind. Deshalb verbrachte ich mehrere Jahre damit, bestimmte Frösche, Eidechsen und Fische zu studieren, und zu lernen, wie verschiedene Infektionskrankheiten übertragen werden, und ...“

„Ja, ich wollte es noch erwähnen“, meinte Pimm. „Unser Sir Bertram hier hat die Erschaffung und Verbreitung des Morbus Konstantin zu verantworten.“

Die Last des Visionärs

Einen Augenblick lang herrschte fassungsloses Schweigen, dann sagte Winnie: „Die ganze Zeit über habe ich Gott verflucht, dass er mir Morbus Konstantin beschert hat, dabei hätte ich eigentlich Sie verfluchen müssen."

Oswald seufzte. „Verglichen mit dem Wohl der Allgemeinheit sind Ihre Unannehmlichkeiten belanglos, Winifred. Außerdem ist Morbus Konstantin ein alberner Name. Ich war enttäuscht, als ich sah, dass Sie die Bezeichnung in Ihren Artikeln verwendeten, Miss Skyler. In meinen Tagebüchern nenne ich sie die Große Verwandlung."

Tagebücher!, dachte Ellie. Tagebücher waren Beweise.

Oswald redete weiter und ging dabei vor dem Käfig auf und ab. „Obwohl in der Tat ein Botschafter aus Konstantinopel zu den ersten gehörte, die sich die Krankheit zuzogen, als ich sie in ein gewisses Bordell brachte. Er – oder sie – war allerdings nicht der ursprüngliche Überträger."

„Was glaubten Sie, was geschehen würde, als Sie diese Katastrophe entwickelt haben?", fragte Ellie. „Was war Ihre Vorhersage, Ihre Hypothese?"

„Chaos natürlich. Doch ich erwartete und erwarte noch immer ein weiteres Ergebnis. Die Tatsache, dass Männer sich in Frauen und Frauen sich in Männer verwandelten, während ihr Geist und ihre Fähigkeiten gleich blieben, sollte den Menschen doch zeigen, wie lächerlich und willkürlich die Trennung in männliche und weibliche Sphären ist. Ich würde dieses Experiment als noch nicht abgeschlossen bezeichnen, nicht als misslungen. Es ist einer der Vorteile eines verlängerten Lebens, dass man langfristigen gesellschaftlichen Experimenten wie diesem nachgehen kann. Natürlich muss man sich anderweitig beschäftigen, während man die Ergebnisse abwartet. Daher mein Interesse an den mechanischen Kurtisanen."

„Die Seuche hat mehr Menschen getötet als verwandelt", unterbrach ihn Ellie. „Waren all diese Toten ein akzeptabler Preis für Ihr Experiment?"

Oswald runzelte die Stirn. „Weshalb sind Sie derart fixiert auf Leben und Tod? Das Leben ist nichts Kostbares, Miss Skyler. Sie können eine schmutzige Wasserpfütze im Sonnenschein sich selbst überlassen und nach ein paar Tagen oder Wochen wird es darin vor Leben nur so wimmeln. Oh ja, manche Leben sind wertvoller als andere, gewisse Individuen würdiger als der Rest der schwirrenden Massen: Ich selbst und vielleicht Sie drei und vielleicht noch Abel Value auf seine harte, einfache Art. Aber wenn einige sterben müssen, um meine Forschungen voranzubringen, was macht das schon? Manche meiner Kollegen studieren Fruchtfliegen. Solche Fliegen sind wunderbare Testobjekte, weil sie sich rapide vermehren und ihr Leben sehr kurz ist, sodass sie sehr schnell immer neue Generationen hervorbringen. Wenn man eine neue Variable in das Fruchtfliegenvolk einführt, kann man zusehen, wie die Folgen sich unverzüglich ausbreiten. Verglichen mit meiner eigenen Lebensdauer sind Menschen ebenfalls kaum mehr als Fliegen. Ein paar Menschen zu vernichten ist ohnehin ein barmherziger Akt."

„Ihr Rationalisierungsvermögen ist verblüffend", sagte Pimm.

„Oh, seien Sie doch nicht so naiv, Lord Pembroke. Es gibt viel zu viele Menschen. Haben Sie auch nur eine Ahnung, wie viele Menschen auf der Erde umher kreuchen? Eineinviertel Milliarden." Er erschauerte. „Eine solche Zahl kann der menschliche Geist kaum fassen!"

„Dass Sie die Zahl nicht fassen können, heißt nicht, dass auch nur einer von ihnen zu sterben verdient", sagte Pimm.

„Was hat das mit verdient oder unverdient zu tun? Sie haben sich niemals das Recht verdient, zu leben, deshalb müssen sie sich auch nicht das Recht zu sterben verdienen. Haben Sie die Schriften von Reverend Malthus gelesen? Er hat schon vor Jahrzehnten darauf hingewiesen, dass das Bevölkerungswachstum exponentiell vonstatten geht, während das Angebot an Nahrungsmitteln nur linear wächst." Er seufzte. „An Ihren Gesichtern erkenne ich, dass niemand von Ihnen rechnen kann. Was ich sagen will, ist Folgendes: Die Bevölkerung wächst sprunghaft, während unsere Möglichkeiten, Nahrungsmittel zu produzieren, kaum Schritt halten können. Malthus hat vorausgesagt, dass eher heute als morgen die Bevölkerung sehr viel größer sein wird als unsere Fähigkeit, uns zu ernähren. Es ist daher tatsächlich nur gnädig, die Herde zu verkleinern, wie man auch Hirsche und Rehe jagt, um ihre Zahl zu kontrollieren. Andernfalls vermehren sie sich zu schnell und verhungern."

„Aber wir verhungern heute nicht", meinte Carrington und kehrte mit einem Teetablett zurück. „Ich habe einige Kekse mit Zuckerguss gefunden, sie sind herrlich."

Oswald schien verärgert, dass man ihn unterbrochen hatte. Er nahm seine Teetasse und wies Carrington an, das Tablett so hinzustellen, dass „unsere Gäste" es erreichen könnten. Mit übertriebener Sorgfalt setzte der Sekretär das Tablett auf dem Boden ab und nahm dann Pimms Gehstock zu Hilfe, um es näher ans Gitter heranzuschieben.

„Was tun Sie da?", wollte Oswald wissen.

„Ich würde es Freddy zutrauen, mir bei einem Fluchtversuch den heißen Tee ins Gesicht zu schleudern“, meinte Carrington.

„Der Gedanke ist mir auch schon gekommen“, gab Winnie zu. „Natürlich nicht, um uns bei der Flucht zu helfen, das wäre offensichtlich lächerlich, sondern nur zu meinem Vergnügen.“ Sie griff durch die Gitterstäbe und schenkte für Ellie und Pimm Tee ein, während Oswald ungeduldig mit seinem Gehstock pochte. Irgendeine Eigenschaft seiner merkwürdigen Metallzusammensetzung ließ ihn unangenehm auf dem Boden klirren.

„Carrington“, blaffte der angesehene Wissenschaftler. „Bringen Sie unserem anderen Gefangenen den Tee, und bleiben Sie bei ihm. Er ist ein wenig überreizt. Sie sollten ihn beruhigen.“

„Natürlich, Herr.“ Carrington verbeugte sich auf so unterwürfige Weise, dass es eindeutig spöttisch wirkte, dann verschwand er wieder im Schatten.

Nachdem er einen Schluck Tee genommen hatte, meinte Pimm: „Ihnen ist vermutlich noch nie der Gedanke gekommen, dass Sie Ihre Intelligenz auch dafür nutzen könnten, neue Wege zu finden, die Hungernden zu ernähren?“

„Was meinen Sie damit? Landwirtschaft? Das ist nun wirklich keine meiner Interessen, Lord Pembroke. Zudem macht eine kleinere Bevölkerung es mir leichter, Variablen in meinen Experimenten zu verfolgen. Ich muss sagen, Ihre Reaktion enttäuscht mich. Mr. Value leuchtete die offenkundige Weisheit meiner Argumente sofort ein, und Mr. Adams teilte mein Interesse, die vollständige Spanne menschlichen Potentials zu erforschen. Sie sind Journalistin, Miss Skyler. Sie schätzen doch gewiss die Wahrheit höher als alles andere? Dann lassen Sie uns den Schleier von den Rätseln der Natur reißen. Lassen Sie uns die Wahrheiten der Welt enthüllen!“

„Wenn Sie die Wahrheit so sehr schätzen, dann stört es Sie doch gewiss nicht, wenn ich Sie in meiner Zeitung zitiere“, meinte sie.

Oswald schmunzelte. „Zeitungen. Ja. Ihre Texte sind äußerst erkenntnisreich, Miss Skyler, und Sie werfen damit Perlen vor die Säue. Ich könnte mich auch auf ein Feld stellen und einer Herde blökender Schafe die Prinzipien der pneumatischen Chemie darlegen, aber das würde mir nicht helfen und die Schafe auch nicht klüger machen. Das Gleiche gilt für die Idee, den Bewohnern dieser Stadt die Wahrheit zu erzählen. Sie würden sie nicht verstehen. Sie würden versuchen, mich aufzuhalten. Aber drucken Sie nur alles, was Sie möchten, wenn Sie Ihre Freiheit wiederhaben. Das liegt natürlich allein in meinem Ermessen. Selbst wenn es Ihnen gelänge, meinen Namen in den Schmutz zu ziehen, würde ich das gewiss überstehen. Ich habe einflussreiche Freunde."

„Ach richtig", sagte Pimm. „Sie sitzen ja rechts von der Königin."

„Sogar noch näher, alter Junge." Oswald zwinkerte ihm zu, und Ellie schauderte es. „Diejenigen meiner Experimente, die auch tatsächlich Anerkennung fanden, genügten, dass die Königin auf mich aufmerksam wurde. Die Entwicklung der alchemistischen Lampen und die Magnetfeldmanipulatoren, mit denen man die Gesundheit verbessern kann, und so fort. Mein Name war ihr folglich nicht völlig unbekannt. Trotzdem war sie zu dieser Zeit noch sehr vernarrt in ihren Mann Prinz Albert. Als er dank einiger meiner Fortschritte in der Keimtheorie wunderbarerweise das Fieber überlebte, wurde aus dem Interesse, das sie mir entgegenbrachte, freundschaftliche Zuneigung, obwohl ich Pasteur den Ruhm überließ, da die ursprüngliche Erkenntnis von ihm stammte. Leider wuchs ihre Hingabe zu Prinz Albert infolge seiner Krankheit sogar noch. Mir scheint, wenn man jemanden, den man liebt, fast verliert, weiß man ihn danach umso mehr zu schätzen."

Ellie musste daran denken, wie Pimm bewusstlos ins Lagerhaus getragen worden war. Sie hatte angenommen, dass er tot sei, und in diesem Augenblick hatte sich ihr Herz in ihrer Brust in Glasscherben verwandelt. Oswald war zwar wahnsinnig, aber er lag nicht immer falsch.

„Als Erstes vergiftete er den Prinzen", sagte Pimm. „Ich merke, dass er auf diese Enthüllung zusteuert, aber der Vortrag muss wirklich nicht die ganze Nacht dauern. Es stimmt nicht immer, dass Verbrecher sich nach einem Geständnis sehnen, aber die Verbrecher, die sich für klug halten, schwingen liebend gern lange Reden."

Oswald lächelte dünn. „Sie sind ein fleißiger Detektiv, Lord Pembroke. Ich würde mir über Ihre Anschuldigungen Sorgen machen, wenn ich glaubte, für irgendeine Übeltat Beweise hinterlassen zu haben. Ja, ich habe den Prinzen mit der Großen Verwandlung angesteckt. Ursprünglich hatte ich gehofft, er werde daran sterben, doch rückblickend erscheint es mir besser, dass er sich nur verwandelte. Selbst wenn man der Königin Beweise für seine Untreue vorgelegt hätte, hätte sein Tod bei ihr vielleicht zu starke Gefühle ausgelöst. Zumindest wäre sie gezwungen gewesen, zu trauern, was insgesamt eine recht lästige Sache ist. Glücklicherweise überlebte der Prinz aber und wurde zu einer hässlichen Frau mit Pferdegesicht. Sein Name darf im Beisein der Königin nicht mehr genannt werden. Seine Unschuldsbeteuerungen glaubte ihm niemand, obwohl sie natürlich der Wahrheit entsprachen. Die ganze Geschichte war sehr geschickt eingefädelt, und ich wurde der Königin in dieser schweren Zeit eine Stütze und konnte sie trösten. Seitdem stehen wir uns äußerst nahe."

„Oh", meinte Pimm, „Haben Sie sie deshalb mit der Krankheit infiziert und in einen Käfig gesperrt?"

Winnie und Ellie rangen nach Luft, und Oswald sah ihn finster an. „Ich hatte mich schon gefragt, ob Sie wohl die Identität meines anderen Gastes erraten konnten. Es erschien mir klug, Sie augenblicklich mit dem Gas bewusstlos zu machen, als ich Sie hier entdeckte. Vielleicht hätte ich Sie vorher fragen sollen."

„Sie halten die Königin hier gefangen?", fragte Winnie.

„Jetzt ist er wohl eher der König“, sagte Oswald. „Oder bleibt er trotzdem die Königin? Es gibt darauf sicherlich eine Antwort, in irgendeinem Buch über das Hofprotokoll, mir ist es gleich. Er selbst nennt sich noch immer meine ‚Königin‘, seine Meinung fällt allerdings kaum ins Gewicht. Die Verwandlung ist bedauernswert, aber sie war notwendig. Selbst als ich meinen ganzen Einfluss einsetzte, meine besten Argumente vorbrachte und die Königin als ihr Freund ersuchte, war sie störrisch. Sie weigerte sich, mich bei meinem neuen großen Plan zu unterstützen. Ich hatte die Hoffnung gehabt, ihren Geist beherrschen zu können, doch als diese Forschungsrichtung sich als fruchtlos erwies, wandte ich mich einem anderen Ansatz zu.“

„Was hilft es Ihnen, wenn Sie aus ihr einen Mann machen?“, wollte Ellie wissen.

„Die mechanischen Kurtisanen“, sagte Pimm. „Er hat für die Königin eine mechanische Doppelgängerin gebaut, eine Nachbildung.“

Oswald bleckte die Zähne. „Sie wissen mehr, als ich dachte, Lord Pembroke. Woher bekommen Sie Ihre Informationen?“

„Wie Miss Skye ist es auch mir nicht gestattet, meine Quellen zu nennen“, sagte Pimm.

„Aber sie könnte Sie als Quelle nutzen, nehme ich an“, sagte Oswald. „Sie könnte all dies in ihrer Zeitung drucken lassen und mit übler Nachrede Rufmord begehen.“

„Sie meinen Verleumdung.“ Ellie konnte sich nicht zurückhalten, sie musste diesem selbstzufriedenen Wichtigtuer einen Dämpfer versetzen. „Schriftliche Falschbeschuldigungen sind Verleumdung. Wenn jemand mündlich falsche Anschuldigungen erhebt, dann ist es üble Nachrede.“ Sie schenkte ihm ein sanftes Lächeln. „Das ist ein häufiger Fehler. Außerdem ist natürlich keine der Anschuldigungen falsch.“

„Ich verneige mich vor Ihrem überragenden Wissen zum Thema Verleumdung“, sagte Oswald und verbeugte sich tatsächlich in sehr höfischer Manier. Falls Ellie ihn verärgert hatte, so zeigte er es nicht. „Ich bewundere Ihre sprachliche Exaktheit, Miss Skyler, und entschuldige mich für meine Unzulänglichkeiten. Also, ja, Sie könnten Ihren verleumderischen Unsinn drucken. Aber warum sollten Sie diesen Weg wählen? Warum sollten Sie versuchen, mich zu ruinieren, wenn Sie mir stattdessen bei meinem großen Werk helfen könnten? Alles, was ich vorbereitet habe, steht nun bereit. Dieses Land ist kurz davor, wahre Größe zu erlangen."

Oswald trat näher an den Käfig heran. „Wir sind nun am Punkt der Entscheidung angelangt. Ich bin ein vernünftiger Mann. Ich biete Ihnen zwei Handlungsmöglichkeiten: Sie können die nächsten Tage oder Wochen hier eingesperrt bleiben, oder Sie dürfen sich mir anschließen und an meinem großen Werk teilhaben."

„Was für ein großes Werk war das doch gleich?", fragte Pimm. „Sie waren in diesem Punkt leider recht vage."

„Oh, aber mein Vortrag langweilt Sie doch ohnehin schon. Sind Sie nicht auch der Meinung, dass ich bereits genug geschwatzt habe? Lassen Sie mich nur so viel sagen: Mein neues Projekt lässt meine früheren Experimente bescheiden und ehrgeizlos aussehen. Mein großes Werk wird mir helfen, die Bevölkerung dieses Planeten auf ein überschaubares Maß zu verringern, und mir einen ausgezeichneten Raum für Experimente zur Erschaffung einer idealen Gesellschaft bieten. Schließen Sie sich mir an, und wenn ich Ihre Loyalität geprüft habe, werde ich Ihnen gern all meine Pläne mitteilen."

„Was wäre denn unser Lohn?", fragte Ellie.

Pimm hob zu sprechen an oder vielleicht auch zu einem Fluch. Doch er verstummte, als Oswald leise in sich hineinlachte. „Ich gebe Ihnen alles, was Sie wollen, Miss Skyler. Wenn mein Experiment erst einmal abgeschlossen ist, wird es in meiner Macht stehen, solch ein ungeheures Versprechen zu erfüllen. Wenn Sie es wünschten, wäre ich in der Lage, Ihnen

Ihr eigenes Land zu geben, über das Sie herrschen könnten. Nun sagen Sie mir: Was wünschen Sie sich?"

„Ich möchte nur die Wahrheit suchen, schreiben und ein zufriedenes Leben führen."

„Hmm. Das ist recht einfach, wenn auch etwas vage. Wir werden später auf die Einzelheiten zu sprechen kommen. Winifred?"

„Geben Sie mir mein Leben zurück", sagte Winnie. „Es soll so sein, als hätten Sie mich niemals mit dieser Krankheit infiziert."

„Eine schwierige Aufgabe, jedoch nicht unlösbar", sagte Oswald. „Ich könnte den Prozess vielleicht einfach noch einmal ablaufen lassen. Wenn man die Große Verwandlung überlebt hat, wird man zwar immun gegen die Krankheit, aber ich könnte vermutlich einen neuen Erregerstamm züchten."

„Oh, zur Hölle mit Ihnen", meinte Winnie müde.

Oswald seufzte. „Was ist mit Ihnen, Lord Pembroke? Was wünschen Sie sich am allermeisten?"

„In der Regel nur einen weiteren Drink", sagte Pimm. „Sie können mir nichts bieten, Sir."

„Unsinn. Jeder will etwas. Value wollte Geld und Macht, und ich gab sie ihm. Er ist im Grunde ein Kind, wenn auch ein sehr gerissenes Kind, und er liebt sein Spielzeug. Mr. Adams, nun, tatsächlich wollte er Liebe. Diese rührseligen und romantischen Ideen waren ein eigenartiger blinder Fleck auf seinem Weltbild, das ansonsten hochentwickelt war. Ich versuchte ihm dabei zu helfen, die reine Liebe zu finden, die er suchte. Ich fürchte allerdings, er hat sie nie gefunden. Jeder hat seinen Preis, meine Freunde, und ich habe eine prall gefüllte Geldbörse." Er wandte sich ab.

„Es gibt noch eine dritte Möglichkeit", meinte Pimm.

„Hm?" Oswald blickte auf seine Taschenuhr und schenkte ihnen plötzlich nur noch sehr wenig Aufmerksamkeit.

„Sie sagten, wir könnten uns Ihnen entweder anschließen oder eingesperrt bleiben, aber es gibt noch etwas, das wir tun könnten. Wir könnten Ihnen Widerstand leisten."

„Ah." Er ließ die Uhr zuschnappen und packte sie weg. „Ja, das könnten Sie wohl, vorausgesetzt, Sie entkommen. Allerdings kann man diese Möglichkeit auch anders formulieren: ‚Wir könnten sinnlos sterben.' Wenn Sie sterben möchten, lassen Sie es mich wissen. Ich kann das nur zu leicht einrichten. Aber ich habe noch Hoffnung für Sie. Dass Sie so viel über meine Pläne herausfinden konnten, zeugt von einem beeindruckenden geistigen Entwicklungsstand. Menschen mit Ihren Fähigkeiten kann ich gebrauchen. Verschwenden Sie Ihr Talent nicht damit, einen albernen Groll gegen mich zu hegen. Es gibt wesentlich Wichtigeres auf der Welt und im Himmel." Er gähnte. „Ich muss mich nun auf die Ausstellung heute Abend vorbereiten. Das große Werk beginnt. Wollen Sie mir helfen, oder wollen Sie Gefangene bleiben?"

„Natürlich werden wir Ihnen helfen", sagte Winnie. „Ihre Argumente haben mich voll und ganz überzeugt."

„In der Tat", sagte Ellie. „Ich freue mich darauf, Ihre Einsichten an die Massen weiterzugeben."

„Natürlich. Wir sind die treuesten Anhänger Ihrer Sache. Lassen Sie uns nur heraus" – hier lächelte Pimm und zeigte alle seine Zähne – „und wir zeigen Ihnen gern das volle Ausmaß unserer Ergebenheit."

„Sie alle enttäuschen mich schrecklich", sagte Oswald und schien ebenso traurig wie ein Vater, der mit ansehen muss, wie seine Kinder sich törichterweise in Gefahr bringen. „Doch vielleicht wird eine längere Gefangenschaft Ihre Ansichten ändern. Verzeihen Sie, ich muss nun Vorbereitungen treffen. Sicherlich entschuldigen Sie mich, wenn ich so unhöflich bin, Sie zu verlassen? Ich werde Sie in Zukunft sicherlich noch einmal besuchen, wenn die Zeit es erlaubt." Er verbeugte sich leicht, ließ eine elegante Drehung folgen und marschierte fort in die Dunkelheit.

Sie sahen ihm nach, als er verschwand. „Wir sollten wirklich bald aufbrechen“, sagte Pimm. „Ich finde, wir sind lange genug hier gewesen, und außerdem müssen wir noch an den anderen Gefangenen denken.“

„Du willst die Königin befreien?“, meinte Winnie.

„Schlägst etwa du vor, sie hier in ihrem Käfig zu lassen?“, fragte Pimm.

„Da hast du auch wieder recht.“

„Nun, Winifred, Liebling ...“

„Oh, nenn mich einfach Freddy“, sagte sie. „Carrington hat Ellie bereits die Wahrheit über mich verraten.“ Zum ersten Mal, seit Ellie ihn kennen gelernt hatte, sah Pimm vollkommen ratlos aus. Er starrte Winnie mit offenem Mund an, dann warf er einen Seitenblick auf Ellie. „Oh. Sie wissen über sie Bescheid?“

„Ja“, sagte sie. „Ich sehe, dass Sie Angst haben. Jedoch habe ich nicht vor, aus Ihrer Ehe einen reißerischen Artikel zu machen. Winnie ist für mich eine Freundin, und Ihnen bringe ich nur den größten Respekt entgegen. Ich muss nicht jedes Geheimnis, das ich aufdecke, bekannt machen, Pimm. Manchmal genügt es mir, für mich selbst die Wahrheit herauszufinden. Die Enthüllung selbst bereitet mir ebenfalls kein Unbehagen. Winnie mag ihr Leben als Mann begonnen haben, aber das macht doch keinen Unterschied. Ihre Seele ist immer noch dieselbe.“

„Das erleichtert mich“, sagte Pimm. „Obwohl ich selten gehört habe, dass jemand meiner Frau eine Seele zuschreibt. Nun denn, Freddy, wie lange brauchst du, um uns aus diesem Käfig zu befreien?“

„Zehn Minuten“, meinte Winnie. „Vielleicht auch fünf, wenn du es schaffst, während der Arbeit nicht auf mich einzureden.“

„Hoffen wir, dass ich derweil Big Ben aufwecken kann“, sagte Pimm und betrachtete zweifelnd seinen schlafenden Kameraden.

„Wollen Sie etwa sagen, dass Sie das Schloss öffnen können?", fragte Ellie.

„Natürlich", meinte Winnie. „Das Schloss an diesem Käfig soll Löwen gefangen halten, keine Wesen, die Daumen und schlaue kleine Werkzeuge haben." Sie griff sich ins Haar und begann zu Ellies Erstaunen, feine Drähte und Stäbchen herauszuziehen.

„Sie haben Dietriche im Haar?"

„Eine Frau braucht ein Steckenpferd", sagte Winnie. „Man weiß schließlich nie, wann man ein nettes Schloss zum Üben findet."

„Aber warum haben Sie uns nicht schon vorher befreit?"

„Hauptsächlich, weil Carrington die ganze Zeit da saß und uns beobachtete", sagte Winnie. „Währenddessen hatten wir keine Zeit, aber im Augenblick scheinen wir unbewacht zu sein. Ich war wirklich neugierig, ob sie Pimm erwischen würden. Ich habe mit mir selbst eine kleine Wette abgeschlossen, und nun schulde ich mir einen Sovereign."

„Das ist die Frau, die mir vorwirft, geschwätzig zu sein", beschwerte sich Pimm.

„Ruhe", befahl Winnie und kniete sich neben die Käfigtür, um mit der Arbeit zu beginnen.

LIEBESLEBEN

Das hier sollte die Krönung seines langen Lebenswerkes werden. Adam ärgerte es zwar, derart auf die Technik angewiesen zu sein, die der widerliche Bertram Oswald entwickelt hatte, aber das Endergebnis würde ihn sicherlich so zufriedenstellen, dass er seine Abneigung überwinden konnte.

Der Automat, der auf dem Tisch lag, war im Vergleich zum ursprünglichen Entwurf stark abgeändert worden. Oswald hatte mit Adam schon früh über die Anatomie seiner mechanischen Frauen beratschlagt. Damals hatte der Anatom nicht geahnt, dass der Erfolg der mechanischen Kurtisanen letztlich dazu führen würde, dass er selbst nur knapp dem Tode entrann. Im Laboratorium lagerten noch mehrere halbfertige Modelle. Adam hatte die besten Bestandteile der mechanischen Frauen in einer harmonischen Form zusammengefasst.

Ihm fiel auf, dass er selbst fast auf dieselbe Art gebaut worden war, aus Leichenteilen zusammengenäht. Doch während er ein Stück Flickwerk mit schiefen Proportionen und unschönen Nähten war, war der mechanische Körper, den er für seine große Liebe geschaffen hatte, vollkommen. Das lag vor allem daran, dass Oswald viel Wert auf Einheitlichkeit und Austauschbarkeit der Teile legte. Natürlich entstandene Menschenkörper besaßen hingegen einen verblüffenden Variationsspielraum, sogar im Rahmen der angeblich normalen Physiognomie.

Die Köpfe von Oswalds Standardmodellen enthielten fast nur Schläuche zum Saugen und für ein sehr rudimentäres Sprechen sowie einige Zahnräder, um die Augen und Gesichtsmuskeln zu bewegen. Wenn er diese etwas anders anordnete, gab es in dem mechanischen Schädel mehr als genug Platz für ein menschliches Gehirn. Es war eine wesentlich größere Herausforderung, das Gehirn so anzuschließen, dass es den mechanischen Körper kontrollieren konnte. Doch in gewisser Weise hatte er auch dieses Problem schon gelöst: Das zarte Spinnennetz aus Draht, das er verwendete, um heißhungrige, fleischfressende Leichen in fügsame Dienerinnen zu verwandeln, ließ sich so umbauen, dass es als Verbindungsteil zwischen Geist und Maschine fungieren konnte. Er verzichtete dieses Mal auf die magnetische Gedankenkontrolle. Diese auferstandene Frau würde ihren eigenen Willen haben.

Adam hob vorsichtig Margarets Gehirn aus seinem Behälter, trennte die Drähte ab und setzte es in den offenen Schädel der mechanischen Kurtisane auf dem Tisch. Ebenso vorsichtig schloss er die Schläuche an, die dafür sorgen würden, dass sein künstliches Blut im Gehirn zirkulierte und es mit Sauerstoff und Nährstoffen versorgte. Dann befestigte er das metallene Spinnennetz, das es ihr ermöglichen würde, ihren Körper zu kontrollieren. Die Augen waren besser als menschliche Augen und konnten Spektren sehen, die für gewöhnliche Sterbliche unsichtbar waren, und Gehör und Geruchssinn waren ebenso hoch entwickelt. Leider hatte sie keinerlei Geschmackssinn, doch dieses Problem konnte er in Zukunft noch lösen. Adam und seine Liebste konnten sich nun ihr Leben lang vervollkommnen und einander im wahrsten Sinne des Wortes zu besseren Menschen machen.

Wenn es ihm möglich gewesen wäre, hätte er Margaret seine eigene Synästhesie gegeben, damit sie die Querverbindungen im Universum der Sinne schmecken konnte. Aber ohne sein eigenes Gehirn zu sezieren, wusste er nicht, wie er diesen Effekt wiederholen konnte. Trotzdem würde ihre Fähigkeit, Magnetfelder und Teile des infraroten und ultravioletten Spektrums zu sehen, es ihr erleichtern, seine eigene ungewöhnliche Wahrnehmung wenigstens ansatzweise zu verstehen.

In der Liebe war gegenseitiges Verständnis von großer Bedeutung.

Er liebte sie schließlich, und während er daran arbeitete, ihr lebendes Gehirn in ihren mechanischen Körper einzubinden, erfüllten Friede und Glück sein ganzes Wesen. Seit er Margarets Gehirn zum Leben erweckt hatte, hatte er stundenlang mit ihr gesprochen und festgestellt, dass sie Witz und einen regen, wachen Geist besaß. Die Not und nicht Dummheit oder Charakterschwäche hatte sie dazu gebracht, sich als Prostituierte zu verdingen. Margaret war ihrerseits heilfroh über Adams Gesellschaft und verständlicherweise dankbar für seine Bemühungen, ihr wieder ein normales Leben zu ermöglichen. Oh, er war nicht vollkommen ehrlich zu ihr gewesen, was ihren Zustand oder seine Pläne anging. Doch er hatte ihr gesagt, dass jemand sie angegriffen und schwer verletzt hatte, und dass er einen kühnen Plan hatte, ihr das Augenlicht und ihre anderen verlorenen Sinne wiederzugeben und sie stärker und schöner denn je zu machen.

Nun war der Zeitpunkt gekommen.

Er trat einen Schritt zurück, um ihren Körper zu begutachten. Sie trug ein einfaches Leinenhemd, das Adam selbst genäht hatte. (Er konnte ausgezeichnet schneidern, mit Stoff ebenso wie mit Fleisch.) Ihr Gesicht war ruhig und friedlich, sie hatte volle Lippen, und ihre Wangen waren auf ewig leicht gerötet, was ganz reizend aussah. Ihre geschlossenen Augen hatten lange, wunderschöne Wimpern. Ihr Körper war … Nun, Oswald beherrschte sein Handwerk, und Adam hatte seine Schöpfung noch verbessert. Sie war vollkommen, die

Statue einer Göttin, scheinbar zum Leben erweckt. Mit einem echten menschlichen Gehirn, dem ein echter menschlicher Geist innewohnte, war sie wahrhaftig zum Leben erweckt.

„Erhebe dich", murmelte Adam und schaltete das Gerät in seiner Hand ein, das das Spinnennetz in ihrem Gehirn aktivierte.

Margaret schnappte nach Luft und atmete tief ein, was für sie nicht lebensnotwendig war, aber eine bemerkenswerte Auswirkung auf ihren Busen hatte. Sie setzte sich auf und öffnete die Augen. Abgesehen von dem roten Haar und dem blassen Teint ähnelte sie ihrem alten Ich kaum mehr. Doch sie war in jeder Hinsicht schöner als zuvor, und die lebende Seele in ihrem Körper machte ihn so viel schöner, dass Adam nur staunen konnte.

„Ich kann sehen!", rief sie und streckte die Hände aus. „Das Licht, es ist so viel bunter als in meiner Erinnerung. Ich kann riechen, oh, alles, nichts vermischt sich, ich kann jede Geruchsnote wahrnehmen, und ich fühle …" Sie wandte ihren vollkommenen Kopf, um Adam anzusehen. Sie zuckte zurück und schrie vor Schreck auf. Ihre Reaktion war so heftig, dass sie beinahe vom Tisch gefallen wäre.

„Erschrick nicht", sagte Adam hinter seiner Maske. „Ich weiß, ich bin furchterregend."

Sie streckte den Arm aus und ergriff seine Hand. Mit ihrem Finger fuhr sie über die Nähte, wo seine Finger an seinen Händen befestigt waren. Ihre Hautfarbe variierte, und sie waren in der Länge nicht verhältnisgleich. „Hast du einen Unfall gehabt, Adam?"

„Nein, mein Liebling." Er umschloss ihre Hand mit seiner. Es durfte jetzt keine Lügen mehr zwischen ihnen geben. „Man hat mich gemacht, verstehst du? Ein Mensch hat mich erschaffen, vor vielen, vielen Jahren, aus kaputten Teilen zusammengenäht, um daraus ein Ganzes zu machen. Dort, wo es zählt, bin ich wirklich ganz. In meinem Geist, in meiner Seele, im Herzen." Nur ein Herz im Augenblick. Das würde er bei Gelegenheit beheben müssen.

Sie nickte. Offenbar fiel es ihr nicht schwer, ihm zu glauben. Sie war intelligent, aber ungebildet. Während ein Mensch mit wissenschaftlichen Kenntnissen wahrscheinlich Schwierigkeiten gehabt hätte, Adams Geschichte zu glauben, war sie mit den Wunderwerken aufgewachsen, die Oswald und seinesgleichen kreiert hatten, und schien seine Geschichte nicht im Geringsten anzuzweifeln.

„Du solltest dich ansehen, Margaret. Ich hoffe, du bist zufrieden. Lass mich dir einen Spiegel bringen." Er holte eine blankpolierte Metallplatte, das Spiegelähnlichste, das er besaß. Noch immer neigte er dazu, die Spiegel in seiner Umgebung zu zerschmettern, wenn ihn eine düstere Stimmung überkam. Sie hielt sie sich vors Gesicht.

„Oh, Adam, ich kann es nichts glauben. Du hast mir ein ganz neues Gesicht gegeben!"

„Einen ganz neuen Körper", sagte Adam.

Margaret senkte den Spiegel und runzelte die Stirn. „Wie meinst du das? Ist das hier nicht mein Körper, den du geheilt hast?"

„Es war unmöglich, dich wiederherzustellen, mein Liebes, dein Körper war zerstört. Nur dein Geist war noch heil. Ich habe dich gerettet und dir deine neue Form gegeben."

„Wurde ich gemacht, so wie du?" Sie betrachtete ihr Gesicht noch aufmerksamer im Spiegel, als suche sie nach Narben, Nähten, unschönen Verbindungsstellen.

„Aber nein", meinte Adam. „Ich bin ein wesentlich besserer Schöpfer, als mein eigener es war. Nein, deine Gestalt ist nicht furchteinflößend, sondern schön, und du bist auch nicht aus zerstörten Körpern zusammengenäht worden, sondern nur aus den modernsten Materialien. Du wirst nicht altern, Margaret. Du wirst auch nicht krank werden. Du wirst für immer wunderschön bleiben. Wir werden zusammen sein, so wie wir es besprochen haben." Er umfasste ihre Finger mit seinen.

„Kann ich stehen?"

„Natürlich." Er half ihr vom Tisch, und sie schwankte ein wenig, ehe sie ihr Gleichgewicht wiederfand. Sie sah zur niedrigen Decke der Werkstatt empor und auf das Gerümpel, das sie umgab, und runzelte die Stirn. „Es ist so eng und feucht hier, Adam. Ist das der Ort, an dem du deine Wunder wirkst?"

„Das ist er in der Tat. Doch wir brauchen hier nicht zu bleiben, mein Liebling. Ich habe Geld zurückgelegt, und wir können überall hingehen. Wohin wolltest du denn immer schon? Nach Paris? Oder nach Rom? Irgendwohin, wo es warm ist. An einen Ort, der hell ist. Einen Ort, wo wir lieben und geliebt werden und verliebt sein können."

Sie berührte seine Wange, doch durch die Maske spürte er es nicht. „Darf ich dein Gesicht sehen, Adam?" Ihre Stimme war leise, ein Flüstern, und er konnte ihren Tonfall nicht einordnen. Das Geräusch sah aus wie ein Wirbel aus dunkler Tinte, die in der Luft zerstob.

„Ich … ich fürchte …"

„Ich muss dein Gesicht sehen", sagte sie sanft.

„Natürlich." Er nahm die Maske ab und hielt dabei die Augen fest zugekniffen. Trotzdem hörte er sie plötzlich keuchen und fühlte, wie sie ihm ihre Hand entriss. „Ich weiß, es ist beängstigend", sagte er. „Ich war von Anfang an nicht schön. Meine Haut hat schreckliche Erfrierungen erlitten, als ich vor einigen Jahren in der Arktis war, und es gab auch einen Brand, aber …" Er öffnete die Augen. Margaret stand mehrere Schritte von ihm entfernt und hatte entsetzt die Hand vor den Mund geschlagen.

Das Erste, woran Adam sich erinnerte, war sein Schöpfer, der voller Entsetzen das Monster betrachtete, das er geschaffen hatte. Obwohl Margaret und Victor nicht unterschiedlicher hätten sein können, war ihr Gesichtsausdruck fast derselbe.

Er machte einen Schritt auf sie zu.

Margaret wich weiter zurück, schneller, als er herankam. „Adam, ich … Verzeih mir. Ich werde dich immer als Freund schätzen und als meinen Retter, aber ich fürchte, ich kann nicht deine … deine …“

„Frau“, flüsterte er. „Als du krank warst, im Dunkeln, sprachen wir vom Heiraten, von einer Ewigkeit zusammen.“

„Ja, natürlich, aber ich war krank und verängstigt, und das Einzige, das es auf der Welt gab, war deine Stimme. Jetzt, wo du mich verändert, mich so verwandelt hast, scheint es mir nicht klug, so überstürzt eine solche Vereinbarung zu treffen. Ich bin einfach überwältigt, und …“

„Ich weiß, ich bin fürchterlich anzusehen, Margaret, aber ich bin wahrhaftig derselbe Mann, den du geliebt hast.“ Er versuchte, ruhig stehen zu bleiben, um sie nicht noch mehr zu verängstigen. Aber er brauchte sie so sehr, dass er unwillkürlich einen weiteren Schritt auf sie zuging, obwohl Margaret, wie er es befürchtet hatte, ihrerseits einen Schritt zurückwich. „Der Mann, mit dem du all diese Stunden gesprochen hast, mit dem du deine Träume, deine Ängste, deine Geschichte geteilt hast.“

„Ich weiß es, mein Verstand weiß es, aber dein Gesicht, deine gewaltige Größe … Ich möchte dich nicht kränken, Adam, aber die Wahrheit ist, dass du mir Angst machst. Du hast mir gesagt, mein Körper sei nicht menschlich, dein Körper sei nicht menschlich. Das alles ist zu seltsam, zu viel, um es alles auf einmal zu begreifen. Mein Instinkt sagt mir nur, dass ich weglaufen soll.“ Obwohl es ihr sichtlich schwer fiel, blieb sie standhaft und richtete sich auf. „Ich werde nicht fliehen, weil ich weiß, dass du im Innern sanft und weise bist, und ich werde mich mit der Zeit an dein Aussehen gewöhnen. Aber dennoch … dich heiraten … Wir kennen einander kaum, du kennst mich nicht wirklich, und …“

Adam öffnete und schloss seine riesigen, vernarbten Fäuste. „Deine Seele ist schön, und ich habe deinen Körper so gestaltet, dass er dieser inneren Schönheit entspricht. Das ist alles, was ich wissen muss. Du bist etwas Besonderes. Ich habe dich dazu gemacht. Wie du schon sagtest, wirst du dich mit der Zeit an mein Aussehen gewöhnen, in dir werden Gefühle für mich wachsen, und irgendwann wird die Liebe erblühen."

„Du hast meine ewige Dankbarkeit", sagte sie und senkte den Kopf. „Meine ewige Freundschaft. Du hast mir ein neues Leben gegeben, Adam. Einen Neuanfang. Ich schulde dir so viel, doch ich kann nicht …"

Alles brach zusammen. So wie immer. Er fühlte, wie der vertraute, dunkle Sturm in ihm aufstieg, und er versuchte nicht einmal, ihn zu unterdrücken. Die Dunkelheit war sein Geburtsrecht. Sie war das Einzige, das er hatte.

Mit einer Armbewegung fegte Adam eine Reihe Gläser vom Tisch, und sie zerschellten auf dem Boden, dass die Scherben in alle Richtungen flogen. Margaret heulte vor Schreck, und ein dunkler Teil von ihm freute sich, ihren Angstschrei zu hören. Es war schließlich nur natürlich, dass man denen Schmerz zufügen wollte, die einem selbst Schmerz zugefügt hatten. Es war menschlich. „Du hast dich Männern auf der Gasse hingegeben", sagte Adam mit sanfter, leiser Stimme, während er heranpirschte. „Schmutzigen Männern, die nach Rum stanken, dummen Männern, die nicht einmal Verachtung verdient haben. Du hast sie ihren kranken Samen in dich ergießen lassen – aber mich willst du nicht berühren? Vor mir ekelst du dich?"

„Adam, ich wollte nicht …"

„Du warst eine Hure!", rief er, Speicheltropfen spritzten ihr ins Gesicht, und sie zuckte zurück. „Ich habe dein totes Gehirn genommen und ihm den Körper einer Göttin gegeben! Ich bin dein Erschaffer, dein Schöpfer, und du wagst es, dich mir zu widersetzen?" Er streckte den Arm aus, unschlüssig, was er tun wollte. Er wusste nur, er würde Gewalt anwenden.

„Hast du dich niemals deinem Schöpfer widersetzt?“, flüsterte sie. „Er hat dich erschaffen, aber musstest du deshalb sein Sklave sein?“

Adam erstarrte, die Arme vor sich ausgestreckt. Er fing an zu zittern, und die Verletzung in seinem Bein schmerzte.

„Geh jetzt“, flüsterte er. „Lauf, Margaret. Hinter dir gibt es Tunnel, und mit deinen neuen Sinnen solltest du den Luftzug spüren und den Gängen an die Oberfläche folgen können. Du musst gleich gehen, ehe – ehe ich – ich kann mich nicht immer zurückhalten.“

Sie musste den Unterton in seiner Stimme gehört haben, denn sie unternahm keinen Versuch, ihn zu beruhigen, ihn umzustimmen, oder sich auch nur zu verabschieden. Sie rannte.

Er zwang sich, auf dem Boden seines Laboratoriums Platz zu nehmen. Dann vergrub er das Gesicht in den Händen und schluchzte. Diese schmutzige Welt. Er war das geworden, was er verabscheute: Ein Schöpfer, der von seiner Schöpfung Besitz ergreifen wollte, entschlossen, sie zum Gehorsam zu zwingen. Die Liebe war für ihn zum Greifen nah gewesen, doch sie war ihm entronnen. Vielleicht war er auch bloß ein Narr, und es hatte niemals Liebe gegeben, nur eine verzweifelte Frau, die dankbar gewesen war, dass ihr jemand das Leben gerettet hatte. Eine Frau, die mit Wärme der einzigen Stimme geantwortet hatte, die sie hörte. Was hatte er getan? Sie eine Hure genannt. Es war die Wahrheit, aber es zeugte nicht von Güte. Er hatte sie beinahe angegriffen. Sie vertrieben.

Er war ein Monster. Die Welt hatte aus ihm ein Monster gemacht. Er hätte niemals nach London kommen sollen. Er hätte niemals Oswalds Geld nehmen und seinen Versprechungen Glauben schenken, nie der Sehnsucht nachgeben sollen, sich eine Gefährtin zu erschaffen.

Wenn die Liebe für ihn nun verloren war, was blieb ihm dann noch im Leben? Welches Gefühl in ihm war am stärksten neben dem Verlangen nach Liebe? Welcher Wunsch konnte ihn nun antreiben?

Als er die Hand ans Herz presste, an das eine, das von Oswalds Kugel verschont geblieben war, beantwortete sich die Frage von selbst. Sein Name war Adam. Er würde niemals die Liebe finden. Alles, was er nun wollte, war Rache.

Adam ging zu der Kammer, wo er die wilden, gefräßigen Frauen festhielt, die er als seine Ehrengarde ansah. Sie rissen an ihren Ketten, doch sie griffen ihn nicht an, daher musste er auch das kleine magnetische Gerät, mit dem er sie beherrschte, nicht einschalten. Inzwischen hatte ihr verkümmerter Verstand ihn mit Futter in Verbindung gebracht, das Einzige, das sie noch erfreuen konnte. Sie zumindest waren ihm treu ergeben.

Adam stellte sich in ihre Mitte. „Kommt", sagte er. „Ich füttere euch. Ich füttere euch mit frischem Fleisch. Ich gebe euch das Hirn, die Leber und das Herz des klügsten Mannes in London."

DUNKLE ORTE

Seit er im Käfig aufgewacht war, hatte Pimm Ellie an sich ziehen und sein Gesicht in ihrem Haar vergraben wollen vor lauter Freude, dass ihr nichts geschehen war. Während Oswald seinen großspurigen Monolog gehalten hatte, war er eher daran interessiert gewesen, ihr Profil zu betrachten, als die verrückten Geheimnisse des Alten zu hören. Nun hatten sie endlich einen Augenblick Ruhe. Er erwog, ihre Hand zu nehmen und ihr zu sagen, dass er, nachdem er mit dem Kopf in ihrem Schoß aus seiner Betäubung erwacht war, seinen Standpunkt zu bestimmten bedeutsamen Themen geändert hatte. Aber er begnügte sich damit, Ellie eine weitere Tasse Tee einzugießen. Währenddessen war Freddy damit beschäftigt, das Schloss zu knacken, wobei sie vor sich hin murmelte und mit ihren Werkzeugen hantierte. Big Ben war nun ebenfalls wach und saß in einer Ecke, mit einer Teetasse, die in seiner riesigen Hand wie ein Fingerhut wirkte. Er hielt Wache für den Fall, dass Carrington oder Crippen oder Oswald selbst zurückkamen. Vielleicht saßen die anderen dort draußen im Dunkeln und beobachteten sie, doch keiner von ihren Feinden schien jemand zu sein, der gerne still dasitzt und zusieht.

„Es tut mir leid, dass ich das Picknick verpasst habe", raunte Pimm Ellie zu.

„Ja, ansonsten hätten sie uns alle drei auf einmal entführen können", meinte Ellie. „Das hätte eine Menge Zeit gespart." Sie warf einen Blick auf Freddy, dann neigte sie sich zu Pimm, was sein Herz etwas zum Flattern brachte. Sie fragte: „Warum haben Sie sie geheiratet?"

Ah. „Nun, sie war natürlich in einer schrecklich misslichen Lage. Sie brauchte Hilfe, und ich konnte sie ihr geben. Freddys Familie war nie besonders geduldig oder verständnisvoll und hätte die Schande nicht hingenommen. Damals war Freddy auch nicht in der Lage, sich als Frau ihren Lebensunterhalt selbst zu verdienen. Es war eindeutig, dass sie eine neue Identität annehmen musste, und ich hatte die richtigen Kontakte, um das zu ermöglichen. Ich hätte ihr auch bloß Geld geben können, damit sie ihren eigenen Haushalt gründen konnte. Aber eine unverheiratete Frau, die sichtlich wohlhabend ist und allein lebt, hätte Verehrer angezogen, die es auf ihr Vermögen abgesehen hätten. Sie hätte wohl keinen Augenblick Ruhe gehabt. Natürlich konnte ich auch keine junge Dame in meinem Haus leben lassen, ohne sie zu heiraten. Es erschien uns einfach eine sinnvolle Lösung für beide unserer Probleme. Mein Problem war es, dass meine Familie zunehmend nachdrücklich von mir verlangte, ich solle jemanden heiraten und zur Ruhe kommen."

„Aber dass Sie sich selbst die Chance verwehrt haben, aus Liebe zu heiraten ..."

In Pimms Gesellschaftsschicht wurde selten aus Liebe geheiratet oder zumindest selten nur aus Liebe, doch das war kaum erwähnenswert. „Es kam mir falsch vor, mich an eine Frau zu binden, angesichts meiner Lebensweise. Die Verbrecherjagd, Sie wissen schon. Offen gestanden auch, weil ich mehr trinke, als alle anderen gutheißen. Meine Eltern drängten mir immer wieder diese süßen Mädchen aus der guten Gesellschaft auf, wissen Sie, die jüngeren Töchter ihrer Freunde. Wie mir schien, wurden die mit jedem Jahr jünger. Ich fürchtete, meine

Familie würde mich mürbe machen, bis ich schließlich eine von ihnen geheiratet hätte, nur um meine Ruhe zu haben. Ich hätte das arme Ding unglücklich gemacht. Ein Mädchen, das Tanz und Bälle und Handarbeit liebt und gern reitet und Klavier spielt – mit mir zusammen zu leben, wäre für so jemanden ein nicht enden wollendes Grauen. Indem ich Freddy heiratete, habe ich einem anderen armen Mädchen ein solches Schicksal erspart." Er gab sich einen Ruck und sah Ellie in die Augen. So blau, so aufmerksam. „Ich gestehe, dass ich nicht erwartet hatte, eine andere Frau kennen zu lernen, deren Wesensart weitaus besser zu mir, ähm …"

„Aber Sie sind verheiratet", sagte Ellie.

„Ja", sagte Pimm unglücklich.

„Wie kompliziert diese neue Welt doch ist", meinte Ellie. Sie nahm seine Hand. „Aber wir müssen bereit sein, mit der Zeit zu gehen. Die Welt ist schließlich nicht mehr an Konventionen gebunden. Vielleicht bleibt uns nichts anderes übrig, als selbst ein wenig unkonventionell zu werden."

„Wollen Sie damit sagen …"

„Ich will damit sagen, wenn wir nicht hier oder in naher Zukunft sterben, dann sollten Sie und ich zusammen essen gehen. Dieses Mal werde ich keinen falschen Schnurrbart und keine Weste tragen. Das ist alles, was ich dazu sagen kann. Aber ich sage es mit sehr viel Nachdruck."

„Es lässt mir das Herz aufgehen, dass ihr beide einander so zugetan seid", rief Freddy, „aber wir sollten uns jetzt wirklich auf den Weg machen." Sie grinste und stieß die Käfigtür auf, die kaum quietschte. Freddy hatte klugerweise ein wenig Olivenöl aus dem Picknickkorb auf die Angeln geträufelt.

„Wir können noch nicht sofort fliehen", sagte Pimm. „Es gibt noch ein Schloss, das du knacken musst, Freddy."

„Die Königin, ja. Ich kann es kaum glauben. Es kommt mir vor, als müsste sie in gewisser Weise immun gegen körperliche Leiden sein." Freddy schob sich ihre Dietriche wieder ins Haar und zog die Nase kraus. „Nun sind die Dietriche vom Schloss schmutzig. Ich muss mir wirklich einige Kleider mit Taschen besorgen. Dass bei Frauenkleidung die Taschen fehlen, ist ein Teil der systematischen Versuche, die Frauen zu unterdrücken. Wussten Sie das, Ellie? Sie sollten darüber mal einen Artikel schreiben."

Als sie schließlich dem Käfig entkommen waren, nahm Pimm seinen Mantel vom Stuhl und tastete die Taschen ab. „Die Pistole fehlt, Carrington hat sie wohl behalten. Alles andere ist aber noch da. Dann wäre da natürlich noch mein Gehstock." Er hob den Stock vom Fußboden auf und spähte in die Dunkelheit, während er seine Augen vor dem Licht der alchemistischen Lampe abschirmte. „Glaubt ihr, das ist eine Falle? Ich kann mir nicht vorstellen, dass sie uns völlig unbewacht gelassen haben."

Ben schnaubte. „Oswald hat keine Ahnung von dem, was er tut, und dieser Carrington ebenso wenig. Nicht, wenn es darum geht, Gefangene festzuhalten. Ohne Value, der ihnen Ratschläge zur kriminellen Praxis erteilt, sind sie verloren. Natürlich werden sie darauf vertrauen, dass ein Schloss und Gitterstäbe uns aufhalten. Aber wir sollten von der Lampe weggehen. Hier sitzen wir auf dem Präsentierteller, verstehen Sie."

„Ich weiß nicht, wohin ich gehen soll", sagte Pimm und stieß in die Dunkelheit vor. Er ging in die Richtung, in die Carrington verschwunden war, als er den Tee geholt hatte. „Weißt du, in welcher Richtung das Büro liegt, Ben?"

„Leider nicht. Ich konnte gerade nicht aufpassen, als sie uns hierher geschleift haben."

„Nun gut, das Lagerhaus kann schließlich nicht allzu groß sein", meinte Pimm.

„Hüte dich vor solchen Bemerkungen. Als du das gesagt hast, hat sich seine Größe bestimmt verdreifacht", beschwerte sich Freddy.

„Ich erinnere mich, dass Mr. Value mir erzählt hat, dass hier ursprünglich drei Lagerhäuser waren, die zusammengelegt wurden", sagte Ben. „Deshalb haben wir wahrscheinlich noch ein gutes Stück Fußmarsch vor uns."

Das Licht, das durch die hohen Fenster fiel, wurde im Laufe des Nachmittags immer schwächer. Sie bewegten sich vorsichtig durch die Dunkelheit und umrundeten mehrere Haufen alter Maschinenteile und große, glitschige Ölflecken auf dem Boden. Sie entdeckten ein Dutzend mechanische Frauen, die stocksteif in Reihen standen. Die Puppen erinnerten an ein Regiment von Spielzeugsoldaten, mit leeren Augen, kraftlos und orientierungslos, unheimliche Wachen im Dunkeln.

Nicht weit entfernt von dem kleinen Wald aus Kurtisanen stießen sie auf eine hohe Trennwand, die den Raum teilte. Dahinter fanden sie Oswalds mechanische Fabrik. Alchemistische Lampen baumelten von den Balken über ihnen und beleuchteten verlassene Arbeitsflächen, auf denen überall Werkzeuge herumlagen. Es gab große Regale, in denen Behälter voll künstlicher Körperteile standen, die täuschend echt aussahen: Arme, Beine, Rümpfe, Füße, Hände. Pimm und die anderen wanderten durch den Raum und bestaunten all die schrecklichen Dinge. Auf einem hohen Bord hatte man die augenlosen, kahlen Köpfe der Frauen in einer Reihe angeordnet, während daneben Perücken auf Ständern aufgereiht waren. „Ich wünschte, ich hätte einen Zeichner mitgebracht", meinte Ellie. „Ein Kupferstich hiervon wäre eine eindrucksvolle Beilage zu dem Zeitungsartikel, den ich unbedingt schreiben werde. Ich fürchte, eine bloße Beschreibung wird dieser Szenerie nicht gerecht."

Ben hob eine große Kiste mit verschiedenfarbigen Augäpfeln hoch und schüttelte sie. „Gruselig, was?", meinte er. „Aber ich war tatsächlich schon einmal in diesem Teil des Lagerhauses, als ich mit Mr. Value zu Besuch war. Ich glaube, ich weiß, wie wir von hier zum Büro kommen."

„Nur zu, führe uns", sagte Pimm. Ben zeigte ihnen den Weg durch eine niedrige Tür in einen weiteren höhlenartigen Raum, der hautsächlich vom Klang tropfenden Wassers erfüllt war. Sie gelangten auf einen Pfad, der zwischen zersplitterten Holzkisten und beschädigten Maschinenteilen hindurchführte, bis Pimm in der Ferne den Umriss einer Tür sah.

„Dort sind wir hereingekommen", flüsterte Ben. „Das Büro ist da vorne."

„Pst", machte Ellie. „Dort drüben bewegt sich jemand."

Sie spähten alle zum Büro, das sich knapp hundert Meter von ihnen entfernt auf seinem erhöhten Podest befand. Die Fenster des Büros waren nun vom stetigen Schein einer alchemistischen Lampe erhellt, und drinnen bewegte sich eine Gestalt. Einen Augenblick später fiel krachend eine Tür zu, Carrington kam pfeifend heraus und ging die Stufen hinunter.

„Ihr müsst Uns augenblicklich freilassen!", rief eine wütende Stimme. Carrington verlangsamte seinen Schritt nicht, sondern rief nur „Halt dein Maul, du alte Fregatte!" über die Schulter, während er hinabstieg. Pimm gab seinen Freunden einen Wink, und sie alle zogen sich zurück und kauerten sich hinter einen Kistenstapel.

Als Carrington an ihrem Versteck vorbeikam, trat Pimm hervor, stieß ihm die Metallkugel am Griff des Gehstocks in die Seite und drückte den Knopf, der den gespeicherten Strom entlud. Carrington schüttelte sich und brach zu einem zuckenden Häuflein zusammen.

„Darf ich ihm einen Tritt geben?", fragte Freddy. „Einen ganz kleinen?"

„Wir könnten ihn verhören", sagte Ellie. „Vielleicht weiß er mehr über Oswalds großes Werk und über das, was für die Ausstellung heute Abend geplant ist."

„Gut, gut." Pimm kniete sich hin, zog die Pistole aus Carringtons Tasche und erhob sich wieder. „Ben, nimm ihn bitte mit. Aber zuerst sollten wir wohl lieber …"

„Die alte Fregatte befreien?“, meinte Freddy.

„Zeig doch bitte etwas mehr Respekt vor deiner Monarchin, Freddy.“ Er führte sie zum Käfig, während Ben Carrington wie einen Sack Kartoffeln über der Schulter trug. „Eure Majestät!“, rief Pimm. „Meine Freunde und ich werden Euch sogleich befreien.“

„Eilt euch bloß“, rief der Mann im Käfig.

„Eure Majestät“, sagte Freddy und machte einen Knicks, während sie die Dietriche aus ihrem Haar zog. „Wenn mein Herr Ehemann die Güte hat, mir seine tragbare Lampe zu borgen, werde ich mein Bestes tun, Euch zu befreien.“

Pimm reichte ihr seine alchemistische Lampe von der Größe einer Taschenuhr. Dann sah er zu Ellie und bemerkte, dass ihr Blick die Treppen zum Büro hinauf gerichtet war. „Sie möchten in Oswalds Akten blättern, nicht wahr?“, meinte Pimm.

„Es ist mein innigster Herzenswunsch“, sagte sie.

Das hört ein Mann doch gern, dachte Pimm mit mildem Sarkasmus und sagte: „Ich hatte ebenfalls gehofft, hier einige Beweise seiner Niedertracht zu finden.“ Er bedeutete ihr mit einer Geste, vor ihm die Treppe hinaufzugehen, und sah zu, wie sie ihre Röcke raffte und mit mädchenhafter Begeisterung die Treppe hoch und durch die Tür eilte.

Als Pimm das Büro erreichte, erwies es sich als wenig aufregend. Es gab einen Schreibtisch, auf dem ordentlich gestapelte Papiere angeordnet waren, sowie mit Mappen und Büchern vollgepackte Regale. An einer Wand standen Ablagen, die mit zusammengerollten Papieren gefüllt waren. Während Ellie systematisch den Inhalt der Ablagen durchging, setzte Pimm sich an den Schreibtisch und zog die unterste Schublade heraus. Darin befand sich eine kleine Flasche Brandy, halbvoll, zusammen mit einem einzelnen Glas. Er lächelte. Oh ja, das wiederum war sein innigster Herzenswunsch. Oder zumindest sein zweitinnigster. Er goss sich ein Glas ein. Ellie sah zu ihm hinüber und runzelte die Stirn, doch sie sagte nichts, daher wertete er ihren Blick wenn nicht als Zustimmung, so zumindest als Erlaubnis. Schnell kippte er den Drink hinunter. Der beginnende Kopfschmerz ließ nach, und er schenkte sich eine weiteres Glas Brandy ein, das er langsamer trinken wollte.

„Es gibt reichlich Beweismaterial, um Oswald mit den mechanischen Kurtisanen in Verbindung zu bringen", meinte Ellie. „Lieferscheine, Rechnungen, Aufträge, alle von ihm unterschrieben. Aber es gibt nichts, das auf ein Verbrechen hindeutet, und ganz gewiss nicht auf Hochverrat. Die Königin im Käfig wird ihn gewiss mit Freuden zur Rechenschaft ziehen wollen. Vorausgesetzt, dass irgendjemand ihren Beteuerungen Glauben schenkt. Ich selbst bin nicht völlig sicher, ob ich ihr glauben soll, aber das könnte auch an meiner angeborenen Skepsis liegen."

„Der Mann dort unten ähnelt der Königin kaum", meinte Pimm, „und in Bedlam gibt es bestimmt den einen oder anderen Patienten, der behauptet, irgendein König zu sein, ohne dafür einen Beweis zu haben."

„Es gibt doch gewiss eine Möglichkeit. Eine wissenschaftliche Methode, mit der man feststellen kann, ob sie wirklich die ist, die sie zu sein behauptet.", meinte Ellie zweifelnd.

„Die gibt es in der Tat", sagte Pimm. „Es dürfte sich jedoch wesentlich schwieriger darstellen, jemanden zu finden, der bereit ist, den Test durchzuführen. Unumstößliche, schriftliche Beweise für Oswalds Missetaten wären auf jeden Fall hilfreich." Pimm sah die Schubladen des Schreibtischs durch. Er fand nicht viel, das von Interesse gewesen wäre. Bis ihm auffiel, dass bei einer Schublade die Unterseite gut fünf Zentimeter höher saß, als sie sitzen sollte.

„Hier ist etwas versteckt", sagte er. „Die Leute halten sich immer für sehr klug, wenn sie solche Verstecke benutzen. In gewisser Hinsicht sind sie das wohl auch, aber jeder ist dabei auf dieselbe Art klug, was die Sache berechenbar macht. Schlussendlich ist Berechenbarkeit manchmal dasselbe wie Dummheit." Pimm durchwühlte die oberste Schreibtischschublade, bis er einen metallenen Brieföffner fand. Ellie sah zu, wie er die Spitze des Brieföffners in den Spalt vor dem falschen Boden klemmte und ihn aushebelte, sodass darunter ein kleines Fach zum Vorschein kam. Darin lag ein großes Buch mit rotem Lederumschlag. Pimm zog das Buch heraus und schlug es an einer zufälligen Stelle auf. Die Seiten waren eng mit brauner Tinte beschrieben.

„Eine Geheimschrift“, meinte Pimm, nachdem er sich das Buch kurz angesehen hatte.

„So etwas Ähnliches“, sagte Ellie. Sie folgte mit dem Finger einer Zeile von rechts nach links. „Es ist Spiegelschrift, sehen Sie? Jeder Buchstabe ist verkehrt herum, und jedes Wort und jeder Satz ist rückwärts geschrieben. So hat auch Leonardo da Vinci seine Tagebücher geführt.“

„Ich bin sicher, die Ähnlichkeit zu Leonardo ist auch unserem Sir Bertram nicht entgangen“, sagte Pimm. „Er neigt dazu, sich in eine Reihe mit Genies zu stellen. Fürwahr, es hat fast den Anschein, als seien Newton und Galileo in seinen Augen blutige Anfänger.“

„Es wäre leichter zu lesen, wenn wir einen Spiegel hätten“, sagte Ellie, „aber in diesem Abschnitt hier scheint es um die Katastrophe in Whitechapel zu gehen, sehen Sie? Hier, das Datum passt, und darunter steht viel Geschwätz über violette Kristalle.“

Sie blätterten weiter das Tagebuch durch, und als Nächstes war Pimm derjenige, der mit dem Finger auf eine Textstelle tippte. „Hier, die ‚Große Verwandlung‘, das ist Morbus Konstantin. Sehen Sie, er erzählt alles darüber, da steht Mabel Worths Name.“ Er rieb sich die Augen. „Meine Augen sind nicht dafür gemacht, rückwärts zu lesen. Vorwärts zu lesen, fällt mir meist schon schwer genug.“

„Das ist ein eindeutiger Beweis für seine Verbrechen“, sagte Ellie. „Wenn wir Glück haben, hat er auch etwas darüber geschrieben, wie er die Königin vergiften und austauschen will.

Pimm nickte. „Das hoffe ich. Es würde dem Gefangenen dort unten helfen, wieder als Monarchin erkannt zu werden. Vorausgesetzt, wir können sie davon abhalten, in den Palast zu marschieren und augenblicklich ihre vollen Ehren zurückzuverlangen."

„Wir sind kein Narr, Lord Pembroke", sagte die Königin streng. Sie stand im Eingang zum Büro. „Uns ist klar, dass es Widerstand geben wird, doch Wir haben treue Freunde am Hof, die sich von unserer rein äußerlichen Veränderung nicht täuschen lassen werden. Außerdem gibt es Dinge, die nur die Monarchin und wenige Eingeweihte im Reich wissen, mit denen Wir Unseren Anspruch belegen können. Wir sind zuversichtlich, dass wir Unseren Rang zurückerlangen werden, wenn wir diejenigen erreichen können, deren Vertrauen wir dafür benötigen."

„Der Premierminister und die anderen Kabinettsmitglieder werden vermutlich auf der Ausstellung heute Abend sein", sagte Freddy, die hinter der Königin stand. „Gemeinsam mit dem Ding, das Oswald als die Königin ausgeben will. Sir Bertram – verzeiht, Eure Majestät, ich meine natürlich Mr. Oswald – wird ebenfalls dort sein. Wir sollten der Ausstellung einen Besuch abstatten, meint ihr nicht?"

„Oh ja", sagte Pimm. „Aber lasst uns zunächst mit Mr. Carrington sprechen und hören, was er uns über Mr. Oswalds Pläne erzählen kann."

EIN MUND VOLL BLUT

Vor dem Käfig, in den man sie gesperrt hatte, banden sie Carrington an seinem eigenen Stuhl neben der alchemistischen Lampe fest. Ellie wollte nicht unbedingt, dass jemand gefoltert wurde, doch wenn jemandem schon schlimme Dinge zugefügt werden sollten, war Carrington ein annehmbarer Kandidat.

Pimm setzte sich ein Stück von Carrington entfernt auf einen anderen Stuhl, den sie aus dem Büro mitgebracht hatten. Er nickte Ben zu, und dieser schüttete einen Eimer Wasser über Carringtons Kopf aus.

Carrington schnappte nach Luft und blickte wild um sich, dann seufzte er, während ihm Wasser das Gesicht herunter rann. „Grundgütiger. Ist mein Herr einfach gegangen und hat Sie alle unbewacht gelassen? Vermutlich hat er Crippen ebenfalls weggeschickt oder ihn zur Ausstellung mitgenommen. Der Mann ist natürlich brillant, aber er hat keinerlei Gespür für die praktischen Dinge. Er wusste, dass er selbst nicht aus dem Käfig entkommen könnte, deshalb nahm er an, dass Sie es ebenso wenig könnten."

„Ich habe eben eine Bemerkung darüber gemacht", sagte Ben. „Eine Schande, dass all ihre Pläne an solch einer dämlichen Kleinigkeit scheitern."

Carrington schmunzelte. „Du lieber großer Affe, du hast keine Ahnung von unseren Plänen. Sie lassen sich nicht so leicht durchkreuzen."

„Da wir gerade von diesen Plänen sprechen", meinte Pimm, „mir fällt auf, dass ich dazu einige Fragen habe."

„Oh, gewiss haben Sie das. Oswald hat sich so geziert, was seine Endziele betraf, nicht wahr? Wie es Sie wahnsinnig machen muss, so unwissend zu sein, so ewig uneingeweiht!" Er bemerkte erstmals die Königin. „Oh, Sie haben unseren Freund Victor aus seinem Käfig gelassen. Er heißt jetzt Victor, nicht wahr? Wie auch sonst? Er ist ein wenig herrschsüchtig, aber das ist nichts Ernstes, bloß seine Art."

„Bitte achten Sie nur auf mich", sagte Pimm. „Ich habe Fragen an Sie. Sie werden Sie mir beantworten."

„Ich wüsste nicht, warum", meinte Carrington. „Sie kommen mir kaum wie jemand vor, der andere foltert, Lord Pembroke. Verzeihen Sie, dass ich das sage. Sie sind ganz einfach viel zu gutmütig dazu. Tatsächlich bezweifle ich, dass Sie auch nur Ihren großen Ochsen von einem Leibwächter auf mich ansetzen würden."

„Oh, er wird Sie nicht foltern", sagte Freddy, die hinter Carrington stand und sich hinunter neigte, um genau in sein Ohr zu sprechen. Zu sehen, wie das Lächeln des Sekretärs ihm um eine Haaresbreite entglitt, erfüllte Ellie mit Befriedigung.

„Pimm wird Ihre Majestät, Miss Skye und sogar Big Ben mitnehmen und mit ihnen einen angenehmen kleinen Spaziergang über das Gelände machen. So haben Sie und ich ein wenig Zeit zu zweit. Merkwürdigerweise kümmert es mich ganz und gar nicht, was sie zu erzählen haben. Selbst eine Flut von Geständnissen würde mich nicht dazu bewegen, das, was ich mit Ihnen vorhabe, zu unterbrechen. Der einzige Weg, ein solche Tête-à-Tête mit mir zu vermeiden, wäre ..."

„In Ordnung!", sagte Carrington. „Ich habe Sie alle doch nur ein wenig aufgezogen. Ich habe nichts dagegen, Ihnen zu erzählen, was mein Herr geplant hat. Weshalb sollte es noch eine Rolle spielen? Einer Kuh auf dem Schlachthof können Sie auch erzählen, dass man sie essen wird, aber das Vorwissen ändert nichts an ihrem Schicksal."

„Dann erzählen Sie es uns", meinte Pimm. „Rasch, bitte."

„Ein Schluck Wasser würde nicht schaden. Ich habe Ihnen diese Gefälligkeit schließlich auch erwiesen, als Sie eingesperrt waren. Sünden zu beichten, macht durstig."

Ellie brachte Pimm eine Tasse, und er hielt sie Carrington an die Lippen, während dieser trank. Carrington schmatzte genüsslich. „Oh, herrlich, herrlich. Nun denn. Ich soll es Ihnen rasch erzählen, meinen Sie, aber wie immer gibt es auch eine Rahmengeschichte, die Sie kennen sollten. Sie erinnern sich gewiss noch an den Kristallpalast, der für die Weltausstellung errichtet wurde?"

„Natürlich", sagte Ellie.

„Na, sehen Sie. Dieses große Glasgebäude fand mein Herr überaus beeindruckend. Fast ein Quadratkilometer, umschlossen von einer großartigen Konstruktion aus Schmiedeeisen und Glas. Tonnen an Material, doch im Ergebnis leichter als eine Feder! Mein Herr wurde in einer Lehmhütte geboren, vor sehr viel längerer Zeit, als Sie für möglich halten oder er zugeben würde. Eine Konstruktion von solchem Ausmaß zu sehen, hat immer eine gewaltige Wirkung auf ihn."

„Wir haben nicht ewig Zeit", erinnerte ihn Pimm.

„Sie haben kein Gefühl für Romantik", meinte Carrington. „Nun gut, kurz gesagt: Oswald will ganz London sowie einen Großteil der Ackerbaugebiete mit einer Konstruktion umschließen, die dem Kristallpalast ähnelt, aber aus moderneren Materialien hergestellt wird. Sein Ziel ist es, aus der gesamten Stadt eine Art Gewächshaus zu machen. Oder besser gesagt, eine Experimentierkammer, deren Ein- und Ausgänge allesamt von Sir Bertram kontrolliert werden. Ihm schwebt ein System vor, das vollständig von der Außenwelt abgeriegelt ist. Er allein könnte es nach Belieben öffnen, um die Einfuhr von Nahrungsmitteln und dergleichen zu gestatten. Die Stadt würde so zu einem Versuchsgelände, auf dem mein Herr endlich alle Variablen steuern könnte, einschließlich des Klimas, des Wetters und sämtlicher anderer beeinflussbarer Größen. Ach ja, und was er in dieser Kammer zu tun beabsichtigt: Verwandlungstränke in die Wasserversorgung einspeisen. Verbrecher chemisch unfruchtbar machen. Den Verstand gewisser gesellschaftlicher Elemente verbessern oder auch schwächen. Zudem hat er mit dem Gedanken gespielt, eine Seuche zu erzeugen, die tatsächlich alle Menschen in Zwitter verwandeln würde. Einmal, weil er so endlich den von ihm als töricht empfundenen Glauben an die Trennung der Geschlechter auslöschen könnte. Zum Zweiten, weil er dadurch eine biologisch einheitlichere Versuchspopulation erschaffen will, die trotzdem noch fortpflanzungsfähig ist. Mir gefällt die Vorstellung nicht. Uns alle teilweise weiblich zu machen, bedeutet, uns alle teilweise zu schwächen. Aber ich weiß, dass Sir Bertram nicht glauben wird, dass solche Maßnahmen Unsinn sind, bis er es in einem Experiment bewiesen hat. Mein Herr würde natürlich außerdem selektive Zuchtprogramme einführen, und warum auch nicht? Wenn man preisgekrönte Schweine züchten kann, weshalb dann nicht auch preisgekrönte Menschen? Deshalb will er, dass Sie alle am Leben bleiben. Er hält Sie für Prachtexemplare, intelligent, jung und fruchtbar, und er hasst es, gute Zuchttiere zu verschwenden. Ich wage sogar zu behaupten, dass Sir Bertrams wissenschaftliche Herangehensweise, vollkommene Menschen zu erschaffen, mehr Erfolg hätte als ähnliche sporadische Versuche, die etwa königlichen Familien unternommen haben." Er bleckte der Königin gegenüber die Zähne. „Ich wette, in seinem Zuchtprogramm hätten wir weniger hervorquellende Augen, fliehende Kinne und Blutarmut. Wahrscheinlich auch nicht so viele Ehen zwischen Cousin und Cousine."

Die Königin straffte sich, doch Freddy flüsterte ihr etwas ins Ohr, und Ihre Majestät wurde wieder ruhiger, obwohl ihr Blick vernichtend blieb.

„Das ist doch Irrsinn", meinte Ellie. „Wer würde eine solche Einrichtung dulden, selbst wenn eine Marionettenkönigin sie unterstützen würde? Selbst wenn es Oswald gelänge, alle Minister durch Automaten zu ersetzen oder sogar das ganze Parlament, würde das Volk angesichts eines solchen Irrsinns aufbegehren!"

„Zumindest würden sie nachts alle Baumaterialien stehlen", sagte Winnie, „und nichts könnte je gebaut werden."

„Oh, aber die Leute werden die Kuppel lieben!", meinte Carrington. „Warum auch nicht? Sie wird ihr einziger Schutz gegen die schrecklichen Monster aus der Leere sein."

Die anderen runzelten die Stirn, doch Ellie verstand sofort. „Oswald hat vor, eine Bedrohung zu schaffen, nicht wahr? Irgendeine fürchterliche Gefahr von außen, um die Bevölkerung derart einzuschüchtern, dass sie drastische Maßnahmen im Namen der Sicherheit hinnimmt?"

„Sie haben es erfasst", sagte Carrington. „Haben Sie von den furchtbaren Tentakelwesen gehört, die neuerdings im Fluss leben? Sie sind ausgebüxt, als er seine ersten Experimente in diese Richtung machte. Das war nur der Nachwuchs. Was, wenn er erst die ausgewachsenen Geschöpfe auf die Stadt loslässt? Was, wenn sich herausstellt, dass Mr. Oswald der einzige ist, der uns vor ihren heißhungrigen, menschenfressenden Absichten schützen kann? Wenn dann die falsche Königin sich voll und ganz für ihn einsetzt und zu schnellem Handeln aufruft? Selbstverständlich werden die Menschen ein riesiges Bauprojekt unterstützen, das uns Sicherheit bieten kann, und das Parlament wird in angemessener Eile das neue Einfriedungsgesetz beschließen. Der Gesetzesentwurf liegt bereits vor und wartet nur auf den richtigen Zeitpunkt, um in Kraft zu treten. Oswald beabsichtigt, fast alle arbeitsfähigen Männer in London beim Bau der Kuppel einzusetzen und ihnen äußerst großzügige Löhne zu zahlen, was die Popularität des Projekts gewährleisten wird. Solche Zahlungen werden Oswalds Privatvermögen erschöpfen, und möglicherweise auch die Staatskasse, aber was macht das schon? Nachdem die Kuppel dann verschlossen ist, wird er in einer seiner ersten Amtshandlungen Geld und Privatbesitz abschaffen." Carrington beugte sich vor und zerrte an seinen Fesseln. Seine Augen leuchteten mit der Leidenschaft des wahren Fanatikers. „Das Wunderbare dabei ist, dass die Leute auch dann noch nicht aufbegehren werden. Sie werden die Tentakel am Himmel erscheinen und gegen die neu erbaute Kuppel schlagen sehen, und die Monster, die die Menschen auf dem Land in Angst und Schrecken versetzen. Sie werden Geschichten von Ungeheuern hören, die die übrigen Britischen Inseln in Schutt und Asche legen und vielleicht sogar den Rest der Welt. Sie werden lernen, die Kuppel zu lieben."

„Diese Monster sind ebenfalls mechanisch, nehme ich an?", meinte Pimm. „Aus der Ferne gesteuert wie dieser Automat, der die Königin darstellen soll?"

Carrington fing an zu lachen. Es war tatsächlich eher ein Kichern. „Oh nein. Sie sind echt. Allzu echt. Haben Sie jemals durch ein Mikroskop einen Tropfen Dreckwasser aus einem Teich betrachtet, Lord Pembroke?"

„Ich hatte bislang nicht das Vergnügen."

„Ich schon", sagte Freddy. „Das Wasser wimmelt von Leben. Seltsame Geschöpfe mit Gliedmaßen, die aussehen wie Haare, zappelnde Geißeln, winzige Bestien, die einander verschlingen."

„Oh ja", sagte Carrington. „Sir Bertram hat ähnliche Beobachtungen gemacht, und er begann, sich zu fragen: Wenn es eine solche Mikrowelt gibt, einen Ort wirbelnder Wildheit, der zu klein ist, als dass wir davon Notiz nehmen könnten und dessen Bewohner nichts von unserer Existenz wissen – ist es möglich, dass es auch eine größere Welt gibt? Eine Welt, die von Geschöpfen bewohnt wird, die so viel größer sind als wir, dass auch sie für uns unsichtbar sind? Geschöpfe, denen wir wie

Amöben unter einem Vergrößerungsglas erscheinen würden? Er begann, dieser Idee nachzugehen, und baute Forschungsgeräte, die offen gestanden mein technisches Verständnis weit übersteigen. Er fand die Geschöpfe, sie waren dort draußen in der Dunkelheit zwischen den Sternen. Genau so, wie wir für sie in einem Wassertropfen zwischen den Glasplättchen unter einem Mikroskop liegen. Der nächste Schritt bestand darin, ihre Aufmerksamkeit zu erregen. Sein erstes Experiment verlief nicht gut, und die Nachwirkungen sind noch immer für jeden sichtbar, der sich die Mühe macht, danach Ausschau zu halten. Obwohl niemand ihre Tragweite erkennt."

„Die Aurora Britannica", meinte Ellie.

„Er hat den Himmel zerrissen", meinte Carrington in fast träumerischem Ton. „Der Rückschlag verlieh ihm nur noch mehr Kraft. Später lernte er das Geheimnis, wie man Tore zu diesem fernen Reich öffnet und die Geschöpfe dort beobachtet. So wie Materie eine Illusion ist, die fast nur aus leerem Raum besteht, ist Größe anscheinend ebenfalls von der Wahrnehmung abhängig. Diese gigantischen Geschöpfe können auf eine handlichere Größe gebracht werden. Sogar klein genug, um unsere Welt zu betreten."

„Diese Wesen sind tatsächlich Monster?", fragte Ellie.

„Oh, sie würden uns gewiss so erscheinen. Sie sind jedenfalls nicht menschlich. Sie sind gigantisch, leben in ihrer eigenen Welt. Sir Bertram meint, dass wir nur ein kleines Stück ihrer Körper sehen könnten, den Teil, der in unsere grobe physische Welt eindringt. Er glaubt, dass alle Erscheinungsformen dieser Wesen, die er bis jetzt gesehen hat, einzelne Abschnitte eines einzigen gewaltigen Wesens sind, und dass sie uns nur deshalb als Einzelwesen erscheinen, weil wir die Verbindungen zwischen ihnen nicht erfassen können. Ähnlich wie auch eine Ameise glauben könnte, dass der große Zeh und der Augapfel eines Menschen keinerlei Zusammenhang haben. Diese Geschöpfe bewohnen andere Dimensionen außerhalb unserer

Wahrnehmung." Carrington seufzte. „Er sagt so viel, formuliert die Weisheiten neu, die den Anhängern gewisser Geheimreligionen schon lange bekannt sind, und presst dabei die Schönheit des Glaubens in trockene wissenschaftliche Begrifflichkeiten. Ich muss gestehen, dass es einige Mühe erforderte, Sir Bertram zum gewünschten Ergebnis zu führen. Obwohl ich ihn bedrängte, hatte er zunächst Bedenken. Er fürchtete, die Geschöpfe nicht beherrschen zu können, wenn er ihnen gestattete, unsere Welt zu betreten. Doch ich überzeugte ihn, dass es nichts gibt, das seine Kräfte übersteigt."

Ellies drehte sich der Magen um. „Sagen sie es deutlich, Sir. Warum haben Sie versucht, Mr. Oswald zu dieser Tat zu bewegen?"

„Es gibt Menschen, die schon seit Jahren von der Existenz dieser Geschöpfe wissen. Seit Jahrhunderten. Meine Familie gehört einer Religionsgemeinschaft an, die geschworen hat, die Ankunft dieser Wesen herbeizuführen. Seit Generationen arbeiten wir darauf hin. Oswald ist nicht der Erste, der ihre Existenz entdeckt hat. Gewisse Hinkelsteine auf dem Land dienten einst dazu, ihnen Durchgänge zu öffnen, kurz aufflackernde Tore, die nur während seltener astronomischer Konstellationen erscheinen. Manchmal öffnen sich die Portale auch in der Tiefsee, und einige dieser alten Götter – denn verstehen Sie, für uns sind sie Götter – schlüpfen hindurch und wohnen jahrelang dort unten. Die meisten Geschichten über Seeungeheuer gehen darauf zurück, wissen Sie, auch wenn sie nicht lange in unserer Welt überleben können. Zumindest nicht in unserer Welt, so wie sie jetzt ist. Doch sie könnten bestimmte Veränderungen vornehmen und die Erde in einen für sie wirtlicheren Ort verwandeln, wenn auch eher unwirtlich für uns. Sir Bertram ist wahrhaftig ein Genie, zumindest nach menschlichen Maßstäben. Er hat eine Methode entwickelt, beständigere Portale zu erzeugen, die größer sind und sich nach Belieben öffnen lassen. Wenn die alten Götter erst einmal in unsere Welt hineingreifen können, wann immer sie wünschen, können sie einige der ihren herschicken oder ihre Finger ausstrecken, um sich die Menschheit untertan zu machen. Sie können unsere Welt so verändern, dass sie für ihre Zwecke taugt. Dann können sie in Scharen kommen, wenn sie ihr neues Zuhause von Ungeziefer gereinigt haben. Ähnlich wie ein Mensch einen Wald roden, einen Ameisenhaufen niederbrennen und ein Rudel Ratten ausrotten würde, um ein neues Haus auf sauberer Erde zu bauen. Ihre Welt platzt aus den Nähten, verstehen Sie, sie sind eingezwängt wie Holzscheite, die man für den Winter aufgeschichtet hat. Sie wollen hierher kommen, wo sie ihre schrecklichen Glieder strecken können."

„Ich habe von solchen Kulten gehört", sagte Ellie. „Dummköpfe in Roben, die sich unter Brücken treffen, wo sie Blut trinken, unverständlichen Singsang von sich geben und dämlich zu den Sterne empor starren."

„Nennen Sie uns ruhig Dummköpfe", meinte Carrington gelassen. „Die Ankunft unserer Götter naht, da kann ich Ihre Verachtung wohl noch einige Tage länger aushalten. Oswald glaubt zu wissen, wie man diese Wesen beherrschen kann, weil ich es ihm vorgegaukelt habe. Mit dem überlieferten Wissen meiner Familie konnte ich ihm Situationen ausmalen, in denen er ihr Verhalten beeinflussen konnte. Doch wenn er heute Abend ein Portal öffnet, um die Bevölkerung einzuschüchtern, wird er sehen, wie seine Methoden scheitern. Gemeinsam mit den anderen werden sie ihn verschlingen. Wenn unsere Götter Hunderte fressen, ist das nur ein erster Gruß. Haben Sie keine Angst. Seine Kuppel wird niemals gebaut werden."

„Ich muss gestehen, dass für mich nicht recht ersichtlich ist, weshalb man sich entscheidet, solche Geschöpfe zu verehren", meinte Pimm mit bemerkenswerter Ruhe, wie Ellie fand. „Die anglikanische Kirche verlangt von mir nur, dass ich den Zehnt zahle, aber Sie dienen freiwillig einer Kirche, die erwartet, dass Sie sich auffressen lassen?"

„Oh, unsere Götter werden Diener brauchen, doch selbst diese Diener werden für den Rest der Menschheit wie Könige sein“, meinte Carrington. „Die Umgestaltung unserer Welt, unseres ganzen Universums in einen für sie geeigneten Lebensraum wird einige Zeit brauchen, und sie werden die Unterstützung der Eingeborenen benötigen. Die von uns, die die Ehre haben, ihnen zu helfen, werden hoch erhoben werden, um über die anderen unserer Art zu herrschen.“

„Um der Anführer eines Rudels von Schoßhunden zu sein, meinen Sie“, sagte Winnie.

„Sei's drum“, erwiderte Carrington. „Jeder ist eines anderen Hund. Wenigstens werde ich die mächtigsten Herren von allen haben.“ Er fing an, auf seiner Unterlippe herumzukauen, und Ellie fragte sich, ob er plötzlich verrückt geworden war.

„Wir werden keine Bedrohung Unserer Herrschaft zulassen!“, donnerte die Königin.

„Ich würde mir da keine Sorgen machen, Eure Majestät“, meinte Pimm. „Wie Miss Skyler schon sagte, handelt es sich hierbei um das Geschwätz von Leuten, die als geistesgestörte Kultanhänger bekannt sind. Es hat keinerlei Wahrheitsgehalt.“

Carrington spuckte einen Mund voll Blut auf den Boden. „Hier“, sagte er, während ihm das Blut übers Kinn lief. „Ich weiß, es kommt einem wie Magie vor, doch das ist es nicht. Dieses Gebiet ist schon vorbereitet worden, hier hat Oswald seine ersten Experimente durchgeführt. Die Käfige, in denen Sie eingesperrt waren, wurden dazu genutzt, die ersten Geschöpfe unterzubringen, die hindurch kamen. Diese wenigen Tropfen Blut auf dem Boden werden ihre Aufmerksamkeit wecken, genau wie Blut im offenen Meer die Aufmerksamkeit von Haien erregen kann.“ Ein seltsames Surren erfüllte die Luft, begleitet von einem Geruch, der an brennenden Lavendel erinnerte. Der Luftdruck veränderte sich, als würde plötzlich ein Gewitter losbrechen, nur rascher und umfassender.

„Nun lernt ihr eure neuen Herren kennen“, sagte Carrington. „Kurz danach werdet ihr vor euren Schöpfer treten.“ Er kicherte, als um sie herum die Luft zerriss.

Bestie ohne Benehmen

Pimm packte Ellie bei der Hand und zog sie weg. Seine Haare standen zu Berge und schwebten wie eine Wolke um seinen Kopf, und ihr Haar tat wahrscheinlich dasselbe. Ben brüllte und stolperte auf Carrington zu. Als sich ein Netz aus Blitzen um den Gefesselten bildete, der weiterhin lachte, wankte der Leibwächter rückwärts. Nachdem sie von dem Stuhl zurückgewichen waren, schien der Luftdruck wieder einen normalen Wert zu erreichen. Das wilde Durcheinander aus Funken und seltsamen Gerüchen beschränkte sich auf einen Kreis etwa drei Meter von ihnen entfernt. Ihr Gefangener bildete nur ungefähr das Zentrum des Kreises. Selbst das furchtbare Surren, das ihre Köpfe erfüllt hatte, ließ nach, als sie sich von diesem Kreis entfernt hatten. Carringtons irres Lachen war leider noch genauso laut wie zuvor. „Was ist los?“, rief Ben und blickte sich hektisch um, offenbar auf der Suche nach einem Feind, den er bekämpfen konnte.

„Ich fürchte, das ist genau das, was Carrington uns versprochen hat“, antwortete Pimm. Er hatte eine Hand in der Tasche und berührte damit zweifellos irgendeine Waffe. Ellie wünschte sich heftig eigene Taschen herbei und Pistolen, die sie hineinstecken konnte. „Irgendeine Bestie wird gerade herbeigerufen, enthüllt oder sonst wie in diese Welt übertragen.“

Winnie war von dem Stuhl weggesprungen, sobald Carrington das Blut auf den Boden gespuckt hatte. Nun strich sie am Rande des Tumults entlang, während ihr Blick suchend hin und her wanderte. Sie riss Planen von Kistenstapeln und durchstöberte mit Pimms entladenem Gehstock Metallhaufen.

„Freddy!" rief Pimm ihr zu. „Was tust du da? Können wir dir helfen?"

„Es muss hier irgendwo eine Maschine geben!", rief sie. „Einen Projektor, Motoren oder dergleichen. Das Blut mag das Ganze zwar ausgelöst haben, aber dieses Chaos muss doch irgendwoher kommen. Aha!"

Sie schob einige lose Bretter beiseite und riss eine Abdeckplane herunter. Darunter kam ein überraschend zierliches Gerüst zum Vorschein, das in etwa so groß wie ein Hutständer war und aus gebogenem Messingmetall, gläsernen Röhren und eigenartigen kristallenen Ausbuchtungen bestand. Die Kristalle waren zum Glück nicht violett, sondern bloß milchig weiß. Aus der Nähe konnte man hören, dass das Ding brummte wie ein Bienenstock. Ellie hatte das Gefühl, dass sogar ihre Nackenhärchen vibrierten. „Schlag es kaputt!", rief sie, und Ben, sichtlich gewahr, dass solche Zerstörung zu seinem Metier gehörte, hob einen abgebrochenen Holzscheit auf und fing an, auf das Gerüst einzuschlagen. Er zerschmetterte die Kristalle und verbog das Metall, was schrecklichen Lärm machte. Das brummende Surren stockte, wurde tiefer und verstummte schließlich ganz.

Winnie grinste Carrington boshaft an. „Sehen Sie? Etwas aufzubauen ist sehr viel schwieriger, als es zu zerstören."

Carrington schmunzelte. Noch immer standen seine Haare zu Berge, so dass er aussah wie ein verrückt gewordener Löwenzahn. „Gut gemacht. Sie haben das Tor geschlossen. Natürlich haben Sie dabei auch das magnetische Sicherheitsfeld zerstört. Denn sehen Sie, nicht alle Käfige bestehen aus Eisen. Nach einigen unschönen Vorfällen bei den ersten Beschwörungen erfand Sir Bertram eine Art magnetischen Drudenfuß. Er bannte die Bestien besser an Ort und Stelle, als Metall es vermag. Sie sind jedenfalls zu spät gekommen. Ich muss dabei an ein Sprichwort denken, in dem es darum geht, wie jemand den Stall schließt, nachdem das Pferd bereits ..."

Etwas peitschte aus dem Dunkeln heran, ein glitschiger, verschwommener Schatten, der sich so schnell bewegte wie die Flügel eines Kolibris. Carringtons Kopf verschwand in einer roten Explosion, wie eine Tomate, die von einer Kugel getroffen wurde. Sie alle starrten den enthaupteten Körper an, der auf eine Seite des Stuhls gesackt war und nur noch von den Seilen aufrecht gehalten wurde. In der Dunkelheit bewegte sich etwas über den Boden. Es klang wie ein Fisch, der auf Bootsplanken plumpst, wie das Schmatzen von Stiefeln im Schlamm, das Prasseln von Regen auf einem Dach, das Miauen eines schwerverletzten Kätzchens und noch wie vieles andere.

Pimm drückte sich hinter einen Kistenstapel, der außerhalb des Lichtkreises stand, und bedeutete den anderen, ihm zu folgen. Das taten sie, die Königin allerdings nur langsam und übertrieben würdevoll. „Ich glaube ...", setzte Pimm an, und der Schatten schlug erneut aus und zertrümmerte eine der Kisten, sodass die Holzsplitter durch die Gegend flogen. Sie alle duckten sich und drängten sich hinter den schützenden Überresten der Holzkisten zusammen. Still warteten sie ab, doch das Ding griff nicht noch einmal an.

„Ich bin nicht sicher, ob es uns sieht", flüsterte Ellie. „Aber es scheint uns hören zu können."

„Können wir es töten?", fragte Ben mit heiserer, leiser Stimme.

„Die Dinger aus der Themse sind schon getötet worden", meinte Ellie. „Mit Schusswaffen, Knüppeln und Äxten. Meine Zeitung hat ein Bild von einem der Monster abgedruckt oder von einem Teil des Monsters. Als der Bootsmann es herausziehen wollte, ist das Ding im Wasser auseinandergefallen wie ein verrotteter Kohlkopf, und alles was übrig blieb, war ein Stück zerfetzter Tentakel. Wenn es wirklich dieselben Geschöpfe sind, dann ist dieses hier auf jeden Fall sterblich."

„Es wäre leichter zu jagen, wenn wir etwas sehen könnten", flüsterte Pimm.

„Zu schade, dass du nicht das Monokel mitgebracht hast, das ich für dich gebaut habe", meinte Winnie.

Pimm sah sie verständnislos an, dann schloss er kurz die Augen. Er klopfte auf seine Brusttasche. „Oh. Ja, ich habe es dabei. Es ist hier."

Winnie verdrehte die Augen. „Du hättest es vorhin bereits benutzen können, meinst du nicht?"

„Du hast wie immer recht, meine liebe Frau." Er schraubte sich die seltsam grün gefärbte Linse über das rechte Auge, schloss das linke und spähte um die Ecke der Kiste. Er zog den Kopf zurück, sein Gesicht war blass. „Es ist größer als die Wesen in der Themse. Mindestens so groß wie ein Elefant."

„Wofür ist diese Linse gut?", fragte Ellie.

„Sie lässt mich im Dunkeln sehen", sagte Pimm. „Eine von Freddys Erfindungen, irgendeine Chemikalie, die zwischen zwei Gläsern eingeschlossen ist. Wirklich sehr bemerkenswert. Obwohl es alles grässlich grün färbt."

„Unsere Soldaten könnten ein solches Gerät gebrauchen", meinte die Königin.

„Dann muss ich wohl die Bestie jagen", sagte Pimm. „Himmel. Natürlich jage ich auch Verbrecher, aber tatsächlich bedeutet das meist nicht mehr, als dass ich der Polizei ihren Aufenthaltsort verrate."

„Ich werde Ihnen helfen", meinte Ben. „Zumindest kann ich das Ding ablenken."

„Ihr könnt mir alle helfen. Eure Majestät natürlich ausgenommen", sagte Pimm. Er griff in seine Tasche und zog ein Taschentuch heraus. Darin waren zwei runde, weißliche Gegenstände eingewickelt, die wie Vogeleier aussahen. „Freddy, würde es dir etwas ausmachen, Ellie und Ben zu zeigen, wie sie funktionieren?"

„Oh, wie schön", sagte Winnie, „Du hast mein Lieblingsspielzeug dabei." Sie hielt eines der Eier hoch. „Das hier, Freunde, ist eine Ablenkung, die in eine Hosentasche passt. Die alchemistischen Flüssigkeiten, die in unseren Lampen leuchten, sind recht beständig, doch wenn man einige kleine Veränderungen vornimmt, kann man sie instabiler machen. Ich habe ein wenig von der veränderten Flüssigkeit in diesen hohlen Bällen aus Ton eingeschlossen. Werft sie einfach gegen eine harte Oberfläche, so fest, dass sie zerschellen. Es braucht ein wenig Kraft, denn ich wollte nicht, dass sie Pimm in der Hosentasche zerbrechen, deshalb haben sie recht dicke Hüllen. Das lohnende Ergebnis ist ein höchst unangenehmer, lärmender, heller Ausbruch." Sie grinste. „Ich nenne sie Knall-und-Blitz."

„Ich gehe dort entlang", meinte Pimm und zeigte nach links, „und ihr geht in diese Richtung und werft die Knaller an die Wand, sodass das Tierchen darauf aufmerksam wird."

„Was wirst du tun?", fragte Ellie.

„Ich werde es erschießen", sagte Pimm. „Falls das nicht funktioniert, kann Ben es mit diesem Holzstück, das er gefunden hat, totschlagen. Das klingt nicht allzu schwierig, oder?"

Ellie legte die Hand auf seinen Arm. „Pimm. Bitte sei vorsichtig."

„Nun ja", meinte Pimm. „Wenn du darauf bestehst." Er streckte den Arm aus, um ihre Hand zu drücken, dann verschwand er in der Dunkelheit, und Ben folgte ihm.

„Wollen wir?", fragte Winnie und reichte ihr einen Knall-und-Blitz.

„Meine Aufgabe ist es, Artikel zu schreiben", sagte Ellie, „nicht, selbst der Stoff für einen Artikel zu werden."

„Oh, aber man hat doch nirgends eine bessere Aussicht als mitten im Gewühl", entgegnete Winnie.

Ellie hatte diese Einstellung geteilt, doch nun war sie dabei, sie zu überdenken. Ein Plateau, von wo sie freie Sicht hatte, war ihr tausendmal lieber als ein Platz inmitten des Kampfgetümmels. Aber Pimm würde dem Monster entgegentreten, deshalb war es das Mindeste, das sie tun konnten, ein wenig Lärm zu erzeugen. Wenigstens konnte sie das Ding gerade nicht sehen. Es zu hören, war schlimm genug.

✠ ✠ ✠

Es zu hören, war schlimm genug, dachte Pimm, aber das Monster zu sehen, war schlimmer. Vor allem, wenn das Monokel es in diesem grauenerregenden Grün erscheinen ließ. Er hatte den anderen erzählt, dass das Ding so groß wie ein Elefant sei, was der Wahrheit entsprach, doch ansonsten ähnelte es kaum einem Elefanten. Es sah aus wie eine bebende Masse aus Hühnerfett, die von dunklen Verästelungen durchzogen war. Vielleicht eine Art Skelett oder Nerven oder Blutgefäße, oder etwas ganz anderes, wofür es im Tierreich keine Entsprechung gab. Das Monster hatte keine erkennbaren Augen, nicht einmal einen Kopf. Tentakel, oder zumindest Dinge, die tentakelähnlich genug waren, um die Bezeichnung zu verdienen, sprossen in unregelmäßigen Abständen aus der Masse. Sie bewegten sich wie Schilf, das von einem unbeständigen Wind gepeitscht wird. Am schlimmsten war die Tatsache, dass das Monster so verschwommen war. Pimm konnte seinen Blick nicht auf die Bestie heften und hatte fortwährend das Gefühl, es besäße noch mehr Gliedmaßen, noch mehr Masse, die irgendwo außer Sichtweite verborgen war oder hinter einer unsichtbaren Ecke versteckt. Das Ding rückte in ekelerregenden Wellenbewegungen vor und hinterließ groteske Schleimspuren auf dem Boden. Eigenartigerweise schien die Bestie jedoch keinen wahrnehmbaren Geruch zu haben. Pimm nahm an, dass es dafür irgendeine wissenschaftliche Erklärung gab. Oswald hätte sie wahrscheinlich gewusst. Pimm würde ihn auf jeden Fall noch fragen, ehe der Mann wegen Hochverrats gehängt wurde. Vielleicht würde man Oswald auch enthaupten. Das entsprach der Tradition, und wenn es für Carrington gut genug war …

Pimm hörte, wie Porzellan zerbrach, und schloss die Augen, ehe ein blendend heller Lichtblitz die Welt orange entflammen ließ. Er konnte ihn selbst durch seine zugekniffenen Augenlider wahrnehmen. Im Dunkeln hinter Pimm schrie Ben auf, der mit einer solchen Helligkeit nicht gerechnet hatte. Noch verwirrender als das Licht war der Lärm, mit dem der Donnerschlag in dem geschlossenen Raum widerhallte. Die Bestie gab kein Geräusch von sich. Ein Schrei wäre schön gewesen, irgendein Zeichen, das sie sich unbehaglich fühlte. Doch als Pimm die Augen öffnete, sah er, dass das Geschöpf wild mit seinen Tentakeln um sich schlug und seinen massigen Körper wieder und wieder gegen eine Säule schmetterte. Der Lärm hatte es eindeutig in Raserei versetzt oder wenigstens durcheinander gebracht. Pimm hob seine Pistole und feuerte sie ab, doch er hätte ebenso gut auf eine schlammige Uferböschung schießen können, so wenig Wirkung zeigten die Kugeln. Die Bestie beachtete den Angriff nicht im Geringsten.

Pimm begann, sich zu fragen, ob die Männer, die die kleineren Verwandten dieses Wesens in der Themse ‚getötet' hatten, tatsächlich Erfolg gehabt hatten. Vielleicht hatten sie bloß einzelne Teile abgehackt, sodass die Bestien weiterleben und untertauchen konnten. Vielleicht war für diese Geschöpfe der Verlust eines Tentakels nicht traumatischer, als es der Verlust eines Fingernagels oder einer Haarsträhne für einen Menschen war.

„Was sollen wir tun?", fragte Ben. Jedenfalls glaubte Pimm, dass er das gefragt hatte. Sein Ohrensausen war so laut, dass er nicht sicher sein konnte.

„Ich weiß nicht", versuchte er zu sagen, doch dann wandte die Bestie sich ihm zu und schlug mit ihren Tentakeln aus. Pimm und Ben wurden nur deshalb nicht niedergeworfen, weil die Gliedmaßen der Bestie zunächst gegen einen der Stützpfeiler des Lagerhauses krachten. Sie stolperten rückwärts und duckten sich hinter ein anderes Gerüst aus Metall, Kristallen und Messing. Pimm sah sich verzweifelt nach irgendetwas um, was er als Waffe benutzen konnte. Feuer? Er hatte seinen Flachmann. Zwar war es jammerschade, den entzündlichen, berauschenden Inhalt für einen Angriff zu verschwenden, aber vielleicht konnte er daraus rasch eine Art Brandbombe bauen.

Er sah etwas aufblitzen, weit entfernt von ihm auf der anderen Seite des Geschöpfes, ein langer Strahl, der wie ein Speer aussah und sich dem Geschöpf in die Seite bohrte. Die Bestie versteifte sich und wurde vollkommen regungslos. Ihre Tentakel standen in seltsamen Winkeln ab. Dann durchlief sie ein Zittern, wobei ihr Fleisch wogte wie eine vom Wind bewegte Wasseroberfläche, bis sie in sich zusammensackte. Ihr Körper fing an, auseinanderzufallen wie ein schmelzender Schneemann, und nun verströmte sie auch einen Geruch nach verbranntem Fleisch und säurehaltigen Chemikalien.

Pimm stand auf, blickte Ben an, zuckte die Achseln und begab sich um die zerfließende Masse des großen Monsters herum zu Ellie und Freddy. Die beiden standen neben der alchemistischen Lampe und Carringtons sterblichen Überresten und plauderten so freundlich miteinander, als befänden sie sich auf einer Dinnerparty. „Wie habt ihr das geschafft?", fragte Pimm, wahrscheinlich viel zu laut, weil es in seinen Ohren noch immer klingelte.

„Es war Ellies Einfall", meinte Freddy.

„Oh nein", sagte Ellie errötend. „Alles, was ich sagte, war: Ich wünschte, Sie hätten Ihren Gehstock nicht entladen. Ich habe mich gefragt, ob ein Stromstoß gegen ein solches Geschöpf etwas ausrichten könnte. Meines Wissens bewirkt Elektrizität, dass die Muskeln sich zusammenziehen, zucken, sich verkrampfen. Dieses Ding scheint ein einziger großer Muskel zu sein."

„Aber ich hatte doch meinen Gehstock schon entladen", meinte Pimm.

Freddy nickte, winkte ihn dann zu sich und führte ihn zu einer dritten Maschine, die genauso aussah wie die, die Ben zerstört hatte. „Ja, aber es gibt noch mehr Elektrizität auf der Welt, Liebling. Diese Dinger sind so konstruiert, dass sie mit Batterien laufen. Ich muss sagen, derart hochentwickelte Batterien habe ich noch nie gesehen."

Pimm kniff die Augen zusammen und entdeckte etwas, das wie eine Metallurne aussah. Es besaß eine auffällige Ähnlichkeit mit den Gefäßen, die er in Adams' Werkstatt im Regal gesehen hatte. „Mit ein wenig Bastelei, viel Draht und etwas Anstrengung konnte ich aus einem Metallsplitter eine Harpune bauen. Wir haben den Draht um das Metall gewickelt, Ellie hat den Speer geworfen, und als unsere Waffe dem Geschöpf fest in der Seite saß, wie ein Finger, den man in einen Pudding steckt, legte ich den Schalter um." Sie machte eine Geste in die Richtung, und Pimm sah die gekrümmten Drähte, die von der Maschine bis zur Leiche des Monsters verliefen. „Ich habe dabei die gesamte Ladung der Batterie verbraucht und die Maschine zerstört, aber ich kann nicht behaupten, dass ich das bereue."

„Ein Glück, dass er mehr als eine dieser Maschinen hier hatte", meinte Pimm und klopfte gegen das Gerüst.

„Oh, er braucht mindestens drei", sagte Freddy. „Die Maschinen verbinden sich miteinander, verstehst du? Eine Maschine ist nichts, nur ein Punkt im Raum. Zwei miteinander verbundene Maschinen, nun, was bringt das schon? Mit zwei Punkten kann man lediglich eine Linie ziehen. Wie sollen schreckliche außerirdische Monster durch eine Linie unser Universum betreten? Aber mit drei Punkten kann man ein Dreieck erzeugen. Auch wenn das für ein Tor nicht die gängigste Form ist, reicht es dennoch aus, um ein Feld aufzubauen, durch das diese Dinger hereinkommen können. Wenn die

Maschinen stark genug sind, kann man sie auch immer weiter voneinander entfernen und ein sehr großes Dreieck erzeugen. So kann man auch sehr große Bestien hindurchlassen."

„Carrington sagte, dass diese Apparate kleiner seien als die, die Oswald heute Abend benutzen will", meinte Ellie.

„Wir müssen zur Ausstellung", sagte Pimm.

„Das müssen wir in der Tat", sagte Freddy. „Wisst ihr, ich glaube, ich habe im Park eine dieser Maschinen gesehen, die für das große Ereignis aufgebaut wurde. Ich hatte keinen Schimmer, was es war. Irgendetwas Magnetisches, hätte ich vermutet, irgendeine neue Technologie, die Oswald erfunden hat, um bei seinen Bewunderern anzugeben. Aber Pimm, das Gerät war weitaus größer als dieses hier. Ich weiß nicht, wo auf der Ausstellung die anderen Maschinen aufgestellt werden oder wie groß sein Portal werden soll. Aber ehrlich gesagt würde es mich nicht wundern, wenn er vorhätte, den gesamten Hyde Park in ein Tor für diese Geschöpfe zu verwandeln."

Ein ordentlicher Aufbruch

Sie haben also den Speer geworfen?“, meinte Pimm und passte sich Ellies Schritt an, als sie das Lagerhaus verließen. Die Königin ging natürlich voran, zu ihrer Rechten Ben, den sie sich anscheinend als Leibwächter gewählt hatte. Das behagte Ben offensichtlich gar nicht. In den Händen trug er zwei der schweren Batterien, die sie aus den beiden anderen mysteriösen Maschinen geborgen hatten. Winnie hatte damit wohl noch etwas vor. Sie war die Letzte und schien in Gedanken versunken. Wahrscheinlich entwarf sie im Geiste gerade Geräte, die ein elektrisches Chaos verursachen sollten. „Gut gemacht“, sagte Pimm. „Ich hatte vom ersten Augenblick an das Gefühl, dass Sie herrlich gefährliche Eigenschaften besitzen.“

Nicht zum ersten Mal dachte Ellie, wie ungerecht es war, dass man Erröten nicht unterdrücken konnte. „Winnie beharrte darauf, dass sie entsetzlich schlecht zielen könnte, deshalb habe ich es versucht. Es war keine große Herausforderung, das Geschöpf war so groß wie ein Scheunentor und so nahe ans Licht heran gerutscht, dass ich gut erkennen konnte, wie es dort lauerte.“

„Ich werde dem Drang widerstehen, Sie Queequeg zu nennen“, meinte er.

Hinter ihnen lachte Winnie. „Du weißt wirklich, wie man einem Mädchen Komplimente macht, Pimm!"

Doch Ellies Miene hellte sich bei seiner Bemerkung auf. „Dann haben Sie also Mr. Melvilles ‚Der Wal' gelesen?"

Pimm räusperte sich. „Nun ja. Tatsächlich hat Freddy es mitgebracht. Sie liest leidenschaftlich gern Romane, aber ich habe Auszüge davon gelesen, und auch nur aus dem ersten Band. Ich muss gestehen, dass ich gewisse Abschnitte, die sich mit den Einzelheiten des Segelns befassen, kaum weniger ermüdend fand als jene Stellen mit theologischen Überlegungen."

Ellie nickte. „Ich habe mich in der Kritik, die ich für den Argus geschrieben habe, zur Langatmigkeit des Autors bei diesen Themen geäußert, aber nichtsdestotrotz ist es ein lesenswertes Buch. Es enthält sehr viel Wissenswertes über ungesunde Fixierungen. Man sollte sich niemals die Gelegenheit entgehen lassen, Neues zu lernen, finde ich. Sehen Sie sich die Geschichte doch noch einmal an, dann könnten wir uns darüber unterhalten."

„Erzählen Sie mir einfach, fängt der verrückte Kapitän jemals seinen großen Fisch?"

„Ich werde Ihre Neugierde nicht stillen. Sie werden es selbst lesen müssen."

Sie traten alle hinaus ins schwindende Tageslicht und blinzelten in die nebelverhangene Sonne.

„In dieser Gegend eine Droschke zu finden, dürfte schwierig werden", meinte Pimm.

„Carrington hat uns in einer Kutsche hergebracht", sagte Winnie. „Dieser grässliche Crippen hat die Pferde irgendwo hingeführt. Oswald ist allein gekommen. Vielleicht ist die Kutsche, die uns befördert hat, noch hier?"

„Ich weiß, wo die Pferde untergebracht sind", meinte Ben. „Irgendwo dort hinten."

Sie wanderten um das Lagerhaus herum, bis sie einige schäbige Ställe fanden und auch die armen Pferde, die noch immer vor die Kutsche gespannt waren. Ben sah sich um und befand, dass die Luft rein sei. „Ist Eurer Majestät dieses Gefährt genehm?“, fragte Pimm. „Bedauerlicherweise werden wir alle zusammen fahren müssen.“

„Es wird seinen Zweck erfüllen“, sagte die Königin und rümpfte ein wenig die Nase.

Pimm öffnete die Kutschentür, dann schreckte er plötzlich zurück. „Ben“, flüsterte er, und Ellie trat vor, um in die Kutsche zu spähen.

Darin saß „Crippler“ Crippen. An eine Wand der Kutsche gelehnt schlief er tief und fest, während ein Speichelfaden an seinem Kinn herablief.

„Oh“, meinte Ben. „Gestatten Sie.“ Er legte die Batterien ab, griff in die Kutsche, packte den ehemaligen Preisboxer an den Knöcheln und zog ihn mit einer einzigen Bewegung nach draußen. Crippens Hinterkopf schlug auf dem Sitz auf, dann auf dem Boden der Kutsche, auf dem Trittbrett und schließlich auf der Erde. Der Boxer kreischte und wedelte mit den Armen, bis Pimm seine Pistole spannte und auf ihn hinab zielte.

„Och, Ben“, sagte Crippen, rieb sich den Kopf und sah zu dem Riesen auf, der seine Knöchel festhielt. „Was hat denn das zu bedeuten?“

„Ich habe die Seiten gewechselt, Crip“, meinte Ben. „Leider werde ich dich fesseln müssen. Hast du vor, uns Ärger zu machen?“

Crippen seufzte. „Selbst zu meinen besten Zeiten bin ich nie mehr als einem Mann im Ring begegnet, und niemals einem Bewaffneten.“ Er sah Pimm hoffnungsvoll an. „Darf ich das so verstehen, dass Sie Helfer einstellen, Sir? Sir Bertram bezahlt mich recht gut, aber ich bin für andere Angebote offen.“

„Leider habe ich im Augenblick keine freien Stellen“, sagte Pimm. „Wir werden Sie einfach fesseln und in den Stall legen, in Ordnung?“

„Versprich mir nur, dass du später jemanden vorbeischickst, um mich zu holen, Ben", sagte Crippen. „In letzter Zeit ist es nachts so fürchterlich kalt."

Ben warf Pimm einen Blick zu. Dieser nickte. „Ist schon so gut wie erledigt", meinte Ben und machte sich daran, seinen alten Kumpan mit einem Stück rauem Seil zu fesseln, das über die Wand einer Pferdebox gehängt war.

Ellie zog Pimm beiseite. „Dieser Mann hat mich mit einem Messer angegriffen. Ich verstehe, dass wir weitere Gewalt vermeiden wollen, aber ihn einfach freizulassen ..."

Pimm blinzelte. „Aber nein. Ich werde in der Tat jemanden schicken, um ihn zu holen, aber bei diesem Jemand wird es sich um einen Polizisten handeln. Allerdings ist es wahrscheinlich am besten, wenn wir das ihm gegenüber nicht erwähnen."

Ellie lachte erleichtert. „Ich hätte nie an Ihnen zweifeln sollen."

„Oh doch. Es ist immer klug, an mir zu zweifeln. Das ist der beste Weg, nicht enttäuscht zu werden."

✠ ✠ ✠

Ellie hätte nie geglaubt, dass sie einmal mit einer Königin in einer Kutsche fahren würde, und die Erfahrung war anders, als sie erwartet hätte. Schließlich war die Königin ein nörglerischer, dicker Mann, wenn auch unbestreitbar majestätisch. Winnie und Ellie saßen Ihrer Majestät gegenüber. Pimm saß auf dem Kutschbock, zusammen mit Ben, der die Pferde durch die Stadt zu Pimms Haus lenkte. Die Eröffnungsfeier der Ausstellung sollte kurz vor Sonnenuntergang im Hyde Park beginnen. Einige Effekte waren im Dunkeln angeblich besonders spektakulär, wie auf den Flugblättern, die das große Ereignis bewarben, versprochen wurde.

Ellie hatte Sorge, dass sie nicht rechtzeitig ankommen würden, ehe Oswald seinen Plan in die Tat umsetzen konnte. Doch Winnie bestand darauf, erst bei ihrem Haus vorbeizufahren. „Es sei denn, ihr wollt Oswald mit einem Gehstock und einer Pistole bekämpfen?“ Als sie ankamen, öffnete Winnie selbst den Kutschenschlag, worüber sich die Königin missbilligend äußerte. Winnie stieg aus, während Pimm schon mit den Batterien auf sie wartete. „Ich werde ein wenig Zeit brauchen, um alles vorzubereiten“, sagte Winnie. „Ihr solltet schon einmal ohne mich zum Park weiterfahren. Haltet nach Maschinen Ausschau, die aus Messing und Kristall bestehen, und schlagt sie kaputt. Wenn ihr nur eine davon zerstört, dürfte das ausreichen, um Oswald daran zu hindern, sein Portal zu öffnen. Mit etwas Glück können wir das Erscheinen der Monster vollständig verhindern. Falls nicht, ich komme schon bald mit den Waffen nach.“

„Noch mehr Harpunen?“, fragte Ellie.

„Oh, ich glaube, mir ist etwas Besseres eingefallen. Erinnerst du dich an diese schreckliche Maschine, die wir gesehen haben, als sie noch im Bau war? Ich werde dort in der Nähe warten. Ich komme, so schnell ich kann.“

„Vielleicht wäre Eure Majestät damit einverstanden, in meinem Haus zu verbleiben?“, fragte Pimm und beugte sich in die Kutsche. „Es besteht kein Anlass, Euch überstürzt einer Gefahr auszusetzen.“

„Wir sollten bei dieser Ausstellung zugegen sein“, sagte die Königin. Ihr Doppelkinn bebte vor unterdrückter Wut. „Wir werden dort sein, und Wir gedenken den Hochstapler, der sich erdreistet, Unseren Platz einnehmen zu wollen, öffentlich zu verurteilen.“

Pimm schloss kurz die Augen, ein Zeichen, dass er versuchte, sich zu beruhigen, wie Ellie wusste. Er öffnete die Augen wieder, lächelte und nickte. „Natürlich, Eure Majestät. Eure Anwesenheit wäre mir eine Ehre.“

„Lasst euch nicht fressen, bevor ich ankomme“, meinte Winnie und tätschelte Pimm die Wange, ehe sie mit den Batterien unterm Arm zur Eingangstür eilte.

„Mal wieder auf ins Gefecht", sagte Pimm und schloss den Kutschenschlag.

„Ich werde ihn wohl zum Ritter schlagen müssen, falls er überlebt", murmelte die Königin. Sie schien mit sich selbst zu sprechen, zumindest vermutete Ellie das aufgrund der Tatsache, dass sie „ich" anstatt „Wir" sagte.

GEWAPPNET

Im Hyde Park drängten sich die Menschen. Ellie hatte schon des Öfteren beobachtet, dass die Londoner alles mochten, was ihnen ein kostenloses Spektakel versprach. Die Flugblätter, die für die Ausstellung warben, hatten in besonders reißerischer Manier angekündigt, dass man dort die „neuesten wissenschaftlichen Fortschritte in Elektrizität, Magnetismus und Alchemie“ zu sehen bekäme. Das klang eher nach trockenen Vorträgen, doch das Flugblatt schmückten Kupferstiche von Blitzen, einem schwebenden Mann und aus für Ellie unerfindlichen Gründen auch von einem Elefanten mit riesigen gebogenen Stoßzähnen.

Ein Teil des Parks am Nordufer der Serpentine war für die Ausstellung umgestaltet worden. Das Gebiet wurde von Hunderten von alchemistischen Lampen beleuchtet, die auf Seile gefädelt und an emporragenden Holzpfosten aufgehängt worden waren. Man hatte eine große Bühne aufgebaut, die voll verlockend aussehender mechanischer Apparate stand. Einige davon konnte man auch dann noch erkennen, wenn man ganz hinten in der Menge stand: eine Art riesiges Modell des Sonnensystems, dessen Planeten jedoch sehr eigenartig angeordnet waren, mit zwei Sonnen im Zentrum; eine gewaltige Maschine, die an der Oberseite ein riesiges Horn besaß, das einem stilisierten Blütenkelch ähnelte; eine riesige Kanone, die nach oben zeigte und deren Rohr mit Dutzenden kleinen Röhren verziert war, die sich in barocker Fülle bogen; ein mannshohes Becken mit Glaswänden, das mit einer schwach leuchtenden rosa Flüssigkeit angefüllt war, sowie andere merkwürdige Geräte und Darstellungen, deren Zweck sich ihnen nicht erschloss. Oswald war noch nicht in Sicht, ebenso wenig die falsche Königin. Die Ehrenplätze, die man an der einen Seite der Bühne für den Premierminister und andere hohe Staatsbeamte aufgebaut hatte, waren nur etwa zu einem Viertel belegt. Offensichtlich hatten die meisten großen Männer Londons Besseres zu tun, als Oswalds Selbstbeweihräucherung beizuwohnen.

„Ich werde mich um die Menge herum zum Fluss vorkämpfen", meinte Pimm und schrie Ellie dabei fast ins Ohr, um den ständigen Lärm der Menschenmenge zu übertönen. Die Leute unterhielten sich, beklagten sich, bedauerten sich gegenseitig, wollten einander Bonbons und Schinkensandwiches und Pfeffernüsse und persische Brause verkaufen, überlegten gemeinsam, was es wohl auf der Ausstellung zu sehen gab, und blafften wütend die unvermeidlichen Taschendiebe an. „Ich glaube, bei diesem Turm handelt es sich um eine der Maschinen." Er zeigte auf eine schwer erkennbare Konstruktion, die auf der flussnahen Seite der Bühne aus der Menge ragte. „Würden Sie zur anderen Seite der Bühne gehen und dort ebenfalls nachsehen?"

Pimm verschwand, ehe Ellie einen Einwand vorbringen konnte. Sie hatte ihn darauf hinweisen wollen, dass die Maschine, deren Bau sie und Winnie beobachtet hatten, tatsächlich auf der abgewandten Seite der Bühne gestanden hatte und nicht drüben an der Serpentine. Sie blieb mit Ben und der Königin zurück, die beide aussahen, als sei ihnen leicht übel. Sicherlich aus unterschiedlichen Gründen. Die Königin, weil sie dem mahlenden, rufenden, stinkenden Gewühl ihrer Untertanen wahrscheinlich seit Jahren nicht mehr so nahe gewesen war, wenn überhaupt jemals, und Ben, weil er seine Rolle als Leibwächter ernst nahm und die vielen hundert möglichen Gefahren für die königliche Person im Auge hatte. Besagte königliche Person war schließlich barfuß und nur mit einem schmutzigen Morgenmantel bekleidet.

„Ich suche in dieser Richtung!", rief Ellie, und Ben nickte bedrückt, als sie nach Nordwesten aufbrach. Sie war ziemlich sicher, dass sich die Konstruktion, die sie und Winnie vor ihrem abgebrochenen Picknick bemerkt hatten, in dieser Richtung befand, obwohl es ihr schwerfiel, die genaue Lage zu bestimmen. Die Parklandschaft sah durch die Ausstellung und die Menschenmassen stark verändert aus. Ellie hörte die Königin rufen: „Wir wollen Uns der Bühne nähern!", und schauderte. Ein Mann von Bens Größe konnte die Königin zweifellos durch die Menge schleusen, aber nur, wenn er dabei nicht vor Sorge um die Sicherheit Ihrer Majestät einen Herzanfall erlitt.

Ellie wünschte, sie hätte einen Gehstock oder zumindest Winnies Sonnenschirm, um sich damit einen Weg zu bahnen. So aber war sie gezwungen, bis zum äußersten Rand der Menschenansammlung vorzudringen, wo die Körper sich nicht ganz so dicht aneinanderdrängten, damit sie an der Seite herumgehen konnte. Dabei bewegte sie sich in einem langsamen Bogen dorthin, wo Winnie das seltsame Bauprojekt gesehen hatte. Nun konnte sie es einigermaßen erkennen, einen spitzen Turm, der sich über die Köpfe der Menge erhob und mehr als doppelt so groß wie ein Mensch war.

„Willkommen auf der Weltausstellung!", dröhnte plötzlich die Stimme Gottes. Das Publikum verstummte bis auf einzelne Schreckensschreie. Einen Augenblick lang hatte Ellie das Gefühl, die Menge wollte Reißaus nehmen wie ein Rudel Hirsche, das vom Knurren eines Raubtiers aufgeschreckt wurde. Doch die allgegenwärtige Stimme lachte kurz und sprach erneut. „Erschreckt nicht! Die Stimme, die ihr hört, gehört mir, Bertram Oswald, und keinem furchterregenden Ungeheuer. Diese wundervolle Verstärkung, diese außergewöhnliche Lautstärke ist einer der vielen Erfindungen zu verdanken, die ich heute Nacht enthüllen will. Lang und hart habe ich in meiner Werkstatt, meinem Laboratorium und meinem Atelier gearbeitet, um eine Parade der Wunder zu kreieren, die den Geist blenden und die Seele bereichern werden!"

Ellie stand auf den Zehenspitzen und konnte gerade noch eine Gestalt erkennen, die einen weißen Anzug trug. Sie stand am Rand der Bühne und hielt beim Sprechen ein kleines Gerät an den Mund, an dem ein langer Draht hing. Ellie sah weg und kämpfte sich durch die Menge, vorbei an Menschen, die verzückt die Gestalt auf der Bühne anstarrten. Wer so laut sprechen konnte, konnte auch sehr viel Aufmerksamkeit auf sich lenken. Zum Glück hatte Ellie jüngst erlebt, dass Oswald sich insgeheim wünschte, ein Bühnenschauspieler zu sein. Zumindest nahm er liebend gern die Gelegenheit wahr, lange Reden zu halten. Wahrscheinlich konnten sie darauf zählen, dass er seine große Bedeutung und Wichtigkeit in aller Ausführlichkeit erläutern würde, ehe er versuchte, die grässlichen Geschöpfe von jenseits des Himmels zu entfesseln.

Wenn es ihnen nur gelang, die unmittelbare Gefahr aufzuhalten, die von dem Mann ausging, konnte Pimm sich an seine Kameraden bei der Polizei wenden. Vielleicht könnte er sogar die Verbindungen seiner Familie nutzen, um ein Treffen mit einigen Parlamentsmitgliedern oder hochrangigen Ministern einzuberufen und ihnen die Beweise gegen Oswald vorzulegen. Sein eigenes Tagebuch sollte das Todesurteil des Wissenschaftlers sein. Natürlich würden sie auch die Königin vorstellen müssen. Ellie war sich nicht sicher, wie dieses Treffen verlaufen würde, doch sie wusste, dass es auf jeden Fall einen fabelhaften Artikel hergeben würde.

Endlich erreichte sie den Sockel des Turms, der nicht allzu weit von der rechten Seite der Bühne entfernt war, und ihre Hoffnung schwand. Erstaunlicherweise hatte sich niemand an den Turm gelehnt oder versucht, ihn auseinanderzunehmen, weil er hoffte, die Einzelteile verkaufen zu können. Als sie näher kam, erkannte sie den Grund dafür. Die kleinere Maschine im Lagerhaus hatte ein unangenehmes Brummen erzeugt, doch dieses Ding hier war viel stärker. Sein Geräusch war kaum lauter, doch es schien ihre Knochen auf grauenhaften Frequenzen vibrieren zu lassen, und ihr Magen geriet fürchterlich in Aufruhr, wann immer sie sich der Maschine näherte. Sie hätte diese Unannehmlichkeiten ertragen, um das Ding zu zerstören, doch leider erwies sich das als unmöglich.

Die Maschine im Lagerhaus war nicht nur kleiner, sondern auch ungeschützt gewesen. Dieser Apparat stand sicher in einem zylinderförmigen Käfig aus schwarzem Schmiedeeisen. Das Metall war kunstvoll mit astronomischen Motiven gestaltet, mit Kometen, Sternschnuppen, Planeten, Sonnen und dem Mond in all seinen Phasen. In dem metallenen Käfig konnte sie Kristalle funkeln und Messing glänzen sehen. Sehr hübsch und sehr sicher. Das Ganze musste von einer Gruppe Arbeiter errichtet worden sein, die mit Seilen und Flaschenzügen gearbeitet hatten. Der Turm hatte keinen allzu großen Durchmesser. Sie hätte ihn zwar nicht umfassen können, Big Ben allerdings schon, gerade so. Dafür war er recht hoch, fast fünf Meter. Ellie lehnte sich mit der Schulter gegen den Turm, in der Hoffnung, dass sein Gewicht und seine relative Schlankheit ihn aus dem Gleichgewicht bringen würden, sodass man ihn leicht umstürzen konnte. Doch wie sehr sie auch drückte, er schwankte nicht einmal. Er war zu fest in der Erde verankert. Vielleicht würde er nachgeben, wenn ein halbes Dutzend Menschen sich dagegen stemmten, doch allein hatte Ellie keine Chance, ihn umzuwerfen. Im Hintergrund dröhnte noch immer Oswalds leiernde Stimme, während sie grübelte und sich grämte. Sie war sicher, dass sie sein Geschwätz später in ihren Albträumen hören würde.

Sie zögerte, unschlüssig, was sie nun tun sollte. Sollte sie sich wieder einen Weg um die Menschenmenge herum bahnen und versuchen, Pimm zu finden? Oder war es besser, die Königin und Ben zu suchen? Wenn Oswald sie sah, würde er wutentbrannt sein, doch er konnte nicht viel dagegen tun, solange er seine Ausstellung leitete. Sie wich vor dem schrecklichen Brummen der Maschine zurück, denn selbst ohne das Surren im Kopf fiel ihr das Nachdenken schwer.

Einen Augenblick später kam auf der Straße, die an das nördliche Parkende grenzte, eine Kutsche zum Stehen. Ellie kniff die Augen zusammen. Sie sah eine Frau aus der Kutsche steigen, ohne auch nur abzuwarten, dass der Kutscher ihr den Schlag öffnete, und sie wusste, es musste Winnie sein. Ellie raffte ihre Röcke und rannte über den Rasen auf ihre Freundin zu. Winnie war gerade dabei, den Kutscher anzuweisen, einige Gegenstände aus der Kutsche zu heben. Doch sie blickte sich um, sah Ellie und winkte ihr zu. „Komm her!", rief sie. „Allein kann ich das nicht alles tragen!"

Ellie erreichte die Kutsche, sah die Gegenstände, die auf dem Boden lagen, und war ebenso verwirrt wie der blinzelnde junge Kutscher. Die Batterien, die sie im Lagerhaus erbeutet hatten, waren da, doch Winnie hatte Lederriemen daran befestigt. Daneben lag ein Paar Degen, von deren Griffen lange Drähte hingen. „Winnie, was ist das?"

„Das sind Waffen, meine Liebe. Du kann jetzt allerdings nicht länger Queequeg sein. Wie fändest du es, stattdessen D'Artagnan zu werden?"

„Wurde er nicht von einem alten Mann und seinen Kumpanen schrecklich verprügelt? Nur mit Holzstäben?"

„Ich hatte eher seine überragenden Darbietungen der Fechtkunst im Sinn", meinte Winnie. „Versuch einfach, alten Männern mit Stöcken aus dem Weg zu gehen."

„Ich kann kein Schwert führen", wandte Ellie ein.

Winnie warf einen Blick auf den Kutscher, der wie zu erwarten ihrem Gespräch entgeistert folgte, dann reichte sie ihm einige Münzen. Er wandte sich ab und ging zu seinen Pferden, wobei er vor sich hin murmelte.

„Hattest du heute Nachmittag etwa Erfahrung mit Harpunen? Ich erwarte nicht, dass du ein Duell gewinnst, liebe Ellie. Wenn du einem der Monster begegnest, stich einfach den Degen hinein, wie eine Nadel in ein Nadelkissen. Die Elektrizität besorgt dann den Rest."

„Elektrizität?", fragte Ellie, obwohl es bei näherem Nachdenken wirklich offensichtlich war.

„Selbstverständlich. Wir haben doch gesehen, wie wirkungsvoll ein aufgestauter Blitz gegen diese Geschöpfe ist." Winnie klemmte die Drähte, die von einem der Degen baumelten, an ein Paar Bolzen an einer der Urnen. Dann schlüpfte sie mit dem Arm durch die Riemen der Batterie und schnallte sie sich fest auf den Rücken. Sie hielt den Degen in die Höhe, der an die Batterie angeschlossen war, drückte einen Knopf an dem hölzernen Griff, und von der Degenspitze sprang ein Funke. „Achte darauf, das Metall nicht mit bloßen Händen anzufassen, ja? Diese Degen können Schlimmeres anrichten als jemanden aufzuschlitzen." Sie ließ den Degen durch die Luft zischen und grinste. „Was gibt es Schöneres als den Geruch von Elektrizität am Abend?"

UNVERHOFFTE VERSTÄRKUNG

Pimm schlug mit der Faust gegen den Metallkäfig, der die Maschine am Fluss umschloss, und fluchte. Es war unmöglich, dieses Ding umzustürzen, jedenfalls nicht ohne ein paar Zugpferde und starke Ketten. Oder zumindest einige starke Männer, die bereit waren, den Turm vor und zurück zu schaukeln, bis er sich aus der Erde löste. Er ließ die Maschine zurück und begab sich außer Reichweite dieses scheußlichen Surrens, das seinen Magen durcheinanderbrachte. Dann überlegte er, was er als Nächstes tun sollte.

Teufel nochmal, er würde Oswald wohl tatsächlich auf der Bühne zur Rede stellen müssen. Eine öffentliche Anklage konnte Wunder wirken, und es wäre ihm ein Vergnügen gewesen, Oswalds Geschwafel zu unterbrechen. Aber der Angriff konnte leicht misslingen, wenn der Mann Wachen bei sich hatte. Dennoch, wenn es ihnen nicht möglich war, die Türme zu zerstören, konnten sie das bevorstehende Blutbad nur verhindern, indem sie die Ausstellung unterbrachen, bevor Oswald die Bestien von der anderen Seite der Sterne entfesselte.

Er begann, sich einen Weg zur Bühne zu bahnen, wo Oswald gerade über die Wunderwerke sprach, die er ausstellen wollte. „Ich behaupte nicht, dass meine Weltausstellung der Großen Ausstellung ebenbürtig ist, jenem fantastischen Ereignis, das der nun leider in Ungnade gefallene Prinz Albert veranstaltet hat. Dennoch, wenn ihr bedenkt, dass alle Schöpfungen, die in dieser Ausstellung gezeigt werden, dem Geist eines einzigen Manns entsprungen sind, so hoffe ich, dass ihr angemessen beeindruckt sein werdet. Doch ich hätte diese Wunder nicht ohne die Unterstützung meiner in jeder Hinsicht teuersten Freundin erschaffen können, die diesem bescheidenen Untertan ihre Gunst gewährte. Gnädigerweise wird sie heute Abend unter uns weilen. Darf ich euch eure Königin vorstellen, Victoria Regina!"

Das Publikum wusste, wann es zu klatschen hatte, und tat es auch mit donnerndem Applaus, als Königin Victoria – oder zumindest eine überzeugende Nachbildung – vorn auf die Bühne trat. Sie trug ein aufwendiges weißes Kleid und auf ihrem Kopf eine goldene Krone. Jetzt sah Pimm auch die Wachen, die zusammen mit der Königin erschienen waren und sich diskret im Hintergrund der Bühne hielten. Oswald riss ein Tuch von einem verhüllten Gegenstand und brachte einen Stuhl mit hoher Lehne zum Vorschein. Er war mit den gleichen astronomischen Symbolen verziert wie der Käfig, der die Maschine umgab, jedoch in Gold statt in schwarzem Eisen.

Die Königin winkte in die Menge, nach Pimms Meinung nicht mechanischer, als sie das bei anderen öffentlichen Auftritten getan hatte, setzte sich dann auf den Thron und sah zu Oswald. Vermutlich trug ihr Gesicht einen Ausdruck verzückter Achtsamkeit und Erwartung, obwohl es aus der Entfernung nur ein verschwommener Fleck war. Die Gegenwart einer falschen Königin auf dem Thron vereitelte jedoch höchstwahrscheinlich seinen Plan, sich auf die Bühne zu drängen. Ihre Wachen würden ihn ergreifen, ehe er auch nur zu einer Anklage ansetzen konnte.

„Wenn Ihre Majestät gestattet, werde ich fortfahren", donnerte Oswald durch seinen Lautsprecher. „Ja, meine Freunde, ich habe Wunderwerke geschaffen, um euer Leben zu verbessern und eure Tage mit Freude zu erfüllen. Aber ich denke, dass ich die Gelegenheit nutzen und euch vor gewissen Gefahren warnen muss, die ich bei meinen jüngsten Studien des Himmels entdeckt habe. Seht hinauf, meine Freunde, und erblickt die seltsamen Lichter, die die Zeitungen die ‚Aurora Britannica' genannt haben." Ein Großteil der Menschenmenge legte gehorsam den Kopf in den Nacken, und Pimm tat es ihnen gleich. Die Abenddämmerung war hereingebrochen und der Himmel von den Streifen der Aurora erleuchtet, die in den Farben von Juwelen über ihnen waberten und schimmerten. „Diese Störungen der Atmosphäre kündigen möglicherweise eine größere Gefahr an", meinte Oswald mit feierlichem Ernst. „Mit meinem großen Teleskop habe ich seltsame Bewegungen auf der Oberfläche des Planeten Mars beobachtet. Ich fürchte, dass die mysteriösen Bewohner dieses roten Planeten sich derzeit einem gigantischen Bauvorhaben widmen, ganz wie auch unsere eigene Nation in Kriegszeiten eine Flotte bauen würde. Könnten die Veränderungen, die wir an unserem Himmel sehen, Teil eines großen Plans sein, den diese fremden Wesen verfolgen? Sind diese Lichter ein fehlgeleiteter Versuch, mit uns zu kommunizieren? Oder dienen sie gar dazu, ihre Ankunft an unseren Ufern vorzubereiten?"

Die Menge raunte erschrocken – und mancher auch mit gesundem Unglauben, wie Pimm bemerkte. Er selbst musste dem Drang widerstehen, laut „Humbug!" zu rufen.

Oswald nickte, während er auf der Bühne auf und ab lief wie ein Priester, der sich immer mehr für seine Predigt begeistert. „Oh ja. Jenseits des Himmels gibt es Leben, seltsames Leben. Es wird euch verstören, zu erfahren, dass diese Wesen uns schon einmal besucht haben. Sie kamen vereinzelt, nur eines oder zwei auf einmal, nicht unähnlich den Spähern einer anrückenden Streitmacht. Ich weiß es, denn ich habe sie gefangen." Er wies auf den hinteren Bereich der Bühne, und eine helle alchemistische Lampe schien auf ein Paar Männer herab, die einen riesigen Glasbehälter nach vorn rollten.

Viele Menschen schrien auf, einige Damen fielen in Ohnmacht. Unter den wenigen Regierungsbeamten in ihrem erhöhten Sitzbereich herrschte Aufregung. „Fürchtet euch nicht!", rief Oswald. Seine dröhnende Stimme war so kraftvoll, dass die Menge ihm bemerkenswerterweise zu gehorchen schien, zumindest der Teil von ihnen, der bei Bewusstsein geblieben war. „Das Geschöpf ist in sicherem Gewahrsam."

Das Geschöpf ähnelte weitgehend dem, das Pimm im Lagerhaus bekämpft hatte, obwohl es wesentlich kleiner war, etwa so groß wie eine Kuh und nicht wie ein Elefant. Es hatte eine ekelhaft gelbliche Farbe, und neben den Tentakeln wies es knöcherne Ausbuchtungen auf, die wie die Schnäbel von Raubvögeln aussahen. Das Geschöpf schlug wie rasend mit seinen Tentakeln gegen die gläsernen Wände des Behälters und versuchte, alles und jeden anzugreifen. Oswalds gewaltige Stimme musste es in den Wahnsinn getrieben haben, weil sie aus allen Richtungen zu kommen schien. Oswald klopfte mit der Faust gegen den Behälter. „Ich habe Methoden entwickelt, um diese Geschöpfe zu töten, obwohl sie erschreckend widerstandsfähig sind."

Ein Ruf erklang aus der Menge, Pimm verstand nur das Wort „Fluss". Oswald schien es ebenfalls gehört zu haben. Er nickte. „Ja! Ja, bei den seltsamen Geschöpfe, die in den letzten Monaten in der Themse gesichtet wurden, handelt es sich höchstwahrscheinlich um weitere Späher vom Mars. Sie könnten die Vorhut einer Expedition sein – oder einer Invasion. Meine Kollegen drängten mich, diese Entdeckungen geheim zu halten oder allenfalls eine private Vorführung für einige Mitglieder der Königlichen Gesellschaft zu geben. Doch ich bin überzeugt, dass das Volk unseres großen Reiches verdient hat, zu wissen, welchen Gefahren wir entgegensehen. Eure Königin teilt meine Überzeugung. Uns steht die Macht der Technik zur Verfügung, und wir können unsere Stadt vor jeder Bedrohung schützen, mag sie auch noch so schrecklich sein. Die meisten Wunderwerke, die ich heute Nacht enthüllen muss, sind Waffen, mit denen man diese Bestien zerstören kann. Man kann sie sogar beherrschen, sodass die Eindringlinge selbst zu Waffen werden, die unserer Seite dienen. Wenn diese Wesen aus dem All wirklich versuchen, in unsere Welt einzufallen, werden sie feststellen, dass wir einem Pack zappelnder Bestien mehr als gewachsen sind. Gott schütze die Königin, und Gott schütze England!“

Die Menge jubelte, allerdings etwas unsicher. Wer konnte ihnen das schon verübeln? Oswald war kein allzu begnadeter Redner, und das Thema war in höchstem Maße verwirrend. Die Leute waren gekommen, um Blitze und schwebende Männer zu sehen. Stattdessen hatte man ihnen ein Monster in einem Glas vorgeführt und ihnen verrückte Geschichten über eine Invasion von einem benachbarten Planeten erzählt. Möglicherweise war es doch nicht so einfach, die Bewohner Londons durch ihre Furcht zu lenken, wie Oswald geglaubt hatte.

Einer von Oswalds Bühnenhelfern führte an einem Strick eine Ziege heran. „Doch täuscht euch nicht“, sagte Oswald. „Diese Geschöpfe sind wild und grausam. Der Geruch von frischem Blut treibt sie in einen mörderischen Rausch. Um euch schützen zu können, müsst ihr das Ausmaß der Bedrohung verstehen, die euch bevorsteht. Gestattet, dass ich sie euch vorführe.“ Der Bühnenhelfer reichte Oswald einen Gehstock, und Pimm runzelte die Stirn. Hatte der Mann etwa vor, die Ziege tot zu prügeln und sie dann an das Ding im Behälter verfüttern? So etwas nannte man wohl Bühnentalent, dachte Pimm.

Doch in dem Stock war ein Schwert verborgen. Oswald zog die Klinge heraus und warf die Scheide weg. Ehe Pimm protestieren konnte – nicht dass es etwas gebracht hätte – hatte Oswald die Klinge gegen den Hals der Ziege geschwungen, sodass ein Strahl von Blut über die Bühne spritzte und ihr Kopf in die Menge rollte.

Das Geschöpf im Glaskasten tobte wirklich, wenn auch nicht unbedingt mehr als zuvor. Ein schreckliches, surrendes Geräusch hob an, wesentlich lauter als das ähnliche Geräusch, das sie zuvor im Lagerhaus gehört hatten. Wind kam auf, begann durch den Park zu fegen und ließ Oswalds Jacke wild flattern. Dieser hob die Arme über den Kopf und brüllte, ein Laut, der selbst die Schreie der Menschen im Park übertönte, von denen die meisten nun in Panik weglaufen wollten. „Habt keine Angst!“, rief Oswald. „Das ist die atmosphärische Störung, die das Erscheinen dieser Geschöpfe ankündigt. Vielleicht sind sie gekommen, um diesen Gefangenen hier zurückzuholen! Sei's drum. Wir werden ihnen zeigen, wie mächtig wir sind! Wir werden sie zurückdrängen! Wir ...“

Pimm sah fasziniert und entsetzt zu, wie sich im Himmel über der Bühne ein Spalt auftat, als sei die Abendluft ein Stück Stoff, das auseinandergerissen wurde. Der Raum jenseits des Risses erschien in einem grausigen Schwarz-Violett. Dann kroch aus dem Schlitz ein blassgrüner Tentakel und schlängelte sich herab wie eine Wurzel, die sich in die Erde vortastet. Oswald sah den Tentakel nicht, und die Menschen, die darauf zeigten und ihm Warnungen zuriefen, machten keinen Eindruck auf ihn. Vermutlich dachte er, dass sie noch immer auf die Bestie zeigten, die sich neben ihm in dem Behälter auf der Bühne befand und merkwürdig ruhig geworden war, als ob sie ihre Rettung erwartete.

Der Tentakel, mittlerweile gute fünfzehn Meter lang und am Ansatz dick wie ein Baumstamm, während die Spitze sich etwa auf den Durchmesser eines Kinderarms verjüngte, streckte sich hinab und wickelte sich um Oswald, sodass er die Arme nicht mehr bewegen konnte. Der Wissenschaftler ließ das Gerät fallen, das seine Stimme verstärkt hatte. Als der Tentakel ihn in die Luft hob, war sein Schrei trotzdem so laut, dass ihn jeder hören konnte. Er strampelte und versuchte, sich zu befreien, doch natürlich war er der Kraft des Tentakels nicht gewachsen. Der entsetzliche Arm zog sich wieder in den Himmelsriss zurück und nahm Oswald mit. Seine Schreie brachen plötzlich ab.

Ein roter Regen prasselte aus dem Loch im Himmel. Ein kleiner Blutregen, nur ein Schauer, wenn man so wollte. Er bespritzte die falsche Königin, die auf der Bühne saß und sich diese Ereignisse mit der Gelassenheit ansah, die man von einer Maschine erwartet hätte. Ihre Wachen versuchten, sie hochzuziehen, um sie eiligst in Sicherheit zu bringen, doch sie erwies sich als unbeweglich. Die Automaten hatten Knochen aus Metall und waren wahrscheinlich sehr viel stärker und schwerer als Menschen, dachte Pimm. Die mechanische Königin machte keinerlei Anstalten, irgendetwas anderes zu tun als auf ihrem Thron zu sitzen und zuzuschauen, wie im Park der Wahnsinn um sich griff.

Pimm hatte gehofft, dass Oswalds Tod dem Schrecken ein Ende setzen würde, doch natürlich hatten die Geschöpfe nicht die Absicht, an einem weit geöffneten Tor vorbeizuziehen. Es spielte keine Rolle, ob das, was Carrington über die Ziele und Beweggründe dieser Geschöpfe erzählt hatte, die Wahrheit war. Sie waren zweifellos eine ernstzunehmende Bedrohung.

Während Pimm zusah, fielen vor der Bühne drei der elefantengroßen Geschöpfe aus der Luft. Sie nahmen Gestalt an wie ein ganz besonders ekelhafter Nebel. Jedes von ihnen sah anders aus. Eines erschien als ein halbes Dutzend kugelförmiger Hautbeutel, die aussahen wie riesige Fischeier und mit Knochenspeichen verbunden waren. Entsetzt sah er zu, wie es eine verletzte Frau überrollte und sie irgendwie in eine der durchscheinenden Kugeln seines Körpers aufnahm. Pimm konnte die Frau sehen, wie sie in der Blase gefangen war und mit den Fäusten gegen den Hautbeutel schlug. Ihr Mund war zu einem Schrei geöffnet, aber er konnte nichts hören.

Das andere Monster sah aus wie eine große Blutwurst, die nur aus Mündern bestand. Er hatte einmal gelesen, dass die Engel der Mohammedaner furchterregende Kreaturen seien, von denen jede siebzigtausend Gesichter hatte, und jedes dieser Gesichter siebzigtausend Münder, und jeder Mund siebzigtausend Zungen. Dieses Geschöpf war mit nicht ganz so vielen überzähligen Mündern gesegnet, doch es besaß gewiss mehrere hundert, die reihenweise winzige, dreieckige Zähne zeigten. Den Mündern entsprangen Dutzende lange, schmale, zungenartige Fleischlappen, die wild zuckten und sich um jeden wickelten, den sie finden konnten, um ihn in die gierigen, geifernden Schlünde zu ziehen.

Die dritte Bestie ähnelte einer Schnecke, die ihr Haus verloren hatte, doch während Schnecken nur zwei Augenstiele hatten, hatte diese Dutzende. Nur einige der Stiele waren mit Augen besetzt, andere endeten in Scheren oder gezackten Mundwerkzeugen. Manche waren geformt wie fleischige Blumen oder wie nässende Körperöffnungen, die unbekannten Zwecken dienten. Beim Gleiten hinterließ die Bestie eine Spur aus dickflüssiger, klarer Schmiere, die das Gras schwarz verfärbte und zum Rauchen brachte.

Ein Großteil der Menschenmenge war schon von der Bühne weggelaufen, ehe die Dinger erschienen waren, doch diejenigen, die in der Massenpanik umgerannt oder verletzt worden waren, fielen den Geschöpfen leicht zum Opfer. Die furchtbare Maschine in Pimms Rücken brummte noch immer. Wie lange würde das Portal offen bleiben? Wie viele Geschöpfe würden noch erscheinen? Allein ihr Anblick genügte, seinen Kopf zu verwirren, und verzweifelt wünschte er sich einen Drink herbei. Zehn Drinks. Alle Drinks der Welt. Doch er musste handeln. Irgendwie.

Ellie war es offenbar auch nicht gelungen, eine der Maschinen abzuschalten. Hatte sie sich in Sicherheit bringen können? Beschützte Ben die Königin? Wo blieb Freddy? Hatte sie Waffen mitgebracht? Pimm könnte jetzt eine Waffe gebrauchen.

Er duckte sich und hastete quer durch den Park, auf einem Weg, der seitlich an den tobenden Teufelswesen vorbeiführte. Er wollte seine Gefährten finden, doch er hielt inne, als er eine Gruppe Gestalten entdeckte, die sich vom Fluss her näherten. Die Art, wie der Anführer sich bewegte, indem er sich stark auf das eine Bein stützte, hatte etwas Vertrautes. Der Mann überragte die anderen Menschen, die sich hinter ihm drängten.

„Adams?", fragte sich Pimm. Es war unverkennbar der riesige Anatom, hinter ihm eine wogende Masse, die ihm den Rücken stärkte. Pimm eilte auf den Mann zu, in der Hoffnung, dass sein scharfer Verstand irgendeinen Einfall brächte, wie man die Maschinen zerstören oder die Bestien bekämpfen konnte. „Adams!"

Der Riese sah zu ihm hinüber, das Gesicht hinter einer weißen Maske verborgen, und hob eine Hand zum Gruß. Die Leute hinter ihm kamen schwankend zum Stehen. Als Pimm näher kam, verlangsamte er seinen Schritt. Es waren Frauen, dachte er, doch sie waren kahlköpfig, in Lumpen gekleidet, und ihre Gesichter waren zu lebhaften Grimassen verzogen, die nur Zähne und Geifer und hungrige Wildheit zeigten. „Adams?", meinte Pimm schwach.

„Lord Pembroke", sagte Adams. „Welch angenehme Überraschung. Ich bin gekommen, um Sir Bertrams Ausstellung zu ruinieren, indem ich im Publikum wüte. Doch ich sehe, dass das kaum mehr nötig ist. Sir Bertram hat wirklich sehr viele Pläne geschmiedet, nicht wahr? Ich hatte keine Ahnung, dass er vorhatte, solche Monster herbeizurufen. Im Vergleich dazu komme ich mir ja fast menschlich vor."

„Adams!", rief Pimm. „Hören Sie. Diese Monster waren Teil von Oswalds Plan, die Stadt so einzuschüchtern, dass sie ihm gehorcht, aber er konnte die Bestien nicht beherrschen. Nun haben sie ihn getötet, und die ganze Stadt ist in Gefahr!"

„Ja“, meinte Adams. „Ich sehe, dass Sie recht haben. Trotzdem muss ich fragen: Was hat das alles mit mir zu tun?“

Pimm starrte ihn mit offenem Mund an. Kurz darauf zuckte Adams die Achseln, wandte sich ab und begann, wieder zurück zur Serpentine zu trotten. Seine fauchende, spuckende Leibgarde folgte ihm.

Siegreiche Schwerter

„Geschieht ihm recht", meinte Winnie und sah hinauf zu dem zerrissenen Stück Himmel, wo Oswald verschwunden war. „Aber was für eine schreckliche Art zu sterben." Sie befanden sich noch immer in der Nähe der eisenummantelten Maschine. Sie waren den in Panik flüchtenden Menschen ausgewichen und konnten zusehen, wie einige bekannte Regierungsmitglieder von ihren erhöhten Sitzen heruntersprangen und an ihnen vorbeirannten, so schnell ihre behäbigen Körper es erlaubten. Die schwitzenden, in Angst und Schrecken versetzten Männer mit den roten Köpfen sahen aus wie ihre eigenen Karikaturen im „Punch", dachte Ellie.

„Da sind noch mehr von den Geschöpfen, Winnie." Ellie wies mit dem Degen darauf, wobei sie achtgab, nicht den Knopf zu drücken, der Strom durch die Klinge schickte. „Zwei, nein, drei. Sie sind abscheulich."

„Es werden auch noch viele weitere folgen, daran habe ich keinen Zweifel." Winnie seufzte und hieb mit ihrem Degen durch die Luft. „Ich hoffe, Pimm kümmert sich gerade darum, die Maschinen zu sabotieren, denn ich kann nicht erkennen, wie wir bei dieser hier viel ausrichten sollen. Aber wir können etwas gegen die Bestien unternehmen, wenn wir den Mut haben."

„Ich glaube, es hat weniger mit Mut als mit bloßer Notwendigkeit zu tun. Wenn wir uns nicht den Monstern in den Weg stellen, wer dann?" Ellie dachte an ihren Verlobten, an dessen Gesicht sie sich kaum noch erinnern konnte. Er war damals von einer Maschine in Elefantengestalt zerquetscht worden. Nun würde sie selbst einem Ding entgegentreten, das die Größe eines Elefanten hatte, doch eine wesentlich eigenartigere Form.

„Winnie", setzte Ellie an, „wenn wir sterben sollten, möchte ich, dass du eines weißt. Du bist mir in der kurzen Zeit unserer Bekanntschaft eine großartige ..."

„Nein, nein." Winnie schüttelte heftig den Kopf, sodass ihre blonden Löckchen flogen. „Vom Mann zur Frau zu werden, hat zwar die meisten meiner alten Ansichten bezüglich der Unterschiede zwischen den Geschlechtern auf den Kopf gestellt. Aber wenn man einem Kampf entgegenblickt, halte ich es für das Beste, etwas Mitreißendes, weniger Rührseliges zu wählen. Deshalb lass mich einen großen Dichter zitieren, der zufällig ein Mann war: ‚Von diesem Tage an bis zum Ende der Welt soll man unsrer gedenken – wir Wenigen, glücklichen Wenigen, wir Trupp von Schwestern; denn sie, die heut' ihr Blut mit mir vergießt, soll meine Schwester sein.'"

„Ich glaube kaum, dass es der Dichter genau so geschrieben hat", sagte Ellie.

Winnie zurrte die Riemen ihrer Batterie fest. „Er hat auf der Bühne ein Kleid getragen und ein Mädchen gespielt, nicht wahr? Er wird es schon aushalten, wenn man ein wenig von seinen ursprünglichen Pronomen abweicht. Also, Schwester? Wollen wir?"

„Dann lass uns Verderben bringen", meinte Ellie, „und die Kriegshunde von der Leine lassen."

„Du meinst sicher ‚Hündinnen'." Winnie grinste, und zusammen schritten sie auf die nächste Bestie zu, während die Degen in ihren Händen knisterten und Funken sprühten.

Winnie ging nach rechts und Ellie nach links, als das große, schneckenartige Ding seine grässlichen Fühler nach ihr ausstreckte. Ellie schwang den Degen in einem Bogen und hackte den nächsten Fühler ab. Wie eine Schildkröte, die die Glieder in ihren Panzer zieht, zog das Geschöpf all seine forschenden Fühler ein. Sie tänzelte nach vorn, streckte den Arm aus und stieß dem Ding die Degenspitze in die glitschige, graue Seite. Dann drückte sie den Schalter am Griff. Das Schwert zitterte in ihrer Hand und ließ sie prickeln, danach brachen die Fühler des Geschöpfes wieder hervor und Rauch strömte aus ihren Enden, während sein ganzer grässlicher Körper bebte wie ein Wackelpudding.

Ellie schaltete ihr Schwert ab, und als sie hinunterschielte, sah sie ein menschliches Bein, das unter dem Monster hervorschaute, der Fuß mit einem zerfetzten Stiefel bekleidet. Der Gestank des brutzelnden, verfaulten Fleischs erfüllte ihre Nase. Sie überlegte, ob sie sich übergeben sollte. Ihrem Magen würde es vielleicht gut tun, zumindest für eine Weile, doch letztlich hatte sie dafür keine Zeit. Das große Kugelmonster torkelte in ihre Richtung und wälzte sich auf seiner grotesken Anordnung von Säcken vorwärts. Winnie schoss bereits darauf zu und schlug nach den eiförmigen Kugeln. Eine klare Flüssigkeit ergoss sich in großen Strömen aus den Löchern, die sie geschlagen hatte, und die Menschen, die das Ding verzehrt hatte, glitten ebenfalls aus den Öffnungen. Einige von ihnen husteten, spuckten und zitterten, doch die meisten waren bereits tot.

Ellie schloss sich ihr an und versuchte, die aufgesaugten Opfer zu befreien, bis das Biest schließlich nur noch eine erlahmte Masse zerstörter Beutel war. Dann setzte sie es unter Strom und schickte es in seinen brutzelnden Tod.

Winnie trat jubelnd neben sie, das Haar zerzaust und verschwitzt, die Augen leuchtend und lebhaft. Ihre Wangen waren hektisch gerötet. „Sie haben keine Chance gegen uns!“, rief sie. „Jedenfalls nicht, bis die Batterien leer sind!“

Doch als sie innehielten, um Atem zu holen, tauchten zwei weitere Geschöpfe auf. Sie schienen aus dem Schatten zu kommen, dabei gab es keinen Schatten. Eines von ihnen war eine Masse von Schläuchen, die sich schlängelten, oder vielleicht auch ein Nest von lebenden roten Schlangen. Sein Körper wand sich in ständiger Bewegung. Das andere glich einer gewaltigen gelben Qualle, aus der sich Tentakel ringelten. Sie gabelten und verzweigten sich in wild um sich schlagende Peitschen, wie ein Haufen neunschwänziger Katzen. Weitere Formen schimmerten in der Luft, Monster, die im Begriff waren, sich zu manifestieren.

„Pimm sollte zusehen, dass er bald die Maschinen zerstört", meinte Winnie grimmig. Ehe Ellie etwas entgegnen konnte, war sie schon weitergegangen, um die neuen Monster zu bekämpfen.

✠ ✠ ✠

„Sie müssen mir helfen!", rief Pimm und jagte Adams nach. „Wenn nicht für mich, dann für England!"

„Ich bin kein Engländer", erwiderte Adams.

„Dann um der Menschlichkeit willen!"

„Ich bin kein Mensch."

Das machte Pimm stutzig, doch er gab nicht auf. „Verdammt, Adams, dann helfen Sie mir für die Liebe!"

Adams blieb auf seinem Weg zum Fluss stehen und neigte den Kopf. Dann wandte er sich um und betrachtete Pimm. „Liebe? Sie erzählen mir von Liebe?"

„Ja, verdammt nochmal! Die Frau, die ich liebe, ist irgendwo da draußen in diesem Getümmel, Adams. Sie haben zu mir gesagt, dass Liebe das Einzige sei, das Ihnen etwas bedeutet, deshalb frage ich Sie als Mann. Es ist mir gleich, ob Sie ein Mensch oder ein Troll oder ein olympischer Gott sind, sie sind trotzdem ein Mann. Helfen Sie mir, die Frau zu retten, die ich liebe?"

Adams starrte ihn einen Augenblick lang an. „Ich müsste dann wohl Hephaistos sein“, meinte er schließlich. „Von allen Göttern des Olymps, meine ich. Ich habe ein Hinkebein, und ich kann recht gut Metall verarbeiten. Hephaistos war mit Aphrodite, der Göttin der Liebe, verheiratet. Aber Sie, Lord Pembroke, Sie lieben Ihre Ehefrau nicht, und versuchen Sie nicht, mir etwas anderes weiszumachen.“

„Wissen Sie es etwa nicht?“, fragte Pimm. „Meine Frau ist in Wirklichkeit mein ältester und liebster Freund, Freddy. Er wurde durch Morbus Konstantin in eine Frau verwandelt, deshalb hat er den Namen Winifred angenommen. Ich habe sie geheiratet, damit sie nicht allein und verlassen auf der Straße landete. Ich dachte, Sie wüssten das, Abel Value hat mich damit erpresst. Sie waren doch derjenige, der die Tests durchgeführt hat, die zeigten, dass Winnie und Freddy dieselbe Person sind.“

Adams nickte langsam. „Die Haarproben? Aha. Nein, ich wurde lediglich aufgefordert, den Test durchzuführen. Der Grund wurde mir nicht mitgeteilt, und ich erfuhr nicht, von wem die Proben stammten. Value hat mich nicht in seine Pläne eingeweiht, wir waren keine Vertrauten. Doch wer ist dann die Frau, die Sie zu lieben behaupten, Lord Pembroke?“

Dieses Gespräch machte ihn wahnsinnig, und es hatte etwas Surreales, mit all den Schreien und Kampfgeräuschen, die Pimm nicht weit hinter ihnen hörte. „Ihr Name ist Ellie“, sagte er. „Ellie Skye. Sie ist Journalistin. Sie ist mutig. Sie ist – sie ist – ach, zum Teufel, sie ist die, die schreiben kann, nicht ich. Ich habe nicht ihre Wortgewandtheit. Das ist einer der Gründe, weshalb ich sie liebe.“

„Sie lieben eine Frau, die Sie nicht heiraten können“, meinte Adams, als spräche er mit sich selbst. „Weil Sie sich entschieden haben, eine andere zu heiraten. Es ist eine zum Scheitern verurteilte, unerwiderte Liebe. Ich verstehe. Ja. Also gut, Lord Pembroke, ich helfe Ihnen. Was soll ich tun?“

Pimm schwindelte es vor Erleichterung. „Dieses Gerät dort drüben in dem eisernen Käfig. Wir müssen es zerstören, oder es werden weiterhin Monster erscheinen."

„Mmm. In Ordnung. Die Bestien selbst müssen ebenfalls erledigt werden, nehme ich an."

„Elektrizität hat sich dabei als wirkungsvoll erwiesen", setzte Pimm an.

Adams winkte ab. „Ich habe leider meine Batterien zu Hause gelassen. Doch diese armen Seelen, die ich mitgebracht habe, fressen liebend gern Fleisch. Eigentlich sollten sie Oswalds Untergang sein, doch es kümmert sie wenig, woher das Fleisch stammt. Sie können auch keinen Schmerz empfinden. Die Bestien scheinen aus Fleisch und Blut zu sein, so sonderbar ihr Fleisch auch sein mag. Ich bin sicher, dass diese Monster den Hunger meiner Ehrengarde stillen können." Adams zog ein kleines, viereckiges Gerät aus der Tasche und fing an, Hebel und Schalter zu bewegen.

Die Herde zerlumpter Geschöpfe in seinem Rücken strömte vor und hetzte an Pimm vorbei. Sie nahm ihren Gestank nach rohem Fleisch, Blut und ungewaschener Haut mit sich, der ihm die Tränen in die Augen getrieben hatte. Pimm sah zu, wie sie eine aufgewühlte Masse roter Schlangen in der Nähe der Bühne angriffen. Die Masse wölbte einen Teil ihres Tentakelkörpers, um sie zu zerquetschen, doch die Ehrengarde stand unermüdlich wieder auf. Die Frauen begannen, in die Tentakel zu beißen, daran zu reißen und sich mit ihren Krallen zum Körper der Bestie durchzukämpfen, sichtlich entschlossen, ihn zu verschlingen. Pimm runzelte die Stirn. Auf dem Rasen waren noch andere Gestalten zu sehen, die um eines der Monster herum jagten. War das etwa Freddy? Mit einem Schwert?

„Sie waren tot, als man sie zu mir brachte", sagte Adams und zwang Pimm damit, ihm wieder seine Aufmerksamkeit zu widmen. „Ich hatte gehofft, ihnen das wahre Leben wiederzugeben, doch es ist mir nicht gelungen. Ich habe stets versagt. Bis auf ein einziges Mal."

„Sie meinen das Gehirn im Glas?", fragte Pimm. „Margaret?"

Adams nickte. „Ja. Ich habe ihren Geist gerettet und ihr einen neuen Körper gegeben, stark und schön. Doch ich habe sie verängstigt. Sie ist davongelaufen."

„Das tut mir schrecklich leid, Adams." Pimm wollte ihm ins Ohr brüllen, ihm sagen, dass sie die Maschine zertrümmern mussten. Nicht weit vom Fluss entfernt war ein weiteres Geschöpf aufgetaucht, das größte Ähnlichkeit mit einem Stück Darm hatte. Es war etwa so groß wie ein Omnibus und wogte auf sie zu. Doch Pimm spürte, dass dies ein heikler Moment war, und hielt den Mund.

„Ja, die Liebe", sagte Adams tief betrübt. „Das Einzige, wofür es sich zu leben lohnt. Selbst für eine zum Scheitern verurteilte Liebe. Nun gut. Ich konnte mich nicht an Oswald persönlich rächen, doch die Zerstörung seiner Maschinen könnte Rache genug sein. Zeigen Sie mir, welche ich zertrümmern soll. Ich kann besser zerstören als erschaffen, und diese Tatsache sollte ich begrüßen."

Pimm rannte am Fluss entlang vor der neuen Bestie weg, während Adams mit überraschender Geschwindigkeit neben ihm her lief. Das Hinken des Riesen war nicht besser geworden, doch es schien ihn in seinen Bewegungen nicht einzuschränken. Schon bald erreichten sie den Sockel des scheußlichen Turms.

Adams musterte die Maschine. „Ja, gut. Ich kann ihn niederreißen."

„Brauchen wir denn keine Pferde, weitere Männer, oder ..."

„Nein, nein. Ich habe die Angelegenheit gut im Griff." Adams trat näher an den Turm heran, stand am Sockel und neigte den Kopf. „Dieses Surren ..."

„Ja, fürchterlich, nicht wahr?", meinte Pimm. „Es lässt mich bis ins Mark vibrieren."

„Oh, ich finde es recht angenehm. Die Schwingungen eines Universums, das an der Schwelle zum Zerspringen steht. Das Geräusch schmeckt wie ein süßer, klebriger Kuchen. Wie wundervoll. Es tut mir leid, etwas zerstören zu müssen, das solche Empfindungen auslöst. Alsdann." Adams presste die Schulter gegen den Turm, stemmte die Füße in den Boden und schob.

„Das habe ich schon versucht", sagte Pimm, „es bringt nichts. Ich weiß, dass Sie größer und stärker sind als ich, doch ..."

Adams ächzte, spannte sich erneut an und schob weiter. Neigte der Turm sich etwa dem Fluss zu? Gewiss nicht. Niemand war so stark, niemand konnte so etwas schaffen.

Der Turm gab eindeutig nach, und als er zu kippen begann, kamen Schwung und Schwerkraft hinzu und taten das ihre. Adams trat zurück, als das Eisen und die Maschinerie im Innern umstürzten und der Turm mit einem Ende im Wasser der Serpentine aufschlug. Die Kristalle im Innern zerbrachen lautstark, und das surrende Geräusch verstummte. Der unnatürliche Wind, der durch den Park fegte, legte sich ebenfalls. Dann war fast alles wieder ruhig, wären da nicht noch die Monster gewesen und diejenigen, die sie bekämpften.

Pimm konnte die toten Frauen knurren hören, sie hatten sich um einen der gefallenen Kolosse geschart wie Hunde um einen Kadaver und stritten um jeden Bissen. Dann hörte er, wie Ellie mit glockenklarer Stimme rief: „En garde!" Ein Monster, das wie eine große Qualle aussah, wand sich und erschlaffte. Ja, das waren Ellie und Freddy, die Pimms alte Sportdegen führten und über den Kadaver des Monsters sprangen!

„Die Stimme Ihrer Dame?", fragte Adams lächelnd. „Mir scheint, sie und Ihre Frau haben die anderen Monster gut im Griff." Er drehte den Regler auf dem Gerät, das er in der Hand hielt, und die toten Frauen sackten zusammen und stürzten, wobei sie auf das tote Ding fielen, dessen Eingeweide sie verschlungen hatten. „Bitte sorgen Sie dafür, dass sie ein angemessenes Begräbnis erhalten, wären Sie so gut, Lord

Pembroke? Ein angemessenes Begräbnis ist so wichtig. Ich selbst habe Dutzende gehabt, und jedes Einzelne war mir ein großer Trost."

„Wie ist Ihnen dieser Kraftakt gelungen?", fragte Pimm und sah auf den umgestürzten Turm hinab. „Sie ..." Eigentlich wollte er fragen: Was sind Sie?

Adams schien das zu spüren. „Ich bin nur ein armseliges, zusammengeflicktes Etwas, Lord Pembroke. Weder Troll noch Olympier, obwohl mein Schöpfer sich für eine Art modernen Prometheus hielt. Ich besitze nur eine große Menge Muskeln, sehr viel mehr, als ich anfangs besaß. Ich neige dazu, mir noch mehr zu geben, wann immer ich anfange, mich hilflos und machtlos zu fühlen. Meine Knochen sind hier und da mit Metall verstärkt, damit sie die Belastung besser aushalten. Mein Blut ist nicht wie Ihr Blut. Ich bin stark. Zwar habe ich keine anderen guten Eigenschaften, doch es lässt sich nicht leugnen, dass ich stark bin." Er sah zum Fluss, wo die letzte der Bestien, das darmartige Ding, blind vorwärts wogte.

Diese Geschöpfe waren nicht allzu gefährlich, dachte Pimm, so lange es nicht zu viele waren und man auf ihren Angriff vorbereitet war. Doch das Monster, das durch den Riss im Himmel gegriffen hatte, um Oswald zu packen, war größer gewesen, sicher so groß wie ein Hochseeschiff. Wenn es sich auf die Erde begeben hätte ... Pimm schauderte. „Sie wollen dieses Monster nicht fangen oder dergleichen? Um es zu untersuchen?"

„Hmm? Oh nein. Ich wollte heute etwas töten. Diesen Turm umzukippen, hat meine Zerstörungswut nur angefacht. Diese Bestie wird sie nun stillen müssen." Der Riese hinkte auf das Monster zu. Als er ihm nahe kam, schlug das Ding mit einem halben Dutzend schleimiger Auswüchse nach ihm, die Gelenke wie Krebsbeine hatten und aus seiner glitschigen Haut ragten. Adam packte das nächstbeste der Körperteile, und Pimm sah mit Staunen, wie er es einfach abriss, ganz wie man einen Hähnchenschlegel abtrennt. Er schleuderte das Ding zum Fluss, dann streckte er den Arm aus, um ein weiteres abzureißen.

„Pimm!“, rief Winnie. „Pimm, komm schnell her, die Königin!“

Die Königin! Wie hatte er sie nur vergessen können?

Recht leicht, wenn man bedachte, was alles passiert war. Aber da sie nun doch nicht alle sterben würden, schien so etwas wie die Sicherheit des rechtmäßigen Monarchen wieder eine Rolle zu spielen. Pimm eilte durch den Park und machte einen Bogen um die Leichen der besonders unglückseligen Ausstellungsbesucher, um die toten Frauen und die Bestien. Manche der Monster waren schon dabei, sich in Schleim, Schlamm und Gelee aufzulösen. Alles in allem waren es dennoch weniger Leichen, als es langfristig gegeben hätte, wenn Oswalds Plan aufgegangen wäre.

Ellie und Freddy waren schlammbeschmierte Heldinnen inmitten der Leichen und führten ihre schrecklichen Schwerter majestätisch wie Racheengel. Er wünschte sich nichts sehnlicher, als Ellie in seine Arme zu schließen, doch ihr Schwert, das elektrisch geladen zu sein schien, war etwas im Weg. Dann war da natürlich noch die Königin.

STAATSANGELEGENHEITEN

Ich konnte sie nicht aufhalten", sagte Ben und blickte auf die Teetasse hinunter, die er in seinen riesigen Händen hielt. Sie saßen alle – Ben, Pimm, Winnie und Ellie – zusammen in einem elegant eingerichteten Zimmer, hatten Tabletts voller Kekse und heißen, starken Tee bekommen. Doch sie waren noch immer zu aufgewühlt von den Ereignissen im Park und machten sich zu viele Sorgen über die Zukunft, um sich auszuruhen. „Als die Monster erschienen, haben wir uns unter der Bühne versteckt, wissen Sie, die Königin und ich. Aber als es so aussah, als hätte sich die Lage beruhigt, meinte Ihre Majestät, es wäre an der Zeit, das Kommando zu übernehmen. Ich hab versucht, sie zurückzuhalten, aber natürlich nur mit Worten. Ich hab es nicht gewagt, Hand an sie zu legen. Sie ist auf die Bühne gestiegen und ich hinterher. Ein paar Wachen standen noch um die falsche Königin herum. Tapfere Burschen, deshalb hat es mir ein bisschen leid getan, als Ihre Majestät meinte, ich sollte sie aus dem Weg schaffen. Das hab ich dann getan. Sie waren wohl darauf vorbereitet, gegen Monster vom Himmel zu kämpfen, aber nicht gegen mich. Ich hab sie nicht sehr schlimm verletzt, ich hab sie nur niedergeschlagen. Dann hab ich mich umgedreht, und die Königin …"

„Diesen Teil haben wir gesehen“, meinte Ellie, ihre eigene Tasse in der Hand. Vor der geschlossenen Tür warteten diskret einige Wachen. Währenddessen versuchten mehrere Kabinettsminister und andere Beamte sowie die Königin selbst, zu klären, was eigentlich geschehen war, was das bedeutete und wie es nun weitergehen sollte. Ellie war froh, nicht in diesen Versammlungen sitzen zu müssen. Sie hatte in der letzten Zeit schon genug zu denken gehabt.

„Königin Victoria, die ein Schwert schwingt“, sagte Winnie. „Ihr Anblick in voller Wildheit hat mich dazu gebracht, meine feindseligen Gefühle gegenüber der Monarchie zu überdenken.“

„Zum Glück hat Oswald seinen Stockdegen auf der Bühne liegen lassen“, meinte Pimm. „Sonst wäre Ihre Majestät gezwungen gewesen, dem Automaten mit bloßen Händen den Kopf abzureißen.“

„Ich glaube, das hätte sie auch getan“, sagte Ben. „Sein Aussehen hat ihr überhaupt nicht gefallen. Sie meinte, er sähe ihr kein bisschen ähnlich. Sagte, sie hätte keine solchen Hängebacken.“

Als die Wachen wieder auf die Beine gekommen waren und erkannt hatten, dass ihre nun kopflose Monarchin eine Maschine war, aus der Öl rann und zerbrochene Sprungfedern schauten, waren sie ratlos. Ihre Verwirrung nahm nur noch zu, als der ältliche Mann im Morgenmantel anfing, ihnen gebieterisch zuzurufen, dass er Königin Victoria sei und ihr Kabinett sich augenblicklich zu versammeln habe.

Doch sie hatten gehorcht, waren losgerannt und anscheinend mit allen auffindbaren Machthabern im Himmel und auf Erden wiedergekehrt.

Nun saßen sie einige Stunden später hier, die Retter des Reiches, denen man nur Tee und Kekse angeboten hatte, und warteten ab, ob man ihnen Orden verleihen oder sie wegen Hochverrats anklagen würde.

Ellie wollte nur noch in ihr Bett. Sie hatte den Verdacht, dass Pimm nur noch einen Drink wollte.

Die Tür öffnete sich. Ein Mann mit rotem Schnurrbart und funkelnden Augen trat ein. „Hallo, ihr alle", sagte er.

„Jonathan", meinte Pimm. „Sie kennen meine Frau. Das hier ist Eleanor Skyler, die Journalistin, und Ben, ähm …"

„Drummond", half Ben.

„Ben Drummond. Das hier ist Detective Jonathan Whistler. Nun, Jonathan? Wie sieht es aus? Werden wir in den Tower gebracht?"

„Es scheint, als sei der verrückte alte Mann, den Sie aus dem Park mitgebracht haben, tatsächlich die Königin", sagte Whistler und setzte sich auf die Armlehne eines Stuhls, der bei vorsichtiger Schätzung gut dreihundert Jahre alt war. „Der Vorsitzende der Königlichen Gesellschaft hat einen Test durchgeführt, bei dem er eine Haarsträhne des Mannes mit einigen Haarsträhnen aus der Bürste der Königin verglich. So wie wir das Haar eines Mörders mit einer Probe, die wir an einem Tatort gefunden haben, in Verbindung bringen können. Der angesehene Wissenschaftler, der für den Test verantwortlich war, gibt an, die Identität der Königin zweifelsfrei bewiesen zu haben, zumindest zu seiner eigenen Zufriedenheit." Whistler zog einen Flachmann aus der Tasche und reichte ihn Pimm, der ihn aufschraubte und seine Tasse mit der bernsteinfarbenen Flüssigkeit füllte. Dann nahm er einen großen Schluck. Ellie fühlte einen Anflug von Verärgerung und ärgerte sich dann, dass sie verärgert war. Der Mann hatte ja wohl einen Drink verdient. Allerdings glaubte er wahrscheinlich die meiste Zeit, einen Drink verdient zu haben. Allem Anschein nach nahm er alle Drinks, die er verdient hatte, und danach noch einige mehr.

„Daher nein, Sie kommen nicht in den Tower", fuhr Whistler fort. „Es gibt nur einige wenige Lords, die glauben, Sie seien Teil einer riesigen Verschwörung, die den Thron stürzen wollte. Aber die gehören zu der Sorte, die stets von jedem das Schlechteste annehmen, weil es das ist, was sie selbst tun würden. Die allgemeine Tenor scheint zu sein, dass Sie die Stadt gerettet haben. Gut gemacht. Glücklicherweise hatten Sie Oswalds Tagebuch dabei. Es belegt alle Ihre Behauptungen und noch einiges mehr."

„Was wird mit der Königin geschehen?", fragte Ellie. „Ich meine, wird sie Königin bleiben? Oder zumindest Monarch?"

Whistler hob eine Augenbraue. „Ich bin nur ein Polizeibeamter, Miss. Eine solche Angelegenheit liegt zum Glück weit außerhalb meines Aufgabenbereiches. Der Sekretär eines Bekannten teilte mir einige Dinge mit, als er kurz die geschlossene Sitzung des Kabinetts verließ. Ich habe beschlossen, diese Informationen weiterzugeben, um Pimm eine Gefälligkeit zu erweisen. Wenn ich auf Ihre Frage eine Antwort geben müsste, würde ich sagen, dass die führenden Wissenschaftler des Landes Morbus Konstantin nun sehr viel gründlicher studieren werden, da sie die Krankheit kaum mehr als ein schändliches Geheimnis behandeln können. Wenn die Königin selbst an einer Krankheit leidet, wird das plötzlich außerordentlich wichtig. Juristisch gesehen ist die Königin nach meinem Verständnis noch immer Königin, es sei denn, sie beschließt, dass sie stattdessen König ist. In jedem Fall hat sie klargestellt, dass sie weiterhin zu herrschen gedenkt, mit Prinz Albert an ihrer Seite. Er ist aus dem Tower entlassen und von allen Missetaten freigesprochen worden. Nur gute Nachrichten, hm? Abgesehen von, nun ja, Seuchen, die einen verwandeln."

„Was ist mit Adams?", wollte Pimm wissen.

Whistler schüttelte den Kopf. „Keine Spur von Ihrem geheimnisvollen Mann, Pimm. Sind Sie sicher, dass es ihn gibt? Wir haben eine dieser Bestien gefunden, und alle ihre Tentakel waren abgerissen und ein Loch direkt in ihren – Verzeihung, die Damen, ich vergesse mich. Jedenfalls gibt es keine Spur von unserem fünften Helden. Nach dem, was Sie mir über seine kriminellen Verstrickungen erzählt haben, kann es sein, dass er keine Aufmerksamkeit wollte."

Ellie gähnte. „Was denken Sie, wann uns gestattet wird, nach Hause zu gehen und zu schlafen?"

„Oh", meinte Whistler und lächelte. „Noch nicht. Mein Freund, der Sekretär, wurde geschickt, um Sie herbeizuholen, aber ich habe diesen Auftrag für ihn übernommen. Man sagte mir, die Königin wolle Sie sehen."

„Weshalb?", fragte Pimm.

„Ich denke, das finden Sie am besten selbst heraus."

✠ ✠ ✠

„Hiermit ernenne ich Euch zum Ritter", sagte die Königin und berührte Ellie mit dem Schwert erst an der einen und dann an der anderen Schulter. Die Amtsträger, die sich hinter ihnen in der prächtig ausgestatteten Kammer versammelt hatten, murmelten etwas. Ellie schwirrte der Kopf, als sie auf die Schuhe der Königin starrte.

Frauen wurden nicht zu Rittern ernannt. Eine Frau konnte zur Freifrau erhoben werden, aber nicht zum Ritter. Doch nun: Sir Eleanor! Die Königin hatte in dieser Angelegenheit keine Einwände geduldet und darauf bestanden, sie alle nach alter Sitte mit dem Schwert zum Ritter zu schlagen.

Ellie erhob sich vom Ritterstuhl und hörte kaum, wie die Königin ihr die Ritterswürden verlieh. Als Nächstes wandte die Königin sich Winnie zu und ernannte sie zu Sir Winifred. Da Winnie ihr Leben als Mann begonnen hatte, ergab diese Ehre vielleicht mehr Sinn.

Pimm und Ben waren bereits zu Rittern geschlagen worden und standen am Rand auf der einen Seite der Kammer. Sie sahen ebenso verwirrt aus, wie Ellie sich fühlte. Sie gesellte sich zu ihnen, während die Königin die Zeremonie vollzog und dann das Schwert einem wartenden Beamten reichte. „Wir fühlen Uns höchst sicher", sagte die Königin und warf den

Männern, die sich im Hintergrund der Kammer versammelt hatten, einen giftigen Blick zu, „mit solchen Verteidigern, die Unser Reich beschützen."

Im Raum herrschte Schweigen, doch dann fing jemand an, zu applaudieren. Ellie erkannte die klatschende Frau mit dem Pferdegesicht als Prinz Albert, der nun wieder in seine Position als Prinzgemahl eingesetzt worden war. Oder vielleicht Prinzessingemahl? Wer konnte das schon sagen? Wenn Ellie ein Ritter sein konnte ...

Nachdem Albert den Applaus begonnen hatte, fielen auch die anderen mit ein, manche anscheinend mit echter Begeisterung. Ellie erkannte die Parlamentsmitglieder, Regierungsminister und allerlei andere Würdenträger, von denen ihr einige noch von ihrer Flucht im Hyde Park im Gedächtnis waren. Man hatte sie alle zusammengetrommelt, um die Krise der Monster aus einer anderen Welt zu meistern, eine Krise, die schon so gut wie vorbei war, als sie endlich eingetroffen waren.

Die Menge trat vor, um die frisch ernannten Ritter zu beglückwünschen. Ein Mann mit riesigem Schnurrbart grüßte Winnie als „Lady Pembroke" und fing sich dafür einen eisigen Blick ein. „Ich glaube, Sie meinen ‚Sir Winifred'", sagte sie kühl, und der Mann konnte sich gar nicht oft genug entschuldigen.

Irgendwie gelang es Pimm, Ellie in diesem Gewimmel beim Ellbogen zu nehmen und sie zu einem Paar Stühle in der Ecke zu geleiten. Sie setzten sich, halb versteckt hinter einer großen Topfpflanze, während ihre Knie einander beinahe berührten. „Ich nehme an, Sie haben nun einiges aufzuschreiben", sagte er. „Einen Augenzeugenbericht über den Wahnsinn im Park. Als ich Sie dieses funkensprühende Schwert schwingen sah! Ich weiß, es hätte mich nicht überraschen sollen, aber trotzdem hat es das. Sie überraschen mich immer wieder, Ellie."

Schreiben. Die Zeitung. Wie war es möglich, dass solche alltäglichen Dinge noch existieren? „Himmel. Ich werde wohl wieder arbeiten müssen, nicht wahr? Irgendwie denke ich nicht, dass ich diese Erfahrung jemals richtig vermitteln kann, aber ich muss es wohl versuchen."

„Leider geht mit der Ritterwürde keine lebenslange Pension einher", sagte Pimm. „Sie werden weiterhin von Ihrer Feder leben müssen. Uns Lesern kommt diese Notwendigkeit nur zugute."

„Ich frage mich", meinte Ellie, „was der arme Ben wohl tun wird? Nun, da er Sir Ben ist, kann er wohl kaum weiterhin ein harter Bursche von der Straße sein. Wie werden seine alten Freunde ihn jetzt behandeln?"

„Es ist seinem neuen Status nicht ganz angemessen", meinte Pimm, „aber ich habe darüber nachgedacht, ihn zu einem Mitglied meines Haushalts zu machen. Tatsächlich war er früher in Stellung, als er ein Junge war, ehe unglückliche Umstände ihn zwangen, nach London zu gehen, um dort sein Glück zu suchen. Ich brauche wirklich dringend einen Kammerdiener. Natürlich werde ich ihn ‚Hauptmann der Garde' oder ähnlich nennen müssen, um seine ritterliche Würde nicht zu verletzen, aber ich kann mir kaum einen besseren Mann vorstellen, den ich in meinem Rücken wissen wollte."

„Dann werden sie alle gemeinsam in diesem schönen Haus wohnen", sagte Ellie. „Sie, Winnie und Ben."

Pimm räusperte sich. „Ich, ähm, Ellie … Ich möchte … nun, das heißt …"

„Ich weiß", meinte Ellie. „Es ist schwierig. Wissen Sie, was Winnie zu mir sagte, nachdem wir das letzte Monster getötet hatten? Sie sagte, wir hätten alles verdorben. Wenn Oswalds Plan aufgegangen wäre, hätte sich vieles geändert, die ganze Gesellschaft hätte sich verändert. All die alten Regeln wären überholt worden, und Sie und ich, wir hätten …"

Pimm nahm ihre Hand. „Unsere Königin ist nun ein Mann, doch so oder so ist sie immer noch Königin. Wir haben Monster in die Flucht geschlagen, die von einem Ort kamen, der seltsamer ist als die Sterne. Sie sind zum Ritter ernannt worden. Ich würde sagen, es ändert sich gerade einiges. Ich weiß, dass die Dinge nicht einfach sind, aber vielleicht werden wir ja auch mit komplizierten Dingen fertig?"

„Ich …"

Winnie tauchte auf. Sie hielt ein Glas Sekt in der Hand, das sie wer weiß woher bekommen hatte. „Ellie! Da bist du ja. Ich habe einen Vorschlag für dich. Wie würde es dir gefallen, mir dabei zu helfen, ein Buch zu schreiben?"

Ellie blinzelte. „Was meinst du?"

„Ich meine, dass ich zwar eine gute Geschichtenerzählerin bin, aber sagen wir einfach, ich war noch nie gut darin, die Worte zu Papier zu bringen. Ich möchte, dass du mir hilfst, aus meiner Lebensgeschichte etwas zu machen, das die Leute tatsächlich lesen wollen. Meine unbedeutenden Jugendjahre brauchen wir nur kurz abzuhandeln, denke ich, dann ein Kapitel meiner Krankheit widmen, ein weiteres meiner darauffolgenden Verzweiflung. Eines meiner merkwürdigen Vereinbarung mit Pimm, eines meinen Salonbesuchen und dem Aufenthalt in Künstlerkreisen, vielleicht mit einem Hauch von Skandal, sehr dezent angedeutet. Den Höhepunkt bilden natürlich meine Heldentaten bei der Rettung der Königin, wie ich schreckliche Monster erschlagen habe, und so weiter und so fort."

„Winnie, das kannst du nicht ernst meinen!", meinte Ellie.

„Nein, ich bin niemals ernst", sagte Winnie. „Aber ich kann berüchtigt sein und Vorträge halten und mit meinem Ruhm sehr reich werden, aus eigener Kraft. Wir müssten uns allerdings beeilen, Ellie-Schatz, denn die Verwandlung der Königin wird es zu einer Cause célèbre machen, das Geschlecht gewechselt zu haben. Ohne Zweifel werden die Betroffenen in Scharen anfangen, ihre eigenen Geschichten zu erzählen. Aber ich bin mir sicher, dass ich die beste Geschichte habe. Was sagst du dazu?"

„Aber deine Heirat mit Pimm? Wenn du die Wahrheit sagst, dann …"

„Ich wage zu behaupten, dass unsere Ehe als Scheinehe enthüllt werden wird", sagte Winnie. „Man wird sie wohl aus den Akten tilgen. Die Königin hat mir versprochen, ihren Einfluss geltend zu machen, um mögliche kleine Schwierigkeiten mit der Kirche beizulegen." Sie legte eine Hand auf Pimms Schulter und lächelte auf Ellie herab. „Armer Pimm! Er sieht aus, als habe ihm jemand mit einem Hammer auf die Stirn geschlagen. Siehst du, Mylord? Ich habe dir gesagt, ich würde mir etwas einfallen lassen. Aber nun scheint es, als bräuchte ich nicht meinen eigenen Tod vorzutäuschen, um dich zu befreien. Stattdessen kann ich mein eigenes, ehrliches Leben leben. Falls ich die Lage doch falsch eingeschätzt habe und die Leute zu ablehnend reagieren, ist das auch nicht weiter schlimm. Ich kann einfach nach Paris ziehen. Dann benutzt wenigstens jemand diesen riesigen Tunnel, den sie gerade unter dem Ärmelkanal graben."

Sie kniete sich hin und legte Pimm und Ellie die Arme um den Hals, sodass sie zu dritt in einer Umarmung auf dem Boden landeten. „Du solltest diese Frau gut behandeln, Pimm. Sie und ich haben Seite an Seite gekämpft. Sie ist meine Waffenschwester."

„Ich, ähm …", stammelte Pimm.

„Oje", meinte Winnie, „mir steht die schwerste Entscheidung meines Lebens bevor!"

Pimm und Ellie wichen zurück, tauschten einen Blick aus und sahen Winnie dann stirnrunzelnd an. „Ja?", meinte Ellie.

„Was ist das für eine Entscheidung?", fragte Pimm.

„Ob ich bei eurer Hochzeit die Brautjungfer werde", sagte Winnie, „oder der Trauzeuge!"

Die Musik der Blumen

Da Oswald nun tot war, gab es für Adam keinen besonderen Grund mehr, die Stadt zu verlassen. Er hatte auch keinen besonderen Grund, zu bleiben, doch aus Gewohnheit ging er wieder zurück zu dem Tunnel bei der Serpentine, nachdem er alle Monster totgeschlagen hatte. Er glitt in das stinkende Loch im Boden und trottete einen dunklen Gang entlang, während das Wundwasser der erschlagenen Bestie an seinen Fäusten trocknete. Nachdem er das Monster getötet hatte, fühlte er sich nun merkwürdig leer. Er wollte Leben beerschaffen und Liebe entfachen, doch das Einzige, was er beherrschte, waren Mord und Zerstörung.

Schließlich erreichte er seine Werkstatt. Er warf seine Maske auf den Boden, wo sie entzwei brach, dann streckte er sich auf seinem Operationstisch aus und schloss die Augen. Er schlief nie und besaß auch kein Bett, doch er war so schrecklich müde. Er beneidete die Sterblichen darum, Ruhe finden zu können.

Eine Hand strich über seine Stirn, und er riss die Augen auf. Er packte das Handgelenk so fest, dass er den Knochen hätte zerquetschen können. Doch die Person, die ihn berührt hatte, schrie nicht auf. Sie blickte nur auf ihn herunter, dann streichelte sie mit der anderen Hand seine Wange.

„Margaret", flüsterte er. „Du … Was tust du hier?"

„Du musst mir versprechen, dass du nicht noch einmal versuchst, mir Angst zu machen", sagte Margaret. „Schrei nicht herum oder schlag Dinge kaputt, wenn wir nicht einer Meinung sind. Kannst du das versprechen?"

„Ich … natürlich. Ich verspreche es."

„Ich selbst kann nichts versprechen", sagte sie. „Aber du hast mir das Leben gerettet, und als ich durch die Tunnel rannte, dachte ich an unsere Gespräche zurück, als ich verloren in der Dunkelheit war. Ich dachte an deine Stimme. Du bist furchterregend anzusehen, Adam. Das weißt du. Vielleicht bist du auch zu furchterregenden Taten fähig. Aber du hast ein gutes Herz, das glaube ich. Ein Herz, das lieben kann."

Adam schloss die Augen. Er hielt ihre kühle Hand in der seinen. „Oh, Margaret."

„Du meintest, wir könnten einen warmen Ort besuchen. Ich wollte immer schon einmal Spanien sehen."

„Wir werden nach Cordoba gehen", sagte Adam und öffnete die Augen, um ihr schönes, vollkommenes Gesicht anzusehen. Das vollkommene Ding, das er geschaffen hatte. Zum Leben erweckt von einer schönen Seele, die kein Mensch hätte erschaffen können. „Im Frühling. Wenn der Duft der Orangenblüten die Luft erfüllt. Dieser Geruch, er schmeckt wie das Läuten der Kirchenglocken, Margaret."

„Ich freue mich schon darauf, sie zu hören", sagte sie.

DANKSAGUNGEN

Mein Dank gilt den Autoren einiger meiner liebsten Detektivromane, ohne die ich Pimm nie erfunden hätte. Er wurde als eine Art Gedankenexperiment geboren, halb adliger Detektiv im Stil von Sayers, halb sozial funktionstüchtiger Alkoholiker und Privatdetektiv mit trauriger Vergangenheit. Ellie Skye ist eine etwas ahistorische Hommage an die große Journalistin Nellie Bly (der Roman spielt in Blys Geburtsjahr). Ich hätte dieses Buch nicht ohne den prägenden Einfluss von K. W. Jeters „Infernal Devices“ und Tim Powers' „The Anubis Gates“ geschrieben, die mich in jungen Jahren mit den Freuden verrückter historischer Romane vertraut machten. Ähnlich stark beeinflusst haben mich die wunderbar exzentrischen englischen Kriminalromane von John Dickson Carr. Was ich Mary Shelley, Virginia Woolf, Arthur Conan Doyle und anderen schulde, geht aus dem Text wohl sehr viel deutlicher hervor.

Ich danke Jess Nevins, unserer führenden Expertin für fiktive Geschichte, dafür, dass sie mir Details für meine kleinen metafiktionalen Ostereier lieferte.

Eine vollständige Bibliografie meiner Recherchematerialien würde sehr lang werden und wäre vermutlich von minimalem Interesse, doch besonderen Dank schulde ich „Murray's Modern London“ (1860), Henry Mayhews „London Labour and the London Poor“, „Dickens’s Dictionary of London“ sowie Edward Stantons 1863 erschienenem Stadtplan von London, der fast das gesamte letzte Jahr hindurch einen großen Teil des Fußbodens in meinem Büro bedeckte.

Ein Dankeschön an Jeremy Lassen von Night Shade dafür, dass er die Rechte an diesem Buch erwarb, an Ross Lockhart, der es lektoriert hat, und an meine Agentin Ginger Clark, die sich um die praktischen Angelegenheiten kümmerte, sodass ich mich auf alles Theoretische konzentrieren konnte.

Selbstverständlich gilt mein größter Dank meiner Frau und meinem Sohn für die Nachsicht und die Geduld, die sie mir während der vielen Monate, die ich an diesem Buch schrieb, entgegengebracht haben, in denen ich Selbstgespräche geführt habe und jedes Mal viel zu lange in der Bibliothek herumgelaufen bin.